THE FIRM

二十世纪流行经典丛书

全身而退

〔美〕约翰·格里森姆 著
刘锋 苗秀楼 李国基 译

人民文学出版社

著作权合同登记号　　图字 01-2018-7064

John Grisham
The Firm

Copyright © 1991 by John Grisham
Simplified Chinese edition copyright © 2020 by Shanghai 99 Readers' Culture Co., Ltd.
All rights reserved.

图书在版编目(CIP)数据

全身而退/(美)约翰·格里森姆著;刘锋,苗秀楼,李国基译.—北京:人民文学出版社,2020
(二十世纪流行经典丛书)
ISBN 978-7-02-014843-1

Ⅰ.①全… Ⅱ.①约…②刘…③苗…④李… Ⅲ.①长篇小说-美国-现代 Ⅳ.①I712.45

中国版本图书馆CIP数据核字(2019)第013313号

| 责任编辑 | 甘　慧　邱小群　刘佳俊 |
| 封面设计 | 钱　珺 |

出版发行　人民文学出版社
社　　址　北京市朝内大街166号
邮政编码　100705
网　　址　http://www.rw-cn.com

印　　制　山东德州新华印务有限责任公司
经　　销　全国新华书店等

开　　本　890毫米×1240毫米　1/32
印　　张　11.125
字　　数　275千字
版　　次　2020年11月北京第1版
印　　次　2020年11月第1次印刷

书　　号　978-7-02-014843-1
定　　价　55.00元

如有印装质量问题,请与本社图书销售中心调换。电话:010-65233595

1

主事合伙人再次审阅米切尔·麦克迪尔的简历（他都看过上百遍了），还是挑不出丝毫不满意的地方，至少在书面材料上挑不出。麦克迪尔有头脑、有志气，长得一表人才。他渴望工作，像他那样的出身，他不得不这样。他已婚，这正合他们的规定，公司从不雇未婚律师，更厌恶离婚、酗酒、搞女人这类事。聘约上规定还要进行吸毒检验。他有会计专业学位，一心想做税法律师，头一次参加特许会计师考试就顺利通过了。当然，这也是税法顾问公司的起码要求。他是白人，公司从来就没雇过一个黑人。要做到这点并不容易，因为他们从不公开招聘，只是暗中补员，用条条框框卡人，因而保持了清一色的白人天下。别的公司公开招聘，也就免不了招了黑人。再说，他们公司是在孟菲斯，而那些优秀的黑人只想去纽约、华盛顿或芝加哥。麦克迪尔是男性，而公司向来就不想要女律师。二十世纪七十年代中期，他们吃过一次亏。当时他们招了哈佛大学排名第一的应届毕业生，此人恰好是女的，又是个税法尖子。她风风雨雨地干了四年，最后死于车祸。

看来，他挺合适，是他们的最佳人选。其实，在这一年他们也挑不到别的人了。要么是麦克迪尔，要么就不招。

任事合伙人罗伊斯·麦克奈特审阅着标有"米切尔·麦克迪尔——哈佛"字样的档案。这档案有一英寸厚，满是密密麻麻的小字，还有几张照片。这是贝塞斯达一家私人侦探所里的几个人提供的，他们曾当过中央情报局的特工，现在是公司的客户，每年都免费调查这些情况。他们说，调查几个没有戒心的法律专业学生是件很容易的事。比方说，他们了解到：米切尔希望离开东北部；已有三个单位要他，两家在纽约，一家在芝加哥；年薪最高的出七万六千美元，最低的六万八千美元。真是抢手极了。在二年级时，一门证券课考试，他本有机会作弊，可他不仅没干，还拿到了全班最高分；两个月前，法学院晚会上，有人提供可卡因，他断然拒绝，大家开始吸食时他抽身走掉了；他偶尔喝杯啤酒，可是酒很贵，他喝不起。他还欠着两万三千美元的学生贷款。他渴望干活。

麦克奈特翻阅着档案，脸上露出了笑容。麦克迪尔正是他们想要的人。

拉马尔·奎因，三十二岁，还不是合伙人，他被叫来参加会面是因为他长相英俊、举止活泼，好给本迪尼-兰伯特暨洛克法律顾问公司树立一个年轻的形象。其实，这家公司的确很年轻，多数合伙人在五十岁上下，钱多得没法花时就退休了。拉马尔离晋升合伙人已为期不远。他有六位数的收入确保余生，有条件享受一千二百美元一套的定做的西装。这套衣服舒适地套在他高挑、结实的躯体上。他漫不经心地在这一千美元一天的套间里踱着步子，又倒了一杯速溶咖啡。他看了看表，扫了一眼坐在窗前小会议桌边的两个合伙人。

两点三十分整,有人敲门。拉马尔看了看两个合伙人,他们忙把简历和档案放进公文包。三个人全都穿起西装上衣,拉马尔扣好第一个纽扣,开了门。

"是米切尔·麦克迪尔吗?"他满脸笑容地问道,伸出一只手。

"是的。"他们热烈握手。

"幸会,幸会。我是拉马尔·奎因。"

"幸会。请叫我米奇吧。"他走了进来,迅速瞟了这宽敞的房间一眼。

"好的,米奇。"拉马尔搭着他的肩膀,带他进了里间。两个合伙人连忙做了自我介绍。三个人显得热情异常,又是冲咖啡,又是倒水,忙个不停。大家坐在闪亮的红木会议桌四周,相互寒暄了一阵。麦克迪尔解开外衣扣,跷起了二郎腿。他如今已是颇有经验的求职高手了,而且知道他们想聘他。他放松了一下。三家全国大名鼎鼎的法律顾问公司已经表态要他,他有本钱显得自信。他并不需要这次面试,也不需要这家公司的工作邀请。他只是出于好奇心才到这儿来的。当然,他也很向往孟菲斯温暖的气候。

奥利弗·兰伯特,就是那位主事合伙人,他上身前倾,两肘支在桌子上,侃侃而谈。他嗓音宽厚,犹如男中音歌唱家。今年六十一岁的他,称得上是这家公司的"爷爷"了。他大部分时间执管行政事务,在那帮全国最有钱、最自命不凡的大律师之间排忧解难,当和事佬。他是总顾问,年轻律师都向他求教。兰伯特先生还管人事,招聘米切尔·麦克迪尔的事由他拍板定夺。

"你对面试厌倦了吧?"兰伯特问。

"哪里,面试是找工作不可少的嘛。"

是啊,是啊。他们全都附和着,那情状仿佛他们自己昨天还在投递简历、面试,生怕法学院三年寒窗的汗水和折腾付诸东流似的。没错,他们理解米奇如今正在经历的一切。

"我可以提个问题吗?"米奇问。

"当然。"

"请讲。"

"随便问好了。"

"我们干吗在这旅馆里面谈呢?别的法律公司都是到学校,通过校就业办公室进行面试。"

"问得好。"他们全都点点头,相互瞧瞧,一致认为这问题问得好。

"也许我可以回答这个问题,米奇,"任事合伙人麦克奈特说,"你得理解我们公司的情况。我们与众不同,并为此而自豪。我们只有四十一位律师,跟别的公司比,我们的规模很小。我们雇人不多,大约每隔一年补充一个。我们的工资全国最高,福利最好。这绝非夸大其词,因此,我们很挑剔。我们挑上了你。你上个月收到的信,是我们在筛选全国各名牌大学两千多名应届法律毕业生后发出的。只发了那一封。我们不登征聘广告,不接受求职申请。我们保持低姿态,办事与众不同。这就是我们的解释。"

"有道理。那你们是家什么类型的法律公司呢?"

"我们搞税法,还搞些证券、房地产和银行业务,但80%是税法业务,所以我们很想见见你。你的税法底子那么厚实,真是难能可贵。"

"你为什么上西肯塔基大学?"奥利弗·兰伯特问。

"这很简单。我打橄榄球,他们答应给我全额奖学金。要是没有这些奖学金,我大学便上不成了。"

"谈谈你的家庭吧。"

"怎么,这很重要吗?"

"这对我们非常重要，米奇。"麦克奈特诚恳地说。

他们全都这么说，米奇想。"好吧。我七岁时，父亲死在煤矿里。我母亲改嫁了，住在佛罗里达。我有两个哥哥，大哥拉斯蒂死在越南，二哥名叫雷·麦克迪尔。"

"他在哪儿？"

"这恐怕不关你们的事。"他瞪着麦克奈特，一副要干仗的样子。档案里没怎么提到雷。

"对不起。"任事合伙人轻声说道。

"米奇，我们公司在孟菲斯，"拉马尔说，"你介意吗？"

"一点也不。我不喜欢北方寒冷的气候。"

"你以前去过孟菲斯吗？"

"没有。"

"我们想邀请你近期去一趟。你会喜欢那里的。"

米奇笑笑，点点头，继续逢场作戏。这帮老兄是认真的吗？华尔街正等着他呢，他怎么会看得上一个小城市里的一家不起眼的法律顾问公司？

"你在班上名次如何？"兰伯特问。

"前五名。"可不是什么5%，而是实实在在的前五名。不过，对他们这样回答也就够了。其实，他是三百名学生中的前五名，也可以说是第三名，仅次于前两名，但他没这么讲。他们三个，毕业的学校都比不上他。他随便翻过《马丁戴尔-胡伯尔法律大全》，记得他们分别是芝加哥大学、哥伦比亚大学、凡德比尔特大学法学院毕业的。他晓得他们不会多谈学校的事。

"你为什么挑上了哈佛？"

"其实是哈佛挑上了我。我报了几所学校，全都录取。不过，哈佛给的资助最多。而且当时我想，哈佛法学院是最好的学校。我现在还这么认为。"

"你在那儿学得很出色,米奇。"兰伯特看着他的简历说。档案在桌子下的公文包里。

"承蒙夸奖。我在学习上下了很大功夫。"

"你税法课和证券课的成绩好极了。"

"因为我对它们有兴趣。"

"我们翻阅过你的写作样本,印象很深。"

"谢谢。我喜欢搞研究。"

他们点点头,一致认可这个明显的谎话。这不过是过过场而已。头脑清醒的法学院学生或律师没有一个喜欢搞研究的。不过屡试不爽的是,每个前来应聘的准律师都声称自己喜欢图书室。

"谈谈你妻子的情况吧。"麦克奈特几乎是恭敬地说。他知道这问题又是带有冒犯性质的,不过倒也是每家法律公司都必然问及的,问题所涉及的也并非什么神圣不可侵犯的领域。

"她叫艾比,在西肯塔基大学获得了初等教育学士学位。我们大学毕业一星期后便结了婚。过去这三年,她在波士顿学院附近的一所私立幼儿园任教。"

"你们的婚姻——"

"非常美满,我们中学时就相识了。"

"你在球队里打什么位置?"拉马尔把话题引到不太敏感的方面来。

"四分卫。本来有很多大学都要我,可中学最后一场比赛时我的膝盖受了伤,那些大学便都缩了回去,只剩下西肯塔基。我从二队队员开始干起,断断续续打了四年球,可膝盖一直受不了。"

"你怎么能又打球又拿全优成绩?"

"我把书本放到首位。"

"我想西肯塔基并不是一所学术水平很高的学校。"拉马尔傻笑着冒出这么一句,但话一出口,他就恨不能把它收回去。兰伯特和麦克奈特皱起眉头,意识到这话说得很不得体。

"跟堪萨斯州立大学差不多吧。"米奇回敬了一句。他们呆了,全都呆住了,带着难以置信的神情相互注视了一会儿。米奇这小子居然知道拉马尔上的是堪萨斯州立大学!他与拉马尔·奎因素昧平生,事前也不知道谁会代表公司参加面谈。可他竟对他们了如指掌。他从《马丁戴尔-胡伯尔法律大全》上摸过他们的底。他看过公司全部四十一名律师的简介,在不到一秒钟的时间里,就能想起四十一个当中的拉马尔上的是什么大学。见鬼,他们不能不佩服他。

"我那句话想必说得不当。"拉马尔道歉说。

"没事儿。"米奇亲切地笑笑。这事就这么过去了。

奥利弗·兰伯特清清嗓子,决定还是回到个人问题上来。"米奇,我们公司反对酗酒、追逐女色。我们虽不是什么圣徒,但我们把业务放在高于一切的地位。我们保持低姿态。工作十分卖命,所以能赚大钱。"

"这些我全都能接受。"

"米奇,我们希望我们的人都有稳固的家庭环境,快乐的律师才能有高效率,所以我们问了你这些问题。"

米奇笑着点点头,这样的话他以前也听到过。

三人相互看了一眼,又看看米奇。这表明面试到了一定阶段,该应试者提个把聪明的问题了。米奇又跷起了二郎腿。钱,这是个首要问题。尤其是跟别的法律公司相比,数目如何。要是给得不多,米奇想,那咱们就后会无期了。要是工资能吸引人,那我们再谈论家庭、婚姻、橄榄球。不过,他明白,和别的公司一样,这三个人也得在这个核心问题的外围虚晃几招,直到除了钱,别的事全都谈遍,局面有点尴尬了才罢休。所以，他先给他们来了个分量轻的问题。

"你们打算一开始让我干什么工作？"

他们点点头，对这个问题颇为欣赏。兰伯特和麦克奈特看看拉马尔。这问题由他来回答。

"我们有个类似两年见习期的安排，尽管我们并不那么称呼。我们将派你到全国各地参加税务讲习班，你受教育的过程还远未结束。今年冬天，你就要到华盛顿美国税法研究院学习两星期。我们一向对自己的专业技能引以为豪，所以培训对所有的人都是持续不断的。倘若你想攻读税务硕士学位，我们会负担费用。至于法律事务方面，头两年不会有太大的意思。你要做许多研究工作和一些令人厌烦的杂事。不过，薪水倒是很可观。"

"多少？"

拉马尔看着罗伊斯·麦克奈特。麦克奈特看看米奇说："到孟菲斯后，我们再谈薪水和其他津贴。"

"我要了解个大概数目，不然我也许就不去孟菲斯了。"他笑了，虽然傲气，但不失诚意。这话真像是出自一个有三处工作可挑的人之口。

两位合伙人彼此笑笑，兰伯特先生先开口。"好吧。头一年基本工资八万美元，外加奖金；第二年八万五千，外加奖金。再给你一项低息抵押贷款买房子，给你两个城郊俱乐部的会员证。还给你一辆新宝马车，颜色自然由你挑。"

他们注视着，等着看他笑歪嘴巴、乐开花。他竭力想忍住笑，可是办不到，不禁咯咯地笑出了声。

"真叫人难以相信。"他含含糊糊地说。在孟菲斯，八万美元可相当于纽约的十二万美元呢。那老兄是说宝马车吗！他那辆舱盖式车篷的马自达已经跑了一百万英里，眼下得靠人工起动。他还得省吃俭用，以便重修起动器。

"还有一些福利待遇，我们想到孟菲斯再谈。"

忽然，他有股强烈的愿望想去孟菲斯看看。孟菲斯不就是在密西西比河畔吗？

他敛起笑容，恢复了镇静。一本正经地看着兰伯特说："请谈谈贵公司的情况。"好像他已把钱啦、房子啦、宝马车啦统统丢到九霄云外了。

"我们共有四十一名律师，去年人均收入超过同类或规模更大的公司，包括全国每一家大型法律公司或事务所。我们只接纳有钱的主顾——大公司、银行和出大钱不心痛的富翁。我们开设了一种国际税务业务，既有趣又能赚钱。我们只与付得起大钱的人打交道。"

"要多长时间才能当上合伙人？"

"一般来说，十年。这是苦干的十年。我们的合伙人，每年赚五十万不算稀奇，多数人不到五十岁便退休了。你得付出自己的汗水，每周干八十小时，不过等你成了合伙人，你就会发觉这很值得。"

拉马尔凑过身子，补充说："并不是非得成为合伙人才能挣到六位数，我在公司干了七年，四年前工资就超过十万了。"

米奇想了一下，估摸自己到三十岁时远不止挣十万，也许近二十万吧。仅仅三十岁啊！

他们仔细打量着他，知道他在盘算什么。

"一家国际税法顾问公司在孟菲斯能干些什么呢？"米奇问道。

这问题又使他们笑容满面。兰伯特先生摘下老花眼镜，拿在手里摆弄着。"哦，这个问题问得好。一九四四年，本迪尼先生创办了这家公司。他原本是费城的一个税法律师，交上了一些南方阔主顾，他生性豪放，跑到孟菲斯扎了根，二十五年里，他只雇用税法律师，公司办得兴旺发达。我们没有一个是孟菲斯人，但渐渐地都爱上了它。

这是座非常宜人的南方老城。顺便提一下，本迪尼先生一九七〇年去世。"

"公司有多少合伙人？"

"在任的二十位。我们尽量保持一个合伙人对一个普通律师这样的比例。在我们这一行里，这比例算是高的了，但我们喜欢这样。这是我们又一个与众不同之处。"

"所有合伙人，到四十五岁时，都成了腰缠几百万的富翁。"罗伊斯·麦克奈特说。

"全都这样？"

"是的，先生。我们并不保证这一点，不过倘若你来我们公司，卖命地干上十年，当上合伙人，再干他十年，到四十五岁要是还成不了百万富翁，那你就真是二十年以来的第一个例外了。"

"这组数字真不简单。"

"应该说这家公司真不简单，米奇，"兰伯特说，"我们非常自豪。我们是个亲密无间的集体，规模虽小，但彼此互相关心，不存在大公司里那些众所周知的你死我活的竞争。我们招人时，非常谨慎。我们的目标是使普通律师尽快升为合伙人。为此，我们投入了大量的精力和财力，对新来的更是如此。律师离开我们公司是很罕见的，极其罕见。其实，还不曾有过。为了让大家的工作不脱离正轨，我们作出了额外的努力。我们想让大家幸福愉快，这是最有效的管理方法。"

"我还有一组有说服力的数字，"麦克奈特补充说，"去年，与我们同等或规模更大的公司，普通律师的跳槽率平均是28%，而在本迪尼-兰伯特暨洛克公司，这个数字是零。前年也是零。要知道，好多年来，没有一位律师离开过我们公司。"

他们打量着他，以确定这些他是否全都听进去了。各种聘用条件固然都很重要，但相比之下，压倒一切的还是工作的稳定性和最终能否受聘这两点。眼下，他们尽量解释，不清楚的以后再做进一步的说明。

当然，对米奇的情况，他们掌握的比说出来的多得多。比如说，他母亲改嫁后和一个酗酒成性的退休卡车司机生活在一起，住在佛罗里达州巴拿马城海滩上的一个廉价拖车公园里。他们知道，煤矿爆炸事故后她拿到了四万一千美元的抚恤金，而且很快便挥霍得所剩无几。后来她得知大儿子战死越南时，便疯了；他们也知道，米奇从小没人照料，靠二哥雷（他们无法得知他的下落）和好心的亲戚在贫困中把他拉扯大。他们猜度，贫穷伤了他的心，但也造就了他顽强的进取精神。情况的确是这样。他一边念书，一边打橄榄球，每周还要在通宵便民商店干上三十小时，尽管如此，他居然还能门门功课全优；他们还知道，他很少睡觉，知道他渴望工作。他正是他们想要的人。

"愿意上我们那里走走吗？"奥利弗·兰伯特问。

"几时去？"米奇问，他正梦想着带遮阳顶的黑色318i宝马车呢。

那辆挡风玻璃破裂不堪的马自达老爷车歪斜着停在淌水沟里，前轮偏向一侧，顶着路旁的镶边石，以防滑下山坡。艾比从外面握住车内的门把，猛撼两次才把车门打开。她插入钥匙，踩下离合器踏板，打正前轮，马自达开始缓缓下滑。车速加快时，她屏住气息，松开离合器，咬紧嘴唇，直到没装消声器的发动机哼哼地响了起来。

有三个单位的聘书等着米奇去签，一辆新车四个月就能到手，她得等到那个时候。三年来，在一个到处是保时捷跑车和梅塞德斯敞篷小车的校园里，他们住的是两室无厅的学生公寓，忍受着贫穷的煎熬。他们多半不去理会东海岸这座势利大本营里的同学、同事们的冷眼。他们是肯塔基来的乡巴佬，没几个朋友。可是，他们到底忍受住了，靠着自己的奋斗，终于取得了令人欣慰的成功。

她喜欢芝加哥甚于纽约，即便薪水低些也无妨。这主要是因为芝加哥离波士顿更远，离肯塔基更近。可是米奇仍旧没有表态，而是谨慎全面地权衡利弊，把想法憋在心里。他生性就爱这样。艾比没被邀请和丈夫一起访问芝加哥和纽约。她已厌倦了瞎猜，她要的是结果。

她把车子违章停在离公寓最近的山坡上，步行两个街区回家。他们住在一幢条式两层楼上。这幢红砖楼里一共有三十套和她家一样的房子。艾比站在门外，正从包里摸钥匙，门猛然打开了。米奇一把拉住她，用力把她拽进狭小的屋子里，按倒在沙发上，嘴唇向她的脖子频频出击。她叫着，吃吃地笑着，手脚舞动不停。他们亲吻着，久久地搂抱在一起摸索着、爱抚着、呻吟着，汗涔涔地长达十多分钟。这是他们十来岁时就开始享受的拥吻，那时候，接吻又好玩又神秘，不过至多也就到那个地步。

"天啊，这是怎么回事呀？"完事后，她问。

"闻到什么了吗？"米奇问。

她转过头，嗅着。"嗯，是闻到了，是什么呢？"

"鸡肉炒面和芙蓉蛋，在王记中餐馆买的。"

"好啊，是要庆祝什么吗？"

"还有一瓶上好的沙百里葡萄酒，还是带软木塞的呢。"

"你干了什么，米奇？"

"跟我来。"只见油漆的小餐桌上，律师公文纸和记事本中间，放着一大瓶葡萄酒和一包中式食品。他们将法学院的家当推到一边，摆开食品。米奇启开酒瓶，斟满两只塑料酒杯。

"今天的面试棒极了。"他说。

"跟谁？"

"记得上次给我来信的那家孟菲斯法律顾问公司吗？"

"记得。那时你不怎么感兴趣。"

"但现在我对这家公司很感兴趣。在那儿全是与税法有关的工作，薪水看来挺不错。"

"怎么个不错法？"

他郑重其事地把炒面从盒子里盛到两个碟子里，打开装酱油的塑料袋。她等着他回答。他又打开另一个盒子，把芙蓉蛋也分成两份。他喝了口葡萄酒，咂咂嘴。

"到底多少？"她又问一次。

"比芝加哥多，比华尔街也多。"

她啜了一口葡萄酒，满腹狐疑地看着他，褐色的眼睛眯缝着，闪闪发亮。她双眉低垂，前额紧蹙，等待着。

"到底多少？"

"头一年八万，外加奖金。第二年，八万五千，外加奖金。"他审视着炒面里的芹菜，漫不经心地说。

"八万。"她重复了一句。

"八万，宝贝。八万在田纳西州的孟菲斯顶得上纽约的十二万呢。"

"谁稀罕去纽约来着？"她反问。

"还有低息抵押贷款买房子。"

抵押贷款这个词儿在这幢公寓里好久没有提到过了。其实，眼下她实在想不起来最后一次谈论要个自己的家是在什么时候了。近几个月，他们都同意先租个"窝"，等到将来那遥远的一天，他们富裕起来了，才有条件谈申请购房贷款的事。

她把酒杯放到桌上，老老实实地说："我没听清你的话。"

"低息抵押贷款，那家公司贷足够的钱给我们买房子。对这帮老兄来说，让他们的普通律师过得体面非常重要，所以他们就以很低的利息贷款给我们。"

"你是说像个家一样的房子，四周有草地，有灌木的那种？"

"没错儿。不是曼哈顿那种高价公寓，而是有三间卧室的郊区住

13

房,还有私人车道,有能停两辆车的车库,这样我们就可以停那辆宝马车。"

她怔怔地愣了一两秒钟,但到底还是问了句:"宝马,谁的宝马?"

"我们的。宝贝,我们的宝马车。公司租一辆崭新的车子,然后把钥匙交给我们。这有点像职业球队到大学挑人时给的'签约奖',这一来等于每年多给了我五千元。车的颜色自然由我们挑。我看黑色不错,你说呢?"

"我们从此可以不再开破车、不再吃剩菜、不再穿旧衣了。"她一边轻轻摇着头,一边说。

他吧唧吧唧嚼着一嘴的面,含笑看着她。看得出,她正在幻想呢,也许在想家具、墙纸,在想也许用不了多久还会有游泳池;还有小宝宝们,那是些深色眼睛、淡棕色头发的小家伙。

"还有一些别的福利待遇,他们以后再和我谈。"

"我不明白,米奇,他们干吗这么慷慨?"

"我也问过这个问题。他们用人很挑剔,因此乐于出大价钱。既然要招贤纳士,当然就不在乎几个钱了。据说,他们公司没一个跳槽的。再说,要把拔尖的人才吸引到孟菲斯,再花多些钱我想也值得。"

"孟菲斯离家近些。"她说,没有正眼注视他。

"我可没家。那只是离你父母近些。我对这有些忧虑。"

"你离雷不也近些吗?"她照例把他谈论她父母的话岔开。

他点点头,咬了一口蛋卷,想象着哪一天岳父母破天荒来访的情景:他们把使用多年的凯迪拉克老爷车开进他新居的车道,看见一幢法国殖民时代的建筑,车库里停着两辆崭新的小车。这时。他们会眼红得发狂,心里直嘀咕:这无家无地位的穷小子,二十五岁刚出校门,哪来钱买这些东西的? 老两口一定会忍着心痛强作笑颜,赞叹这里一切是如何如何的好。不一会儿,萨瑟兰先生突然问起房子的价钱,那时他就会叫老头子少问这种事,这死老头听了非气疯不可。待不了多久,他们就会动身回肯塔基去,对那边的亲朋好友吹嘘女儿女婿在孟菲斯过得如何如何。他们和他不能融洽相处,这使艾比心里很难过,可嘴上又不便多说。从一开始,他们对待他就像对待麻风病人似的。他在他们眼里一文不值,他们竟连女儿的婚礼都拒绝参加。

"你去过孟菲斯吗?"他问。

"小时候去过一回,好像是参加教会组织的一次活动。我只记得那条河。"

"他们请我们去那儿看看。"

"我们!你是说也邀请我了?"

"嗯。他们请你一定去。"

"什么时候?"

"过两周吧。他们星期四下午用飞机接我们去,过个周末。"

"我已经喜欢上那家公司了。"

2

坐落在密西西比河畔沿河大街棉花路中央的那幢五层楼房,是一百年前一个棉花商和他的儿子们建造的。第一次世界大战以后,这座无人问津、废弃了的房子屡经修缮,后于一九五一年被一个名叫安东尼·本迪尼的税法律师买了下来。雄心勃勃的本迪尼重又把它修葺一新,更名为本迪尼大厦,同时开始招兵买马,搜罗了一批律师。

本迪尼对这幢楼房极其珍爱,一味地娇它、惯它、宠它,每年都给它添上一层奢华的外表,把它修建成了一座堡垒:大大小小的门窗封起来了;雇用了全副武装的卫兵保卫它和它的占用者;增设了电梯、电子监视装置、保安设施、闭路电视、健身房、蒸汽浴室和贮藏室，五楼上还有个能眺望迷人河畔风景的合伙人餐厅。

本迪尼创建的这家公司二十年后成了孟菲斯最富有的法律顾问公司，无疑也是最神秘的一家公司。严守秘密是本迪尼最热衷的规矩。公司里聘用的每一个律师都受过训示：快嘴快舌乃万恶之源。这里，一切都秘而不宣：工资、津贴、晋升，尤其是客户情况。年轻律师被告诫说，泄露公司的生意，会延缓"圣杯"——合伙人资格——的赏赐。没有什么能从沿河大街上的这座堡垒里泄露出去。

这家拥有四十一名律师的税法顾问公司，其规模在孟菲斯居第四位。它的律师既不登广告，也不求引人注目。他们是个小集团，从不结交外面的律师。他们的妻子一起打网球、玩桥牌，结伴到商场买东西。本迪尼-兰伯特暨洛克法律顾问公司倒像个大家庭，一个相当殷实的大家庭。

星期五，上午十点，公司的大轿车在沿河大街停了下来。米切尔·麦克迪尔先生走下车，客气地谢了司机，注视着车子渐渐远去。这是米奇第一次乘坐高级轿车。他伫立在人行道上靠近街灯的地方，欣赏着静谧的本迪尼公司那古雅、别致、多少有些庄严的楼房。他即刻意识到，他会喜欢这儿的。

拉马尔·奎因出了正门，走下门阶，挥手向米奇打着招呼。

"你好，米奇。晚上过得好吗？"他们像久别的老友似的握着手。昨晚，是他到机场接他们，并把他们安顿在"南方大酒店"的。

"好极了。那家酒店真棒。"

"我知道你会喜欢的。人人都爱'皮博迪'[①]。"

他们步入前厅，只见一块小告示牌上写着：欢迎贵宾米切尔·麦克迪尔先生。一个衣着考究但长相平平的接待员含着微笑，热情地对

[①] "南方大酒店"的绰号，原文为"Peabody"。

他说，她叫西尔维娅，需要什么的话，对她说一声就行了。他向她道了谢。

拉马尔领他进了一个长长的过道，开始带他参观，对他讲起了全楼的布局，边走边把他介绍给那些秘书和专职律师的助手。二楼的主图书室内，一群律师围坐在大会议桌旁，正吃着精致的糕点，喝着咖啡。客人进来时，大家立刻静了下来。

奥利弗·兰伯特起身欢迎米奇，把他介绍给大伙。屋子里大约有二十来个人，大多是公司的普通律师。拉马尔解释过：那些合伙人太忙了，要过些时候在午餐会上再和他见面。他站到了桌子的一端，这时兰伯特请大伙静一静。

"先生们，这位是米切尔·麦克迪尔先生。大家久闻其名，今日才有幸见到他本人。他是本公司今年聘人的头号人选，可以说是我们的头号'敦请英才'。纽约和芝加哥那帮大老爷们也在打他的主意，鬼知道还有什么别的地方呢。因此，我们这家在孟菲斯的小公司，要想聘到他，还得好好动动脑筋。"大伙笑着点头称是。客人局促不安起来。

"再过两个月，他就要结束在哈佛的学业，以优异成绩毕业。他是《哈佛法律评论》的副主编。"米奇看得出，这引起了大伙的极大兴趣。"他在西肯塔基读的是本科，并以最优异的成绩毕业于该校。"这可不那么吸引人。"他还打了四年橄榄球，低年级就开始打四分卫。"这下，大伙可真给镇住了，看着他，仿佛在看乔·纳马思[①]，一脸毕恭毕敬的神情。

主事合伙人兀自滔滔不绝地说着，米奇颇尴尬地站在他身旁。他用低沉的声音说他们选人如何如何严格，而米奇又是怎样怎样的合

---

① 乔·纳马思（1943— ），美国著名运动员，后改拍电影。

适。米奇双手插在口袋里，脑子开起小差来了。他一一审视着众人。他们年轻有为，日子过得富裕；着装好像有严格的模式，不过与纽约和芝加哥的也没有什么两样。那是些深灰或海军蓝全毛西服，白色或蓝色的挺括的活领棉布衬衫，丝绸领带。衣着既不狂放，也不拘谨。整洁是必须做到的。也不能蓄胡留髭，头发不能过耳。虽然也有两个邋遢鬼，但大多数都仪表堂堂。

兰伯特的话总算快收尾了。"拉马尔将带米奇参观办公室，我想大家可以找机会和他聊聊，一定要热情相待。今晚，他和他那可爱的——我说可爱的，一点也不夸张——妻子艾比将到'幽会'餐馆吃大排。不消说，明晚在我那里举行公司晚宴款待他们两位。到时候，希望你们都给我规矩点。"然后，他看着米奇笑着说："米奇，要是拉马尔让你烦了，告诉我一声，我们再给你找个称职一些的。"

米奇和大伙一一握手道别，并尽量多记住一些人的名字。

"我们开始参观吧，"屋里空了之后拉马尔说，"这里，不用说，是个图书室。一楼到四楼，每层都有和这一模一样的图书室。我们也在图书室开大会。每一层的藏书都不一样，所以你根本就不知道你的研究工作将你带到哪一层。我们有两名专职图书管理员。我们还广泛使用缩微胶卷和胶片。公司规定，研究工作只在这幢楼里做。我们一共有十余万册藏书，比某些法学院还多呢。"

他们绕过那张狭长的会议桌，来到十几排书架的中央。"十万册呢。"米奇咕哝道。

"可不，每年我们几乎要花五十万美元用来保护、增补以及购置新书。那些合伙人对这点总是牢骚满腹，不过谁都不曾想过削减经费。这是全国最大的私立法学图书馆之一，我们为此而自豪。"

"的确不错啊。"

"我们力图使研究工作轻松愉快。你知道的，研究工作枯燥无味，找资料往往要浪费很多时间。头两年，新来的人要在这儿花许多时间，所以我们尽量把它布置得赏心悦目。"

在里头的一个角落里，堆满书籍的工作台后坐着一名管理员。他自我介绍后便领他们参观了一下计算机房。十几台终端机摆在那儿，准备随时协助查找最新研究资料。他主动提出为他们演示一下，拉马尔却说日后再来看也不迟。

"他是挺好的一个人，"出图书室时拉马尔说，"我们每年付他四万薪水，仅仅叫他管理一下这些书籍。这数目真高得惊人啊。"

确是高得惊人，米奇心里想道。

二楼其实和一楼、三楼、四楼没有丝毫的不同。每层楼的中央是秘书们的天地，那儿摆满了秘书桌、文件柜、复印机和其他一些必不可少的设备。在楼层的一侧是图书室，另一侧，是小型会议室和办公室。

"在这里，你见不着一个漂亮的秘书，"在他们注视着秘书们干活的当儿，拉马尔说，"这像是公司一条不成文的规定。奥利弗·兰伯特想方设法地雇用一些年纪较大、又没有姿色的人做秘书。当然，有些秘书在这儿干了二十年了，她们忘掉的法律知识比我们在法学院学到的还多呢。"

"她们似乎太丰满了。"米奇几乎是自言自语地说。

"可不。这大概也是一种策略吧，好让我们规矩一点。追逐女色是绝对禁止的，不过就我所知，至今还没发生过那样的事。"

"要是出了那种事怎么办呢？"

"谁知道呢。秘书当然要被解雇，律师想必也要受到严惩，说不定连合伙人的资格也要给取消。谁也不想以身试法，何况是跟这群母牛呢。"

"她们穿着倒挺漂亮。"

"可别弄错了。我们雇用的都是最出色的法律秘书，薪水是本城哪家公司都不能比的。我们看重的是经验和成熟。兰伯特从不雇用三十岁以下的人做秘书。"

"每个律师配一名秘书？"

"嗯，等到你升为合伙人了就再配一名。那时，你也确实会再需要一名的。纳森·洛克就配了三名，全都有二十多年的工作经验，但洛克还是整天让她们忙得不亦乐乎。"

"他的办公室在哪儿？"

"四楼，那是严禁入内的。"

米奇正要问什么，但没问出来。

拐角处的办公室都是二十五英尺见方，由资历最深的合伙人享用，拉马尔解释说。他称它们是"权势办公室"，语气中含着期盼。它们是按各人的喜好装饰的，费用不用自己出。直到使用者退休或死了，才被让出来。那时，它们又成了年轻一些的合伙人竞相争夺之处。

拉马尔揿了揿其中一间的按钮，他们走了进去，随手关好了门。他见米奇踱到窗前，凝望着沿河大道那边缓流不息的河水，于是说道："哈，景色不错呀。"

"这间办公室如何才能得到？"米奇一边痴痴地望着一只彩舟在那通往阿肯色的桥下徐徐行进，一边问道。

"得花时间。到了这儿后，你很快会富起来的，但也很忙，难得有闲暇赏景的。"

"这是谁的办公室？"

"维克多·米利根的。他负责税务，是个好人呢。他原本是新英格兰人，在这儿干了二十五年了，已把孟菲斯看作他的家乡。"拉马尔双手插在口袋里，在屋子里来回踱着。"硬木地板和天花板还是盖这幢楼时铺上的，有一百多年了。楼里人多铺了地毯，但也有好几处,地板还是完好的。来这儿以后,是全铺上地毯,还是用小块地毯,随你的便。"

"我喜欢地板。那是块什么地毯?"

"大概是波斯古董吧,我也弄不清。那张桌子是他曾祖父用过的,他曾祖父大概是罗德岛的法官。他是这么说的。他这人爱胡吹,你压根儿不知道他什么时候是在讲真话,什么时候是在吹牛皮。"

"他人呢?"

"度假去了,也许吧。他们和你谈过假期的事吗?"

"没有。"

"头五年里,每年你有两周假期,自然是带薪的。等成了合伙人,就有三周,再往后你就可以要什么有什么。公司在韦尔有幢木结构的别墅,在马尼托巴的一个湖畔有幢小木屋,在大开曼岛的七里滩有两套度假公寓。这都是不收费的,不过,你得提前预订。合伙人优先,但合伙人中也有个先来后到。公司上下的人都特别爱开曼群岛,那真是个国际性的逃税圣地。我想米利根这会儿正在那里,没准正戴着水肺潜水呢,还美其名曰干公务。"

在一门税法课上,米奇曾听说过开曼群岛,知道在加勒比海的某个地方。他正要问清确切地点,但还是决定自己去查明白。

"就两个星期?"他问。

"哎,不错,那有什么问题吗?"

"倒不是。纽约的那些公司至少有三星期。"那口吻仿佛一位不知度过多少奢侈假期的评论家在对假期评头论足。其实,他差得远呢,除了三天蜜月旅行,以及一次横穿新英格兰之行,他还不曾度过什么假,更不用说出国了。

"另外还有一周假,不过不带薪。"

米奇点点头,似乎在说那还差不多。他们离开了米利根的办公室，继续参观，在各个地方都受到热烈欢迎。

一小时前，凯·奎因把孩子留给了保姆和用人，到"皮博迪"和艾比共进早中饭。凯像艾比一样，也是在小镇长大的，大学毕业后，嫁给了拉马尔。拉马尔在范德堡大学攻读法律时，他们在纳什维尔住了三年。拉马尔挣了许多钱后，她便辞了工作，十四个月里就生了两个孩子。既然都辞职了，生孩子的大业也完成了，她大部分时光便泡到了园艺俱乐部、乡村俱乐部、家长与教师联谊会和教堂里。虽说有那么多钱，日子过得富裕，她照例端庄贤淑，不娇不艳。不用说，不论丈夫有多么功名成就，她是铁了心要一如既往了。艾比与她交上了朋友。

吃过面包和鸡蛋，她们坐在酒店的门厅里，一面喝咖啡，一面看鸭子在喷泉池里嬉游。凯提议游览一下孟菲斯城，再到她家附近吃顿迟中饭。也可以买些东西。

"他们提到过低息贷款没有？"她问。

"提过，头次见面就说了。"

"你们搬过来后，他们就希望你们买房子。刚离开法学院，人们大多买不起房子，因此，公司就以低息贷款给你，但抵押权归公司所有。"

"怎么个抵法？"

"我也不清楚。我们搬到这儿已有七年了。打那以后，我们买了两次房子。反正很划算，真的。不管怎么说，公司也要你有个家，这可是一条不成文的规矩。"

"这又是为什么呢？"

"有几个原因。首先，他们想吸引你到这儿来；公司很挑剔，通常只招收他们想要的人。不过孟菲斯可不是人人都争着来的地方，于是他们就得提供更多更好的待遇。其次，公司十分苛求，尤其是对年轻律师。他们的工作强度大，常加班加点，每周要干八十个小时，在家的时间很少。这对夫妻双方都不容易，公司对此很清楚。他们的理论是：有牢固的婚姻才有快乐的律师，快乐的律师才会有高效率。说到底，根本的一条是赚钱，不停地赚钱。

"还有一个原因。那些男人——全是男人，没一个女的——对自己的富裕很是得意。所以，公司里每个人的穿着打扮、言谈举止都应当有富翁的派头。要是哪个律师还住在公寓里，这对公司来说是很不体面的。他们希望你拥有一座房子，五年之后，再换一座更大的房子。要是下午有空，我带你到几个合伙人家去转转。看了他们的家，你是不会介意每周干八十小时的。"

"这我早已习惯了。"

"那很好。不过，法学院的情况与这儿的情况是无法相比的，税收季节，他们每周有时要干一百多个小时。"

艾比笑着摇了摇头，似乎她对此很有感触。"你工作吗？"

"不。我们大多不工作。钱有得是，我们也就不必非得工作不可。再说，丈夫是顾不上照看孩子的。当然，要是你想工作，那也并非什么不许可的事。"

"谁不许可？"

"公司。"

"我倒希望不是这样。"艾比暗自重复着"不许可"这三个字，不过也没太把这话放在心上。

凯呷了一口咖啡，看着池中的鸭子。一个小男孩从母亲身边走开了，站在喷泉池旁。"你打算什么时候要孩子？"凯问。

"大概过两三年吧。"

"生孩子是受鼓励的。"

"谁鼓励？"

"公司。"

"公司干吗要管我们是否有孩子呢?"

"还是希望家庭稳固呀。谁家刚生了孩子,那可是件了不起的事儿。他们又是送鲜花又是送礼物到医院里,简直把你当女王看待,可有趣啦。"

"听起来公司就像个大兄弟会。"

"更像个大家庭。我们的社交全都围着公司转。这很重要,因为我们没一个是孟菲斯人。我们都是外来户。"

"那挺好。不过,我可不喜欢谁来告诉我什么时候该工作,什么时候不该工作,什么时候该生孩子。"

"别担心。大伙彼此照应,相互关怀,公司对这些事是不插手的。"

"我倒有些怀疑呢。"

"放心,艾比。在公司里,大家就像一家人一样。他们个个都很了不起。孟菲斯是座很美妙的老城,适于生活、生儿育女。生活费用比大城市低得多,节奏也慢得多。你们也许想去大城市,可我呢,宁可待在孟菲斯,不想去大城市。"

凯付过账,她们乘坐奎因家崭新的梅塞德斯轿车离开了"皮博迪"。

餐厅(大伙就是这么平常地称呼它的)位于五楼的西头,下面就是沿河大道。一排八英尺高的窗户一溜儿嵌在临河的墙上。河上景色诱人:拖船、轮船、方驳船穿行河中,码头和桥梁静卧水边河上。

那餐厅是静谧的本迪尼公司那帮有才干、有抱负、称得上合伙人的律师的圣地。他们每天聚集在那里用午餐。午餐是杰西·弗朗西斯——一个大块头、性情暴躁、上了年岁的黑女人——做的,伺候他们用餐的是她的丈夫罗斯福。有时,他们早上也聚到那儿,边喝咖啡吃点心,边讨论公司的事务;逢到什么特别大的生意或庆祝收入特好的某个月份,他们偶尔也在傍晚时到那里去喝上一杯。总之,那不是一般的人可以随便去的地方。

米奇和拉马尔·奎因、奥利弗·兰伯特以及罗伊斯·麦克奈特同坐一桌。主菜是上等大排,配菜有清炒黄秋葵和水煮笋瓜。他战战兢兢地吃着,时而小心翼翼地聊上几句,还硬想装出一副泰然自若的样子,这谈何容易。四周尽是德高望重、飞黄腾达的律师,个个都腰缠万贯,身穿时髦华丽的用餐礼服。置身其中,米奇仿佛坐在圣地上。幸好拉马尔也在场,他心神才宁静了一点儿。

见米奇吃完了,奥利弗·兰伯特揩揩嘴,缓缓站起身,用匙敲着茶杯说:"先生们,请安静一下。"

餐厅里顿时静了下来,二十多位合伙人一齐面向主餐桌。他们取下餐巾,注视着客人。每个合伙人的办公桌上都有一份他的档案。两个月前,他们无记名投票,把他推为头号人选。他们知道,他天天锻炼,跑四英里的路。不嗜酒,也不抽烟,对硫化物天生过敏。他有辆蓝色马自达,有个疯母亲,她曾经一刻钟内三次动手伤人。他们还知道,哪怕在生病的时候,他也从不服比阿司匹林更烈的药。他们知道他渴望工作,如果要他干,一周干一百个小时他也不在乎。他们都很喜欢他,何况他一表人才,体魄强健,既有聪明的头脑,又有运动员的身材,是个出类拔萃的人物。

"大家知道,今天我们请来了一位特别嘉宾米切尔·麦克迪尔。他即将以优异的成绩毕业于哈佛——"

"听呀,听呀!"两个哈佛校友嘀咕起来。

"没错,谢谢。本周末,他和妻子艾比作为我们的贵宾下榻'皮博迪'。在三百名学生中,米奇将以前五名的优异成绩毕业,许多公司争着要他。我们希望他能来我们公司,不用我说,诸位会在他离开之前跟他聊聊的。今晚,拉马尔和凯夫妇宴请他们,明晚由我请客,请各位务必出席。"

凯最爱去的是东孟菲斯一家别致的时髦餐馆,那是阔少们经常光顾的地方。餐馆里吊满了数以千计的蕨类植物。自动电唱机不停地播放二十世纪六十年代初期的乐曲。得其利鸡尾酒斟满高脚玻璃杯。

"一杯足够了,"凯告诫说,"喝酒我可不怎么行。"

她们要了洛林糕,品味着得其利酒。

"米奇喝酒吗?"

"很少,他是个运动员,特别爱惜身体,偶尔喝杯啤酒或葡萄酒,烈性酒从来不沾。拉马尔呢?"

"也差不多。不过,在法学院那阵子,他简直是掉进啤酒桶里了,可他太胖了,不能再喝。公司对酗酒深恶痛绝。"

"这一点倒是深得人心。不过,他们管这些干吗?"

"因为律师见了酒就像吸血鬼见了血,他们喝起酒来,像鱼喝水似的。酗酒可把从事这个职业的人们给坑苦了。干他们那一行,压力太大,太紧张,也就是说,他们时不时得喝上几杯提提神儿。这帮家伙也不是滴酒不沾,但他们能适可而止,健康的律师才能拼命地工作,赚大钱,你瞧,又是赚钱。"

"我想,那倒也合情合理。米奇说没有一个人跳槽的。"

"这个公司相当稳定,我们来这儿的七年里,没一个离开公司另谋他就的。他们给的钱多,对雇员又是那么关怀备至。他们可不招收有私人收入的人。"

"我不太明白你的意思。"

"他们不聘用有其他收入的律师。他们要的是穷得叮当响的年轻人。这关系到忠诚与否的问题。要是你只有一个经济来源,你将会对这一来源全力以赴。公司要求绝对忠诚。拉马尔说,跳槽的事,提都不曾有人提过。他们各自都过得富足愉快。真要是有谁想跳跳槽,他可是再也找不着一家有这么高薪水的公司了。他们会不惜一切代价把你和米奇吸引过来的。他们对付高薪很自豪。"

"为什么没有女律师?"

"他们曾经也试着找过一个。她可真是个难缠的女人,把这地方搅得不得安宁。大多数女律师走起路来都一副盛气凌人、要干仗的架势。难对付着呢。拉马尔说他们害怕再雇用女律师,因为要是她不努力干活,他们也不能撵她走路。实在拿她没招儿。"

洛林糕端上来了,服务员再来斟酒时,她们谢绝了。餐馆里如云的蕨类植物下面,拥塞着上百名年轻的职业人员,餐厅里的气氛渐渐热烈起来。自动电唱机里传出斯莫基·罗宾逊柔曼的歌声。

"我有个好主意,"凯说,"我认识一位房地产经纪人。我们打个电话给她,看看房子去。"

"什么房子?"

"你和米奇的呀。她会让你看几套价格适中的房子。"

"我也不知道什么样的价格叫适中呀。"

"差不多总在一万到一万五吧。上次一个新来的律师在橡林区买了一幢,我记得就是那么个价。"

艾比身体前倾,几乎是自言自语地问:"那一个月得付多少?"

"我也说不准,不过你肯定付得起,大约每月一千美元,或许再多一点。"

艾比看着她,吃惊得直咽口水,曼哈顿那些狭小的公寓,租金是它的两倍呢。"给她打个电话。"

果然不出所料，罗伊斯·麦克奈特的办公室的确是间可以眺望壮观风景的"权势办公室"。它位于四楼的一个拐角。这位任事合伙人请米奇在沙发边的一张小会议桌旁坐了下来。一位秘书被打发去煮咖啡了。

麦克奈特问米奇对孟菲斯之行印象如何，米奇回答说挺不错的。

"米奇，我想把公司的待遇跟你明确一下。"

"好的。"

"头一年的基本工资是八万，通过资格考试之后，再加五千。这五千不是奖金，是加薪。考试定在十一月份，因此你夏天的大部分时间得好好复习。我们有自己的复习课程，还有合伙人对你进行个别辅导。这主要是在上班时间进行。你是知道的，大多数公司逼着你干活而指望你抽空自学。我们可不这么干。本公司至今还没有谁考砸过，我们也不担心你会破这个例。工资起初是八万，六个月后加到八万五千，干满一年，升到九万。另外，每年的十二月份还能拿一笔奖金，数目根据一年所创的利润和表现而定。去年，普通律师的平均数是九千美元。你也晓得，法律公司与普通律师分享利润是极罕见的。关于薪水有什么问题吗？"

"第二年以后呢？"

"成为合伙人之前，基本工资每年大约增长10%。工资也好，奖金也好，都不是铁定的，得视表现而定。"

"够公平的。"

"你也知道，你买房子一事对公司至关重要，既能使家庭更稳定，又能增加声誉，我们很关心这类事情，尤其是对普通律师。为此，公司提供低息抵押贷款，三十年期限，利率稳定。如果几年后你决定把房子卖出，这一切优惠条件也就取消了。这是一次性交易，我们只支持你头一次买房，往后就得靠自己了。"

"利息多少？"

"只要不和国内税务局发生冲突，能低到多少就低到多少。目前市场利息大约是 10% 或 10.5%。我们想必可以按 7% 到 8% 给你。我们替几家银行做事，他们会帮这个忙的。有了这么高的薪水，贷款是没有问题的，实际上，必要时，公司会以担保人身份签合同的。"

"那真是相当慷慨了，麦克奈特先生。"

"这对我们至关重要，何况我们又没丢失一分钱。一旦房子选好了，余下的一切手续都由我们的房产部门去办，你就只等搬进去好了。"

"宝马车怎么说？"

麦克奈特略略地笑了起来。"我们大约在十年前增设了这项待遇，事实证明还是挺诱人的呢。是这么回事，你挑选一辆宝马，小型的，我们租赁三年，交你使用。停车费、保险金、维修费全由我们付。三年后，你可以以展销价从租赁公司买下。这也是一次性交易。"

"挺诱人呢。"

"当然。"

麦克奈特看了看记事簿。"我们还承担雇员全家的全部医疗及牙病费用。怀孕、体检、镶牙、等等，一切均由公司付费。"

米奇点了点头，但他并未为这点所感动，这种做法在不少公司中很普遍。

"我们有一个谁也比不了的退休计划。你每存入一元钱，公司就拿出两元来，不过这有个条件，你至少得存基本工资的 10%。比如说，一开始你的年薪是八万，头一年你存八千，公司再加一万六。一年后，你的八千就成了两万四。纽约的一个金融专家专门处理这笔钱。去年我们的退休保险金净赚了十九个百分点，挺不错吧。存上二十年，四十五岁时你就能成为一个百万富翁，正好可以退休。这也有个说法：假如你中途不干，存不到二十年，那你只能拿回本金，别的什么都拿不到，利息一分也没有。"

"听起来相当苛刻嘛。"

"一点也不。实际上，相当慷慨，找找看，还有哪家公司会以二配一。据我所知，一家也没有。这是我们自己照顾自己的一种方法。我们有许多合伙人五十岁退休，有些四十五岁就退了。这没什么严格的规定。有人干到六十岁、七十多岁。各人视自己的情况而定。我们的目的很简单，就是要保证一笔丰厚的退休金，而且让人们有条件选择早退休。"

"现在有多少退休合伙人？"

"二十来个。你时不时能在这儿见到他们的。他们喜欢来这儿吃午饭，少数几个人的办公室还保留着。拉马尔同你谈过假期的事吗？"

"谈了。"

"很好。要早点预约房间，特别是到韦尔和开曼岛。飞机票要自己买，住公寓是免费的。我们在开曼有很多生意要做，往后会时不时派你去那儿待上两三天，这里的事一概不用操心。这些出差旅游不算度假，每过一两年就能轮到一回。米奇，工作起来我们玩命地干，因此深知闲暇的价值。"

米奇点头赞同，想象着正躺在沐浴着阳光的加勒比海滩，边吮吸着菠萝汁，边观赏着身着三点式比基尼的女人。

"拉马尔提到过应聘金没有？"

"没有，不过听起来倒挺新鲜的。"

"如果你来我们公司工作，我们交给你一张五千元的支票。我们希望你用这笔钱添置新衣服。你穿了七年的牛仔服和运动衣，也许没有多少西服可以替换，这我们清楚。仪表对我们来说至关重要。我们要求我们的律师穿得考究、正统。虽然没有统一着装规定，不过，你会知道如何穿得得体的。"

他是不是说五千美元？五千美元买西装？眼下米奇一共才有两套西服，一套正穿在身上。

米奇愣愣地坐着，脸上没有一丝笑容。

"有什么问题吗？"

"有。大公司一向臭名在外，人们叫它们'血汗工厂'，那里的普通律师头三年被关进图书馆，淹没在枯燥无味的研究之中。我可不愿那么干。我并不在乎做应当做的研究工作，我也深知自己是个垫底的人物。可我不愿意替全公司做研究、写摘要。我想跟真正的客户打交道，处理真正的问题。"

麦克奈特聚精会神地听着，等着用背熟的话来回答。"我理解，米奇，你说得对，在大公司这的确是个问题，不过在这儿就不成其为问题。头三个月，你除了复习考试之外不用干什么活儿。考试一完事，你就开始干法律方面的事。公司将把你配给一个合伙人，他的客户也就是你的客户。你要替他做大部分的研究工作，自然还有自己的，偶尔也会请你协助别人写写摘要，搞搞研究。我们想让你干得快快乐乐。公司的跳槽率是零，我们为此而自豪。为了不让工作脱离正轨，我们不惜做出额外努力。要是你与合伙人不能和睦相处，我们就给你另找一个。要是你发觉自己不喜欢搞税法，我们会让你试试证券和金融。选择权在你。公司很快就要投资一大笔钱在米奇·麦克迪尔身上。我们想让你干出成绩。"

米奇呷着咖啡，搜肠刮肚想问点什么。麦克奈特先生扫了一眼记事簿。

"搬迁费全由我们支付。"

"那要不了多少钱，不过就租一辆小货车。"

"还有什么问题吗，米奇？"

"没有，先生。我想不出什么了。"

任事合伙人麦克奈特收起了记事簿，两肘支在桌子上，身体前倾。"米奇，我们不想催你，不过希望你尽快给我们一个答复。你要是另有他就，我们就得继续找人面试。这又是个很费时的过程。我们想让新来的律师七月一日前正式上班。"

"让我考虑十天行吗？"

"好的，就是说三月三十日以前会有答复？"

"当然，不过我会提前同你们联系的。"米奇告辞，走出麦克奈特的办公室，只见拉马尔正在外面的过厅里等他。他们约好七点钟一块吃晚饭。

3

本迪尼大厦的五楼上没有律师办公室。合伙人餐厅和厨房占去了西头，中间是几间既没用过也没粉刷过的空锁着的储藏室，余下的三分之一的地方被一堵厚实的混凝土墙封隔起来了。墙的中央有一扇小铁门，旁边装着一个按钮，门的正上方悬着一台摄像机。铁门的里边是一个很小的房间，一名全副武装的卫兵在里面守着门，监视着墙上的闭路电视屏幕。一条曲曲折折的过道穿过由几间狭小的办公室和工作间构成的迷宫，一整套人马在那儿秘密地干着收集和分析情报的差事。外墙的窗户上厚厚实实地涂满了油漆，里边还有一层百叶窗严严实实地遮挡着。干着急的阳光怎么也找不着空儿钻进这座堡垒里。

保安头目德法歇占据着这些又小又不起眼的办公室中的最大的一间。光秃秃的墙上，孤零零地挂着的证书表明他曾在新奥尔良警察署忠心耿耿地干过三十年侦探。他矮墩墩的身材，肚皮微挺着，胸背结实硬朗，宽厚的双肩上架着他溜圆溜圆的大头，脸上一副难得一笑的神情。他皱巴巴的衬衣的衣领很宽容地敞着,一任那臃肿肥胖的脖颈无拘无束地耷拉下来。

麦克迪尔离去后的星期一上午,奥利弗·兰伯特站在那扇小铁门前,出神地望着头顶上的摄像机。他揿了两次按钮,等了好一会儿,保安部的门总算开了。他快步穿过了狭小的过道,来到德法歇杂乱的办公室里。德法歇抽着荷兰"老板"烟,对着干净的烟灰缸吐了口烟,顺手把桌上的文件拂得满地都是,直到露出木头桌面。

"你好,奥利。准是想谈谈麦克迪尔吧。"

本迪尼大厦里,德法歇是唯一当面叫他奥利的人。

"不错。还有点别的事。"

"听我说,他过得很开心,对公司的印象不错,也挺喜欢孟菲斯,很可能会应聘的。"

"你手下的人是藏在什么地方的?"

"我们包下了他们两边隔壁的客房,在他的房间里装了窃听器;自然,大轿车、电话以及所有别的地方也都装上了。老规矩,奥利。"

"具体谈谈吧。"

"好的。星期四晚上,他们回来得很晚,没谈什么便睡了。星期五晚上,他把公司的情况全都对她说了,还说你真是个大好人呢。你想必爱听这样的话吧。"

"说下去。"

"他对她描述了豪华的餐厅,与合伙人共进午餐的经过,还向她谈了具体的待遇情况,说待遇比别的单位优厚得多。他们兴奋不已。她想要座带庭院、有私人车道、草坪周围种了树的房子。他说会有的。"

"他对公司有什么疑问吗?"

"这他倒没说什么,只是提到过公司没有黑人和女人,不过好像也没把这太当一回事儿。"

"他妻子呢?"

"她呀,乐了个够呢。她喜欢这座城市,和奎因的妻子处得很投机。星期五下午她们看房子去了,看到两处她挺喜欢的。"

"地址你都弄到了吗?"

"那还用说,奥利。星期六上午,她们打电话要了大轿车,满城兜了一圈。她们对轿车喜欢得了不得。我们的司机避开了那些破旧的地方。她们又去看了好几幢房子,我想大概看定了一幢:东草溪地1231号。那房子没住人。一个名叫贝齐·贝尔的经纪人领她们进去看了看。出价一万四千美元,当然肯定要不了那么多。"

"好了。关于薪水呢?"

"薪水给他们留下了很深的印象。到目前为止我们出的最高。他们不停地谈钱啦,工资啦,退休啦,抵押贷款啦,宝马跑车啦,还有奖金啦,无所不谈。他们简直不敢相信这一切。真是两个囊空如洗的穷光蛋。"

"可不。你认为我们能把他们吸引过来,是吗?"

"绝对没问题。他说过,虽说我们公司比不上华尔街的那么有名望,可我们的律师也是一样的出类拔萃,而且友好得多。我想他会应聘的,没错儿。"

"他起什么疑心了吗?"

"还不至于。奎因曾明确告诉他要离洛克的办公室远点。他后来对妻子说,除了几个秘书和合伙人,谁也不曾进过洛克的办公室,因为奎因说洛克这人性情怪僻,不合群。我想他没有起疑心。他老婆倒是说过,公司似乎对一些不相干的闲事太关心了些。"

"比如说?"

"个人私事,像生孩子啦,老婆是否工作啦,等等。她好像有点气恼,星期六早上,她对米奇说她决不能容忍一帮律师来指教她该什么时候工作、什么时候生孩子。不过,我认为这不是什么问题。"

"他是否意识到了这工作的长久性?"

"我想意识到了,他们压根儿没提过先来干几年然后再走。我觉得他领会了我们的意思。像大家一样,他也想成为合伙人。他穷得叮当响,因此一心想挣大钱。"

"夫妻生活呢?"

"夜夜都过,听起来就像是在这儿度蜜月。"

"他们做些什么?"

"我们看不见,你忘了?听上去挺正常,没什么古怪的。不过,我倒是想到过你,你那么喜欢看照片。我总是叮嘱自己:为了老奥利,真该装几台摄像机。"

"闭嘴,德法歇!"

"再说吧。"

然后两个人都默不作声,德法歇扫了一眼律师公文纸,暗自笑了笑。

"总而言之,"他说,"他们的婚姻是牢固的。他们好像很亲密。你的司机说整个周末他们都是手拉着手,三天里没说过一句斗气话。挺不错的,是不是?可我呢,都结过三次婚了。"

"可以理解。他们打算几时要孩子?"

"过两三年。她想工作一段时间,再要孩子。"

"你觉得这小伙子怎么样?"

"是个挺好、挺本分的小伙子,而且雄心勃勃。他有成功的渴望,不到峰顶不会罢休,必要的话,他会不惜冒险,甚至打破某些常规。"

奥利笑道:"我想听的就是这话。"

"她还打了两次电话,都是给她在肯塔基的母亲的。没什么值得一提的。"

"谈到他的家庭没有？"

"只字未提。"

"还没雷的消息？"

"我们不是在找吗，奥利？给我一些时间。"

德法歇合上了麦克迪尔的卷宗，打开了另外一叠更厚的。兰伯特揉了揉太阳穴，眼睛盯着地板，轻声问道："有什么最新情况？"

"有个情况不太妙，奥利。我得到证实，霍奇打算与科津斯基合伙干。上星期，联邦调查局弄了张搜捕证搜查了科津斯基的家，发现了我们的窃听器。他们告诉他，他家被咬上了，自然他们不知道是谁干的。上周五，科津斯基在三楼图书室把这些偷偷告诉了霍奇。我们的窃听器就在附近，断断续续听到了一些，不多，但我们知道他们谈到了窃听器。他们深信什么都被'咬'了，而且怀疑是我们干的。他们交谈时特别谨慎。"

"联邦调查局干吗费那个事，非要弄张搜捕证呢？"

"问得好，大概因为我们的缘故吧。那样，既显得合法，又很得体。他们可不愿侵犯我们。"

"哪个特工干的？"

"塔兰斯，显然是他负责这件事。"

"他能干吗？"

"挺能干，既年轻，又热情过人。虽是新手，但精明强干，不过还不是我的弟兄们的对手。"

"他多长时间同科津斯基谈一次？"

"没法搞清楚，他们认为我们在监听，因为双方都极其谨慎。我们只知道他们上个月见了四次面。不过我怀疑不止四次。"

"他泄露了多少情况？"

"不多,我想。他们仍在暗中做交易,还没动真格的。我们听到他们最后一次谈话是一星期前。他很少开口。他怕极了。他们花言巧语哄他,但没什么进展。他还没拿定主意合作。但别忘了:他们想收买他,至少我们认为是这样。他们搅得他心神不宁,几乎决心放弃这笔交易。眼下他正在考虑,不过还在同他们保持接触。正是这点叫我不安。"

"他妻子知道吗?"

"我想她不知道,她只知道他最近心神不定,他说都是叫生意上的事给折腾的。"

"霍奇的情况呢?"

"就我们所知,他还没同邦工[①]说过一句话。他跟科津斯基大概谈过不少,嘀咕过不少。霍奇总是说他怕联邦调查局怕得要命,说他们不地道、骗人、爱耍手腕。没有科津斯基,他是不敢轻举妄动的。"

"要是除掉科津斯基呢?"

"霍奇就会完全变成另外一个人。奥利,我想我们还不至于要走那一步。他又不是什么野心勃勃的暴徒,碍了我们的手脚。他是个很好的年轻人,有老有小的。"

"你的同情心也真太过分了,想必你以为我喜欢这么干?妈的!其实这帮小子是我养大的呢。"

"好吧,那就让他们回到原路上来吧,趁眼下还没弄得不可收拾。纽约方面起了疑心,奥利,他们问了许多问题。"

"谁?"

"拉扎洛夫。"

"你对他们说了些什么,德法歇?"

[①] 对联邦调查局特工的戏称。

"什么都说了,这是我的本职工作。他们要你后天到纽约去,做详细汇报。"

"他们要我干什么?"

"要你回答问题。还要谈下一步的计划。"

"什么计划?"

"预备计划,打算怎样干掉科津斯基、霍奇,如果有必要,还有塔兰斯。"

"塔兰斯?你疯了吗,德法歇?我们怎么能干掉一个警察,他们会派军队来的。"

"拉扎洛夫是蠢货,是白痴,这你是知道的,奥利,可我们总不能去对他这么说吧。"

"我想我会的,我要到纽约去对拉扎洛夫说,他是个十足的笨蛋。"

"你去说吧,奥利,去说吧。"

奥利弗从座位上跳了起来,朝门口走去。"再监视麦克迪尔一个月。"

"行啊,奥利。他一准会应聘的,别担心。"

4

马自达卖了两百美元,这笔钱有一大半立即投资到了一辆十二英尺的"你拉"[①]联租货车上。等到了孟菲斯,公司会把这钱补给他。零零碎碎不成套的家具,有一半送了人或扔掉了,装上车的是一台冰箱、一张床、一张梳妆台、一只五屉柜、一台小彩电、几箱碗碟、衣

[①] 你拉(U-Haul):美国一家搬运和租车公司。

物和别的零碎物件，还有一只不忍丢弃的旧沙发。这沙发在新居是待不了多久的。

艾比搂着小狗海尔赛，米奇开着车穿过波士顿，向南驶去，驶向充满希望的遥远的南方。一连三天，他们行驶在偏僻的公路上，欣赏着乡野风光，跟着收音机唱着歌儿。他们住廉价的汽车旅店，谈着房子、宝马车、新家具、生孩子和致富经。他们摇下窗玻璃，任风儿吹拂，此时卡车正以接近四十五英里的极限时速行驶。车行经宾州某处时，艾比提出他们或许可以在肯塔基停一下，回家看看。米奇没作声。却把车子开到了一条经过南北卡罗来纳州和佐治亚州的公路上，离肯塔基疆界有两百英里。艾比心想，算啦。

星期四上午，他们到达了孟菲斯城。果然看见一辆黑色318i跑车，像公司事先许诺过的，停在汽车棚里，仿佛原本就在那儿似的。他目不转睛地看着车，艾比目不转睛地看着房子。厚密的草坪绿茵茵的，修剪得整整齐齐。树篱也修剪过了，金盏花正怒放着。

他们果然在工具间的一只桶里找到了钥匙。

第一次试车后，他们急匆匆卸卡车，生怕邻居们看见他们少得可怜的几件家什。他们把"你拉"出租车还到了最近的一家租车行后又试了一次新车。

午后，一位室内软装设计师来了，也就是将要替米奇装饰办公室的那位。她带来了地毯、油漆、窗帘、地板革、布帘、墙纸的样品。艾比觉得，在剑桥住的还是那种简陋的公寓，如今却劳驾起设计师来，这真有些滑稽，可她还是应酬着。米奇呢，马上就厌烦了，说了声对不起又去试车了。他开车兜着风。这是一个美丽的街区，静谧的街道两旁绿树成荫，如今他也是这里的一员了。骑着单车的小伙子们停下来，朝他的新车吹口哨，他微笑着。他朝走在人行道上大汗淋漓的邮差挥手致意。我，年方二十五、离开法学院刚刚一个星期的米切尔·Y.麦克迪尔，来了。

三点钟光景，他们跟设计师去了一家高档次的家具商场。店经理彬彬有礼地对他们说，奥利弗·兰伯特先生已为他们安排妥了信贷事项，当然，前提是他们愿以信贷方式购货，而且不论买什么，买多少，都没有限制。他们买了一屋子家具。米奇时不时皱着眉头，甚至两次公开以太贵为由反对购买其中两件，可那天，一切是艾比说了算。设计师时而恭维她几句，说她的眼光棒极了，还说她自己星期一会到米奇那里去，帮他装饰办公室。好极了，米奇说。

揣着一张孟菲斯市区图，他们动身前往奎因的寓所。头次来时，艾比看到过那房子，可忘记了怎么个走法，只记得它坐落在一个叫作什么契卡索花园区的城区。不过她还记得那房子周围的片片绿荫地，记得那些高大的房屋，记得那一家家经过庭园设计师精心设计的如画的前院。他们把车停到私人车道上，前面停着一新一旧两辆梅塞德斯车。

女佣很有礼貌地向他们点点头，但没有笑脸相迎。她领他们到起居室后，便走开了。屋子里又暗又静，没有孩子，没有声音，看不到一个人。他们边等边欣赏家具，轻声赞叹着，渐渐地等得不耐烦起来。可不，他们可是应邀前来赴宴的呢：六月二十五日，星期四，晚六时整。米奇再次看了看表，说了几句这家人真不懂规矩之类的话。他们等着。

凯从过道里走了过来，强作笑颜，肿胀的双眼怔怔地看着他们，睫毛油从眼角边淌了下来。忽地，眼泪夺眶而出，尽情地流满了双颊。她用手帕捂住嘴，搂了搂艾比，挨着她坐到了沙发上。她咬着手帕，放声大哭起来。

米奇跪在她跟前问："凯，出了什么事？"

她越发紧咬手帕，摇摇头。艾比摩挲着她的一只膝盖，米奇拍拍另一只。他们不安地看着她，等着最坏的消息。"是拉马尔还是小家伙出事了?"

"出了件惨事。"她轻轻啜泣着说。

"谁出事了?"米奇问。

凯揩揩眼睛,深深吸了口气。"公司的两个律师,马蒂·科津斯基和乔·霍奇,今天遇难了。我们是很好的朋友。"

米奇一屁股坐到咖啡桌上。他对马蒂·科津斯基还有印象,四月份他第二次来孟菲斯时,他们一起在沿河大街一家快餐店吃过一顿午饭。眼看就轮到他晋升合伙人了,不过他对此显得不那么有热情。至于乔·霍奇,米奇一时还对不上号。

"是怎么发生的?"他问。

凯止住了哭,可眼泪仍止不住地流。她又揩了揩脸,看着米奇。"我们也不太清楚。他们在大开曼岛,戴着水肺潜水。大概是船爆炸了,想必他们是淹死的。拉马尔说详情不得而知。几个钟头前,开了个全公司大会,大伙都知道了。拉马尔差点摸不到家。"

"他在哪儿?"

"游泳池边。他在等你呢。"

离游泳池几英尺的地方,拉马尔坐在一把白色金属躺椅里,边上摆着一张小桌子,撑着一把小遮阳伞。附近的一块花圃旁,一台旋转洒水器正咔嗒咔嗒地响着,嘶嘶地喷着水,水以完美的弧状四溅,也溅到了桌子上、伞上、椅子上,以及拉马尔·奎因的身上。他全身淋透了。水从他鼻子上、耳朵上、头发上直往下淌。蓝色棉布衬衫和羊毛长裤上水淋淋的。他没穿袜子,也没穿鞋。

他坐在那儿,一动不动。水一次又一次地泼洒在他的身上,他缩也不曾缩一下。他失去了触觉。一侧树篱上的什么东西吸引了他的注意力。一瓶没有打开过的"喜力"汽水躺在椅边水泥地上的一个水坑里。

米奇扫视了一眼后院的草坪,也许想弄清楚邻居是否看得见。他们自然是看不见的。一道八英尺高的柏树篱确保里面的一切秘而不露。他绕过游泳池,在干地的边上停了下来。拉马尔注意到了他,点点头,强作浅浅一笑,示意米奇坐在一把湿椅子上。米奇把椅子拉过去几英尺,坐了下来,正好又一阵水倾泼而下。

拉马尔的目光又回到了围篱上,或者是远方的什么东西上。许久许久,他们默默地坐着,听着洒水器啪啪的声音。拉马尔时而摇摇头,试图咕哝点什么。米奇讷讷地笑着,不清楚倘若要说点什么的话,该说些什么好。

"拉马尔,我很难过。"他终于开了口。

拉马尔点点头,看了看米奇。"我也一样。"

"真不知道该说点什么才好。"

他的目光从围篱上移开了,抬起头侧脸朝米奇那边望去。一头黑发水淋淋的,耷拉在眼前。他双目通红,眼圈青紫。他目不转睛怔怔地望着,等候着又一阵水洒过。

"我理解你的心情,不过没什么好说的了。很遗憾,这事偏巧发生在现在,在今天。我们没心思做饭。"

"这点小事,可别往心里去。刚才我就没有胃口了。"

"你记得他们吗?"拉马尔用手拂去嘴唇上的水珠。

"记得科津斯基,但不记得霍奇。"

"马蒂·科津斯基是我的一个最要好的朋友。芝加哥人,早我三年来公司,眼看就轮到他升合伙人了。他是一位了不起的律师,我们全都敬慕他,向他求教。他是公司最出色的谈判高手,在任何压力下都能镇静自若,不急不躁。"

拉马尔揉了揉眉头,看着地上,他在说话时,水从他鼻子上淌下来,弄得他话音不清。"他有三个孩子,一对双胞胎女儿长我儿子一个月。他们总是在一起玩。"他闭上双眼,紧咬嘴唇,哭了起来。

米奇真想告辞,他竭力不看他的朋友。"我很难过,拉马尔,很难过。"

数分钟后,哭声止住了,但水仍在洒泼着。米奇扫视空旷的草坪一眼,想找到露在外面的水阀。两次他想鼓足勇气问他能否关掉洒水器,两次他都打定主意:拉马尔既然能不在乎,他也该坚持着。也许那有助于拉马尔。他看了看表,离天黑只有一个半小时了。

"事故究竟是怎么回事?"

"我们知道的也不多。他们正在潜水,突然船爆炸了。潜水教练也遇难了。他是土生土长在岛上的。眼下,他们正设法把尸体弄回来。"

"他们妻子当时在哪儿?"

"在家。谢天谢地,他们是出公差。"

"我想不起霍奇的模样。"

"乔是个高个头、言语不多的金发小伙子,是你见面时认得,但转过身就会忘的那种人,像你一样,他也是从哈佛毕业的。"

"多大年纪?"

"他和马蒂都是三十四岁。他本该在马蒂之后升为合伙人。他俩很亲密,我想我们都很亲密,尤其是现在。"

他的十根指头全埋进头发里,将头发往后梳着。他起身朝干地走去,水从他衬衣下摆、裤脚直往下淌。他在米奇身边停下来,直直地望着邻家的树尖。"宝马怎么样?"

"棒极了。真是好车。谢谢你把车送过去。"

"你什么时候到的?"

"今天上午。我已让它跑了三百英里。"

"软装设计师露面了吗?"

"去了。她和艾比一起花光了下一年的工资。"

"很好嘛，那是座漂亮的房子。你来了，我们很高兴，米奇。我只是对现在这种遭际难过。你会喜欢这儿的。"

"你不必难过了。"

"我还是不能相信。我都麻木了，吓呆了。一想到要见马蒂的妻子和孩子，我就发抖。去他家，比用皮鞭抽我还难受啊。"

女人们出来了，她们走过铺了木板的院台，下了台阶，到了游泳池边。凯找到了自来水阀，洒水器立即安静了。

他们离开契卡索花园区，迎着西沉的夕阳，随缓缓涌动的车流往闹市区驶去。他们手握着手，坐在车里，很少说话。米奇推开遮阳顶，摇下窗玻璃。他竭力不去想拉马尔，不去想科津斯基，还有霍奇。他干吗要满面悲伤？他们又不是他的朋友。他替他们的家人难过，可他实际上还不认识他们呢。他，米切尔·麦克迪尔，一个无家庭之牵挂的穷小子，该高兴的真是太多了。漂亮的娇妻、新房子、新车、新工作，还有哈佛新授的学位。眼下，一年就能拿薪水八万，两年后他就可以挣六位数。而他所要做的仅仅是每周干九十个小时工作。不费吹灰之力。

他驶进一个自动加油站，加了十五加仑油。他在站里付过钱，买了一扎六盒的米氏饮料。艾比打开两盒，他们又挤进长长的车流里。米奇脸上正洋溢着笑意。

"吃饭去吧。"他说。

"我们穿得不合适吧。"她回答道。

他盯着她修长、棕褐色的双腿。她身穿一件长不过膝的白布裙，一件洁白的活领短布衫。米奇自己则穿着短裤和一件褪了色的黑马球衬衫，脚上穿的是平底鞋。"凭你这两条腿，就连纽约的任何餐馆，我们都可以畅通无阻。"

"去'幽会'餐馆如何?那儿穿着随便些。"

"好主意。"

在餐馆里,啤酒端来了,招待默默地斟满了两杯。艾比浅浅地喝了一口,笑意顿失。

"拉马尔不会有什么事吧?"她问。

"谁知道呢?起初我还以为他喝醉了呢。我觉得自己就像个白痴,坐在那儿愣愣地看着他淋湿一身。"

"一个不幸的人,凯说,尸体要是能及时运回来的话,星期一就可能举行葬礼。"

"谈点别的吧。我可不喜欢葬礼。什么葬礼都不喜欢,即使死者是不认识的人,只是出于敬意才去参加的葬礼,我也不喜欢。我经历过几场可怕的葬礼。"

烤猪排上来了,是盛在垫着锡纸的纸盘子里端来的。他们用手抓着吃。

"那你想谈点什么呢?"她问。

"谈怀孕生孩子的事。"

"我觉得我们应该再等上几年。"

"不错。但在这之前,我们可以勤奋操练呀。"

"米奇,看你那副馋相,像是谁冷落了你似的。"

他们边吃边聊,直到米奇把他那份排骨啃得精光,又把她那份也啃了一半。喝光啤酒,付过账,他们出了餐馆。他小心翼翼地开着车穿过市区,找到了一条他白天兜风时记下了名字的街道,左绕右转跑错了两次之后,总算找到了草溪地,找到了他们自己的家。

四天后,即本该是米奇坐到他崭新的办公桌前的第一天,米奇带着他可爱的妻子,和公司剩下的三十九位律师及其可爱的妻子一道,向马丁·科津斯基①的遗体告别。教堂里挤满了人。兰伯特的悼词是那样的才气横溢，那样的哀婉动人，连米切尔·麦克迪尔这样的硬汉子也抵不住阵阵寒涩涌向喉头。艾比刚见到马丁的妻儿，就眼泪汪汪了。

当天下午，他们又聚集在东孟菲斯长老会教堂，向约瑟夫·霍奇②的遗体告别。

5

八点三十，米奇如约到达罗伊斯·麦克奈特办公室外的小过厅，这时，里面空无一人。他哼哼哈哈咳嗽了一阵，焦急地等着。一名头发灰白的老年秘书从两只文件柜后面走出来，阴沉着脸，爱理不理地瞅着他。显然，他是不受欢迎的。于是他自我介绍一番，解释说他是按约定时间来见麦克奈特先生的。她笑笑，也做了自我介绍。她叫路易丝，是麦克奈特先生的私人秘书，至今已干了三十一年。她问，要喝咖啡吗？嗯，他说，要浓的。她转身不见了，一会儿用托盘端来一杯咖啡。她通过内部对讲机向老板打了招呼，并让米奇先生坐下。这时，她认出他了。昨天的葬礼上，另一个秘书指着他说他就是米奇。

她为笼罩在这儿的阴沉的气氛表示歉意。没人有心思干活儿，她解释说，等一切恢复正常，恐怕还要一些日子；他们是两个多好的年轻人啊。电话铃响了，她解释说麦克奈特先生正在开一个重要会议，不能打扰。电话又响了，她听着，然后陪他进了任事合伙人的办公室。

奥利弗·兰伯特和麦克奈特起身欢迎米奇，把他介绍给另外两位

---

① "马蒂"的正式全称。
② "乔"的正式全称。

合伙人：维克多·米利根和埃弗里·托勒。他们在一张小会议桌周围坐了下来。路易丝被打发去再弄些咖啡来。米利根分管税法。托勒呢，刚刚四十一岁，是年轻一辈的合伙人之一。

"米奇，真对不住，刚来就让你碰上这么件令人丧气的事，"麦克奈特说，"你昨天出席了葬礼，我们都很感谢。很抱歉，你头一天成为我们公司一员，竟是这么个悲哀的日子。"

"我觉得我应该去。"米奇说。

"我们真为你骄傲。我们对你有重要安排。公司刚失去了两位出类拔萃的律师，他们两个人都是干税法的，因此我们只好让你多干点儿。我们大家都得加把劲了。"

路易丝用托盘端来了咖啡。银质的咖啡壶，精美的陶瓷杯。

"我们很悲痛，"奥利弗·兰伯特说，"那就请你和我们一起分担些吧。"

大伙点点头，眉头紧蹙着坐在桌边。罗伊斯·麦克奈特看了看律师记事簿。

"米奇，以前大概也跟你谈过了，在我们公司，每个普通律师都配一名合伙人。合伙人的职责是监督并指导普通律师。这种关系十分重要。我们想尽量给你配一位既能协调相处又能密切合作的合伙人。通常我们是不会出错的，当然，我们也有过过失，配的人气质不相投。不管怎么说吧，那样的事一旦发生，我们就会另换合伙人。埃弗里·托勒将是配给你的合伙人。"

米奇讪讪地朝刚配给他的合伙人笑笑。

"你将在他的指导下工作。你将处理的业务和文件也就是他的。其实，都是税法活儿。"

"好的。"

"有件事差点忘了，我想中午我们一起吃一顿饭去。"托勒说。

"那当然。"米奇道。

"坐我的轿车去。"兰伯特说。

"我正是这么打算的。"托勒应道。

"我什么时候才能有大轿车?"米奇问。

他们笑了,似乎很欣赏他的这种个性。"大约二十年后吧。"兰伯特先生回答说。

"我可以等待。"

"宝马如何?"维克多·米利根问。

"挺棒。它就等着为我效劳啦。"

"搬家顺利吧?"

"嗯,一切顺利。我很感谢公司在各方面给予的帮助。你们让我们感受到了集体的温暖,我和艾比都不胜感激。"

麦克奈特止住笑,目光又回到了律师记事簿上。"我已经告诉过你,米奇,资格考试是压倒一切的头等大事。你还有六周时间准备,我们尽可能全力支持你。公司设有合伙人辅导的复习课程,考试的方方面面都将涉及。我们大家特别是埃弗里,将密切关注你复习的进展。每天至少要用半天时间复习,空暇时间主要也用来复习。本公司至今还没有不及格的先例。"

"我不会开这个头的。"

"你要是考砸了,我们就收回宝马车。"托勒浅浅一笑。

"你的秘书是一位名叫尼娜·赫夫的女士。她在公司干了八个年头,性情有点变幻无常,长得也不怎么样,不过倒挺能干。她对法律所知颇多,而且好为人师,尤其是对新来的律师。能否让她安分守己,就看你的了。要是你和她相处不好,我们会换了她。"

"我的办公室在哪儿?"

"二楼,沿走道从埃弗里办公室再向前一点。软装设计师下午要来为你选桌子和家具什么的，尽可能多听听她的意见。"

拉马尔的办公室也在二楼，想到这点真叫人心安神定。他想起拉马尔坐在游泳池边，浑身淋透，忽而失声痛哭，忽而语无伦次地咕哝着的情景。

麦克奈特说："米奇，我想跟你谈件事，上次你来这里时原本就该谈的，可我忘了。"

米奇等了一会儿，终于说："好的。什么事？"

合伙人们目不转睛地注视着麦克奈特。"我们还不曾容忍过哪个新来的律师背着学生贷款的负担上岗。我们宁愿你把精力心思花在别的事儿上，把钱也花到别的东西上面。你欠多少？"

米奇呷了口咖啡，很快地算了算。"将近两万三千美元。"

"你今天上午第一件事，就是把有关材料送到路易丝的办公桌上。"

"你，呃，你是说公司愿意偿付这笔款？"

"这是我们的规矩，除非你反对。"

"不反对。真不知道该说什么好。"

"不必说什么啦。过去十五年里，我们都是这么对待每一个新来的律师的。把文件交给路易丝好啦。"

"这真太慷慨啦，麦克奈特先生。"

"嗯，是的。"

中午时，一辆高级轿车在车流中徐徐穿行，埃弗里·托勒在车上侃侃而谈。米奇使他想到了自己的过去，他说。他是一个来自破碎家庭的穷小子，在得克萨斯西南部到处寄人篱下，中学一毕业，便流落街头。他靠着在一家鞋厂上夜班挣得的钱上完了大专。得克萨斯大学埃尔帕索分校的奖学金使他敲开了通向成功的大门。他以优异的成绩从该校毕业，向十一家法学院提出入学申请，最后选上斯坦福。他毕业时是全班第二名，拒绝了西海岸所有大公司的聘请。他想做税法工作，只想做税法工作。十六年前，奥利弗·兰伯特招了他，那时，公司里的律师还不足三十名。

他有妻子，还有两个孩子，不过他很少谈他的家庭。他滔滔不绝地谈钱。钱是他最喜爱的东西，他这么说。他的头一个一百万已经存到银行里，下一个再等两年也就够了。只要你一年毛收入有四十万，那是要不了多久就能挣到的数目。他专门替购买超级油轮的人撮合合伙股份，是这方面首屈一指的专家，每小时收费三百元，每周干六十小时，有时达七十个小时。

米奇一开始每小时收费一百元，一天至少干五小时，直到通过资格考试拿到执照。而后每天可望干八小时，每小时一百五十元。开给客户的收费账单是公司的命脉，一切都围着它转。晋升啦，加薪啦，奖金啦，生存啦，发迹啦，统统取决于一个人开出的收费账单的情况。新来的伙计更是如此。要想得到上司的呵责，简单得很，只要不重视每天开出的收费账单的数目。埃弗里不记得受到过这方面的呵责，也没听说过公司有谁不重视自己的收费账单情况的。

普通律师每小时收费的平均数是一百七十五元，合伙人嘛，三百元。米利根有两个客户每小时付他四百元。纳森·洛克曾每小时拿过五百元，那是牵涉到在好几个国家互换资产的税法活儿。每小时五百美元哪！埃弗里一想到这便来了神儿。他念念有词地算了起来：每小时五百元，每周五十个小时，每年五十周。一年可就是一百二十五万呀！干法律这一行赚钱就这么容易。你弄一帮律师，论小时干活，用不了多久就能建起一个王朝。律师越多，合伙人赚的钱就越多。

可别忽视收费账单哪，他告诫米奇说，这是生存的第一要诀。要是没什么业务资料可以用来开账单了，立即向他的办公室报告。他多得是。每月十日，合伙人要在一次丰盛的午餐会上检查头一个月的收费账单情况，那可是个隆重的仪式呢。罗伊斯·麦克奈特先念每一个律师的名字，然后是此人一个月的收费总数。合伙人之间的竞争很激烈，不过是诚心善意的。他们全都富起来了，不是吗？目的相当明确。至于普通律师，谁收费少了，是没人说什么的，除非他连着两个月都这样。奥利弗·兰伯特会附带地说他几句。还不曾有谁连续三个月收费都上不去的。普通律师，如果开出收账单的数目特别高，也可以挣得一份奖金。合伙人资格取决于创收的实绩记录，因此千万别忽视收费情况，这永远是压倒一切的头等大事，当然，要在资格考试以后。

资格考试是件令人讨厌的事，是桩必须忍受的苦役，不过也是任何哈佛毕业生都用不着害怕的玩意儿。只要集中精力复习，努力记住在法学院学的每一门课程内容就成，他说。

轿车驶进了两幢高楼间的一条侧街，在一个小天篷前停了下来，天篷从路边一直延伸到一扇黑色金属门前。埃弗里看看表，对司机说："两点再来。"

吃顿午饭要两小时？米奇心想。如果开收费账单给客户的话，那就是六百美元啊。多浪费呀。

曼哈顿俱乐部餐厅占据着一幢十层办公大楼的顶层。埃弗里把这幢楼房称作垃圾堆，不过很快又指出这家俱乐部是全城最棒的午餐和宴乐场所。它不仅提供美味佳肴，更有那舒适惬意的氛围：这里全是白人，全是阔气的白种男人。赫赫有名的人，赫赫有名的午餐。银行家、律师、行政要员、企业家，还有几个政客，还有几个贵族。一座镀金电梯径直向上穿过空荡荡的办公楼层，停在环境优雅的十楼。领班亲热地叫着托勒先生的名字，询问了他的好友奥利弗·兰伯特和纳森·洛克的情况。他为失去科律斯基先生和霍奇先生深表慰问。埃弗里谢了他,并把公司的最新成员介绍给他。埃弗里最喜爱的餐桌就在拐角里,已为他准备好了。一个名叫埃利斯的殷勤备至的黑人递过菜单。

"公司不允许午餐时喝酒。"埃弗里翻开菜单说。

"很好。那喝点什么?"

"我午餐从不喝酒。"

"茶,冰镇的。"

"冰镇茶,给他,"埃弗里对招待说,"给我来杯孟买马丁尼①,放冰块的,再放三颗橄榄。"

米奇不作声,在菜单后面偷偷笑着。

"公司的规矩真是太多了。"埃弗里咕哝了一句。

他喝了一杯马丁尼,又要了一杯,不过两杯过后他不再喝了。他替他们两个叫了菜,是一种烤鱼,那天的特色菜。他很注意体重,他说。他每天还到一家健康俱乐部去活动活动,那是他自己的健康俱乐部。他邀米奇哪天跟他一起去出出汗,也许在资格考试后吧。

米奇问到了他的孩子,他说他们跟母亲住在一起。

鱼烤得很生,土豆片也很硬。米奇在盘里挑挑拣拣,一边慢慢吃着沙拉,一边听合伙人——说着其他吃午餐的人。那张大餐桌边上,与几个日本人坐在一起的是市长,公司的一个银行家主顾就坐在旁边的桌子上。还有一些人都是大名鼎鼎的律师和大老板之类的人物。他们都吃得津津有味,看上去个个地位显赫,威风凛凛,餐厅里的气氛不禁有些沉闷、乏味。照埃弗里的说法,俱乐部的每一个成员都是不可一世的人物,不论在各自的领域,还是在市里,都是一股潜在的力量。埃弗里在这里真是如鱼得水。

---

① 一种鸡尾酒。

他们都谢绝了甜点，要了咖啡。每天上午，米奇可以在九点前到达办公室，埃弗里解释说，顺手点了一支"蒙特齐诺"香烟。秘书们会在八点半到。工作时间是上午九点到下午五点，不过没有谁一天只干八小时的。就他本人来说，他在办公室干到晚上八点，很少在六点前离开过。他每天可以开出十二小时的收费账单，天天如此，不论实际上他到底干多少个小时。一天十二小时，一周五天，一小时三百元，一年算五十周。九十万美元！那就是他的目标。去年，他只开了七十万，不过那是因为受了一些个人问题的影响。只要活干了，公司可不管你米奇是六点还是九点上班。

　　"大门什么时候开？"米奇问。

　　人人都有一把钥匙，他解释说，因此可以来去自由。保安措施虽然很严，不过门卫也习惯了这帮视工作如命的人。有些人的工作习惯听起来简直像天方夜谭。维克多·米利根，年轻时，每天干十六小时，每周七天，直到当上合伙人。后来，他星期天不干了，再往后，生了场心脏病，星期六也只好放弃工作了。大夫硬要他一天只干十小时，一周干五天，打那以后，他一直都不开心。马蒂·科津斯基叫得出所有门卫的名字，他一向九点上班，因为想和孩子们一起吃早饭。他九点到办公室，半夜才离开。纳森·洛克声称，秘书一到，他便没法好好工作，因此他六点上班，对他来说，上班太迟是不体面的。他是个六十一岁的老人，存款不下一千万，却照例从早上六点干到晚上八点，一周干五天，外加星期天半天。要他退休，就是要他的命。

　　没人记钟头，合伙人解释说，来去自便。只要活干了就成。

　　米奇说意思他懂了。看来，每天干十六小时并不稀奇。

　　一家大公司的一位律师打断了他们的谈话，跟埃弗里说了起来。他先是慰问一番，接着问起了死者家属。去年，他和乔·霍奇一起处理过一起案子。他简直不能相信这桩悲剧。埃弗里把他介绍给米奇。

53

他又说他参加了葬礼。他们等着他离开,可他没完没了地唠叨着他是那么难过。显然,他是想探听详情,埃弗里却口封得死死的,他终于走开了。

两点,用餐的显贵们渐渐离去。埃弗里签了支票,领班送他们到门口,司机正在轿车后面耐心地等着。米奇猫进后座,沉到了厚实的皮椅座里。他望着林立的高楼和行进的车流,然后看看人行道上匆匆来去的行人,心想不知他们当中有几个人见过大轿车和曼哈顿俱乐部里面是啥样儿,又有几个能在十年之后成为富翁?他笑了,感到很惬意。远在万英里之外的哈佛,我不欠你的学生贷款啦!而肯塔基更是恍若隔世。他的过去被忘却了。他来到了这儿,未来的路就在脚下。

软装设计师正在他的办公室等着。埃弗里说了声对不起先走了,他让米奇一小时后到他办公室去开始工作。女设计师带来了许多本办公室装潢及用品图片,米奇征求她的意见,并尽可能饶有兴趣地听她讲,然后对她说他相信她的眼力,随便她挑什么都成。她选了一张不带抽屉的樱桃木办公桌,几只暗红色真皮沙发椅,还有一块贵重的东方小地毯。米奇说太好了。

她走后,米奇坐到那张旧条桌前。这桌子看上去很精致,要不是因为有人用过,算是旧货,倒还正合他的心意。办公室十五英尺见方,北面有两扇六英尺高的窗子,与对面那栋旧楼的二楼遥遥相望。没什么景致可看。他要费很大的劲儿,才能勉强瞥见东方的那条河。他暗自思忖着:一定要弄间更漂亮的,等着瞧吧。

尼娜·赫夫小姐敲了敲门,自我介绍说她是这儿的秘书。她四十五岁,身材敦实肥胖。只要看她一眼,你便会明白为何她至今还是孑然一身。她没家庭负担,显然是把钱都花到了衣着和化妆用品上——花再多的功夫打扮也是白费蜡!米奇真不明白她干吗不花点钱请个健美顾问什么的。她直截了当地对米奇说，她在这家公司干了八年半了，对办公室的一套程序，了如指掌，要有什么问题，只管问她好了。米奇谢了谢她。她说原先她在打字室里工作，这次调她回来干秘书活，她真是感激不尽。米奇点点头，仿佛听懂了她说的话。

"你妻子叫什么名字？"她问。

"问这干吗？"

"如果知道她的芳名，她打电话来，我也好亲热些，友好点呀。"

"叫艾比。"

"你喝什么样的咖啡？"

"清咖啡，我自己会泡。"

"我替你泡，没关系的，这也是秘书的分内活嘛。"

"我要自己泡！"

"哪有秘书不泡咖啡的！"

"要是你敢碰一下我的咖啡，我非把你送到收发室舔邮票去。"

"我们有自动舔票机，华尔街那帮家伙舔邮票吗？"

"这只是打个比方。"

"得了，你妻子的大名我记住了，有关咖啡的问题我们也达成个一致，我想我已经准备好，可以开始工作了。"

"上午八点半准时上班。"

"是，老板。"她走了。米奇暗暗笑了笑。她可真是个自作聪明的家伙，不过倒也很逗。

拉马尔的办公室在紧隔壁。他上班虽迟了些，可还是在米奇这儿逗留了一会儿，约好晚上七点带凯和孩子们去看米奇的新家。

亨利·奎因五岁，姐姐荷丽七岁，两个小家伙趴在崭新的餐桌上斯斯文文地吃面条。艾比看着他俩，做起了宝宝的梦来，米奇觉得他们机灵讨人喜欢，但没激起他那方面的感想。他正忙着回忆一天里发生的事。

女人和孩子们吃完了,都各自娱乐去了。

"他们把你安排在托勒手下工作,我真有点吃惊。"拉马尔抹了抹嘴说。

"为什么呢?"

"我想他还不曾指导过一个普通律师。"

"有什么特别的原因吗?"

"倒也没有。他很能干,不过不怎么与人合作,有点独来独往,喜欢自顾自地干。他和妻子闹别扭,据说已经分居了。但他从来不谈这事,总闷在心里。"

米奇推开盘子,呷了口冰镇茶。"他是不是个出色的律师?"

"是的,非常出色,能当上合伙人的都很出色。他的主顾中有好些是大富翁,在他的庇护下偷税漏税达数百万。他指导的很多偷税投资项目风险都很大,近来,他甘冒风险与国内税务局顶着干,这方面他是出了名的。你得做大量的研究工作,研究如何钻税法的空子。那是挺有意思的。"

"午餐时,他一半时间都在给我上开收费账单的课。"

"那绝对重要。总要有股压力逼你要多开收费账单。我们所能兜售的就是时间。你一通过资格考试,开收费账单的情况每周都要受到托勒和麦克奈特监督,他们把你的收入情况输入计算机,马上就能知道你到底为公司挣了多少利润。头六个月,他们期望你每周开三十到四十小时的收费账单,两三年后,每周五十小时。在考虑你升合伙人之前的好几年间,你得持续不断地每周干满六十小时,任何一个能干的合伙人,没一个不是每周开满六十小时收费账单的。"

"那可是个不小的数目呀。"

"听上去是那么回事,这中间也有鬼。好的律师,每天大多只需干八九个小时,却能开十二个小时的账单。这就叫虚报,自然对客户不公平,可人人都这么干。那些大公司就是靠虚报发起来的。"

"好像不道德吧。"

"好多事都不道德。一个大夫一天为上百号特护病人看病,可能吗?那些给病人做不必要手术的医生又道德吗?其实,有些我所见过的最不道德的人恰恰还是我的客户。如果他们是百万富翁、亿万富翁,想依靠你来合法地欺诈政府,这样,你虚报一点服务费是很容易的。我们全都这么做。"

"公司教你们这么干吗?"

"不,全靠自学。一开始,你可以拼命干许多个钟头,可你总不能老这么干,于是。你就走起捷径来了。真的,米奇,要不了一年,你就知道怎样只干十小时却能开出两倍的收费账单了。这似乎是律师必备的第六感。"

"我还得具备什么?"

拉马尔搅着冰块,想了一会儿。

"要有一些玩世不恭,干这一行的人要不了多久都得这样。在法学院,你对律师职业怀有一种神圣感。什么个人权利的斗士啦,宪法的捍卫者啦,受压迫者的卫士啦,客户利益的维护者啦,等等等等。可是,等你到这儿干上六个月,你就会明白,律师不过是一张嘴,随时都可以卖给出最高价码的人,不论是谁,恶棍也好,混蛋也罢,只要付得出高得吓人的费用就成。哦,是的,你会变得玩世不恭。那很令人悲哀,真的。"

"我刚上班,你不该在这个节骨眼上对我讲这些。"

"钱会补偿一切的。一年两万块竟能让人忍受那么多苦役,真是令人吃惊。"

"苦役?你说得真可怕。"

"对不起。还不至于那么糟。我的人生观上周四彻底变了。"
"不想看看房子吗？可棒啦。"
"改日吧，这会儿我只想找个人谈谈。"

6

清早新床头灯下方崭新的床头柜上的闹钟猛地响起，随即又安静下来。米奇在黑黝黝的屋子里磕磕碰碰地摸索着，发现海尔赛正伏在后门边。他把它放进了后院，转身去冲个澡。二十分钟后，他回到卧室，和仍在熟睡的妻子吻别。她一动不动没任何反应。

不需要穿过拥挤的车流，办公室也不过十分钟的路程。他暗暗决定，他要在五点三十开始他头一天的工作，要是有一个比他还早，往后他就五点到，要不就四点三十分，只要是头一个到，什么时候都成。睡眠不过是一种浪费。今天，他将是头一个到达本迪尼大厦的律师，以后天天如此，直到当上合伙人。倘若别人要干十年，他就只需要七年。他要成为公司有史以来最年轻的合伙人。他已下定了决心。

本迪尼大厦边上的那块空地，有十英尺高的铁栅栏围着，一名卫兵把着门。里面是一个停车场，两道黄线之间用油漆喷着米奇的名字。他把车停在门口，等着，身穿制服的卫兵从暗处走过来，到了车旁。米奇揿揿按钮，落下窗玻璃，出示一张印着他照片的塑料证件。

"想必你是新来的吧？"卫兵接过证件。
"是的。米奇·麦克迪尔。"
"我认识字。看车子就知道了。"
"你叫什么？"米奇问。
"达奇·亨德里克斯。在孟菲斯警察局干了三十三年。"
"幸会，达奇。"

"幸会,你可真早啊!"

米奇笑着接过身份证。"可不,我还以为大伙都到了呢。"

门开了,达奇要他把车开进去,他找到喷着自己名字的地方,停好了车子,从后座上拿起暗红色鳗皮公文箱,轻轻关好车门。另一名卫兵在后面的出口处等着。米奇做了自我介绍,看着卫兵打开门。他看了看表:正好五点半。时间还是够早的。现在,公司其他的人正在酣睡呢。他舒了口气。

办公室的一角放着三个卡纸盒,里面是书、文件、律师公文纸,还有课堂笔记。他把第一个盒子放在桌子上,抽出盒里的东西,把所有的材料都归好类,一小摞一小摞整整齐齐地堆在桌子上。

喝过两杯咖啡,他在标着三号号码的盒里找到了资格考试复习资料。他踱到窗前,拉开百叶窗。外面依然一片黑暗。他没注意到一个人影蓦地出现在过道里。

"早上好!"

米奇转过身,怔怔地看着那人。"你吓了我一跳。"他说,倒抽了一口冷气。

"抱歉。我是纳森·洛克,想必我们不曾见过。"

"我是米奇·麦克迪尔,新来的。"他们握着手。

"知道,知道。很抱歉没能早点见你。你几次来的时候,我正忙着。我想我在星期一的葬礼上见过你。"

米奇点点头。他肯定自己这辈子绝对不曾在一百码之内见过纳森·洛克,否则他绝对忘不了。他那双眼睛,那是什么样的眼睛哟:寒光逼人的黑眼睛周围,有着一圈圈黑色的皱纹,叫你看了没法忘记。他的头发全白了,顶发稀疏,耳边长着浓密的鬓发,鲜明地衬托出他黑黝黝的脸庞。他说话时,两眼眯缝着,漆黑的眼球射着凶光。阴险的眼睛!能掏人五脏六腑的眼睛!

"也许吧,"米奇被这张恶魔般的脸震住了,喃喃地说,"也许吧。"他这辈子还没见过这么邪恶的脸。

"看来你是个爱早起的人。"

"是的,先生。"

"很好。很高兴你来这里工作。"

纳森·洛克退出过道,一眨眼不见了,米奇扫视了一眼过道,忙关上了门。难怪他们把他安排在四楼,离大伙远远的,米奇心想。这下他明白了为何到应聘后才能见到洛克,原来是怕他吓着了,没准会拒聘呢。

埃弗里·托勒拿着厚厚一叠材料在等着米奇。"这是卡普斯卷宗,只是一部分。我们的客户名字叫桑尼·卡普斯。他从小在阿肯色长大,如今住在休斯敦,大约有三千万财产,可他一向是一分钱掰作两半用。他父亲临终前交给他几艘旧驳船,他以此捣腾出了密西西比河上最大的拖船队,如今世界各地都有他的船只。他有八成法律业务由我们处理,除了诉讼,其余业务全是我们的活儿。他想再合伙建立一个有限股份公司,买下香港另一家华人油轮船队。卡普斯通常是主要合伙人,他打算凑起二十五个合伙人来分担投资风险,集资经营。这笔生意大概价值六千五百万。他这人极难对付,你将不必直接同他打交道,实际上,除了我,公司里谁都没跟他谈过生意。这叠卷宗是我替他经手的上一个合伙项目的部分材料,里面有计划书、合伙协议、意向书、有限股份协议等文件。我要你认真看一遍,一个字都不能放过,然后为船队投资项目起草一份合股协议。"

米奇手中的卷宗一下子似乎变得非常沉重。也许五点三十分还不够早。

埃弗里接着说:"卡普斯给了我们大约四十天的时间准备,所以我们已经拖延了一阵子了。原是马蒂·科津斯基协助我,他准备的材料,我看完就交给你。有什么问题吗?"

米奇翻动着文件说:"我每天要花几个小时在这个项目上?"

"多多益善。我知道资格考试很重要,可桑尼·卡普斯同样重要,去年一年他就付了将近五十万律师费给我们。"

"我会办好的。"

"知道你会的。我对你说过,你的收费标准是每小时一百元。记着,别忘了开收费账单。"

"我怎么能忘呢?"

奥利弗·兰伯特和纳森·洛克站在五楼的铁门前,看着头上方的摄像机。只听见什么东西猛地"咔嗒"一声响,门开了。一个卫兵朝他们点点头,德法歇正在办公室等着。

"你好,奥利。"他轻声招呼说,仿佛没看见另一个似的。

"有什么最新情况?"洛克冲着德法歇蓦地问了一句,看也不看他一眼。

"哪儿的情况?"德法歇平静地问。

"芝加哥。"

"上头很着急,纳特[①],不管你信不信,他们可不想弄脏自己的手。明说了吧,他们弄不明白为什么非要逼得他们那么做。"

"什么意思?"

"他们问了些难对付的问题,比如说我们为什么不能管好自己的人?"

"你怎么说的?"

---

① 纳森的昵称。

"一切正常，漂亮极了。伟大的本迪尼公司坚不可摧。漏洞堵好了，生意一如既往。没问题。"

"他们造成了多少损失？"兰伯特问。

"不清楚，我们压根儿搞不清楚，不过我想他们还不曾谈过实质性东西。他们已下了决心打算同联邦调查局的人谈，这不用怀疑，但还没谈成。出事那天，我们从可靠渠道得到消息，说联邦调查局的特工正赶往开曼岛，我们于是断定，他们相约到那儿，肯定是打算彻彻底底地告密去的。"

"你怎么知道？"洛克问。

"得啦，纳特。我们自有我们的门道。再说，岛上到处都有我们的人。要知道，我们一向精明能干。"

"那自然。"

"是不是干得一团糟？"

"不，不。绝对的专业水平。"

"怎么把当地人也搞进去了？"

"我们得做得天衣无缝，奥利。"

"那儿的当局怎么说？"

"什么当局？那是一个平静的小岛，奥利。去年，那里发生一起谋杀案，四次潜水事故。对他们来说，那不过是又一起事故。三人不幸溺水身亡。"

"联邦调查局有什么看法？"洛克问。

"不清楚。"

"你不是有内线吗？"

"不错，可我们找不着他。到昨天为止，我们还没有听到什么消息。我们的人还在岛上，他们没发觉什么异常情况。"

"你们打算在那里待多久？"

"一两个星期。"

"联邦调查局的人露面怎么办?"洛克问道。

"我们盯得很紧,他们一下飞机,我们就会知道的,我们会跟踪到他们下榻的旅馆房间,甚至还可以'咬'上他们的电话。他们早餐吃什么,谈了些什么,我们将一清二楚。我们将派三个弟兄盯他们一个,连上厕所都不放过,还要叫他们蒙在鼓里。纳特,我对你说过,这事干净利落,绝对的专业水平。让人抓不着蛛丝马迹。你就放心好了。"

"这事真叫我恶心,德法歇。"兰伯特说。

"你以为我喜欢这么干,奥利?你要我们怎么办?坐着不管,让他们谈去?得啦,奥利,我们都是人,我也不想干这种事,可拉扎洛夫要干。你想同拉扎洛夫论理去,去好了。到时候,你不被人发现在什么地方漂着才怪呢。那帮伙计也真是何苦呢?他们本该保持沉默,可偏要丢下心爱的小车不开,派头儿十足的律师不当,去装什么假正经。这不,有什么好下场。"

纳森·洛克点了支烟,朝德法歇那边吐了一团浓浓的烟雾。三个人默不作声地坐着,等烟团在桌子上方消散。德法歇瞪了"黑眼"一眼,但没说什么。

奥利弗·兰伯特站起身,注视着门边空荡荡的墙。"你找我们来干吗?"他问。

德法歇深深吸了口气。"芝加哥让我们在所有还不是合伙人的律师家里装上窃听器。"

"我说有事吧。"兰伯特对洛克说。

"这不是我的主意,可他们坚持要这么做。上头很紧张,他们想采取一些额外预防措施,以防万一。你不能埋怨他们。"

"你不认为这太过分了点吗?"兰伯特问。

"不错，完全没有必要，可芝加哥不这么认为。"

"什么时候干？"洛克问。

"也许下周吧。那需要花好几天的时间呢。"

"全都要装？"

"对，他们是这么说的。"

"连麦克迪尔家也得装？"

"是的，连麦克迪尔家也得装。我想塔兰斯会再试一次的，没准这次会从新来的身上动手。"

"早上我见到他了，"洛克说，"他比我先到。"

"五点三十二分到的。"德法歇回道。

法学院的笔记被移到了地上，卡普斯卷宗铺满了桌子。尼娜吃午饭时带回了一块鸡丁三明治，米奇边吃边看。一点刚过，沃利·赫德森来给他上资格考试复习课。沃利的专业是合同法，他递给米奇一本活页笔记本，至少有四英寸厚，重量与卡普斯卷宗差不多。

考试要持续四天，包括三个部分，沃利解释说。第一天考法律道德，四小时的多项选择题。吉尔·沃恩，也是合伙人，是公司在法律道德方面的专家，他将负责指导该项复习。第二天的考试持续八小时，题目就叫多州法，涉及各州通用的大多数法律，也是多项选择题形式，不过试题很能迷惑人。接下来的就是重要部分了。第三第四天每天都考八小时，内容涉及实体法律的十五个门类。答题应当简明扼要，试题侧重田纳西法。所有十五个门类，公司都有全面复习计划。

"你是说十五门全都复习？"米奇拿起笔记本问。

沃利笑笑。"是的，我们很全面，公司至今还没有谁考砸过。"

"知道，知道，我不会开创这个先例的。"

"今后六个月里，我们每周至少碰一次头，把这些材料过一遍，每次大约两小时,你可以相应地安排一下。周三的三点如何?"

"早晨还是下午?"

"下午。"

"好的。"

"你也知道,合同法与统一贸易法是密不可分的,因此我把统贸典法融汇到了那些材料里面。我们将两者兼顾,不过那就要多花些时间。典型的资格考试里,贸易业务题占的分量是很重的。那些问题,说容易也容易,说难也真难呢,因此说,这本笔记非常重要。我从以往的试题中选了一些实例题在里面,还附了示范答案,读起来肯定会很有趣。"

"我都等不及啦。"

"本周先看头八十页。有几道简单的习题,你还得做一做。"

"你是说家庭作业?"

"一点没错。我下周要给你评分。"

"这比法学院里还厉害呢。"

"这考试比法学院的要重要得多。我们非常重视,成立了一个专门委员会来督促你。从现在起,到你考试为止,我们要密切关注你的复习进程。"

"委员会里有哪些人?"

"我本人、埃弗里·托勒、罗伊斯·麦克奈特、兰德尔·邓巴和肯德尔·马汉。我们每周五碰一次头,对你的进度作出评估。"

沃利拿出一本大小和信笺差不多的小笔记本,放到桌子上。"这是你的进度日志,每天花了几小时,复习了哪些课目,都要一一记上去。每周五上午委员会开会前我来拿。有什么问题吗?"

"我想不出有什么问题。"米奇说,把笔记本放到了卡普斯卷宗上面。

"很好。星期三下午三点见。"

他刚走不到十秒，兰德尔·邓巴便走了进来，手里拿着一个厚厚的笔记本，和沃利留下的那本惊人地相似，其实一模一样，只是没那么厚。邓巴是负责不动产法的。五月份，米奇的房子就是他经手买的。他把笔记本递给米奇，上面贴着《不动产法》标签。他解释说他的专业是资格考试最关键的一环。一切归根结底都是财产，他说。这些材料是他在过去十年间精心准备的，还承认说，他常常想把它们作为一部研究财产权益和土地金融的权威专著出版。他每周需要一个小时，最好是星期二下午，他神吹了一小时，说什么三十年前，他参加考试的时候，资格考试是如何地不同于今天。

肯德尔·马汉跟着就来了。他想每周六上午见一次面。要早点，七点三十怎么样。

"没问题。"米奇说着接过他的笔记本，放到别的笔记本旁边。这本上记的是宪法，肯德尔最喜欢的一个门类，虽然他很少用得着。他说，这可是资格考试最重要的一部分呢，至少五年前他考的时候是这样。临毕业那年，他在《哈佛法学评论》上发表过一篇论"第一修正案"的文章。他认为米奇也许想看看，便附了一份复印件在笔记本里。米奇几乎是立即答应说他会看的。

整个下午就这么人来人往，差不多全公司有一半律师都来过了，又是给他笔记，又是交待家庭作业，约定辅导时间。至少有六个人提过本公司还不曾有人考不及格。

到了五点，米奇小小的办公桌上堆满了考试复习资料，足足能叫一家十来号人的公司忙得喘不过气来。秘书向他道别时，他说不出话来，只是笑笑便低下头继续看沃利的合同法讲义。一小时后，吃饭的念头闪过他的脑际，于是十二个小时里，他头一次想起了艾比，给她打了电话。

"我一时还回不了家。"他说。

"可我正在烧晚饭呢。"

"把饭留在炉子上。"他有点儿急促地说。

沉默了一会儿。"你几时可以回家?"她缓缓地、斟词酌句地问。

"几小时以后。"

"几小时!你已经在那儿待了一天啦。"

"不错。可我还有更多的活得干。"

"可这才是头一天呀。"

"我有多忙,说了你也不敢相信。"

"你没事吧?"

"我很好,等一会儿就回家。"

启动发动机的声音惊醒了达奇·亨德里克斯。他猛地站起身。门开着,他等在门口,停车场上最后一辆车子开到他跟前停了下来。

"晚上好,达奇。"米奇说。

"你现在才走?"

"可不。太忙啦。"

达奇按亮电筒看了看时间:十一点三十分。

"走吧,当心点。"达奇说。

"好的。几个小时后再见。"

宝马车开上了沿河大街,驶进了茫茫夜色里。

一个秘书在一只文件橱里翻来倒去找着埃弗里急要的什么东西,另一个秘书手持速记簿站在他的办公桌前,不时地记下他的指示。他正朝电话那头的什么人直嚷嚷,时不时静下来听听,指示就是在这当儿边听边做的。电话上的三只红色指示灯一闪一闪地亮着,他对着话筒说话时,秘书们便相互尖声吵了起来。米奇轻手轻脚走进办公室,站在门口。

"别吵啦！"埃弗里朝秘书们嚷道。

文件橱前那位砰地关上抽屉。走到旁边的另一个橱子前，弯下腰去开最底下的抽屉，埃弗里朝另一个秘书打了个响指，指了指台历。他连声再见都没说，把电话挂了。

"今天我有些什么安排？"他边问边从落地书橱里抽出一份案卷。

"上午十点在商业街与国内税务局的人见面，下午一点与纳森·洛克碰头商谈斯宾诺莎案卷。三点三十整，合伙人会议。明天要上税务法庭，今天一整天都应该做做准备。"

"太棒了。全都取消，订好周六下午去休斯敦的机票和星期一一早的回程票。"

"是，先生。"

"米奇！卡普斯卷宗在哪儿？"

"我桌子上。"

"看完了多少？"

"一大部分。"

"我们得开足马力干啦。打电话的是桑尼·卡普斯。他要我周六上午到休斯敦见他。他想让我们立即起草一份有限责任合伙协议书。"

"没问题，"米奇以尽可能显得有信心的口吻说，"也许不能做到十全十美，不过草稿我会赶出来的。"

"我最迟周六中午要，尽可能弄好些。我将派个秘书去教尼娜如何从记忆库里提取协议书正本。那可以省去一些口授和打字。我知道这不公平，可是跟桑尼·卡普斯是没什么公平可讲的。他这人十分苛求。他告诉我这笔生意必须二十天做成，否则就完蛋。一切全都指靠我们了。"

"我会弄好的。"

"很好。星期六上午八点我们再碰个头,看看进展情况。"

埃弗里揿揿一盏闪亮着的指示灯,对着话筒争辩起来。米奇回到办公室,在十五本笔记底下找到了桑尼·卡普斯卷宗。尼娜从门外伸进头来。

"奥利弗·兰伯特要你去一下,越快越好。"

米奇看了看表。"能不能等一等?"

"恐怕不成。兰伯特先生向来不喜欢等人,你最好现在就去。"

"他要我去干吗?"

"他的秘书没说。"

米奇穿上外套,系好了领带,直奔四楼,兰伯特的秘书爱达·任芙萝正等着他。爱达把他领进里间宽敞的办公室,从外面关好了门。

奥利弗·兰伯特从椅子上站起来,丢开放大镜,和蔼地笑着。"你好,米奇。"他不紧不慢地说,似乎根本不把时间当回事儿。"到那边坐吧。"他指指那沙发。

"喝点咖啡?"兰伯特先生接着问。

"不用。谢谢。"

米奇坐到长沙发上,解开外衣扣,架起二郎腿极力放松自己。可是,就在埃弗里握着话筒,听着那个卡普斯老兄在那头说话的当儿,他能感觉到埃弗里话音里的焦虑,能看出他目光里的绝望。这才是他上班第二天呢,喘气的工夫都没有。他的头疼得厉害,胃也难受得厉害。

兰伯特先生祖父般慈祥地笑着低头看着他。是谆谆教诲一番的时候了。他穿件白得耀眼的全棉活领衬衫,系一只小巧的黑蝴蝶状领结,更添了一种极富才干和智慧的神采。一嘴牙齿宛若宝石般晶莹闪亮。一位六十一岁的人中俊杰。

"就两件事,米奇,"他说,"知道你这一阵子很忙。"

"是的，先生，是很忙。"

"焦虑不安成了举足轻重的法律顾问公司的一种生活规律，像桑尼·卡普斯那样的客户，简直要人命，不过客户是我们唯一的财源。所以，我们常常替他们卖命地干。"

米奇笑笑，旋即蹙起了眉头。

"两件事，米奇。头一件，我妻子和我想请你和艾比星期六和我们一起吃顿饭。我们经常到外面吃饭，总爱带上几个朋友。我自己也算得上个厨师，但我特别喜欢美酒佳肴。通常，我们在城里一家我们最喜欢的餐馆订上一大桌，邀一些朋友共度良宵，分享九道佳肴和最稀奇的美酒。你和艾比有空去吗？"

"当然。"

"肯德尔·马汉、沃利·赫德森、拉马尔·奎因和他们的妻子也一起去。"

"很荣幸。"

"那好。在孟菲斯，我最喜欢的餐馆是'朱斯蒂娜'。这是家法式老店。周六晚七点怎么样？"

"我们一定去。"

"其次，有件事我们还需要谈谈。想必你很清楚，但还是值得提一下。这对我们非常重要。我知道，在哈佛，老师也教过，就是说，作为律师，你和客户之间存在一种秘而不宣的关系。我们特别重视为客户保守秘密。我们不与任何人谈论客户的事。不和别的律师谈，不和妻子谈，甚至彼此之间都不谈。你说得越少，麻烦就越少，日子就越好。本迪尼先生教导我们要严守秘密。出了这幢楼，本公司成员甚至连客户的名字也决不提一下。由此可见，我们有多么认真，多么谨慎。"

米奇纳闷：他说这些，目的何在？这是连法律专业二年级学生都能倒背如流的职业规范。"我明白。兰伯特先生,你不用替我担心的。"

"'嘴巴关不牢,官司吃不了',这是本迪尼先生的座右铭。你迟早会结识本市别的公司的律师,他们也许会打听我们公司或某一个客户的情况,我们避而不谈,明白吗?"

"当然明白,兰伯特先生。"

"很好,米奇。我们真为你自豪。你会成为了不起的律师。一个非常富有的律师。星期六见。"

爱达夫人捎信给米奇说托勒先生要他马上就去。他谢了谢她,径直冲下楼,来到托勒先生的办公室,只见又是一番忙乱情景。

几分钟后,埃弗里掼下电话,还是没道再见。他目不转睛地看着米奇。

"又是桑尼·卡普斯。华人船主要价七千五百万,他同意付,不过合伙人由原来的二十五位增加到了四十一位。我们只有二十天,要不生意就黄了。"

两位秘书走到米奇跟前,递给他厚厚的几叠卷宗。

"这事你应付得了吧?"埃弗里几乎是以讥笑的口吻问道,秘书们看着米奇。

米奇抓过卷宗,朝门走去。"当然应付得了。就这些吗?"

"这些足够了。从现在到星期六,除了卷宗,我可不允许你干任何别的事,明白吗?"

"明白,老板。"

回到办公室,他把桌子上所有的复习资料,十五本笔记本全都挪到一个角落里,堆在一起。卡普斯卷宗整整齐齐地排满了一桌,他喘了口气,正要开始看,有人敲门。

"谁呀?"

尼娜伸个头进来。"我真不愿打搅你,不过,你的新办公家具送来了。"

米奇揉了揉太阳穴,含糊不清地咕哝了几句。

"也许你可以到图书室去工作一两个钟头。"

"也许吧。"

他们重新装好卡普斯卷宗,把十五本笔记搬到了门厅里,两个大块头黑人正在那儿等着,旁边放着一排笨重的卡纸盒和一块东方小地毯。

尼娜跟着米奇到了二楼图书室。

"两点我本该到拉马尔·奎因那里复习考试,打个电话给他,取消。告诉他我再向他解释。"

"你与吉尔·沃恩有个两小时的约会。"她说。

"同样取消。"

"他是合伙人。"

"取消,我再想办法补救。"

"这么做不明智。"

"照我说的做。"

"好吧。你是老板。"

"谢谢。"

离午夜只有一个钟头的时候,电话铃响了。除了这铃声和那轻轻的鼾声,二楼米奇的办公室里一片静寂。米奇双脚叠着搁在办公桌上,身体整个儿舒适地躺在又厚又软的皮沙发里,头朝一侧歪着。卡普斯文件铺了一桌,一份厚得吓人的材料压在他的胸口,桌边的地上也是一堆卡普斯卷宗,卷宗边上摆着米奇的鞋子,鞋子中间有一只装马铃薯片的空袋子。

电话铃响了十几次后,米奇动了动。他赶忙跳起身抓起电话。是他妻子来的。

"你干吗不打个电话回家?"她问,冷冷地,但语气里仍透着一丝关切。

"对不起,我睡着了。几点了?"他揉了揉眼睛,盯着手表看。

"十一点。"停了一会儿,她问,"你这就回来吗?"

"不,我得干通宵。"

"通宵?你不能干通宵,米奇。"

"我怎么不能干通宵,在这儿这是常事,公司指望着我们呢。"

"我指望着你回家,米奇,至少可以打个电话。晚饭还在炉子上。"

"对不起。限期完成任务,我已经深陷在最后期限里了,忙得不知天地日月。我道歉。"

她琢磨着他的话,沉默了一会儿。"你会老是这样吗,米奇?"

"没准。"

"明白了。你大概什么时候可以回家?"

"你害怕吗?"

"不,我不怕。我要睡了。"

"我大概七点左右回家冲个澡。"

"那好。要是我睡着了,别喊醒我。"

她说着挂了电话。他看了看话筒,把它放到了机座上。

8

星期六早晨,他睡过了头,七点才到办公室。他没有刮脸,穿一条牛仔裤,一件旧的活领衫,踏着平底便鞋,连袜子都没穿。一身法学院学生装束。

卡普斯合伙协议书到星期五下午已打印过两遍了。他又做了进一步润饰，到晚上八点，尼娜又赶着打了一遍。他猜想尼娜几乎没什么或根本就没有社交生活，所以就毫不客气地请她干迟点。

她说她不在乎加班，于是他让她星期六上午来上班。

尼娜九点到，穿着一条很适合暗探穿的牛仔裤。他把修改过的协议书递给她，一共二百零六页，要她赶着打第四稿。十点他要去见埃弗里。

办公室这一天全变了样儿。所有普通律师以及大多数合伙人都上了班，也有几个秘书。没有客户，因此也就没有着装方面的讲究。身穿蓝色斜纹棉布牛仔裤的人多得可以组成一支赶牛分队。

可是，压力还在，至少对最新来的普通律师米切尔·麦克迪尔是这样。他取消了星期四、星期五、星期六的考试复习辅导，十五本笔记搁在书架上，落满了灰尘，时刻提醒他，他的确可能要成为破天荒第一个考砸的。

十点整，卡普斯合伙投资协议书四稿清样打印好了。尼娜郑重其事地把它放到米奇办公桌上，转身去了咖啡室。这第四稿被增加到二百十九页。里面的每一个字，米奇都看过四遍；每一项税法条款，他都仔细琢磨过，直到熟记在心。他穿过走道，直奔埃弗里·托勒的办公室。托勒老板正在打电话。一个秘书正往暗红色公文箱里装文件。

"多少页？"埃弗里挂上电话问。

"二百多。"

"那可不算少哇。粗糙吗？"

"不会吧。昨天上午之后，我都改过四遍了，几乎尽善尽美了。"

"那就好。我会在飞机上看一遍的，然后呢，卡普斯可是要用放大镜一字一句地看的。要是叫他逮着了半个错处，他就会闹上个把钟头,还要威胁说不付报酬。你一共花了多少小时?"

"五十四个半,打从星期三开始。"

"哦,真对不起,米奇,我催得太急,让你头一周就忙得够呛。不过,客户们总是逼得紧,人家一小时付我们两百元,我们便玩了命儿地干。这种事往后总是少不了的。干律师这一行,就这么个德性。"

"我不在乎。只是复习的事拖下来了,不过我会赶上的。"

"是不是赫德森那臭小子找你麻烦了?"

"没有。"

"他要是找你麻烦,就告诉我。他算个什么东西,不过才干了五年,就充起教授来了,自以为是个不折不扣的学问人。我特别不喜欢他。"

"没他的事儿。"

埃弗里把协议书装进了公文箱里。"计划书和其他文件呢?"

"其他文件我都起了个不太成熟的草稿。你不是说我们还有二十天吗?"

"是有二十天,不过我们还是早点弄好吧。卡普斯这人一向是不等到限期便早早催着要东西了。你明天还干吗?"

"我没打算干,因为妻子坚持要我陪她上教堂。"

埃弗里摇摇头。"妻子们实在是碍手碍脚啊,对吧?"他说,并不指望答复。

米奇没有接话。

"下周六前,我们弄完卡普斯文件,怎么样?"

"好的,没问题。"米奇答道。

"我们谈过科克-汉克斯吗?"埃弗里手里翻动着一叠卷宗问。

"没有。"

"这就是。科克-汉克斯是堪萨斯城一个大型总承包商。承包项目遍布全国，合同数在一亿左右。丹佛一家名叫'霍陆威兄弟'的机构提出要买下科克-汉克斯。他们想交换一些股份、资产、合同，再投入一些现金。相当棘手的交易。先熟悉一下文件，星期二上午我回来后再一起讨论。"

"我们有多少时间？"

"三十天。"

卷宗没卡普斯的那么厚，不过分量却并不轻些。"三十天。"米奇咕哝说。

"这笔生意价值八百万，我们可以捞到二十万的服务费。生意不赖啊。你每看一次文件，就收一小时的费，得空就看。其实，你在开车上班的时候，只要科克-汉克斯这名字掠过你的脑际，就算上它一小时。这笔生意上，油水是无边无际的。"

埃弗里想到这又是个有赚头的主顾，心里乐滋滋的。米奇说过再见，回办公室去了。

大约就在鸡尾酒刚刚调配好、大伙边琢磨着酒单边听兰伯特先生比较各种法国葡萄酒的质地、口感及其些微差异的时候，两个男人走进了贾斯蒂娜餐馆停车场，凭一把与米奇使用的毫无差异的钥匙钻进了那辆黑色宝马车。他们身穿西服，系着领带，打扮毫不引人注目。他们坦然地开走了车子，穿过市中心，朝麦克迪尔的新家急驶而去。他们把宝马车按它一贯的样子停在车棚里。开车的那人又拿出一把钥匙，他们进了屋。海尔赛被锁进了盥洗室的壁橱里。黑暗之中，一只手提小皮箱放到了餐桌上。四只手上套好了薄薄的一次性皮手套，然后各人拿起了一支小手电。

"先弄电话。"一个说。

他们麻利地干了起来，从电话机座上拔下听筒放到桌上，再旋下受话器琢磨了一会儿，一个像葡萄干那么大的插入式传送器粘到了话筒里，过了十秒钟，胶凝住了，他们重又装好受话器，把听筒的一端插入电话机座，挂回到墙上。声音，或者说信号将被传送到即将安放在阁楼上的一个小型接收器里，边上的一个大些的传送器再把信号传给城那头本迪尼大厦顶上的天线。用交流电作电源，电话里那些"小臭虫"会尽情地施展它们的魔力的。

"给书房装上。"

手提箱于是被移到了长沙发上。他们站在活动椅子里，将一只小钉旋进墙板的木条里，然后又退出钉子，把一支长一英寸、直径为二十分之一英寸的黑色细筒小心翼翼地塞进钉孔，再用一层黑色环氧树脂封得严严实实，那微型话筒便是隐而不露的了。接下来，他们将一根细若发丝的电线嵌进墙板缝里，引到天花板上，与阁楼上的接收器连通。

每间卧室的墙上都埋进了和这一模一样的微型话筒。那两个人到主厅里找到了升降梯，爬到了阁楼上。一个从手提箱里拿出接收器和传送器；另一个不辞辛劳地把若干纤细的电线从墙上拽出来，拽齐了，又把它们裹到一块儿，放在绝缘材料下牵到一个角落里。那儿，他的伙伴正把传送器装进一只旧卡纸盒，而后再接上电源线。一根天线伸到屋顶，露出将近一英寸的头儿。传送器和接收器也都安顿妥了。他们匆匆欣赏了一下自己的杰作，便下了楼。

他们放开海尔赛，溜进车棚，车子很利索地倒出了私人车道，驶进了茫茫夜色里。

熏丹鲹端上桌时，宝马车静静地回到了餐馆附近的停车场。

本迪尼大厦五楼上，马库斯目不转睛地盯着几排忽闪忽闪的指示灯，等着东草溪地1231号的信号。晚宴半小时前便散了，现在该是听听的时候了。一只小黄灯吃力地闪了闪。他赶忙套上耳机，按下录音键,等着。标有 MCD.6[①] 的绿色指示灯闪了起来。那是卧室墙内的窃听器传来的信号。信号渐渐清晰,声音起始很弱,渐渐变得非常清楚。他开大音量,听着。

"吉尔·马汉真是条母狗,"女人的声音,是麦克迪尔太太在说话,"她喝得越多,骚劲越大。"

"我倒觉得她是个名门闺秀呢。"麦克迪尔应道。

"她丈夫还不错,她可是只十足的母猪。"麦克迪尔太太说。

"你醉了吗?"麦克迪尔问。

"差不多了,正等着和你美美地癫狂一番呢。"

马库斯加大音量,身子向前倾着。

"快脱衣服。"麦克迪尔太太命令说。

"我们好一阵没这样了吧。"麦克迪尔说。

"那怪谁呀?"

"我还没忘记呢。你真美。"

"上床吧。"她说。

马库斯旋动音量钮,直到转不动为止。他看着指示灯笑了。他喜欢这帮普通律师,刚出法学院校门,精力过人。听着他们做爱的声音,他笑了。他闭上眼睛仿佛正看着他们。

9

卡普斯危机两星期后过去了,总算没出什么乱子。这主要得归功于公司这位最新的成员连着苦干了多少个十八小时工作日。这位新来的成员,资格考试都还没考过。他正忙着从事法律业务,没空烦心那

[①] 麦克迪尔的英文缩写。

件事儿。七月份，他平均每周开出了五十九小时账单，创下了公司非正式律师的收费纪录。在每月例会上，埃弗里自豪地告诉其他合伙人说，米奇真是个了不起的新手。多亏了他，卡普斯的业务提前三天结束了。文件累计达四百多页，全都完美无瑕；全都是经过米奇审慎的研究、起草、修改，然后才定稿的。多亏有了米奇，科克-汉克斯的业务一个月后也能了结了。这笔生意，公司将净赚二十五万。他简直是台机器。

奥利弗·兰伯特对他的学习情况表示了关切。离资格考试已不到三周，大家都知道，米奇显然准备得不够充分。七月份，他取消了一半的复习辅导，日志上记载的课时数还不足二十。埃弗里说，别着急，他的小伙子会准备好的。

考试前十五天，米奇终于忍不住抱怨了。在曼哈顿俱乐部共进午餐时，他对埃弗里解释说，他肯定要考砸；他需要时间来复习，需要许多时间。给他两周时间死记硬背，他也许能背水一战。但是得让他静下心来，不再有最后期限，不再有紧急情况，不再有通宵达旦的工作，他请求道。埃弗里认真听着，连连道歉。他答应两周之内，不去打扰他，就当没他这个人。米奇连说谢谢。

八月的第一个星期一，公司在一楼图书室召开全体律师大会。一半的律师坐在那古老的樱桃木会议桌四周，其余的人站在靠近书架的地方。书架上排列着几十年都不曾翻开过的精装本法律书籍。律师们全都出席了，连纳森·洛克也来了。他来迟了些，便独自站在门边，不曾与谁说一句话，也没人看他。米奇硬是偷偷地瞥了这"黑眼"一眼。

会场气氛沉郁，没有欢声笑语。贝思·科津斯基和劳拉·霍奇在奥利弗·兰伯特陪同下走了进来。她们被请到会议室前面就座，面对着悬挂在墙上的两幅黑纱披裹的肖像。她们手挽着手，极力想笑笑。

兰伯特先生转身对着为数不多的听众说了起来。

他娓娓道来,那宽厚的男中音散透着哀怜和同情。起初,他几乎是在轻轻絮语,但他那低沉的声音里蕴含着一股力量,使得每一个词、每一个音节清晰地传遍了整间屋子。他看了看两位死者的妻子。诉说着公司感受到的深深的悲恸。只要公司在,她们将永远受到无微不至的关怀。他谈起了马蒂和乔在公司里度过的最初的人生岁月,谈起了他们在公司是如何的举足轻重以及他们的死给公司带来了无可估量的损失,谈起了他们对妻儿的爱,对家庭的忠诚不渝。

他滔滔不绝地谈着,无需考虑,仿佛下一句早已等在嘴边。两位死者的妻子一边轻声啜泣着,一边擦着眼睛,接着,几个亲密些的朋友也抽起了鼻子。

兰伯特先生说得差不多了的时候,伸手揭去科津斯基遗像上的黑纱。那是一个情感喷涌的时刻,一时哭声大作。公司将以他的名字在芝加哥法学院设立一项奖学金,还将拨出专项资金,负责他子女的教育,全家人都将受到公司的照顾。贝思咬紧嘴唇,但还是忍不住失声恸哭起来。本迪尼公司那帮久经沧桑、心硬似铁、冷酷无情的谈判好手哽咽着。只有纳森·洛克无动于衷。他那双能看透人魂魄的激光眼死盯着墙壁。

接下来便是揭开霍奇像上的黑纱。兰伯特先生重复着类似的简历、类似的奖学金、类似的专项资金。米奇听到有人嘀咕说霍奇死前四个月时买了一份两百万元的人身保险。

颂辞致完了,纳森·洛克退出了屋子。律师们围着两位妻子,或拥抱,或说安慰的话。米奇与她们没有交往,所以无话可说。他踱到正墙前,端详着上面的照片。在科津斯基和霍奇遗像的边上,还挂着三幅略微小点儿但同样威严凛然的相片。其中那幅女人的照片引起了他的注意。下边的铜碑上写着:艾丽丝·克瑠斯,一九四八——一九七七。

"聘用她,可真是个错误呀。"埃弗里走上前来,小声说道。

"这话怎么说?"米奇问。

"她是个少有的女律师,哈佛毕业,班上的尖子。她认为所有活着的男人都喜欢歧视女性,而她人生的天职就是铲除一切不平等。不出六个月,我们全都恨她,可又无法甩掉她。她迫使两位合伙人提前退了休。米利根至今还怨恨她,说他的心脏病是叫她给折腾的。当初,他是她的搭档合伙人。"

"她算不算个出色的律师?"

"非常出色,可她的才干让你没法恭维,什么事她都爱争得面红耳赤。"

"她遇到了什么不幸?"

"汽车事故。一个喝醉了的司机把她轧死了,真够惨的。"

"她是第一个女律师吗?"

"是的,也是最后一个。"

米奇朝旁边的那幅点了点头。"他是谁?"

"罗伯特·拉姆,我的一个好朋友。亚特兰大埃默里法学院毕业,大约早我三年来这里。"

"他是怎么回事?"

"谁都不清楚。他特别爱打猎。一九七二年,他在阿肯色猎鹿,结果失踪了。一个月后,人们在山谷底找到了他。他头上有个窟窿。X光片显示子弹是从后脑勺打进去的,大半个脸给炸飞了。人们猜想子弹是从远处的一支高效来复枪里射出的。也许是场事故,不过我们永远都没法弄清楚。我绝对想不出有谁会害博比①的。"

最后一幅相片下写着:约翰·米歇尔,一九五〇——一九八四。

---

① 罗伯特的昵称。

"他是怎么死的?"米奇轻声问道。

"他大概是死得最惨的一个。他不是条硬汉子,受不住紧张的压力,先是酗酒,接着又吸起毒来。后来,他妻子离开了他,一场离婚把他折腾得要死不活的。公司尴尬极了。到这儿干了十年后,他开始担心自己升不上合伙人,酗酒越发厉害了。我们花了不小的一笔钱给他治病,看精神病医生,什么法儿都试了,就是不管用。他绝望了,走了那条绝路。他写好了长达七页的自杀声明,便开枪打烂了自己的脑袋。"

"太可怕了。"

"那还用说。"

"在哪里找到他的?"

埃弗里清了清喉咙,环视了一下四周。"在你的办公室里。"

"什么!"

"可不。不过他们打扫干净了。"

"你在开玩笑!"

"不。我说的是真的。那是好几年前的事了,后来办公室也有人用过。没事的。"

米奇半天说不出话来。

"你不至于迷信吧?"埃弗里用令人讨厌的讥讽口吻问道。

"当然不。"

"我想我本该早些告诉你,可这种事总不那么好说。"

"我能换换办公室吗?"

"当然。只要把资格考试考砸了,我们就会在地下室弄一间和那些助理律师一样的办公室给你。"

"我要是考砸了,那都是因为你。"

"没错。不过,你不会考砸的,对吧?"

"如果你能通过，我也能。"

第二天清晨，米奇正在查找一篇论文，突然一眼瞥见了那五幅遗像，这才意识到自己是在一楼的图书室里。他走到墙边，眼睛一眨不眨地看着他们，脑海里回想着埃弗里所说的死者简历。二十年里死了五位律师。这可是个危险的地方啊。他在一张律师公文纸上写下了他们的名字和死亡年份。此时正好五点三十分。

门厅里什么东西动了一下，米奇猛地朝右侧别过头。只见"黑眼"在一片黑暗处看着他。"黑眼"走到门边，瞪着米奇，问："你在干什么？"

米奇看着他，强作一笑，说："您早。正巧我在复习考试。"

洛克扫了一眼遗像，重又瞪着米奇。"这我知道。你干吗对他们这么感兴趣？"

"只是好奇。公司里悲剧可不少啊。"

"他们人都早死了。你要是通不过考试，那才叫真正的悲剧。"

"我打算通过它。"

"我听到的可不是这回事。你的学习态度越来越让合伙人担心。"

"那些合伙人是不是也担心我开出了过多的账单？"

"别耍贫嘴！我们早就对你说过，资格考试是压倒一切的事。一个没有执照的雇员，对公司来说，一文不值。"

米奇真想要好些"贫嘴"来回敬他，可他还是忍住了。洛克转过身，一眨眼便消失了。米奇回到办公室，关好门，把记着死者姓名和死亡年份的纸片锁进一只抽屉里，翻开一本宪法复习资料，看了起来。

10

尼娜急匆匆地走进米奇的办公室,把一堆文件放到自己老板的面前。"请你签名。"说着递给他一支笔。

"这都是些什么文件啊?"米奇边顺从地签着自己的名字边问。

"别问。相信我好了。"

"我发现,兰德马克合伙协议书里有一个词拼错了。"

"是电脑的毛病。"

"那就把电脑修修好。"

"今晚你打算干到什么时候?"

米奇快速扫视一眼文件,一一签上名。"不知道。干吗问这个?"

"你显得很疲倦,干吗不早些回家,比方说十点或十点半,回去休息休息。你的眼睛都快熬成纳森·洛克的眼睛了。"

"真逗。"

"你妻子来过电话。"

"我一会儿再给她回电话。"

他签完了名,她重新把信函和文件一一叠好。"五点了。我走了。奥利弗·兰伯特在一楼图书室等着见你。"

"奥利弗·兰伯特!等着见我?"

"不错。不到五分钟前他来过电话,说是有要紧的事。"

米奇系紧领带,穿过门厅,跑到了一楼,然后若无其事地走进了图书室。兰伯特、埃弗里以及大部分合伙人坐在会议桌周围。普通律师们也都到了,站在合伙人的背后。桌子顶头的椅子空着,等着什么人坐。屋子里静极了,静得几乎阴森森的。各人的脸上都没有笑容。拉马尔就在附近,但是不愿意转过头来看他一眼。埃弗里一脸怯生生的，像是有些难堪的样子。沃利·赫德森摆弄着蝴蝶形领结的末端，轻轻摇了摇头。

"坐下，米奇，"兰伯特先生神情严峻地说，"有件事要和你商量一下。"道格·特尼关好了门。

他坐下，目光四下搜寻着哪怕一丝丝能让他安下心来的迹象。丝毫没有这样的迹象。

"什么事？"他怯怯地问，无助地看着埃弗里，额头上渗出了细细的汗珠。他的心像汽锤一般咚咚地跳着。

奥利弗·兰伯特身子微微前倾，靠在桌边，随手摘下老花眼镜。此时，他双眉紧蹙，似乎这事使他很痛苦。"我们刚刚接到纳什维尔来的电话，米奇。我们想就这事跟你谈谈。"

是资格考试！资格考试！！资格考试！！！好哇，有人就要名垂青史了。伟大的本迪尼法律顾问公司终于有人要考砸了。他两眼瞪着埃弗里，真想大喊："全都是你的错！"埃弗里紧锁双眉，像是一阵头痛发作了；他避开米奇的目光。兰伯特疑疑惑惑地看了看其他合伙人，重又看着米奇。

"米奇，我们一直担心会发生这样的事情。"

他真想开口辩说几句：应该再给他一次机会，让他参加六个月后的考试；他一定要拿它个满分，决不再给他们丢脸。突然腹部一阵剧痛向他袭来。

"是的，先生。"他可怜兮兮地说，一副一败涂地的样子。

兰伯特掉转话头，直逼正题。"我们本不会知道这些事情，不过纳什维尔那帮伙计告诉了我们，说你夺得了资格考试最高分。祝贺你，律师。"

屋子里爆起笑声、欢呼声，人们围上前来，又是握手，又是拍他的肩，对他笑着。埃弗里挤过来，用手帕擦着额上的汗珠。肯德

85

尔·马汉把三瓶香槟酒扔到桌子上,打开瓶塞,给所有的塑料酒杯里斟满了酒。米奇终于喘过气来,笑了。他拿起酒杯,一饮而尽,人们又给他倒了一杯。

奥利弗·兰伯特轻柔地搂着米奇的脖子,说:"米奇,我们真为你自豪。这该得到一小笔奖金。我带来了一张两千美元的支票,这就交给你,作为对你取得的成绩的一个微不足道的奖励。"

又是一阵口哨声和欢叫声。米奇接过支票,看都没看一眼。

兰伯特先生举起手,示意大家安静。"我谨代表公司,把这个赠予你。"拉马尔递给他一个牛皮纸裹着的盒子。兰伯特先生剥开牛皮纸,放到桌上。

"这块匾是我们特地为今天这个日子准备的。你一看就知道,这是一张公司信笺的青铜摹制品,上面刻着全公司律师的名字。不说你也能看到:米切尔·麦克迪尔的名字也加到了信笺头上。"

米奇站在那儿,讷讷地接过奖品。血色又回到了他的脸上,香槟到了肚里,舒服极了。"谢谢。"他轻声说。

三天后,《孟菲斯报》刊登了通过资格考试律师的姓名。艾比剪下该文,收进了剪贴簿里,还给她父母和雷寄出了复印件。

米奇在沿河大街与河畔大道之间,离本迪尼大厦三个街区远的地方找到了一家快餐馆。说是餐馆,其实只是在墙上打进去的一个黑咕隆咚的洞,只有三两个顾客,专营油腻腻的辣狗[①]。他喜欢这儿,是因为他可以远离人群,边吃边校看文件清样。既然而今他是羽毛已丰的普通律师,他当然可以在午餐时边享受热狗,边开每小时一百五十

[①] 一种快餐食品(chili dogs),疑从"热狗"而得名。

元的账单啰。

他的名字见报一周后，他独自一人坐在这家店堂最里面的一张桌子边，用叉子吃辣狗。屋子里空无一人，他在看一份一英寸厚的意向书。那个开馆子的希腊人在收银台后面睡着了。

一个陌生人朝他走来，停在几步远的地方。当他确信自己没被人注意后，这才走到米奇桌边，坐了下来。米奇看了看那人，放下文件。

"有何贵干？"他问。

那人四下里扫视了一眼，又望了望身后。"你是麦克迪尔，对吧？"

一口浓重的土音，肯定是布鲁克林人。米奇仔细打量着他：他约莫四十来岁，短短的军人发式，一绺灰白头发垂到眉头。他身穿三件套的西服，颜色是海军蓝，质地至少有90%的化纤，系着廉价仿真丝领带。一看便知是个不讲究衣着的人，不过衣服倒也干净挺括。他有着一副自负的派头。

"没错。你是谁？"米奇问。

他伸手从口袋里亮出徽章。"塔兰斯，韦恩·塔兰斯，联邦调查局特工。"他扬起眉头，等着米奇的反应。

"想搜身还是怎么的？"米奇说。

"现在还不。我只想见见你。从报上看到了你的名字。听说你是刚到本迪尼-兰伯特暨洛克法律顾问公司的。"

"联邦调查局干吗对这个感兴趣？"

"我们对那家公司盯得很紧。"

米奇失去了对辣狗的兴趣，把盘子推到桌子中央，往茶杯里添了点糖。

"喝一杯吗？"米奇问。

"不，谢谢。"

"你们干吗要监视本迪尼公司?"

塔兰斯笑笑,朝希腊人望了望。"我在这儿实在没法解释。我们自有道理,不过我可不是来和你谈这个的。我来一是要见见你,二是也想告诫你一下。"

"告诫我?"

"是的。告诫你对公司要防着点。"

"你说吧。"

"我说三点,第一,不要相信任何人。公司没哪一个人值得你信任的。这点万万切记。第二,你说的每一句话,不论在家、在办公室还是在那幢楼里的什么地方说的,很可能都被录下来了。你在车里说的话,他们甚至也有可能监听。"

米奇目不转睛,专心致志地听着。塔兰斯见此很高兴。

"第三点呢?"米奇问。

"第三,钱不是长出来的。"

"你能详细说说吗?"

"现在不行。我想我们会很亲密的。我想让你信任我,我也知道我得首先赢得你的信任,所以我不想操之过急。我们既不能在你的办公室,也不能在我的办公室见面。我们也不能通过电话交谈。因此,我会时不时想法子找到你的。同时,你要切记我说的三件事。多加小心。"

塔兰斯站起身,伸手拿出皮夹。"这是我的名片。我家里的电话号码在背面。只能打付费电话。"

米奇端详着名字,问:"我干吗要打电话给你呢?"

"你一时还用不着,不过名片得留着。"

米奇把它放进了内衣口袋。

"还有一件事。我们在科津斯基和霍奇的葬礼上见到过你。他们死得太惨了,真太惨了。他们的死不是事故,而是事出有因。"

他双手插在口袋里,含笑看着米奇。

"我不明白你的话。"

塔兰斯朝门口走去。"什么时候给我个电话,不过,要小心。记住,他们会窃听的。"

四点刚过,一声喇叭惊得达奇一跃而起。他骂骂咧咧地走到了车灯前。

"混账,米奇。才四点,这么早来干吗?"

"对不起,达奇。睡不着,折腾了一夜。"车库的门开了。

到七点半,他已口授了足够尼娜忙上两天的活儿,也只有让她眼睛不离口授机,她的牢骚废话才能少点儿。米奇最直接的目标就是要成为第一个堂堂正正使唤两个秘书的普通律师。

八点整,他端坐在拉马尔的办公室里等拉马尔到来。他边校读一份合同书,边喝着咖啡,还对拉马尔的秘书说尽管忙她自己的事好了。八点一刻,拉马尔来了。

"有件事要和你谈谈。"米奇说着关上了门。他要是相信塔兰斯,那就是说办公室里装了窃听器,他们的谈话将被录下来。他真不知该相信谁。

"看来问题挺严重嘛。"拉马尔说。

"听说过一个叫塔兰斯的家伙吗?韦恩·塔兰斯。"

"没有。"

"联邦调查局的。"

拉马尔闭上了眼睛。"联邦调查局。"他咕哝道。

"正是,他有徽章什么的。"

"你在什么地方碰上他的?"

"他在尤宁街兰斯基快餐店找到了我。他知道我是谁,还晓得我刚来公司不久。说他对公司了如指掌。他们盯我们盯得很紧。"

"告诉埃弗里了吗?"

"没。除了你,谁都没说。我不知道该怎么办。"

拉马尔拿起话筒。"我们得告诉埃弗里。我想这种事以前也发生过。"

"发生了什么事,拉马尔?"

拉马尔告诉埃弗里的秘书情况紧急,要埃弗里立即接电话。几秒钟后,埃弗里来接了。"我们碰上了个小麻烦,埃弗里,昨天,一名联邦调查局的特工接触了米奇。米奇这会儿正在我的办公室里。"

拉马尔听着话筒,对米奇说:"他让我别挂上,说他正给兰伯特打电话。"

"没想到惹出这么大的事了。"米奇说。

"可不。不过别着急。会解释清楚的,这种事以前也发生过的。"

拉马尔把听筒握得更紧了,听着对方的指示,然后挂好电话说:"他们让我们十分钟后到兰伯特办公室。"

埃弗里、罗伊斯·麦克奈特、奥利弗·兰伯特、哈罗德·奥凯因和纳森·洛克都在那儿等着。他们神情紧张地站在那张小会议桌四周,米奇进去时,又都极力装出很平静的样子。

"坐吧,"纳森·洛克毫无表情地匆然一笑,说,"我们想让你说说事情的全部经过。"

"那是什么?"米奇指着桌子中央的录音机问。

"我们不想漏掉任何细节。"洛克说,然后指了指一把空椅子。米奇坐了下来,看着对面的"黑眼"。埃弗里坐在两个人当中。大家谁都没出半点声音。

"好吧。"米奇于是把那天在兰斯基快餐店的情况说了一遍。

"黑眼"目不转睛地看着米奇,专注地听着,只字片语都没放过。

"你以前见过这人没有?"

"绝对没有。"

"你还告诉过谁?"

"就拉马尔。今天上午第一件事就是告诉他这事。"

"你妻子呢?"

"没。"

"他给你留下电话号码没有?"

"没有。"

"我想知道你们说过的每一个字。"洛克命令说。

"我记得的都说了。我不可能一字不漏地背下来。"

"你肯定都说了?"

"让我再想想。"他还留着几件事没说呢。他看着"黑眼",知道他怀疑不只这些。

"哦,他还说他在报上看到了我的名字,知道我是新来的。就这些。我什么都说过了,我们谈的时间很短。"

"再想想还有什么。"洛克坚持说。

"我问过他要不要喝点茶,他谢绝了。"

录音机关掉了,合伙人们似乎松了口气。洛克踱到窗前。"米奇,我们跟联邦调查局有些矛盾,还有国内税务局。这种状况已有好些年了。我们的客户有些是挥金如土的阔佬,他们大把大把地赚钱,又大把大把地花钱,只是想尽量少付或不付税款。为了合法逃税,他们付给我们成千上万的钱。我们事业上的进取精神是出了名的,如果客户要我们干,我们铤而走险在所不辞。过去二十年间,国内税务局也找了些碴儿,但我们每每与他们对簿公堂,便用税法制服了他们。因此,他们看不惯我们,我们也不欢喜他们。我们有些客户的职业道德水准并不总是那么高,因而受到了联邦调查局的调查和骚扰。过去三年里，我们也受到过骚扰。

"塔兰斯是个一心想出大名的新手，他来这里不到一年，已成了我们的眼中钉。你不得再同他谈话。你们昨天的谈话没准录了音。他很危险。他做事不地道，你很快就会知道，联邦调查局那帮小子大多不地道。"

"这些客户有多少被定过罪？"

"一个都没。和国内税务局打官司，我们包赢不输。"

"科津斯基和霍奇是怎么回事？"

"问得好，"奥利弗·兰伯特说，"我们也不知道究竟出了什么事。起初，好像是场事故；现在，我们也不敢肯定。与马蒂和乔同在一条船上的还有岛上的一个居民。他是舵手，也是潜水教练。而今，那儿的当局告诉我们说，他们怀疑他是一个以牙买加为基地的贩毒团伙的主要联系人，爆炸没准是冲着他的。当然，他也死了。"

"这件事，不能对任何人透露一点风声，"洛克指示说，"离塔兰斯远点，他要是再和你接触，立即告诉我们，明白吗？"

"是，先生。"

"对你妻子也不能说。"埃弗里说。

米奇点点头。

奥利弗·兰伯特的脸上又恢复了祖父般的和蔼。他笑着，拨弄着手里的老花眼镜。"米奇，我们知道这事挺可怕的，可我们习惯了。我们一起来对付它，相信我们吧。我们不怕塔兰斯先生，不怕联邦调查局，不怕国内税务局，我们谁都不怕，因为我们没做任何错事。安东尼·本迪尼是凭着苦干，凭着才智，凭着毫不妥协的职业道德创建起这家公司的。这种精神已经融进了我们每个人的血液里。当然，我们的客户并非都是圣人，可是律师又怎么能对自己的客户进行道德说教呢。我们不想让你为这件事烦神。离那小子远点，他非常非常危险。你只要对他说点什么,他就会愈发胆大包天的,不知会惹出什么麻烦来。"

洛克朝米奇弯起一根手指。"再与塔兰斯接触就会影响你在公司的前途。"

"我明白。"米奇说。

"他知道呢。"埃弗里也护着他说。洛克瞪了托勒一眼。

"我们就谈这些,米奇,"兰伯特先生说,"要谨慎点。"

米奇和拉马尔冲到门边,抄最近的楼梯回办公室去了。

"去找一下德法歇。"洛克对正在打电话的兰伯特说。不到两分钟,两位资深合伙人就坐到了德法歇杂乱无章的办公桌旁。

"你听了吗?"洛克问。

"我当然听了,纳特。那小子说的每一个字我都听见了。你处理得特棒。我想他害怕了,见了塔兰斯,躲都躲不及呢。"

"拉扎洛夫那边怎么办?"

"我得告诉他。他是头儿。我们不能装作什么事也没发生似的。"

"他们还会找他吗?"

"没什么了不得的。我们将对那小子实行二十四小时监视,窃听他所有的电话,然后等着瞧。他不会轻举妄动,关键在塔兰斯。塔兰斯还会找他的,到那时,我们也会在场。尽可能让他待在楼内;他一离开,就告诉我们,如果你们知道的话。不过我想还不至于那么糟,真的。"

"他们干吗挑上了麦克迪尔呢?"洛克问。

"也许是新策略吧。可别忘了,科津斯基和霍奇投靠了他们。科、霍二人说出来的没准比我们想象的要多,我也不清楚。他们也许觉得米奇最受不住考验,因为他刚出校门,满腔理想主义热忱,还有强烈的职业道德感,就像我们注重德行的朋友奥利一样。那很好,奥利,真的很好。"

"闭嘴！德法歇！"

德法歇敛起笑容，紧咬下唇，正待发作，但忍下了。他看了看洛克："你知道下一步该怎么办，对吧？塔兰斯要是一个劲缠着不放，拉扎洛夫那个白痴总有一天会要我干掉他，把他装进一只桶里沉入墨西哥湾。到那时候，你们这帮德高望重的老爷们就得提前退休，离开这个国家。"

"拉扎洛夫不会命令你干掉一个特工的。"

"不错，那是愚蠢的一着，可拉扎洛夫原本就是个蠢货。他对目前这里的情况非常焦虑，常常打电话来问这问那。我都给他逐一做了回答。他有时听，有时只顾骂娘。不过嘛，他要是让我干掉塔兰斯，我们就得干掉塔兰斯。"

"这真叫我倒胃口。"兰伯特说。

"你是该倒胃口，奥利。你竟让你手下一名衣冠楚楚的律师跟塔兰斯搅和到了一块儿，还开始谈起来了。倒胃口算什么，你他妈的苦果子有得吃呢。好啦，我倒是建议你们这些老兄们多叫麦克迪尔忙点，别让他有空去想塔兰斯。"

"我的天！他可是一天干二十个小时呀，德法歇！"

"那就对他盯紧点，让拉马尔·奎因多接近他，关心他。那样的话，他心里要是有什么没准会吐出来。"

"好主意。"洛克说，然后看着奥利，"我们同奎因长谈一次。他和麦克迪尔最亲近了，没准他还能再亲近点儿。"

"得了，伙计们，"德法歇说，"这会儿麦克迪尔害怕了。他不会轻举妄动的。要是塔兰斯再与他接触，他还会像今天一样，径直跑去告诉奎因的。他已经向我们表明他信任谁了。"

"昨晚他对妻子说了吗？"洛克问。

"我们正在检听磁带，得要一小时才有结果。我们安置在这座城市的'臭虫'也真他妈太多了，要找点什么，得用上六台电脑。"

米奇正在拉马尔的办公室里，他凝视窗外，小心翼翼地措着词儿。他说得很少。没准塔兰斯是对的，不论说什么，都会被录下来。
"你感觉好些了吗？"拉马尔问。
"好些了，我想。他们说得很在理。"
"先前也发生过这种事，正像洛克所说。"
"谁？以前谁碰到过这种事？"
"记不得了，好像是三四年前的事了。"
"可你竟不记得是谁了？"
"不记得。那有什么要紧呢？"
"我只是想了解一下。我不明白他们为什么会选中我，一个新来的。四十名律师中，对这家公司及其客户我是最不了解的一个。他们为什么要选上我呢？"
"我也不清楚，米奇。得了，你干吗不照洛克说的做呢？设法把这事忘了吧，离塔兰斯那小子远点。除非他有逮捕证，否则你不必和他说话。他要是再露面，叫他滚远点。他很危险。"
"好吧，我想你说得很有道理。"米奇强作一笑，朝门走去。"我们明晚还一起吃饭？"
"当然。凯还等着到游泳池边边烤牛排边吃呢。晚点吧。七点半左右行吧？"
"到时见。"

11

看守喊了他的名字，搜过他的身，把他领进一间宽敞的屋子。屋子里有一排很小的隔间，里面尽是探监的人。他们正隔着厚实的铁栅门，或交谈，或低语。

"14号。"看守用手指指说。米奇走进他的小隔间，坐了下来。不一会儿，雷出现了。他坐在铁栅那边的分隔间中。要不是雷的额头有道疤痕，眼角有几缕皱纹，人们会当他们是双胞胎呢。两人都是六英尺两英寸的个子，重约一百八十磅，一样的浅棕色头发，一样的蓝色小眼睛，高挺的颧骨和大下巴也是一模一样。

米奇有三年没来过布拉希山了。三年零三个月。但他们每月都互通两封信，月月如此，如今都八个年头了。

"法语学得怎样？"米奇终于开口问道。雷在部队的测试成绩表明他具有惊人的语言天赋。他当过两年越语翻译；驻扎在德国时，六个月就掌握了德语。西班牙语学了四年，不过那是他在监狱图书室设法儿从词典上一字一句抠会的。法语最近刚开始学。

"想必还流利吧。在这种地方，你没法儿衡量。我没什么机会练，显然，他们是不开法语课的，所以这儿的弟兄们大多只会一门语言。法语无疑是最美的语言。"

"容易学吗？"

"没德语那么容易。当然，学德语应该容易些，因为我当时生活在那儿，人人都说它。你知道不，我们的语言有50%是源自德语？"

"不。我不知道有这回事儿。"

"是真的，英语和德语是堂兄弟。"

"接下来打算学什么？"

"也许意大利语吧。像法语、西班牙语、葡萄牙语一样，那也是一种拉丁语系的语言。或许我会学俄语，没准希腊语呢。我正在看有关希腊群岛的书。我打算不久去那儿。"

米奇笑笑。他离刑满释放少说还有七年呢。

"你以为我是说着玩，对吧？"雷问，"我正准备辞别这里呢，要不了多久的。"

"你是怎么打算的？"

"我不能说，不过我正在着手进行。"

"别干这种事，雷。"

"我需要外头给些帮助，需要足够的钱能让我离开这个国家。一千元就行了。你能弄到，对吧？不会让你受到牵连的。"

"他们是否偷听我们谈话？"

"有时听。"

"那谈点别的吧。"

"好吧。艾比好吗？"

"很好。"

"她在哪儿？"

"眼下正在教堂。她想一起来，可我没让。"

"真想见见她呢。从你们的信里看得出，你们干得实在是不错啊。新房子，新车，还有城郊俱乐部。真为你们骄傲。麦克迪尔家两代人，你是头一个总算干出了他娘的一点名堂的。"

"我们的父母都很了不起，雷，只是他们命运多舛，没有机会。他们尽了他们最大的努力。"

雷笑笑，移开目光。"没错。我想是这么回事。见过妈妈啦？"

"有好一阵没去了。"

"她还在佛罗里达吗？"

"我想是的。"

他们顿住了，看着各自的手指。他们想起了母亲。那可是令人揪心的回忆啊。他们也有过快乐的时光，那时他们还小，父亲也在世。父亲死后，母亲一直没能从悲恸中解脱出来。拉斯蒂一死，叔伯婶母们便把她送进了精神病院。

雷伸出一根手指,顺着铁栅上的细铁杆摸索着。他盯着指头,说:"谈点别的吧。"

米奇赞同地点点头。可谈的事有那么多,可都是往昔的事情。除了过去,他们再没一点共同的东西了。

"你在一封信里提到过,从前和你同在一个牢房的什么人现在孟菲斯当私人侦探?"

"埃迪·洛马克斯。他被判强奸罪送来这儿之前,在孟菲斯当了九年警察。"

"强奸?"

"可不。他在这里的日子真不好过,人们对强奸犯很看不上眼,对警察更是恨加一等。要不是我及时插手,他早就没命了,而今他出去都三年了,还一直给我写信。他主要是做些离婚方面的调查。"

"电话簿里有他的号码吗?"

"969-3838。怎么你也用得着他?"

"我有个当律师的弟兄,他妻子在外面胡来,可他抓不住她的把柄。这个伙计能干吗?"

"非常能干。他是这么说的。他赚了不少钱。"

"我能相信他吗?"

"开什么玩笑!就说你是我兄弟,他会为你卖命的。他打算帮我出去,只是还不知道我这就动起来了。可以跟他提一提。"

"但愿你别动那个心思。"

一个看守走到米奇背后。"只有三分钟了。"他说。

"我能给你寄点什么来?"米奇问。

"要是不嫌麻烦,真想请你帮个忙。"

"尽管说好了。"

"到书店替我找一套二十四小时学说希腊语配磁带的教材。能再弄一本《希英词典》就再好不过了。"

"下星期我就寄来。"

"再寄套意大利语的，如何？"

"没问题。"

"艾比想给你写信。"米奇接着说。

"那太好了。我只记得她很小时候的样子，成天在德恩城中心街她爸爸的银行周围晃来晃去。让她寄张照片给我。我也想要张你家房子的照片。一百年来，你是麦克迪尔家头一个拥有不动产的。"

"我得走啦。"

"帮我个忙。我想你该去找到妈妈，搞清楚她是否还在世。既然你出了校门，多和她接触接触会好些。"

"我想到了。"

"多想想，好吗？"

"当然。过个把月我再来看你。"

德法歇猛吸一口雪茄，把一大口烟朝空气净洁器吐去。"我们找到了雷·麦克迪尔。"他得意扬扬地宣布说。

"在什么地方？"奥利说。

"布拉希山肯塔基州监狱。八年前因二等谋杀罪判处有期徒刑十五年，不得假释。真名是雷蒙·麦克迪尔，现年三十一岁，无家室，服过三年兵役，因故被勒令退役。"

"你怎么找到他的？"

"昨天，有人去看他了，是他的弟弟。我们碰巧盯上了。二十四小时监视，可别忘了。"

"他的判决记录在案，你该早些找到才是。"

"要是那很重要的话，我们当然能早些找到，奥利，可那无关紧要。我们可不是专干鸡毛蒜皮的事儿。"

"十五年徒刑？杀了什么人？"

"老一套江湖义气。一群醉汉在酒吧为争一个女人大打出手。不过，他没用武器。警方与 X 光报告说他用拳头朝被害者头部猛击两下，敲裂了头盖骨。"

"为何被勒令退役？"

"不服上级领导，更有甚者，他还动手打了一名军官。真不明白他如何逃脱了一场军法官司。看来是条野夫莽汉。"

"你说得对，这没什么要紧的。还有些什么情况？"

"没什么。他家不是装了窃听器嘛，他至今还没对妻子提到过塔兰斯，实际上，对谁都没提过。"

奥利笑笑，赞许地点点头。他为麦克迪尔感到骄傲。多好的律师啊！

"夫妻生活呢？"

"我们只能听，奥利。不过，我们听得很仔细，我想他们有两星期没干那事了。当然，他每天要在公司干十六个小时，忙得焦头烂额。他妻子好像开始厌烦了。她给母亲打过不少电话，都是对方付费电话，为的是不想让他知道。她对母亲说他开始变了，这么玩命地干，连命都要送掉的，诸如此类的屁话。对不起，奥利，我知道你很喜欢照片。一有机会，我们就弄些给你。"

奥利盯着墙，但什么也没说。

"听着，奥利。我想该让那小子陪埃弗里到大开曼出趟差。你是不是可以安排一下。"

"那不成问题，不过我可以问问理由吗？"

"现在还不成。过后你会明白的。"

那是一幢地处闹市区低租地段的旧楼。楼下的一扇门上写着：私人侦探埃迪·洛马克斯办公室请上楼。二楼办公室门上也贴着一张告示：提供离婚、事故、亲眷失踪、盯梢监视等各种调查服务。电话簿里的广告更为详细：全天二十四小时服务，证照齐全。服务项目有偷听、拍照、对策策划、儿童监护、出庭作证、声音分析、财产寻踪、保险索赔、婚前背景调查，等等，服务宗旨是恪守道德、真实可靠、严守秘密、心平气和。

米奇被那份自信深深打动了。他们约定会面时间是下午五时，他早到了几分钟。一个体态匀称的淡金发美人儿问过他的姓名，指着窗边的一张橘黄色皮革椅说，埃迪一会儿就好。他打量了一下椅子，见上面落了厚厚一层灰尘，还有些像油污的斑点，便谢绝了，推辞说他腰都坐疼了。这位名叫塔米、身穿紧身皮裙、脚着黑皮靴的秘书，听了只是耸耸肩，又接着边嚼口香糖、边打起什么文件来。桌上的烟缸里堆满了印着口红的烟蒂。

三分钟后，打字声戛然而止。

"你是律师？"

"是的。"

"在一家大公司？"

"是的。"

"我想也是。你这身装束一看就知道。"

她喝起了可乐，等她喝了个够，这才朝埃迪的办公室示意了一下。"可以进去了，埃迪在等你呢。"

那私人侦探正在打电话，他指指一只木椅子，米奇坐了下来。

埃迪穿着蓝色蜥蜴皮靴，利伐牌牛仔裤，上身是浆洗挺括的活领衫，正好露出黑森森的胸毛和两条沉甸甸的金项链。他掼下了电话。

"哦，你就是米切尔·麦克迪尔！幸会，幸会。"

他们隔着桌子握着手。"幸会,"米奇说,"星期天我去看过雷了。"

"我觉得我们好像认识了好多年似的,你跟雷真是长得一模一样。雷说过你们长得很像,把你的事全都告诉了我。想必他也对你讲过我的情况。警察经历,蹲大狱的事,强奸罪。他有没有对你解释过那是强奸幼女罪?有没有解释过那姑娘看上去有二十五岁,其实只有十七岁,我是上了人家的当活活给坑了?"

"他提到过,雷言语不多,你也知道。"

"他真是条好汉,够哥们。我这条命是他给的,要不是他……"

"他是我唯一的亲人。"

"可不。这些我都知道。跟一位老兄在一间八英尺宽十二英尺长的牢房里同住了那么些年,你对他的身世也就一清二楚了。他一谈到你,几个钟头都没个完。我释放出来的时候,你正打算上法学院吧。"

"今年六月毕业了,在本迪尼-兰伯特暨洛克法律顾问公司工作。"

"还没听过有这么家公司嘛。"

"是沿河大街上一家合伙税法顾问公司。"

"我替律师们干过不少狗屁糟糟的离婚调查,盯梢、拍照、收集物证,诸如此类。"他说得很快,简短、干脆、有力,一边说着,一边小心翼翼地把牛仔靴搁到了桌子上,显然是为了炫耀。"此外,我也让某些律师和我一起办些案子。我要是发现哪个汽车事故或人身伤亡案子有赚头,我就到处找律师,看谁能给我最好的分成。于是我就买下了这幢楼,钱也是这么来的——人身伤亡。这些律师要拿四成的胜诉酬金。四成呐!"他厌恶地摇摇头,似乎不能相信这座城市里真的竟有如此贪心的律师。

"你按钟点收费?"米奇问。

"一小时三十元,花销除外。"

正说着，塔米伸头进来说，她走了。

"她是个了不起的小娘们，"埃迪说道，"她正和丈夫闹不和。她丈夫是个卡车司机，可自以为是埃尔维斯①。他们从俄亥俄迁到这儿，只是好让这小丑能挨歌王的坟近点。"

"那么，他们闹不和是怎么回事？"

"女人。你都不敢相信那些埃尔维斯的歌迷会干出什么样的事来。她们涌向这个城市，观看那小丑学着歌王的样子演唱。她们朝他扔裤衩，又肥又大的裤衩，专为那些大屁股肥婆特制的裤衩。他用它们抹抹额头，再扔回去。于是她们给了他各自的房间号码，我们怀疑他有不轨行为。不过还没逮着他的把柄。"

米奇想不出该说点什么，只是痴痴地笑着，似乎这真是个难以置信的轶事趣闻。洛马克斯看出他的尴尬。

"你和妻子闹矛盾了？"

"不是，根本不是那种事。我需要了解四个人的情况，三个死了，一个还活着。"

"听起来挺有趣的，说吧，我听着。"

米奇从口袋里掏出便条。"我希望这事要绝对保密。"

"那是自然。就像你和你的客户一样，彼此秘而不宣。"

米奇赞同地点点头，但即刻想到了塔米和埃尔维斯的事。洛马克斯干吗要告诉他这事呢？

"这事必须严守机密。"

"我说到做到，相信我好了。"

"三十美元一小时？"

"对你只收二十，别忘了，是雷介绍你来的。"

---

① 美国风靡一时的流行歌星埃尔维斯·普雷斯利（1935—1977），享有"猫王"之誉。

"我很感谢你的照顾。"

"这是些什么人?"

"三个已故的曾是我们公司的律师。"米奇把罗伯特·拉姆、艾丽丝·克瑠斯和约翰·米歇尔的情况对他说了。

"你就知道这些?"

"就这些。"

"你想调查什么?"

"我想尽可能多地了解这些人遇难的经过,每个人的遇难背景,谁负责调查每起事故的,还有,任何悬而未决的问题和疑点。"

"你怀疑什么?"

"到目前为止,不怀疑什么,只是好奇。"

"你不只是好奇。"

"好吧,我不只是好奇。不过这会儿,你就当我是好奇。"

"够公平的。第四个伙计是谁?"

"名叫韦恩·塔兰斯,联邦调查局孟菲斯分局特工。"

"联邦调查局!"

"那对你有什么麻烦吗?"

"是的,有麻烦。调查警察,我得收四十元。"

"没问题。"

"你想了解什么?"

"摸清他的底细。在这儿干了多久?干特工的历史有多长?名声好不好?"

"这挺容易。"

米奇叠起便条,插进衣袋。"这些需要多长时间?"

"大约一个月。"

"很好。"

"你们公司叫什么来着?"

"本迪尼-兰伯特暨洛克。"

"夏天遇难的两个伙计是——"

"公司的律师。"

"有什么可疑的吗?"

"没有。听着,埃迪。这事你得特别小心。别往我家里或者办公室打电话,大约一个月后我会再找你。我怀疑我被什么人盯上了。"

"是谁?"

"我要知道就好了。"

12

埃弗里含笑看着电脑打出的清单。"十月份,你平均每周开了六十一小时账单。"

"我还以为是六十四呢。"

"六十一够可以啦。其实,我们还不曾有哪个头一年来的律师平均一个月收了这么多的。都正当吗?"

"没虚报。实际上,我本可以收得更多。"

"你一周干多少个小时?"

"八十五小时到九十小时之间。我可以开出七十五小时的账单来,要是想那么做的话。"

"可别那么干,至少是现在。那会引起周围人的妒忌的。年轻些的普通律师对你盯得紧着呢。"

"你想让我慢下来?"

"当然不。你我眼下已落后了一个月了。我只是对干到深更半夜感到不安。有点儿担心罢了。大多数普通律师起初都干得像烧野火似的可带劲了——每周八十小时到九十小时,两个月后劲便渐渐地耗完了。平均大概只有六十五到七十小时的样子。不过你好像精力过人。"

"我不需要睡多少觉。"

"你妻子是怎么想的?"

"那有什么要紧?"

"她在乎你干到深更半夜吗?"

米奇瞪了眼埃弗里,一下子想起了头天夜里的争吵,当时他回家很晚,离午夜只差三分钟。那是一场克制着的争吵,不过是迄今为止最厉害的一次,而且这样的口角看来往后是必定少不了的。双方都互不相让。艾比说她感到邻居赖斯先生都比丈夫对她亲近些。

"她能理解。我对她说过,我要在两年后当上合伙人,不到三十岁就退休。"

"看来你是在争取。"

"你不是抱怨我吧,嗯?上个月,我开出的每一个小时的账单,处理的都是你的文件,你似乎并不太在乎让我超时工作嘛。"

埃弗里把清单放到落地书柜上,皱着眉看着米奇。"我只是不想让你把劲儿一下子用光,或者忽视了做丈夫的责任。"

听一个离开了自己妻子的人在指点婚姻上的事,似乎真有些滑稽。米奇尽量不屑一顾地看着埃弗里。"你不必操心我家里的事。只要我在这儿干得不错,你就该高兴才是。"

埃弗里凑过脸说:"听我说,米奇,我对这种事不怎么在行。这是上头发下来的话,兰伯特和麦克奈特担心你也许干得太猛了点。我是说,早上五点就起床,每天早上,甚至星期天都这样。那可是相当紧张呀,米奇。"

"他们说了什么?"

"没多说什么。信不信由你,米奇,那帮老兄真的是关心你和你的家庭。他们要的是有快乐妻子的快乐律师。倘若事事称心如意，律师干活的效率就高。兰伯特尤其和蔼可亲。他打算两年后退休。他极力想在你和其他年轻伙计身上，重温他自己往昔的金色年华。要是他问的问题多了些，或者多指教了几回，好好听着就是。他赢得了在这儿当爷爷的权利。"

"告诉他们我很好，艾比也很好，我们都很快乐，而且我的工作效率很高。"

"好的。还有件突然的事跟你说一下。从明天算起，一周后你我要去大开曼岛一次。我得代表桑尼·卡普斯和另外三个客户见几个开曼银行家。主要是公务，不过，我们一向都没法抽空儿戴水肺或通气管游游泳。我对罗伊斯·麦克奈特说过需要你也去，他同意了。他说你也许用得着一次休整假了。你愿意去吗？"

"当然。我只是感到有点意外。"

"因为是出差，所以我们的妻子不去。兰伯特有些担心这会引起家庭麻烦。"

"兰伯特先生想必对我家的事太多虑了。告诉他我说了算。没问题。"

"那么说你去？"

"当然去。在那儿待多久？"

"三两天吧。我们将住在公司的一套公寓里，桑尼·卡普斯也许住另一套。我正在设法联系公司的飞机，不过我们没准得坐商业班机。"

"我没问题。"

在迈阿密登机的开曼航空公司波音727班机的乘客中，只有两人系着领带。第一轮免费朗姆汽酒过后，埃弗里摘下他的领带，塞进外衣口袋。汽酒是由美丽的开曼空姐端来的,她们棕色的肌肤、蓝蓝的眼睛,一脸迷人的笑意。那儿的女人棒极了,埃弗里不止一次这么说。

米奇坐在窗边,极力掩饰着头一次出国旅行的激动。临行前,他在图书室找到了一本介绍开曼群岛的书。那儿一共有三个岛:大开曼、小开曼和开曼布拉克。大开曼岛上一万八千家居民,一万两千家注册公司,三百家银行。人口中有20%的白人,20%的黑人,余下的六成种族和血统不明。首府乔治城近几年发展成了一个国际性的逃税圣地,那些银行像瑞士银行一样严守秘密。那里没有所得税、法人税、利息税、财产税,抑或赠与税;有些公司或投资项目保证五十年不用交税。开曼群岛是一块独立的英国领地,由一个稳定非凡的政府管治着。进口关税和旅游业收入足以承担任何政府部门运转所必需的费用。没有犯罪,也不存在失业。

大开曼岛长二十三英里,宽八英里,不过,从空中俯视,它显得小多了,就像是清澈、蔚蓝的海水环抱着的一小块岩石。

飞机险些落到了一个环礁湖上,但就在最后一瞬间,一个简易停机坪迎上前来,一下子把它托住了。他们下了飞机,哼着歌儿走出了海关。一个黑人男孩接过米奇的行李,连着埃弗里的一起丢进了一辆福特公司一九七二年产的车里。米奇付了他一笔相当可观的小费。

"七里滩。"埃弗里对司机说。

"好的,先生。"司机应道。

岛上一马平川,通往乔治城的路上到处是疾行着的欧洲小轿车、小型摩托车和自行车。住家的房屋尽是带锡皮顶的平房,上面工工整整地刷着色彩斑斓的油漆。院落里的草坪很小,也没长什么草,不过倒也打扫得干干净净。他们离城越来越近,映入眼帘的,是商店,是二层和三层的白色木楼;游客们站在遮阳篷下,躲避阳光。司机蓦地急转弯,他们一下子驶进了闹市区的中心,银行大楼挤满了四周。

埃弗里当起了向导。"这里有世界各地的银行。有德国的、法国的、英国的、加拿大的、西班牙的、日本的、丹麦的,甚至还有沙特阿拉伯和以色列的,据最近统计,共有三百家之多。真个是逃税圣地啊。这些银行家总是严守秘密,相比之下,瑞士人倒像是碎嘴婆了。"

计程车在艰难爬行着的车流中慢了下来,拂面的轻风顿时消失了。"我看到了好多加拿大银行。"米奇说。

"那边那幢楼是蒙特利尔皇家银行。上午十点我们到那儿办事。与我们有业务关系的大多是加拿大银行。"

"有什么特别的原因吗?"

"他们非常可靠,严格保密。"

这条车辆拥挤的街道转了个弯儿,便到了尽头,与另一条街相连。从街口远远望去,加勒比海水天一色,蔚蓝晶莹。海湾里停泊着一艘游艇。

"那就是霍格斯蒂湾,三百年前海盗们停船的地方。'黑胡子'当年亲自在岛上荡来荡去,寻找适合埋财物的地方。几年前,人们在东面博登城附近的一个洞穴里找到了一些埋藏的财宝。"

米奇点点头,仿佛他对这个传说坚信无疑,司机对着反光镜笑了笑。

埃弗里揩掉额上的汗珠,接着说:"这地方总是那么招引海盗,当年是'黑胡子',如今却是创办公司藏匿金钱的现代海盗。对吧,先生?"

"对的,先生。"司机答道。

"那就是七里滩,天下最美、也最享盛名的海滩。对吧,先生?"

"对的,先生。"

"滩下的沙白似糖,还有温暖、清澈的海水,热情美丽的女人。

109

对吧，先生？"

"对的，先生。"

"今晚他们是不是还在'棕榈'举行露天野餐？"

"是的，先生。六点开始。"

"'棕榈'就在我们公寓的边上，是滩上很受欢迎的一家旅馆，举办的活动最为热烈。"

度假公寓地处七里滩中央，边上是另一幢综合大楼和棕榈饭店。公司的公寓套间既宽敞又富丽堂皇。埃弗里说它们少说也能卖五十万美元一套，不过它们既不出售，也不出租。它们是本迪尼-兰伯特暨洛克法律顾问公司那帮疲惫不堪的律师的休养圣所。

米奇站在二楼卧室外的阳台上，眺望着波光粼粼的海面上随风飘荡的点点帆影。太阳正缓缓西沉，无数的轻波细浪托起几百万只小镜子，映照着夕阳。海滩上更是一派热闹情景，米奇正看得出神，埃弗里突然来到阳台上。他穿着一件橙黄相间的花短裤，边呷着饮料，边欣赏着眼前的胜景。

"这儿我来过十多次了，可至今还是激动不已。真想退了休住到这儿来。"

"那太好啦，你可以在海滩上漫步，还可以撵沙蟹玩。"

"还可以玩多米诺骨牌，喝红条牌啤酒。你喝过'红条'吗？"

"记不得喝过。"

"走，喝一杯去。"

那间露天酒吧名叫"朗姆海仔"，里面满是饥渴的游客，几个当地人坐在一张木桌周围，玩多米诺骨牌。

米奇跟在埃弗里身后，穿过人群，挤到了一张桌子旁边，那儿有两个女人在等着。她们是姐妹俩，二十多岁，离了婚，两人喝得微醉了。叫嘉丽的那个和埃弗里热乎上了,叫朱丽雅的这一个对米奇频抛媚眼。

"看得出你已经结婚了。"朱丽雅挪到米奇身边说。

"是的,还很幸福。"

她笑笑,仿佛甘心认了这种敌意的挑衅。埃弗里和他的女伴正眉来眼去,米奇抓起一杯汽酒,一饮而尽。除了艾比,他心里什么女人都容不下。

乐队的乐曲响亮起来,是跳舞的时候了。

他感到她挨得更近了,接着她的手摸到了他的腿上。"你想跳吗?"她问。

"不想。"

"噢!得了。我们乐乐嘛,你妻子决不会知道的。"

"我说:'滚远点'。"

她朝后缩了缩。"你哪儿出了毛病?"

"我厌恶传染病。滚开。"

"你干吗不滚开呢?"

"好主意。我想我是该走了。"

米奇抓起一杯朗姆酒,挤过跳舞的人群,独自坐在露天餐厅的一个黑咕隆咚的角落里喝着。眼前的海滩上空无一人,但见十几点舟火在水面上徐徐晃动着。多美的景致啊,米奇心想。唯一美中不足的是艾比没有来。明年夏天也许他们该一块儿来这里度假。他们需要在一起共度一些时光,远离家,远离办公室。他们之间现在出现了隔阂,那是一种无法名状的隔阂,他们无法谈论但彼此都深深感受到的隔阂,令他忧心忡忡的隔阂。

"你在愣愣地看什么呢?"那声音叫他吃了一惊。她走到桌边,在他身旁坐了下来。她是当地人,黑皮肤,一双眼睛深蓝深蓝,不,也许是淡褐色,在这黑黝黝的夜里没法看得真切。不过,那是双美丽的眼睛,秋波荡漾,放纵不羁。她乌黑的头发披在身后,差不多齐到了腰际。她是个风情十足的混血儿,混合着白种人、黑种人,也许还有拉丁人的血统。没准还要多。她身穿白色比基尼和一条颜色鲜亮的短裙,比基尼的上口开得很低,裙子上一条衩口开到腰际,她没穿鞋子。

"没看什么,真的。"米奇答道。

她很年轻,天真地笑笑,露出完美无比的皓齿。"你是哪里人?"她问。

"美国人。"

她格格地笑了起来。"你自然是美国人。美国什么地方人?"她说着一口加勒比海人轻柔、温雅、准确、自信的英语。

"孟菲斯。"

"这儿许多人都是从孟菲斯来的,尽是些潜水的。"

"你住在这里吗?"他问。

"是的,一辈子没离开过。我母亲是本地人,父亲是英国人。而今他走了,回到他来的地方去了。"

"喝点什么吗?"他问。

"好的。朗姆加苏打。"

他站在酒吧边等着饮料,突然一种令人不安的什么东西在他的胃里翻腾起来。他也许该溜进茫茫黑夜,消失在人群里,平平安安地摸回公寓,然后再插上门,看一本介绍这座国际逃税圣地的书。不,不,那多腻味呀。何况,埃弗里这会儿也许正在同那迷人的嘉丽打得火热。朗姆酒和红条啤酒刺激着他:这姑娘没有危险。他们只是喝了一两杯,然后互道晚安。

他拿着饮料回到桌边,坐到姑娘对面,尽可能隔得远远的。院台上只有他们两个人。

"你是潜水员吗?"她问。

"不。说了你也许不信,我是来这儿出差的。我是律师,明天上午要见一些银行老板。"

"你在这儿要待多久?"

"两三天吧。"他客气但简短地答道。他说得越少,越能平安无事。她重又跷起腿,纯情地笑着。他感到自己很无力。

"你多大了?"他问。

"二十了,我叫爱莲,我已不是孩子了。"

"我叫米奇。"他的胃里又翻腾起来。他感到头晕乎乎的,连忙呷了口啤酒,看了一眼手表。

她盯着他,勾人魂魄地媚笑着。"你长得真帅。"

他立刻心旌摇荡起来。理智点,他告诫自己,理智点。

"谢谢。"

"你是运动员吗?"

"也算是吧。问这干吗?"

"你看上去像个运动员,肌肉发达,很结实。"她强调说"结实"的神态使他的胃里又翻腾起来。他欣赏她的身体,真想说句不带暗示性的恭维话。算了吧。

"你在哪儿工作?"他问,往不那么令人想入非非的话题上岔。

"在城里一家珠宝店当店员。"

"家在哪里?"

"乔治城。你住什么地方?"

"附近一家公寓。"他往公寓的方向点了点头。她转身朝左边望望。看得出,她想去看看那公寓。她呷了口酒。

"喜欢海滩吗?"她问。

113

"海滩很美。"

"月光下才叫美呢。"她又露出了媚笑。

他说不出话来。

"海滩那边大约一英里的地方有家更好的酒吧,"她说,"我们散散步去吧。"

"我想我该回去了,明早以前,我还有些活儿要做。"

她笑着站起身。"在开曼岛,没有人这么早就回去的。快走吧,我欠你一杯酒呢。"

"不,我最好还是不去。"

她拉起他的手。他跟着她到了海滩上。他们默默地走着,"棕榈"望不见了,音乐声越来越远。此时,月光皎洁,照着空无人迹的海滩。她褪下裙子,把裙子卷成一圈,套在她的脖子上,又拉起了他的手。

什么东西在说:逃吧。把酒瓶扔进海里。把裙子扔在沙滩上。没命地逃吧。逃到公寓里去。插上门,关紧窗户。逃吧。逃吧。逃吧。

什么东西又在说:别紧张。没什么要紧,不过玩玩。再喝几杯吧。能乐且乐吧。谁也不会知道的。孟菲斯在千里之外。埃弗里又不会知道。即使埃弗里知道了又怎么样?他又能说什么?人人都这么干。艾比决不会知道的。

逃吧。逃吧。逃吧。

他们走了一英里,可眼前连个酒吧的影子也见不着,海滩更黑更暗了,一团云恰恰藏起了月亮。她拉着他的手,来到海边上的两把沙滩椅前。"歇歇吧。"她说。她一口喝完啤酒。

"你怎么老是不说话。"她说。

"你想让我说什么呢?"

"你觉得我美不美?"

114

"你很美。你的身体也很美。"

她坐到椅子边上,双脚拍打着海水。"我们游泳吧。"

"我,哎,我真的没那份情绪。"

"快去吧,米奇。我爱海水。"

"你去吧,我看你游。"

她跪在他面前的沙地上,差几英寸就脸挨着脸了。慢慢地,她把手抬到颈后,松开了比基尼的搭扣。那上装便缓缓地落到了地上。她把泳装递给他。"替我拿着。"他拿在手里,那么柔软,那么轻。他整个儿地瘫软了,刚刚还能喘着气,虽说喘得急,喘得费力,可现在一下子憋住了。

她缓缓地走进海水里。"来呀,米奇。海水真是太棒了。"

她脸上闪现出妩媚的一笑,他看见了。他摩挲着比基尼上装,心里清楚:这是最后一个逃跑的机会了。可他晕乎乎的四肢无力,连逃走的勇气也没有了。

"来呀,米奇。"

他脱掉衬衫,进水里。她含笑看着她,等他走近,拉起他的手,牵着他往深水里去。她猛地搂住他的脖子,他们吻了起来。他摸到了她的比基尼下装,继续吻着。

她倏地停住,什么也没说便朝岸边奔去。他注视着她。她坐在沙滩上,坐在两只椅子之间,褪下了留在身上的比基尼下装。他把头埋进海水里,真想永远就这么屏住呼吸。他抬起头,只见她正用两肘支撑着,仰卧在沙滩上。他扫视一眼海滩,仍然不见一个人影。就在这当儿,月亮钻进了一个云团里。

"我不能干这种事。"他咬着牙喃喃地说。

"米奇,你说什么?"

"我不能干这种事!"他嚷道。

115

"可我需要你。"

"我不能。"

"得了,米奇,没有人会知道的。"

没人会知道的,没人会知道的。他慢慢地朝她走去。没人知道的。

13

开往乔治城的计程车里,两个律师悄无声息地坐在后座上。他们迟到了。他们睡过了头,错过了早餐。两个人的感觉都不怎么舒服,埃弗里形容憔悴,面色苍白,眼睛充血,连脸也没刮一刮。

司机在蒙特利尔皇家银行前停下车子。空气里弥漫着闷人的暑热和潮湿。

银行老板伦道夫·奥斯古德像老友似的欢迎埃弗里,还向米奇做了自我介绍。他们被领到了二楼那间可以眺望霍格斯蒂湾的宽大的办公室。两个职员等在那儿。

"直说吧,埃弗里,你到底需要些什么?"奥斯古德瓮声瓮气地问。

"我们先喝点咖啡吧。我需要桑尼·卡普斯、多尔夫·赫姆巴和格林公司的所有账目摘要。"

"好的。要多长时间的?"

"六个月以来,每一笔账目。"

奥斯古德朝一个职员打了个响指,她便去端来了咖啡和点心。另一个职员忙着做记录。

"当然,埃弗里,我们需要这些客户的授权书和委托状。"奥斯古德说。

"它们都存在卷宗里。"埃弗里说着打开了手提箱。

"不错。不过都过期了。我们需要最新的,每一笔账都要。"

"好吧。"埃弗里抽出一叠文件从桌子上递了过去。"全在里面,都是最新的。"他朝米奇挤挤眼。

一名职员接过卷宗,把所有的文件全都摊在桌子上。两个职员逐一核实了,末了奥斯古德又亲自审查了一遍。律师们边喝咖啡边等着。

奥斯古德笑笑说:"看来全都合乎要求。我们马上就查账目记录。还需要什么吗?"

"我需要开办三家公司,两家是桑尼·卡普斯的,一家是格林集团的。我们照老规矩办,银行做注册代理。"

"我会准备好必需的文件的。"奥斯古德说,朝一个职员看了一眼。"还需要什么?"

"目前就要这些。"

"很好。所有这些我们将在三十分钟内准备好。和我们一起吃午饭吧?"

"对不起,伦道夫,我和米奇事先跟别人约好了。明天再说吧。"

米奇压根儿不知道事先跟什么人约好了,至少他没跟谁约过。

"那就再说吧。"奥斯古德说着和职员们一同离去了。

埃弗里关上门,脱去外套。他踱到窗前,呷了口咖啡。"噢,米奇,昨晚真对不起,非常抱歉。我喝醉了,头脑不作主,不该硬把那女的推给你。"

"我原谅你啦。下次可不能再有这样的事了。"

"不会的,我保证。"

埃弗里咬了口点心。"你知道,我和妻子分居了,一两年内也许能离婚。我很谨慎,因为离婚说不定就弄得不可收拾。公司有个不成文的规矩——我们远离孟菲斯做的事情应当远离孟菲斯人的耳朵。明白吗?"

"得了,埃弗里,你知道我不会说出去的。"

"我知道,我知道。"

"我有个问题想问你。"米奇说。

埃弗里点点头,又吃起点心来。

"几个月前,我应聘的时候,奥利弗·兰伯特和麦克奈特一伙,反复对我强调,公司厌恶离婚、搞女人、酗酒、吸毒,等等,唯独不厌恶苦干和钱。于是,我便接受了这份差事。苦干和钱,我都见识过了,不过这会儿,我也开始见识到别的事情。你是一时鬼迷心窍呢,还是那帮老兄都这么干?"

"我不喜欢你这个问题。"

"知道你不喜欢,但我想要个答复。我应该得到答复。我感到被人引上邪路了。"

"那你打算怎么办?因为我喝醉了,跟个婊子上了床就打算离开?"

"我还没想过要离开呢。"

"很好。别那么做。"

"可我应该得到一个答复。"

"好的。够公平。我是全公司最大的坏蛋,我一提离婚,他们就厉声责骂。我时不时追逐女人,但谁也不知道。或者至少可以说他们没逮着把柄。这种事,别的合伙人肯定也干过,只不过你逮不着他们罢了。不是都干,但总有几个人干过。他们大多婚姻牢固,对妻子一向忠贞不渝。我向来都是个坏家伙,但他们容忍了我,因为我才气过人。他们知道我午餐时喝酒,有时还在办公室喝点;他们也知道我违犯了好些神圣不可侵犯的规矩,但他们还是让我当了合伙人,因为他们需要钱。既然我当上了合伙人,他们也不能拿我怎么样。我还没坏到那步田地,米奇。"

"我又没说你是那样的人。"

"我不是完人。他们有些人是的,真的。他们是机器,是机器人。他们活着全是为了本迪尼-兰伯特暨洛克公司,为它而吃,为它而睡。我喜欢找点乐趣。"

"那么你是例外——"

"噢,我不守规矩,而且我很坦然,不想为此道歉。"

"我可没要你道歉,只是说明一下。"

"这下你明白了?"

"噢。我一向钦佩你的率直。"

"我也钦佩你的严于律己。在昨晚那样的诱惑下仍能对妻子保持忠诚的男人,是坚强的男人。我没有那样坚强,也不想那样坚强。"

昨夜的诱惑!他想到过午餐时去逛逛市中心的珠宝店。

"听我说,埃弗里,我不是圣徒,对这些也不觉得吃惊。我不是个评判别人的人——我这辈子都由别人评断。我不过是对公司的规矩有些糊涂罢了。"

"规矩决不会变,它们铸进了混凝土里,刻到了花岗岩上,镌在了石头上。如果过多违犯,你就得滚蛋。你也可以随心所欲地违犯,只是别给逮着。"

"够公平的。"

奥斯古德和一群职员拿着电脑打印的清单和若干叠文件走了进来。他们按字母顺序把清单和文件一摞一摞地摆放在桌子上,有条不紊。

"这会叫你忙上一两天的。"奥斯古德强作笑颜地说。他打了个响指,职员们便走开了。"如果需要什么的话,到办公室找我。"

"好的，谢谢。"埃弗里打量着第一排文件说。米奇脱掉上装，松开领带，问："我们到底待在这儿干什么呀？"

"两件事。头一件，我们要复查每一笔账的项目，主要查找赢利多少，利率多少，赢利额多少，等等。我们要对每一笔账做个粗略的审查，确保赢利到了它该到的地方。比如说，多尔夫·恒巴把他的赢利分存到了巴哈马的九家银行。那很愚蠢，不过能让他快乐。再说，除了我，任何人都没法知道它的去向。他在这家银行存了一千两百万，因此值得查核一下。这事他自己也能干，不过他觉得要是由我来做，他就更踏实些。一小时能赚二百五十美元，干这点事我是不在乎的。我们要查核这家银行对每一笔账支付的利息，利息的高低取决于很多因素，银行往往自行决定。因而，这也是让他们保持诚实的一个好途径。"

"我想他们是诚实的。"

"不错。可是别忘啦，他们是银行家。第二件事，我们得在开曼司法部门注册三家公司。这是相当容易的法律活儿，在孟菲斯就可以办成，但客户们坚持要我们到这儿来办。记着，我们可是在和投资数百万美元的人打交道。几千美元法律服务费，他们是不在话下的。"

米奇翻阅着恒巴卷宗里的一份清单。"恒巴这人是谁？我不曾听说过嘛。"

"我有好些客户你还不曾听说过呢。恒巴是阿肯色的一个大农场主，该州最大的土地拥有人之一。"

"一千两百万？"

"那只是存到这家银行的数目。"

"那可得要多少棉花和大豆才能换来呀。"

"他还经营别的。"

"经营什么？"

"我真的不能说。"

"合法还是非法的?"

"就说一点吧,他背着国内税务局,偷偷把两千万美元外加利息存到了加勒比不同的银行。"

"我们是在帮他吗?"

埃弗里把文件摊在桌子的一端,开始检核每一条款项。米奇看着,等着他回答。他只是沉默,显然不会回答了。米奇本可以再问一句,不过这一天他问的问题够多了。于是他挽起袖子干了起来。

正午时分,米奇总算弄清了埃弗里的"事先有约"是怎么一回事,原来那女人正在公寓里等着和他幽会。他建议休息两个钟头,提到了商业区一家咖啡馆的名字,说米奇可以去尝尝该店的咖啡。

米奇没去咖啡馆,倒是在离银行四个街区远的地方找到了乔治城图书馆。他走上二楼,进了期刊部,找到了满满一架过期的《开曼人日报》。他在前六个月的旧报堆里翻着,抽出六月二十七日那天的。他把报纸放到临街窗边的一张小桌上,凭窗俯视着大街。他定睛一看,见图书馆对面狭窄的汽车道上停着一辆陈旧的黄色谢维特车,驾驶室里坐着一个人。那人一眼看上去就是个外乡佬,矮胖的身材,乌黑的头发,穿着一件俗里俗气的黄绿相间的衬衫,还戴着一副游客爱戴的那种廉价墨镜。几分钟前,他在银行附近的街上见过这人。

方才,银行附近的礼品店前停着的正是这辆谢维特,司机也正是他,可没一会儿它又停到了四个街区外的这里。一个骑自行车的当地人到他跟前停了下来,掏出一支烟。他坐在车里又指了指图书馆。那当地人放好自行车,急匆匆走过街道。

米奇叠起报纸,插进外套里。他走过一排排书架,找到一本《全国地理杂志》。他坐到一张桌前,一边看杂志,一边全神贯注地听着屋里的动静。那人上了楼，瞅见了他，走到他身后时好像顿了一下，像是想看看他正在看什么似的，然后下楼不见了。米奇等了一会儿，又回到窗前。那人又拿着一支烟，对车里的人说着什么。然后，他点燃烟，骑车走了。

米奇摊开报纸，浏览着头版的标题新闻：两名美国律师及其潜水指导员昨天在一场神秘事故中遇难身亡。他默默记下了要点，把报纸还回了原处。

谢维特车仍在那儿停着，他从它的前面走到了对面的街区，往银行的方向赶去。商业街拥塞在银行大厦楼群与霍格斯蒂湾当中，狭窄的街道上挤满了游人；步行的游人，骑轻便摩托的游人，开着出租小汽车的游人。他脱掉外套，一头钻进二楼一家附设小酒店的 T 恤衫店。他爬上楼，要了杯可乐，坐到了阳台上。

不出几分钟，骑自行车的当地人便坐到了酒店里，一边喝着红条啤酒，一边用菜单遮着脸孔，注视着米奇。

米奇呷着可乐，俯视着下边拥挤的街道。谢维特车不见了，但他知道它就在附近。他发现街上还有一个人在盯着他，但倏忽间就不见了。接着他又注意到了一个女人。莫非是他得了幻想症？不一会儿，谢维特车从两个街区外的一个角落拐了出来，正朝他这边缓缓开来。

他下楼到 T 恤店买了副太阳镜，走了一个街区后，转身钻进了一条街。他跑过黑森森的巷道，来到另一条街上，旋即进了一家礼品店，从店的后门出去，又进了一条巷子。他看到了一家大型旅游服装店，便从边门走了进去。他盯着大街看了一会儿，没发现任何可疑迹象。衣架上挂满了各种颜色的短裤和衬衫，尽是当地人不买但美国人喜爱的玩意儿。他还是改不了正统，挑了条白色短裤和一件针织套头红背心，还找了双能勉强配他喜欢的那顶帽子的草鞋。店员咯咯地笑着，领他进了试衣室。他再次看了看街上，没发现什么可疑之处。衣服正合身，他问店员能不能把他的西服和鞋子在店里面放几个小时。"没问题，先生。"她说。她付了现钞，又抽给她一张十元的票子，请她叫辆出租车。她说他真帅。

他神情紧张地望着大街，直到出租车来了。他急忙穿过人行道，进了后座。"阿邦克斯潜水旅店。"他说。

"那可不近啊，先生。"

米奇从座位上扔过去一张二十美元的现钞。"开车吧。看好反光镜。要是有人跟上来，立即告诉我。"

司机抓起钱。"好的，先生。"

报纸上说，潜水指导员是店主巴里·阿邦克斯的儿子菲利普·阿邦克斯。他遇难时年仅十九岁。他们三个人是船被炸沉后淹死的。那是次神秘的爆炸。尸体是在八十英尺深的水下找到的，水肺当时还在全速工作着。关于这场爆炸，没有任何人证物证；至于此事为何发生在离岸边两英里的一个人所共知的不宜潜水的水域，对此没人做出任何解释。文中提到还有许多问题有待解释。

车子开了二十分钟后到了博登镇。那是一个小村落，阿邦克斯潜水旅店就坐落在镇南面一块伸进海里的孤滩上。

"有没有人跟踪？"米奇问。

司机摇摇头。

"干得不错，再给你四十元，"米奇看了看表，"快一点了，你能在两点半准时来这儿吗？"

路消失在海滩边上，尽头是一个白岩石地的停车场。旅店的正楼，人们都管它叫大房子，是一幢带锡皮顶的两层楼房，室外楼梯通到二楼的中央。整座楼房掩蔽在杨梅枝和野百合织成的绿色蔓网下面，淡蓝色的楼身，屋檐漆得洁白，与粉红色手工浮雕相映成趣。楼的右侧，稀稀落落长着些棕榈树，一条狭小的车道绕过大房子通向一大块白岩石空地,周围有十几棵大椰树,这正是停车场。它的两边各有十来间供潜水者居住的茅草顶客房。木板人行道迷宫似的从每间房伸到旅店的正中央,露天酒吧就在水边。

米奇走进酒吧。几分钟后,招待亨利递给米奇一杯红条啤酒。

"巴里·阿邦克斯在哪儿?"米奇问。

亨利朝大海点点头。半英里之外,一艘船正缓缓拨开平静的海水,向旅店驶来。

那船停泊在酒吧和一间窗户顶上用手写着"潜水商店"招牌的稍大些的茅屋之间的码头上。一个瘦削、结实的矮个儿男人站在船边,大声吆喝着水手们收拾潜水器具。他戴着一顶白色棒球帽,身上没穿什么,除了一条游泳裤。从他那身棕褐色油亮的皮肤可以看出,过去五十多年里他都是这么光着身子过来的,他在商店前停了一下,朝潜水教练和水手们嚷了一阵,便径直到了酒吧。他旁若无人地走到冰箱跟前,拿出一瓶喜力啤酒,扳掉瓶盖,一口气喝了个瓶底朝天。

酒吧招待对阿邦克斯说了点什么,又朝米奇这边指了指。他又拿出一瓶喜力啤酒,走到米奇桌边。

他板着脸。"你找我?"他几乎是冷笑着问道。

"你是阿邦克斯先生吗?"

"是我。你想干什么?"

"我想和你聊聊。"

他吞下一口酒,凝视着大海。"我太忙,没空,四十分钟后潜水船就要开了。"

"我是米奇·麦克迪尔,孟菲斯来的律师。"

阿邦克斯眯缝着褐色小眼睛盯着他。"哦?"米奇引起了他的兴趣。

"嗯,和你儿子死在一起的那两个人是我的朋友。我想和你谈谈,要不了多久,谈几分钟就行。"

阿邦克斯在一只圆凳上坐下，两手支着头。"那可不是我爱谈的事。"

"我知道。对不起。"

"警察让我不要和任何人谈这事。"

"我发誓绝对保密。"

阿邦克斯眯起眼睛，望着波光闪烁的蓝色海水。"你想了解什么呢？"他轻声问道。

"能另找个地方谈吗？"

"当然，到外面走走去。"他喊来亨利，又对一桌的潜水者交代了几句，这才出了酒吧。他们在海滩上慢慢走着。

"我想谈谈事故的情况。"米奇说。

"你尽可以提问，我可以不回答。"

"是什么引起爆炸的？"

"不清楚。也许是压缩器，也许是汽油。我们也说不准。船只损伤得很厉害，关键的部位差不多都起火了。"

"船是你的吗？"

"是的。是一只小型船，三十英尺长。你的朋友们租了去，在那天上午用的。"

"尸体是在哪儿找到的？"

"在八十英尺深的水下。尸体其他倒没什么可疑的，只是上面既没烧伤，也没其他能证明他们在爆炸现场的伤痕。我想这点很叫人怀疑。"

"尸体解剖的结论是淹死。"

"是的，是淹死。可是你朋友们的水肺都还在高速工作着。后来，经我的一个潜水教练检测，水肺工作完全正常。你朋友们的潜水技术都是不错的。"

"你儿子的情况呢？"

"他的水肺没开到最高速，不过他水性好，像条鱼似的。"

"船在什么地方爆炸的？"

"他们原本打算到罗杰遇难角，沿着一个暗礁群潜水。你熟悉那个岛吗？"

"不。"

"它在东北角的东湾一带。你的朋友们从没到那儿潜过水，是我儿子提议去的。我们不清楚他们是不是在那里潜过水，船是在远离潜水基地两英里外的海上失火的。"

"会不会是漂到那里的？"

"不可能。要是发动机出了毛病，菲利普会用无线电呼叫的。我们有现代化的设备，根本不可能发生爆炸这样的事。没人听到声音，也没人看见爆炸，而那一带总是有人的。再说，在那一带水域，一条出了故障的船是漂不了两英里的。最关键的一点，可别忘了，他们的尸体不在船上。就算船漂了那么远，你又怎么解释八十英尺深的水下尸体呢？也是漂过去的？尸体是在离船不到二十米的地方找到的。"

"谁找到的？"

"我们的人。从收音机上听到了事故通报，我就派了一帮人去。我知道那是我们的船。我们的人潜到水里，几分钟就找到了尸体。"

"要你谈这种事，真是太难为你了。"

阿邦克斯喝完酒，把空瓶扔进木头垃圾箱里。"可不，不过时间能带走哀痛。你对这件事怎么这么感兴趣？"

"他们家属问了我们好多问题。"

"我真替她们难过。去年我见过她们，她们在这儿度过了一星期，真是好人哪。"

"有没有这种可能，他们正在探索新的水域，突然出事了？"

"可能性是有的,但很小。我们的船只从一个基地开到另一个基地时,都要报告它们的活动情况。这是惯例,无一例外。我儿子是岛上最出色的潜水船长,他就在这一带海水里长大,他是决不会忘记报告他在海上的活动情况的。但事情看上去就这么简单。警方认为正是发生了这种事,当然他们总得说出点看法嘛。那就是他们唯一能做出的解释。"

"那么,他们又是如何解释尸体情况的呢?"

"他们没法解释。对他们来说,那不过是又一起潜水事故。"

"是不是事故呢?"

"我看不是。"

米奇的脚被鞋磨出了水泡,他干脆把鞋脱了。他们转身往回走。

"如果不是事故,那又是什么呢?有没有其他的可能性?"

阿邦克斯边走边看着海水爬上海滩,他第一次笑了。"其他的可能性怎么讲?"

"孟菲斯有传闻,说是他卷进了毒品走私。"

"讲给我听听。"

"听说你儿子是一个贩毒团伙的活跃分子,也许他那天正开着船到海上去接货,双方发生了争执,我们的朋友们干预不成,反而一起送了命。"

阿邦克斯笑着摇摇头。"菲利普不是那号人。就我所知,他从不吸毒,也不做那种买卖。他对钱没有兴趣,唯独喜欢女人和潜水。"

"偶尔为之也没有可能?"

"没有,绝对没有。这个传闻,我从没听说过,我想孟菲斯那帮人真是再没有别的好说的了。岛上这么小,有这回事早就该传到我耳朵里了。这真是弥天大谎。"

谈话结束了,他们在酒吧附近停了下来。"我想请你帮帮忙,"阿邦克斯说,"这事,在他们的家属面前只字不能提。我无法证明我所说的是真的,因此最好不要告诉任何人,尤其是他们的家属。"

"我对谁都不说。我也想请你别提我们谈话的内容。什么人没准会跟到这儿来,问我来访的情况,你就说我们是谈潜水的事。"

"悉听尊便。"

"我和我妻子明年春天要来这里度假,肯定会来找你的。"

14

圣安德鲁圣公会小学位于孟菲斯市中心一个绿荫稠密、占地五英亩的庄园里,在圣安德鲁圣公会教堂的背后,一进门,人行道和小型操场的两侧,对称栽着两排黄扬,修剪得整整齐齐。再往前,有十来棵老橡树,那幢 L 形平房就坐落在橡树静谧的浓荫里。黄白间杂的砖墙偶尔露在外面,那是常青藤不知由于什么缘故掉转头另择他途时留下的空隙。圣安德鲁小学声名显赫,招收从幼儿园到六年级的学生,是孟菲斯学费最贵的私立学校。

米奇把宝马车停在教堂与学校之间的停车场里,艾比那辆暗红色的标致车就在前面隔三辆车的地方。艾比不知道他来。飞机提早了一个小时抵达。路过家门口时,他回家换了身有律师派头的装束。他想先见到她,再回办公室干上几个小时。

他想见她,就在学校里,他要给她一个意外的惊喜。然后告诉她,他想她,无法等到下班,所以就跑到学校里来了。这将是海滩艳遇后第一次抚她摸她,因此话不能多。她能从他身上看出破绽吗?也许她能从他眼睛里看出来。她会不会注意到他声音里有点紧张呢?只要给她个惊喜,就不会的。

他紧握方向盘,目不转睛地看着她的车。好个白痴!好个傻瓜!

那一夜为什么不跑开呢？把她的裙子扔在沙滩上，没命地跑开，不就得了？可是，他并没有跑开。他还说，管它呢，反正谁也不会知道。因此，眼下他应该耸耸肩，把它抛到九霄云外，对自己说，管它呢，每个人不都是如此吗？

在飞机上，他就计划好了。首先，他要等，一直等到夜深，再告诉她实情。他可不愿撒谎，更不想靠欺骗她过日子。他要一五一十地向她坦白交待。也许她会理解的，不是吗？几乎所有的男人，都会失足的。然后呢，看她的反应再决定下一步要怎么做。如果她很冷静，而且还能显示出一丝同情，那么他就对她说：对不起，非常对不起，这种事决不会再发生。她要是伤心得痛哭流涕，他就求她，诚恳地求她原谅，然后手摸着《圣经》发誓：他是一时糊涂，决不会再干这种事，还要对她说，他多么多么爱她、崇拜她，请再给他一次机会。她要是不等他说完，便收拾衣物抬腿走路，那他也许就会意识到还是不告诉她的好。

不能承认。不能承认。不能承认。他在哈佛时的刑法课教授莫斯科维茨是一名激进分子，此人因其为恐怖分子和刺客的成功辩护而名噪一时。他的辩护理论其实很简单：否认，否认，还是否认！决不能承认表明被告有罪的任何事实。

飞机抵达迈阿密时米奇想起了教授的话，他于是开始计划第二套方案。这套方案包括到学校给她个出乎意料的造访，而后夜深时到她喜爱的地方吃顿富有浪漫情调的晚餐；除了告诉她在开曼岛如何如何辛苦外，别的只字不提。

他推开车门，一想到她那美丽动人的笑容，想到她那张真诚可亲的脸，他心里感到一阵难受。他在这暮秋的微风中慢慢地走向平房的正门。

门厅里静悄悄的，空无一人，他的右侧是校长办公室。他在门厅里等了一会儿，但未见一个人影。他悄悄往前，走到第三个教室的门口，他听到妻子柔美的声音。她正在耐心讲授九九表。他倏地把头伸进门里，笑了笑。她愣住了，然后咯咯地笑出声。她说声对不起，要学生们坐着别动，看下一页书，然后走出教室，关好了门。

"你到这里干什么啊？"她问。他一把拉住她，把她按到墙上。她不安地上下扫视着门厅。

"我想你。"他说，紧紧地抱住她足足有一分多钟。他吻她的脖子，闻着香水的芬芳。就在这时，他想起了海滩上的姑娘。你这个木瓜，当时干吗不跑呀？

"什么时候到的？"她一边整理头发，一边看着门厅问。

"大约一小时前。你真美。"

她的眼睛湿润了。那是一双无比真诚的眼睛。"旅行好吗？"

"可以。就是想你，你不在身边，我对什么都觉得无味。"

她越发眉开眼笑，突然转脸看着别处。"我也想你。"

他们手拉手，朝大门走去。"今晚我想约你出去。"

"你不干活啦？"

"对，不干啦。我要带妻子上她最喜爱的餐馆，去享用美酒佳肴，在外面玩到夜深人静，然后到家就上床。"

"你是想我了，"她亲亲他的嘴唇，然后望了一眼门厅说，"你最好赶快离开这儿，免得让人看见。"

他们快步走到门口，谁也没有看见他们。

德法歇在办公桌后焦躁不安地来回走动着，拼命吸烟。他一屁股坐进那张旧转椅，竭力集中精神翻阅备忘录，突然他跳起身来，踱来踱去。他看了看表，给奥利弗·兰伯特的秘书打了个电话。

终于，奥利通过安全门，走进了德法歇的办公室，他本该十七分钟前到的。

德法歇坐在办公桌后瞪着奥利说:"你来迟了。"

"我太忙了,"奥利坐了下来,"什么事这么重要?"

德法歇怒气逼人的脸上立刻现出了狡黠、邪恶的笑容。他拿腔作势地拉开一只抽屉,自鸣得意地把一个马尼拉纸大信封从桌子上扔进奥利怀里。"看吧,我们还不曾干过这么好的绝活呢。"

兰伯特打开信封,一眼看见那几张 8×10 英寸的黑白照片,顿时惊呆了。他眼睛一眨不眨地注视着,把它们拿到眼前细细端详。德法歇得意扬扬地看着他。

兰伯特又看了一遍,他呼吸急促、沉重起来。"真是难以置信。"

"不错。我们也这么认为。"

"那姑娘是谁?"奥利问道,目光还盯在上面。

"当地的一个婊子。看上去挺不错,是吗?以前,我们从来没用过她,以后肯定还得用她。"

"我想见见她,尽快见她。"

"没问题,我倒是早就估到你会要见她的。"

"真是不可思议。她是怎么办成这事的?"

"起初显得很难办。他要第一个女人滚远点。他离开那儿,去了露天小酒吧。就在这时,我们这位姑娘露面了。她可是个行家。"

"你的人当时在什么地方?"

"他到处都紧盯着。这些照片是他在约八十英尺开外的一棵棕榈树后偷拍下来的。挺不错,是吗?"

"棒极了,给拍照的一份奖金。他们在沙滩上滚了多长时间?"

"时间可长啦。他们真是和谐极了。"

"我想他干得挺快活。"

"我们真是运气。那海滩上阒无一人,那个时间也是再好不过了。

131

真是天时地利帮了我们的忙。"

兰伯特对着天花板,把一张照片举到眼前。"替我准备了一套吗?"他看着照片问。

"当然啰,奥利。我知道你对这些玩艺儿是爱不释手的。"

"我还以为麦克迪尔有多坚强呢。"

"他是很坚强,可他也是人啊。何况他又不是没用的男人。看来第二天中午他好像知道我们在盯他的梢。他像是起了疑心,在商业区穿来穿去,然后就不见了。下午在银行和埃弗里会面时,他迟了一个小时。"

"他去了什么地方?"

"不知道。我们只是出于好奇盯他的,没有什么要紧的事,也许他就在闹市区的某个酒吧,只是我们没见到他。"

"盯紧点,他让我不安。"

德法歇拿起另一个马尼拉纸信封。"别担心,奥利,如今他掌握在我们手里。他要是知道了这个,会替我们玩命的。"

"塔兰斯有消息吗?"

"没有,麦克迪尔也没对任何人提到他,至少是没对我们监听的任何人提过,塔兰斯有时很难跟踪,不过我想他没有接触米奇。"

"你眼睛要睁大点。"

"别烦我的事,奥利。你是律师,法律顾问,尊敬的大律师阁下,你要的 8×10 英寸照片,也都替你弄到了。管好你的公司吧,我管我的保安部。"

"麦克迪尔家里的情况怎样?"

"不太妙。她对他出差的事很冷漠。"

"他不在家,她干了些什么?"

"唔,她可不是在家闲得住的人。有两个晚上她和奎因家的出去参加了雅皮士餐会,然后去看了电影。一天晚上,她和一个本校同事出去了。她很少上街买东西。她还给母亲打过几次电话，是对方付费电话。无非是唠叨米奇这小子太玩命，冷落了她，诸如此类的家庭琐事，没什么重要的。"

"要坚持监听。我们设法让他干慢点，不过他干起活来，简直像台机器。"

"可不。一小时可是一百五十元啊，你真舍得让他慢下来？！"

"闭嘴，德法歇！"

兰伯特气冲冲地走出办公室。

德法歇大笑起来，笑得脸都涨红了。

他把照片锁进文件橱里，一脸奸笑地自言自语："米切尔·麦克迪尔，如今你落在我们手里了。"

15

圣诞节前两周的星期五中午，艾比和班上的学生说声再见后便离校开始了她的假期。中午一点她在一个挤满了沃尔沃、宝马、标致等名牌车的停车场上停好了车子，然后急匆匆穿过寒冷的雨幕，到了一家有钱的年轻人云集的餐馆。这是本月里她和凯·奎因第二次共进午餐。凯还没来，她一向迟到。

十分钟后，凯才走了进来，艾比微笑着向她挥挥手。她们轻轻拥抱一下。

"对不起，我来迟了。"凯说。

"没关系，我习惯了。"

"这地方人真多。"凯惊奇地看看四周，"放假了吗？"

"是的，一小时前就开始了，一直到一月六日我都没事。"

"圣诞节打算怎么过？"凯问。

"还没打算呢。我想到肯塔基去看看爸爸和妈妈,但米奇一定不愿去。我有两次表示了这个意思,可他连一点反应都没有。"

"他还是不喜欢你父母吗?"

"我想是的,事实上,我们从来不谈他们。我真不知道该怎么做才好。"

"我想得非常谨慎才是。"

"可不,还得非常有耐心。他们当初是不对,可好歹是生我养我的爹娘啊。一想到我唯一爱着的男人竟不能容忍我的父母,我就感到伤心。我每天都祈祷出现一个小小的奇迹。"

"我看你好像需要一个很大的奇迹吧?"凯对她说,"他工作起来像玩命。"

"我不知道哪一个人能像他这样玩命!星期一到星期五,每天十八个小时;星期六,八小时;星期日嘛,因为是个休息日,他就只干五六个小时。星期天他还想着给我留点时间。"

"你是不是有点怨恨?"

"岂止一点。凯,我一直都在忍着,越忍越糟。我都快成活寡妇了。我再也不想天天睡在沙发上等他回家。"

"哈哈,在那儿等着吃饭、做爱,是不是?"

"是倒好了。他累得要死,哪有那个劲?"

凯伸过手来轻轻地握住了艾比的手。"一切会好的,"她面带坚定的笑容和智者的神情说,"头一年最难熬,以后就会好的。相信我。你想过要孩子吗?"

"别忘了,那需要过夫妻生活啊。"

"你知道,艾比,公司鼓励生孩子。"

"我可不管什么公司不公司。我讨厌它。我正在与它竞争,看来我输得很惨。我可不关心他们想要什么不想要什么。他们不该操我家的心。我真不明白，他们为什么对与他们不相干的事这么感兴趣。"

"他们希望律师们家庭美满，幸福快乐。"

"我要夺回我丈夫，他们总是占用他太多的时间，这样，能谈得上家庭美满？要是他们不逼他这么玩命，也许我们会像别的人家一样，欢欢喜喜，儿女满堂。"

酒上过了，炒虾也凉了。艾比心不在焉地吃着，呷着葡萄酒。凯搜肠刮肚，试着扯开话题。

"拉马尔说米奇上月去开曼了。"

"嗯。他和埃弗里去了三天。出公差，他是这么说的。你去过那儿吗？"

"每年都去。那是个美丽的地方，有美妙的海滩，温暖的海水。每年六月，学校放假时我们都去那儿度假。公司有两套大别墅就在海滩上。"

"三月份，放春假时米奇想带我去那儿。"

"你们是该去。以前没有孩子时，我们到那儿，躺在海滩上喝酒、作乐。这也是公司买下那别墅的一个原因。你要是运气好，还能坐专机去。公司这么做，就是要让员工好好轻松一下。"

"不要再在我面前提到公司，凯。我不想听到有关公司的话题。"

"情况准会好起来的，艾比。你一定要明白你我的丈夫都是出色的律师，但他们在任何别的地方都赚不到这么多的钱，你我也就没有崭新的标致和梅塞德斯车好开。"

艾比切开一只对虾，涂上黄油蒜泥送入嘴里。"我明白，凯。但生活除了大庭院和标致车外还有许多值得追寻，在上学时，我们虽住在二室一套的学生公寓里，但过得要快乐得多。"

"你才来这里几个月。米奇的生活节奏会慢下来的，你们会过上普通人一样的日子。要不了多久，就会有小麦克迪尔们满院子跑闹了。你还没在意,米奇一下子就成了合伙人。相信我,艾比,事情会好起来的。你现在的处境,我们都经历过。"

"谢谢,凯。我当然希望你说的是对的。"

在湖边的一块高地上有座陵园,不大,只有两三英亩。一排加农炮和两尊铜像不禁令人忆起当年联邦军为保卫密西西比河和这座城池而浴血奋战的事迹。

米奇走到那排炮前,站在那儿凝视着密西西比河和河上通往阿肯色的桥。他把雨衣拉链拉到最高,看了一下手表,继续等待着。

六个街区之外的本迪尼大厦隐约可见。他把车子停到了市中心的一个车库里,然后乘计程车回到了河边。他确定没有人跟踪。他独自等着。

寒风冻红了他的脸,使他想起了他父母离去后的那个冬天,那个冷酷、孤寂、绝望的冬天。他穿着别人给他的穿旧的衣服,身子都没法焐暖。这凄凉的往昔不堪回首。

不一会儿,冻雨下成了冰粒,打在他的头发上弹到地面。

有一个人影急急地朝这边移动,突然那影子停了一会儿,再缓缓走了过来。

"米奇吗?"来人是埃迪·洛马克斯,他身穿牛仔裤,外面罩一件兔皮外套,头戴白色牛仔帽,胡须浓密黑亮,活像万宝路香烟广告上的人。

"是我。"

洛马克斯走上前来,站在炮台的另一侧。

"有人跟踪你吗?"米奇问。

"没有,我想没有。你呢?"

"没有。"

米奇注视着沿河大道上的车辆,洛马克斯则双手插在口袋里。问道:"你最近和雷见过面吗?"

"没有。"米奇回答得很干脆,仿佛想说:"我站在这纷纷雨雪里,可不是来和你聊天的。"

"你调查的结果如何?"米奇问,头也没回一下。

洛马克斯点燃一支烟。"关于三个律师我搞到了一些情况。艾丽丝·克瑙斯一九七七年死于一次车祸。警方说她是被一名喝醉了的司机撞死的,但奇怪的是我找不到这个司机。车祸大约发生在一个星期三的午夜。当晚她在办公室干得很迟,正开车回家。她住城东梧桐岭。走到离她所住公寓约莫一英里的地方,她被迎面开来的一辆小型货车撞死,就在新伦敦路上。她开的那辆豪华的菲亚特车被轧得稀烂。没有目击证人。警察赶到现场时,卡车里空无一人,司机的影子也没有。他们检查了牌照,发现那卡车是三天前在圣路易斯被窃的。没有指纹,什么线索都没有。"

"他们取过指纹?"

"是的。负责处理这起车祸的交警是我的熟人。他们也有疑心,但无从下手。后来在汽车底板上发现了一只破酒瓶,于是他们认定是那个司机喝醉了酒造成车祸,草草结了案。"

"尸体解剖过吗?"

"没有。她死因很明显。"

"可听起来可疑的地方很多。"

"非常可疑。三人死得都很可疑。罗伯特·拉姆在阿肯色猎鹿。他和几个朋友在欧扎克高原的伊扎克县设了一个猎鹿营。每年的打猎季节,他们要去那儿两三次。一天,所有的人在森林里忙了一上午,都回到了营地,就拉姆一人未归。他们找了两个星期,终于在一个深谷里找到了他,尸身上盖着一层树叶。他的头被一枪打穿了,他们知道的大约就这些。他们排除了自杀的可能,但调查起来又找不到证据。"

"那么说他是被谋杀的?"

"显然是的。从解剖报告中了解到子弹是从后脑贯穿,打飞了大半个脸,所以不可能是自杀。"

"可不可能是场事故呢?"

"有可能。他也许被猎鹿的人误杀,但不像。他的尸体是在离营地很远的地方找到的,那地方猎人很少去的。他的朋友们说,他失踪的那天上午,没有别的猎人在那里出现过。我曾和当时的一个警官谈过。他深信谋杀的可能性,他声称有证据表明尸体上的树叶是有意盖上去的。"

"就这些?"

"是的。拉姆的情况就这些。"

"那么米歇尔呢?"

"挺惨。他在一九八四年,正当三十四岁时自杀,用一把口径0.357手枪朝自己的右太阳穴开枪。他留下一封很长的遗书,信是给前妻的,在信中他希望她能原谅他,请老母亲和他的孩子珍重。真感人。"

"是他亲手写的吗?"

"不能确定,信是用打字机打的。从字体看,用的是他办公室的打字机。"

"那么有什么地方可疑呢?"

"那把枪。他一辈子都没买过枪。没人知道枪是从哪儿来的。一没注册,二无号码,什么都没有。他公司的一个朋友闪烁其词地说过,米歇尔曾告诉他,说自己买了一把防身用的枪。"

"你有什么看法?"

洛马克斯把烟蒂扔进人行道上的冻雨里。他双手捂着嘴呵呵气儿。"很难说。我无法想象一名律师没有一点枪的知识，可以弄到一把来路不明的黑枪。像他这样的人，如果要枪的话，大可径直到卖枪的商店，正正当当填好各种文件，买一把闪闪发光漂漂亮亮的新枪。但是他用的那把枪少说也用过十来年，而且维修得很好。"

"警方调查过吗？"

"倒没有，因为大家都看得很清楚。"

"信上有他的签名吗？"

"有，不过我不知道是谁验的笔迹。他和妻子离婚有一年了，她早搬回巴尔的摩去了。"

"那你对我们这家小公司有什么看法？"米奇凝视着远处的河水问。

"一个非常危险的地方，过去十五年里就死去了五名律师，那可不是令人有安全感的数目啊。"

"五名？"

"算上霍奇和科津斯基就是。有人告诉我，仍有很多问题悬而未决。"

"我没雇你调查他们两个。"

"这个我又不收你的费。我只是好奇罢了。"

"我要给你多少？"

"六百二十元。"

"我付现金，不要记录，行吗？"

"这很好，我喜欢收现金。"

米奇转过身，望着三个街区外的高楼大厦。他觉得有点冷，但不急着离去。洛马克斯斜眼看着他。

"碰到麻烦了，是吗，老弟？"

"还不至于吧？"

"换了我才不会在那儿干。我不知道你在干什么,或许你也没全告诉我。但是我怀疑你了解不少情况,只是你不肯说。我们之所以站在这雨雪地里,是因为我们不想被人看见。我们不能在电话里谈,不能在你办公室会面,连我的办公室都不能。你觉得总是有人盯着你,你要我也当心,注意屁股后面,因为他们,不管他们到底是谁,说不定会盯上我的。你们公司已经有五名律师死得不明不白,看你那样子,好像下一个就该轮到你了。没错,我觉得你碰到麻烦了,碰到大麻烦了。"

"那么塔兰斯呢?"

"他是最出色的特工之一,大约两年前才来。"

"从哪里来?"

"纽约。"

"我们到底在躲什么人?"洛马克斯问。

"我要知道就好了。"

洛马克斯注视着米奇的脸。"我想你是知道的。"

米奇没说什么。

"得了,米奇,你是不想让我也掺和进这件事里。但直觉告诉我,你处境困难。你需要一个朋友,一个可以信赖的人。假如需要我的话,来找我。我不知道谁在捣鬼,但我知道他们很危险。"

"谢谢。"米奇轻声说道,连头也不曾抬一下,那意思似乎是洛马克斯该走了,他想一个人再在雨里待一会儿。

"为了雷·麦克迪尔,赴汤蹈火我都在所不辞。帮他弟弟一把,自然不在话下。"

米奇点点头,但没说什么。洛马克斯又点了支烟。"随时给我打电话。千万小心,他们可是不好对付的。"

16

麦迪森大街和库柏街交会的市中心一带，原先那些两层老楼房全都改建成了幽会酒吧、夜总会和礼品商店，还有好几家豪华餐馆。这个街口名叫俯城广场，是孟菲斯夜生活的最佳去处。附近一家戏院和一家书店更平添了几许文化意蕴。狭窄的麦迪森街道的两旁，整齐地排列着两溜大树。每逢周末，这儿总是挤满了吵吵闹闹的大学生和从海军基地上来的水手。不过，平日的夜晚，餐馆里虽也坐满了人，但不拥塞，也很安静。有一家名叫"博莱特记"的典雅的法国酒吧就坐落在这儿一幢白楼内。该店有品种多、质量高的酒和美味可口的甜点；坐在斯泰因威钢琴旁的乐师，边弹边唱，歌声柔曼动人，因而颇富声名。至今，"博莱特记"是麦克迪尔夫妇最爱光顾的馆子。

米奇坐在酒吧的一个角落里，边喝咖啡边注视着大门口。他来早了，这也是有意安排好的。三小时前，他给艾比打过电话，约她七点到这里来。她问他约会的原因，他回答说到时再向她解释。自开曼之行以来，他知道有人在盯梢、在监视、在窃听。上个月，他打电话很谨慎，开车更是小心翼翼，就连在家说话也是斟词酌句。有人在监视，在窃听，对此他深信不疑。

艾比从寒冷的室外一头冲了进来，用眼睛在店堂里四下搜寻。他走上前迎住她，在她脸上急促地吻了一下。她脱下外套，他们一起跟着领班来到一张小餐桌前，两边一溜排儿紧挨的餐桌上都坐满了人。米奇朝四周望了望，想另找一张空桌子，但找不着。他谢了领班，在妻子对面坐了下来。

"什么事？"她疑惑地问。

"陪老婆出来吃顿饭还要说什么理由吗？"

"是的。现在是星期一晚上七点,你不在办公室工作,肯定是有什么特别的原因。"

一个招待挤到他们桌子前,问要不要喝点什么。米奇要了两杯白葡萄酒,再次环视店堂,一眼瞥见那边第六张餐桌边独自坐着一个男人。那人看上去挺面熟。米奇再看时,那张脸掩到了菜单的背后。

"怎么回事,米奇?"

他把一只手按在她手上,挤了挤眼。"艾比,我们得谈谈。"

她的手微微一缩,脸上的笑容顿时消失了。"谈什么?"

他压低嗓门说:"一件非常严肃的事。"

她深深吐了口气,说:"能等到酒来了再说吗?我得先喝点酒。"

米奇又看了一眼菜单后面的脸。"我们不能在这里谈。"

"那干吗到这儿来?"

"哎,艾比,卫生间在哪儿,你知道吗?就在厅堂那边,在你的右手边,明白啦?"

"嗯,我知道。"

"厅堂尽头有扇后门,通向餐馆后面的侧街。你先到卫生间,然后从后门出去,我在侧街边上等你。"

她没说什么,双眉紧蹙,头微微偏向右侧。

"相信我,艾比,我会解释的。我在外面等你,我们再找个地方吃东西。我不能在这里对你解释。"

"你在吓唬我。"

"去吧,"他坚定地说,攥紧了她的手,"没什么事的。衣服我来拿。"

她拎起手提包,起身出了店堂。米奇扭过头看了一眼那面熟的人,正巧他也站起身,迎候一个上了年岁的妇人到他的位子上。他没注意到艾比离开了。

在"博莱特记"背后的街上,米奇把衣服搭在艾比肩头,往东指了指。"我会解释的。"他重复着说。走了一百英尺,他们到了两幢高楼之间,进了一家幽会酒吧的正门。米奇看着领班,然后扫视了一下两间餐厅,指指后排角落的一张桌子说:"那张。"

米奇面对着餐厅和前门坐了下来。角落里一片昏暗。桌子上点着蜡烛。他们要了酒。

艾比一动不动地坐着,注视着他。她等待着。

"还记得西肯塔基一个叫里克·阿克林的伙计吗?"

"不。"她答道。

"他是打棒球的,住在学生宿舍。我想你们见过一次面。他球打得好,模样儿也好,成绩更好。我想他大概是博灵格林[①]人。我们虽说不是朋友,但彼此熟悉。"

她摇摇头,等待着。

"这么说吧,他早我们一年毕业,上了维克森林大学法学院;而今在联邦调查局供职,眼下正在孟菲斯。"他目不转睛地盯着她,想看看她听了"联邦调查局"几个字有什么反应。她仍旧无动于衷。"今天,我正在主街上的奥布列欧'热狗'馆吃饭,里克突然不知从哪里走了过来跟我打招呼,就像是不期而遇似的。我们聊了一会儿,另一名特工,就是叫塔兰斯的那个人,走到我们跟前坐了下来。通过资格考试以来,塔兰斯这是第二次找我。"

"第……二次?"

"不错,在八月份以后。"

"你说这些人是……联邦调查局的特工?"

"没错,他们有警徽。塔兰斯是从纽约来的老牌特工,在这儿大

---

① 肯塔基州中西部的城市,西肯塔基大学所在地。

概干了两年。阿克林是三个月前才招收的新手。"

"他们想干什么?"

酒端来了,米奇环视了一下酒吧。远处的一个角落里,乐队开始演奏起来。店堂里挤满了衣冠楚楚的顾客,他们正海阔天空地聊着。领班指了指仍未打开的菜单。"等一会儿。"米奇没好声地说。

"艾比,我也不知道他们想干什么。第一次找我是在八月份,当时,我通过考试不久,名字刚刚见报。"他呷口酒,告诉她,塔兰斯第一次在尤宁街兰斯基快餐店找到他,告诫他什么人不可信任、什么地方不能说话,后来与洛克、兰伯特和其他合伙人见面的事原原本本、一五一十地说了一遍。他也交待了公司告诉他的联邦调查局之所以对公司如此感兴趣的理由,还说他就此同拉马尔合计过,因而对洛克和兰伯特的话只字不疑。

艾比细细掂量着每一句话,她有许多问题要问。

"现在,和我做过同学的这位老兄跑来对我说,他们联邦调查局的人,确实了解到我的电话被窃听了,只要我打声呼噜,哪怕放个屁,立刻就能传到本迪尼-兰伯特暨洛克法律公司什么人的耳朵里。想想吧,艾比,我一通过考试,里克·阿克林就调到这儿来了。美妙的巧合,是吗?"

"可是他们想干什么呢?"

"他们不想说,至今也没有告诉我,只要求我相信他们。我不知道该怎么办,艾比。我不知道他们到底要干什么。不过,他们挑上了我,自有他们的道理吧。"

"今天的事,你有没有告诉拉马尔?"

"没有。除了你,我没有告诉任何人。我也不打算告诉任何人。"

她喝了一大口酒。"我们家的电话里装了窃听器?"

"联邦调查局的人是这么说的。不过他们又是怎么知道的呢?"

"他们可不笨,米奇。如果联邦调查局的人对我说,我家的电话被装了窃听器,那么我一定相信他们的话。你不信吗?"

"我不知道该相信谁。洛克和兰伯特说起公司与国内税务局和联邦调查局的斗争来,是那样合情合理,令人信服。我想相信他们,但仅仅这些不足信。这么说吧,要是公司的某个客户形迹可疑,值得联邦调查局侦查,那他们干吗要看中我,一个对公司的情况了解得最少的新手?我知道什么?他们干吗不去找那些合伙人呢?"

"也许他们想要你泄露客户的情况吧。"

"不可能。我是律师,发过誓要为客户的生意保密。这一点联邦调查局的那帮人是知道的。谁也别指望律师谈他客户的事情。"

"你见没见过什么不合法的交易发生过?"

他把手指捏得嘎嘎响,环视一下餐厅,对她笑笑。酒下了肚,似乎发生了一些效用。"我不该回答这个问题,哪怕是你问的,艾比。不过答案是没有。我处理过二十多个埃弗里的客户的文件,没发现一件是可疑的。或许有一二项风险逃税投资,但并非不合法。我倒是对在开曼岛见到的银行账号有些疑问,不过这不是什么了不得的问题。"开曼岛!他突然想起了海滩上的那个姑娘,心猛地痛了起来。他感到一阵恶心。

领班晃到跟前,看着菜单。"再来点酒。"米奇指着酒杯说。

艾比身子向前靠了过去,挨着烛光,一脸迷迷惑惑的神情。"是什么人在我们的电话上装了窃听器?"

"就算装了,我也不清楚是谁干的。在八月份初次见面时,塔兰斯有意暗示我是公司的什么人干的。"

"那洛克先生是怎么说的呢?"

"没说什么。我没告诉他。我还留着几手。"

"有人在我们家电话里、屋子里装了窃听器?"

"也许车子上也有。里克·阿克林今天对我说，不想让别人录下来的话半个字都不要说。"

"米奇，这真是不可思议。一家税法顾问公司干吗要干这种事呢？"

他轻轻摇摇头，看着空酒杯。"我不知道，亲爱的，不知道。"

领班把两杯酒放到桌子上，手背在身后站着问："你要点菜吗？"

"再等会儿。"艾比说。

"我们要时再喊你。"米奇补充了一句。

"你相信吗，米奇？"

"我想，是出了什么事了。好戏还在后头呢。"

艾比惊恐地看着米奇。接着他告诉她一切发生过的事情，最后说了埃迪·洛马克斯，说了艾丽丝·克瑠斯、罗伯特·拉姆及约翰·米歇尔的死。

"我没胃口了。"她听完后说道。

"我也是。不过让你都知道了，我也就轻松多了。"

"为什么不早些告诉我？"

"我本希望它会过去的。我原以为塔兰斯会放了我，另找个人，哪知道他又来了。我明白，联邦调查局选中了我去完成一件我一无所知的使命。"

"我感到头晕。"

"我们得谨慎点，艾比。我们一定要装得像以前一样不被人家怀疑。"

"我不相信。我坐在这儿听你说，但我不相信你对我说的话。这不是真的，米奇。屋子里、电话上全都装了窃听器，我们不论说点什么，别人都听得一清二楚，你说，这种日子叫人怎么过呀。"

"你有更好的主意吗？"

"有，你为什么不雇洛马克斯去查查我们的屋子？"

"我也想过了，但如果他找到了，那又怎么办？如果他碰坏了窃听器那又怎么样呢？他们，不论他们是谁，就会知道我们发现了。这太危险了，现在无论如何也不能那么干，等等再说吧。"

"太疯狂了，米奇，我想我们该跑到后院里去谈事情了。"

"怎么可以！我们该到前院去谈。"

"都什么时候啦，你还有心思说笑话。"

"对不起。得了，艾比，我们还是正常过日子，耐心等等看吧。塔兰斯是很认真的，他会一直来找我。我没法阻止他。别忘了，是他找到我的。我想他们总在盯着我，埋伏在什么地方等我。现在，最重要的是像以前那样正常过日子。"

"正常？算了吧。这些天，在家里我们又没有什么话说。我对那些搞窃听的人实在感到抱歉，他们最常听到的只是我和那条狗说的话。"

17

雪在圣诞节前早就化了，只留下满地的泥泞，以及南方典型的气候——阴沉的天，寒涩的雨。过去的九十年间，孟菲斯只有两次在圣诞节下过雪，气象专家预测，本世纪里不可能再有白色圣诞节了。

肯塔基也下了雪，但路上清理得干干净净。圣诞节的早上，艾比收拾好行装后，给父母打了电话，告诉他们她就要回来了，不过也许是她一个人回来。开车回去需要十个小时，如果路上车不多，天黑之前，她可以到家了。

米奇没说什么，他把报纸铺在树旁的地上，装作在专心看报，好像没注意她正往车里装行李似的。"我走了。"她温柔但坚定地说。

他慢慢站起身，看着她。

"我真希望你能和我一起去。"她说。

"也许明年吧。"这是谎话，他们心里都清楚，但这话至少听起来顺耳些。

"你路上要当心。"

"帮我照料好我的狗。"

米奇按住她的肩。吻吻她的脸，看着她笑了。她真漂亮，比结婚前漂亮多了。

他们向车库走去。他扶她进了车。他们又吻了吻。之后，她开车走了。

圣诞快乐，他自言自语。圣诞快乐，他对小狗说。

愣愣地坐了一小时后，米奇带了两套换洗衣服，把小狗放在前座上，然后驱车离开了孟菲斯城。他沿55号州际公路向南驶去，汽车开进了密西西比州境内。路上一片荒凉，但他仍旧一只眼睛盯着后视镜。停了五次之后，他确信自己没被跟踪。

六小时后，他到了莫比尔，又过了两小时，他穿过了彭萨科拉湾，朝佛罗里达埃默拉尔海岸驶去。出了桑德斯廷，东行数里，高速公路渐渐离开海岸，越来越窄，最终成了两车道的公路。他在这条路上默默跑了一个小时，路上没有别的车子。

薄暮时分，他爬过一道高坡，只见路边有块路标，上面写着"巴拿马城滩在前方八英里"的字样。这时，前面出现了两条岔道，一条向北，一条径直通向风景区，这就是所谓的观光便道。他选择了往风景区的路。进入小道不久，两旁出现了公寓、旅店和度假村。这就是巴拿马城滩。

他在一家通宵加油站加了油。那儿的伙计极为客气。

"圣路易斯街怎么走？"米奇问。

他往西指了指，带着土腔说："到第二个交通灯时往右拐，见到第一个交通灯再往左，就是圣路易斯街了。"

他找到了圣路易斯街，蓦地产生了一种莫名的惶恐。街道弯弯曲曲，他不得不小心地开着车，神情紧张地注视着街上的门牌。

圣路易斯街486号是全街最破旧也是最小的房子，它比一个野营帐篷大不了多少。原来的油漆像是银灰色，而今都龟裂、剥落了。房顶上长满了厚厚一层墨绿色霉菌，一直蔓延到窗户上方，足有寸把长。一个窄小的门廊是唯一的通道。外层防风木门正开着，透过木栅门的缝隙，米奇望见里面有台小型彩色电视机和一个晃动的人影。

这绝对不是他想要见到的。他从来也没有见过母亲的第二个丈夫，眼下也许也不是时候。他继续开着车，直后悔不该来。

他找到一家假日旅馆。里面空空的，但门开着。他把车停到远离高速公路的地方，然后用埃迪·洛马克斯的名字住进了旅馆。他付现金要了间可以眺望大海的单人房。

在巴拿马城滩电话簿上列了三家烤饼店的名字。米奇躺在旅店的床上，拨通了第一家的号码，遗憾得很，无此人。他接着拨通了第二家，又请伊娃·安斯沃思接电话。请稍等，那边说。他便挂了电话。此时是夜里十一时，他睡了两个钟头了。

二十分钟后，他要的计程车开到假日旅馆，司机连忙向米奇解释迟到的原因：他正在家里和妻儿老小一起享用火鸡。他原本希望全天都和家人在一起团聚，不想一年忙到头，偏偏这一天还要干活。米奇扔给他一张二十元的钞票，要他不必多说了。

"圣诞佳节，什么风把你吹到这儿来啦？"

"找个人。"

"谁呀？"

"一个女人。"

"这里女人多着呢，不会是随便哪个吧？"

"找个老朋友。"

"她在烤饼店？"

"也许吧？"

"你是暗探还是什么的？"

"不是。"

"看来很值得怀疑。"

"开你的车，不好吗？"

那家烤饼店是一间长方形的盒式小屋子，里面有十二张桌子，长长的柜台向着烤饼架。店边小小停车场上几乎停满了车子，米奇要司机把车子开到边上的一块空地。

"你不下车吗？"司机问。

"不下。别关计程器好了。"

"先生，这可真是怪事儿。"

"我会付你钱的。"

米奇身子前倾注视着屋子里的顾客，突然他蹙起眉头。她不知从什么地方走了出来，拿着笔和菜单站在一群游客围坐着的桌边。为首的那个游客说了句什么开心话，大家一起笑了。她没笑，只顾写着。她弱小的身子显得越发瘦了，可以说是太瘦了。她五十一岁了，从远处看，差不多是那个年纪，并不显得太老。她写完了，从游客手里一把抢过菜单，说了句客气话，几乎是笑着说的。

米奇舒了口气。计程器在咔嗒咔嗒地慢慢走着。

"是她吗？"司机问。

"是的。"

"那该怎么办?"

"不知道。"

"好啦,我们找到她了,对吗?"

米奇一言不发地盯着她的一举一动。她给一个独自坐着的男人倒了咖啡。那人说了句什么话,她笑了。笑得那么优美动人!这笑,他在黑夜里愣愣地望着天花板时,见过无数次了。那是他慈母的笑。

将近午夜了。圣诞节的午夜。

司机烦躁不安起来,不耐烦地拍打方向盘。"还得坐多久呀?"

"就好啦。"

"先生,这可有点奇怪。"

"我会付你钱的。"

"先生,钱可不是一切啊。今天是圣诞节。我家里还有妻小等着我,一些亲戚也等我回去好好干一杯,可我呢,却呆坐在烤饼店门口,陪你看那个老女人。"

"那是我妈。"

"你的什么人?"

"你不是听到了吗?"

"哎呀,先生,我今天还是第一次碰到这种事。"

"闭上你的嘴,行不行?"

"好吧。你不打算去跟她说点什么?我是说,今天可是圣诞节呢!你找到了妈妈,就该去看看她,是吗?"

"不。现在不成。"

米奇坐回车座上,眺望着高速公路那边黑黝黝的海滩,说:"走吧。"

第二天清晨,米奇身穿牛仔裤和T恤衫,光着脚,带上小狗到海滩散步。他们向东走,海浪轻柔地拍击着岸边。沙滩潮湿而寒冷。

走了两英里,他来到一座栈桥边。那是个钢筋混凝土建筑,伸进海里两百英尺。米奇凭栏而立,望着大海,凝视东南方,他想起了开曼岛,想起了阿邦克斯。那姑娘在他脑际一闪而过。明年三月,他将带着妻子旧地重游。他当然不会见那姑娘。他要和阿邦克斯一起潜水,培养友谊。他们会一起饮酒,无所不谈。他会找出跟踪他的人,艾比会当他的助手的。

在林肯牌汽车旁的黑暗处有个人在焦急地等着。不停地看着表,他扫视一眼灯光昏暗的人行道。人行道到楼前便看不见了。二楼的灯灭了,一分钟后,那侦探出了楼,正朝轿车走去。那人走上前去。

"你就是埃迪·洛马克斯吗?"他急切地问。

洛马克斯慢下脚步,停了下来。他们正好面对着面。"不错。你是谁?"

那人手仍旧插在口袋里。夜气潮湿而寒冷,他冻得发抖。"阿尔·基尔伯里。洛马克斯先生,我实在倒霉透了,务必请你帮帮忙。我这就付现钱,你要什么都成,只要你肯帮我。"

"太晚了,伙计。"

"求求你。我有钱,开个价好啦。这个忙,你怎么都得帮,洛马克斯先生。"他从左边裤袋里抽出一叠现钞,站着就要点。

洛马克斯看看钱,回头望了望。"碰上了什么麻烦?"

"我妻子。她约好一小时后到南孟菲斯一家汽车旅店去会一个男人。我弄到了房间号码。你只要跟我一起去,拍下他们进出的照片就行。"

"你怎么知道的?"

"电话窃听。她和那人在一起工作,我早就起了疑心。我有的是钱,洛马克斯先生,我必须赢得这场离婚官司。我这就付你一千元。"他连忙抽出十张百元大钞,递了过来。

洛马克斯接过钱。"好吧。我去拿照相机。"

"请你务必快点。全付现钞,行吗?不记账。"

"正合我意。"洛马克斯说着进了大楼。

二十分钟后,"林肯"缓缓驶进了一家节日旅店拥挤的停车场。基尔伯里指指旅店背面二楼的一个房间,又指指一辆褐色货车边上的空地。洛马克斯小心地把他的车倒到货车旁边,停了下来。基尔伯里又指指那个房间,又看了看表,再三感谢洛马克斯的相助。洛马克斯想的是钱。两小时能赚一千美元。这种生意值得做。他取出相机,装好胶卷,对好了光圈。基尔伯里不安地望着,一副受到伤害的样子。他谈起了自己的妻子,谈起了他们在一起度过的美好岁月。唉,她为什么要做这种事呢?

洛马克斯听着,注视着眼前的一排排车子,手里举着相机。

他没留意货车的动静。就在他身后三英尺的地方,货车门缓缓地、悄悄地推开了。一个戴黑手套、身穿高领毛衣的男人早就在车里等候多时了。一等到停车场悄无声息时,他跳下车,拉开了林肯车的左侧后门,朝埃迪后脑勺连开三枪。枪上装了消音器,车外谁也听不见子弹声。

埃迪倒在方向盘上,死了。基尔伯里反锁上"林肯"车门,跳上货车,与刺客一起逃之夭夭。

18

圣诞节后,本迪尼-兰伯特暨洛克法律顾问公司的律师们经过三天休整,又兴冲冲地回到了沿河大街的那座堡垒里,开始了繁忙的一天。

中午,拉马尔走进米奇的办公室,斜靠在办公桌上。米奇正埋头处理一宗在印度尼西亚投资的石油和汽油业务。

"吃午饭吗?"拉马尔问。

"不,谢谢。我搁了这么多活呢。"

"我们不也一样吗。我本想约你上沿河大街快餐馆吃份辣狗去。"

"我就不去啦。谢谢。"

拉马尔回头望望门口,凑得更近了,似乎有什么特别的消息要让米奇分享似的。"今天是什么日子,知道吧?"

米奇看了一下表。"二十八号呀。"

"对。你知不知道每年十二月二十八日有什么大事吗?"

"大吃一顿呗。"

"嗯,还有呢?"

"算了,我认输。还有什么事?"

"此时此刻,在五楼餐厅里,所有的合伙人都聚集在那儿共进午餐,美美地享受一顿烤鸭和法国葡萄酒。"

"酒?中午喝?"

"是的,这是个很特别的时刻。"

"哦?"

"等他们吃上一个小时,罗斯福·弗朗西斯和杰西·弗朗西斯就会离开。然后由兰伯特把门反锁起来。餐厅里就只剩下合伙人。然后呢,兰伯特就会发给大家一张本年度财经收入结算表,上面列出所有合伙人的姓名,每个名字边上的数目代表他们一年的总收入,除去开支后的纯收入写在另一张纸上。最后呢,根据各自收入的多少,瓜分红利。"

米奇掂量着每一个词。"是吗?"

"嘿，去年每人平均分到三十三万。自然，今年可望更高。一年比一年多。"

"三十三万。"米奇一字一顿地重复说。

"可不，那还是平均数呢。洛克差不多能拿一百万。维克多·米利根其次，也相差无几。"

"那我们呢？"

"我们也有一份，很少很少的一份。去年平均数大约是九千元。这是根据各人来公司时间的长短和工作实绩而定的。"

"能去看看吗？"

"连总统也别想。那原是一次秘密聚会，不过大家全都知道。今天傍晚就会有风声露出来的。"

"他们什么时候表决提下一名合伙人呢？"

"按照惯例，该是今天。不过有传言说，因为马蒂和乔的事件，今年恐怕不新提合伙人了。本来该轮到马蒂了，然后是乔。而今，怕是要等一二年啰。"

"那下一个是谁呢？"

拉马尔挺立着，面带得意的微笑。"老弟，明年此时，我就是本迪尼-兰伯特暨洛克法律顾问公司的合伙人了。今年，你可别挡我的路啊。"

"我倒听说是麦森吉尔呢。"

"麦森吉尔就别做梦啦。未来的一年里，我打算每周出一百五十小时的活儿。到时候，那帮老爷们就会求我当合伙人啦。"

"我还是要把赌注押在麦森吉尔身上。"

"他是个废物，我会叫他一败涂地的。走，吃份辣狗去。我让你见识见识我的策略。"

"谢谢。不过我得干活呢。"

拉马尔趾高气扬走过尼娜身边，出了办公室。尼娜正抱着一摞文件，把它们放到桌子一角。"我吃午饭去啦，要点什么吗？"

"不，谢谢。哦，来杯健怡可乐。"

午餐时间，秘书们出了大楼，纷纷到附近十几家小咖啡馆和快餐店去了。门厅里顿时静了下来。

米奇在尼娜办公桌上找到一只苹果，擦擦干净便往嘴里塞。他翻开一本国内税务局法规手册，放到桌旁的复印机里边，按了一下绿色键。一只红色警示灯即刻亮起来，闪出指令：请输入密码。他愣愣地一看，果然是台新型复印机。输入键边上有个"跳过"键，于是他又试了一下，复印机内立即发出了尖厉的警报声，键盘上所有红色指示灯全亮了。他无可奈何地望望四周，依旧没有人过来。他只好再拿起使用说明书。

"这儿是怎么啦？"有个人从后面问道。

"我也不知道。"米奇挥挥说明书喊道。

莉拉·波因特，一个年纪太大、不便到大楼外面吃午饭的秘书，走到复印机旁，揿下一个按钮。警鸣声顿时消失了。

"究竟是怎么回事？"米奇问，有点不安。

"他们没告诉你吗？"她问，一把夺过说明书，放回原处，用那双咄咄逼人的小眼睛盯住他，仿佛捉住了偷钱包的贼似的。

"没有，是怎么回事？"

"我们换了新的复印机了，"她鼻尖儿朝天，嗡声嗡气地训导起来，"是圣诞节后第二天安装的。你得先输入密码，然后才能复印。你的秘书早该告诉你的。"

"你是说除非打进一个十位数的密码，这玩艺儿才会复印？"

"对。"

"那复印一般的东西呢？"

"那就不行了。兰伯特先生说,我们以往复印不计费。损失了太多的钱。因此,今后每复印一份文件,都必须计费。你先打入密码,复印机记下复印份数,然后送到计算机终端,自动记到客户账上。"

"个人复印怎么算?"

莉拉十分恼火地摇摇头。"简直无法相信,你的秘书竟然没把这些告诉你。"

"她真的没有说。那你何不帮个忙呢?"

"你个人,有个四位数密码。到了月底,你自己印了多少份,都要计费的。"

米奇看着复印机摇摇头。"干吗要这该死的报警装置?"

"兰伯特先生说,三十天后就解除报警装置。眼下,对你这号人来说,还是必要的。他对这事很重视,听说公司花的私人复印费有几千美元。"

"对,我猜想这幢楼里每一台复印机都换过了。"

她满意地笑笑。"没错,十七台全换了。"

"谢谢。"米奇走回自己办公室,寻找文件密码去了。

下午三点,五楼的会议在欢笑声中结束了。所有合伙人的钱都分足了,酒也喝足了,他们从餐厅里出来,回到各自的办公室。埃弗里、兰伯特和洛克穿过安全门,来到安全室里。德法歇正等在里面。

他指指椅子,请他们坐下。兰伯特敬了一圈烟,大伙都点上了。

"嘀,看得出大家都是喜气洋洋的,"德法歇笑着说,"今年是个什么数?人均三十九万?"

"对,德法歇,"兰伯特说,"真是个大丰收的一年。"

他慢慢地朝着天花板吐出一圈圈烟团。

"圣诞节大家是不是过得都很愉快?"德法歇问道。

157

"你想说什么?"洛克问道。

"圣诞快乐,纳特。好啦,就几件事。两天前,我在新奥尔良和拉扎洛夫见了面。他可是不庆祝什么基督生日不生日的,这你知道。我向他汇报了这儿的最新情况,特别说了麦克迪尔和联邦调查局的事。我向他保证,一切都在我们的掌握之下。他不大相信,说是要与他在联邦调查局的内线核实一下。我不明白他是什么意思,可又不便问,我算老几?他让我在未来六个月里,要每天二十四小时派人跟踪米奇。我对他说,其实,我们已经那么做了。他可不想再出现霍奇和科津斯基那样的事。那事让他很头疼。除非我们中间有两个人随行,否则不准米奇因公离开城里。"

"两周后他要去华盛顿。"埃弗里说。

"干什么?"

"去美国税法研究院,参加一个为期四天的研讨会。这是所有新来的律师都必须参加的。我们答应过他了,要是取消,他会起疑心的。"

"我们八月份就为他办好了一切手续。"奥利补充说。

"我试着和拉扎洛夫说说看,"德法歇说,"告诉我日期、航班和旅客房号。不过我相信他一定会不喜欢的。"

"圣诞节有什么发现吗?"洛克问。

"也没什么。他妻子回肯塔基娘家去了,还在那儿。麦克迪尔带上小狗开车去了佛罗里达的巴拿马城滩。我们猜测他是看他妈妈去的,但不能肯定。他在海滩的一个假日旅馆住了一夜,就他和那条狗。昨天一大早,他便去了布拉希山看他哥哥。一次没有危险的旅行。"

"他对妻子说了些什么?"埃弗里问。

"没什么。我们只能这么说。要想什么都能听到,可不那么容易。"

"你们还监视谁?"埃弗里问。

"那帮普通律师,我们全都窃听,不过倒不是始终听。除了米奇,我们实在也没别的可疑对象,米奇也是因为塔兰斯的缘故。眼下,一切太平无事。"

"他必须去华盛顿,德法歇。"埃弗里坚持说。

"行,行。我去对拉扎洛夫解释解释。他会让我们派五个人去监视的。真荒唐。"

厄尼机场休息厅离机场不远,米奇找了三次才找到。他把车停在泥泞满地的停车场里。此时将近十一点。厅内黑咕隆咚,只有油漆过的窗户上闪烁着彩色的啤酒广告。

他再次看了看便条,上面写道:"亲爱的麦克迪尔先生:请于今晚夜深时到温切斯特厄尼机场休息厅见面。有关于埃迪·洛马克斯之要事相告。埃迪的秘书塔米·亨普希尔。"

这张纸条是他回家时在门上发现的。他记得塔米,那是十一月去埃迪办公室时见过她。他还记得那条紧身皮裙、硕大的胸部、染发和红唇,还有从她鼻孔里阵阵涌出的烟雾。他还记得她和她丈夫埃尔维斯的趣事。

门轻轻地打开了,他走了进去。一排台球桌占去了左半个屋子。透过昏暗和黑色烟雾,他隐约能看出深处有个小型舞池。舞池右侧是一长长的沙龙式酒吧,里面尽是坐着喝啤酒的牛仔。似乎没人注意到他。他匆忙走到酒吧尽头,坐到凳子上。"啤酒。"他对侍者说。

在酒还没送到时,他一眼看到了塔米。她坐在桌球台边一条拥挤的长凳上,穿着紧身水磨蓝牛仔裤,褪了色的斜纹棉衬衫和一双怪里怪气的红色高跟鞋,头发刚刚染过。她走了过来。

"谢谢，你来了，"她对着他的面说，"我等了你足足四个小时。不这么做，我不知道还有什么别的办法能找到你。"

米奇点点头，笑笑，仿佛想说："挺好，你做得对。"

"什么事？"他接着问。

她看看四周。"我们得谈谈，不过不能在这儿谈。"

"哪里方便？"

"可不可以边开车边谈？"

"当然可以，不过最好不要用我的车。"

"我有辆车，只是太旧，不过还行。"

米奇付过酒钱，跟着她走出门外。他们来到一辆破旧的大众"兔子"车前，她拉开车门，米奇挤了进去。她踩了五次油门才把车发动。

"你想上哪儿？"她问。

"你看着办吧。"

"你结过婚了吧？"她问。

"是的，你呢？"

"我也是。我们此时此刻在这儿，我丈夫要是知道了，是不能理解的。"

"我妻子想必也是一样。虽说她眼下不在城里。"

塔米往机场方向驶去。"我有个想法。"她死死抓住方向盘，不安地说。

"想说什么？"米奇问。

"噢。埃迪的事听说了吧？"

"嗯。"

"你最后一次见到他是什么时候？"

"大约圣诞节前十天吧。我们私下碰过面。"

"不出我所料。他替你做事，从不做记录，说是你喜欢这样。他没对我说什么，不过我和埃迪，这个，我们，嗯，我们……很亲密。"

米奇想不出说什么好。

"我是说，我们很亲密。明白我的意思吧？"

米奇喝了口啤酒。

"他对我说了一些本不该告诉我的事。他说你有个奇特的案子，你公司里的几个律师全都死得不明不白，还说你总是觉得有人跟踪你，窃听你的谈话。在一个法律顾问公司里，这就相当奇怪啦。"

他原来是这么严守秘密的，米奇想。"是这样。"

她转过车头，进了机场，朝停车场开去。

"在办完你的事后，有一次他对我说，就说过一次，是在床上说的，他觉得自己被盯梢了。那是圣诞节前三天。我问他是谁在跟踪，他说不知道，不过他说可能和你的事情有关。他说得不多。"

她把车停在尽头的临时停车处。

"还有其他人会跟踪他吗？"米奇问。

"不可能。他是个出色的侦探，办案不会留下线索。何况他曾经当过警察，还坐过牢。他应变能力很强，没有人能盯住他，决不会。"

"那么谁杀了他呢？"

"当然是盯他梢的人。报上说是他在调查一个富翁时遇害。那不是真的。"

蓦地，她不知从哪儿掏出一支加长过滤嘴香烟，点着了。米奇摇下窗玻璃。

"不介意吧？"她问。

"不。只是让烟往那边吹。"他说，指指她身边的车窗。

"不管怎么说，我是害怕了。埃迪深信，跟踪你的那伙人极危险，也极精明。十分老练，他是这么说的。他们既然能杀了他，还能放过我吗？也许他们以为我了解一些情况，他被害之后，我一直没去办公室。我不打算回去了。"

"换了我，我也不会回去的。"

"我可不蠢。我跟他干了两年，也学了不少东西。暴徒凶手，什么样的人没见过。"

"他们是怎样打死他的？"

"他有个朋友在警察局。他偷偷告诉我，埃迪后脑部连中三枪，是 0.22 口径左轮手枪水平打过去的。现场没留下一点线索。干得干净、利落，够职业水平。"

米奇喝完啤酒，把瓶子放到汽车底板上。

"这简直不可能，"她重复说，"我是说，什么人竟然能挨到埃迪背后，钻到后座上，对着他的后脑勺，连开三枪？"

"也许他睡着了，中了埋伏？"

"不会。他夜深干活，总是调动全身兴奋神经，没一根歇着。"

"办公室有没有什么记录？"

"你是说有关你？"

"不错，有关我。"

"好像没有，我从没见他写下什么。他说你希望那样。"

"是的。"米奇松了一口气。

他们望着一架波音 727 飞机起飞，向北飞去。

"我真的害怕了，米奇，能叫你米奇吗？"

"当然可以。"

"我也许得躲一躲。"

"躲到哪里去？"

"小洛克·圣·路易斯或纳什维尔。"她又点了支烟。

干净、利落，够职业水平。米奇再次自言自语。他看了她一眼，发现她脸上挂着一颗泪珠。她狠吸了一口烟。"我想我们到了一条船上，对吧？他们杀了律师，杀了埃迪，下一个目标就是我们了。"

"听着，我们这么做好了。我们得保持联系，不过你不能给我打电话，也不能来见我。我妻子知道一切事情，今天见面的事我也会告诉她，不必担心她。你每周给我寄封短信，告诉我你在什么地方。你母亲叫什么名字？"

"多丽丝。"

"好的，这就是你的代号。今后不管给我寄什么，都签上'多丽丝'这个名字。"

"他们也查你的邮件吗？"

"也许吧，多丽丝，也许会的。"

19

下午五时，米奇熄了灯，拎着两只手提箱，出了办公室。他走到尼娜的办公桌前时，停下了脚步。尼娜一边在电脑上打字，一边听电话。她看见米奇，伸手从抽屉里拿出一个信封。"这是你要去的首都希尔顿饭店房间确认信息。"

"口授录音带在我办公桌上，"米奇说，"星期一见。"他顺着楼梯走到四楼埃弗里办公室。那儿又是一番忙乱情景。一个秘书忙着把文件塞进一只手提箱里，另一个尖声地和忙着打电话的埃弗里说着什么。

埃弗里挂上电话，冲着米奇问："准备好了吗？"

"就等你啦。"米奇回答。

"我找不着格林马克卷宗。"一个秘书对律师助理喊着。

"和罗科尼卷宗放在一起的。"助理说。

"我用不着格林马克卷宗!"埃弗里吼道,"我得对你讲多少遍?你聋了吗?"

秘书瞪了埃弗里一眼。"没有,我耳朵很好。我明明听见你说:'把格林马克卷宗装进提箱'。"

"轿车正在外面等着。"另一个秘书说。

"我不需要什么格林马克卷宗!"埃弗里大声说。

"那罗科尼的呢?"助理问。

"要!要!不知跟你讲过几十遍了,我要罗科尼的!"

"飞机也在等了。"那秘书又说。

手提箱啪地关上了。埃弗里在办公桌上的一堆卷宗里翻来覆去找着什么。"芬德的卷宗呢?我要的卷宗,为什么老是找不着?"

"在这儿。"一个秘书说着,把它装进了另一只手提箱。

埃弗里看着记事条说:"好啦。芬德、罗科尼、剑桥合伙人、格林集团、桑尼·卡普斯、伯顿兄弟、盖尔维斯顿货运公司,还有麦克奎德的卷宗都准备齐了吗?"

"是的,是的,是的。"一个秘书说。

"全都齐了。"助理说。

"真是烦人,"埃弗里伸手拿起外套说,"走吧。"他在秘书、助理的簇拥下,大步迈出门,米奇跟在后面。米奇和助理各拎两只手提箱,秘书拎一只,另一个秘书草草记下埃弗里交待他们要做的事。他们挤进狭小的电梯,到了一楼。司机见他们出了大门,蓦地站起身,忙不迭地开车门,装行李。

米奇和埃弗里一头靠在后排座位上。

"放松点,埃弗里,"米奇说,"你这是去开曼岛,而且也只待三天,有什么好紧张的?"

"是啊,是啊。不过我随身带的活儿足够我忙上一个月的了。有好多客户催得很急，甚至威胁说要以渎职罪对我起诉。我落后两个月了，在这个节骨眼上，你偏偏又要到华盛顿参加四天无聊的研讨会。你真会选时间啊，麦克迪尔。"

埃弗里拉开车内的小柜子，拿出了一瓶酒。他问米奇是否来一杯，米奇谢绝了。轿车在沿河大道挤塞的车流中缓缓行驶着。三杯杜松子酒下了肚，埃弗里深深地吸了口气说："什么进修不进修，真是笑话。"

"你不也是这么过来的？如果我没弄错的话，不久前你在夏威夷开了一星期的会。这你都忘了？"

"那是工作，全都是工作。你有没有带文件来？"

"那还用说，埃弗里。到了会上，我每天除了花八小时学习新税法条款外，空余时还得处理五小时的文件。"

"可能的话就六个小时吧。我们比计划落后了，米奇。"

"我们总是落后，埃弗里。再喝杯酒吧，你需要好好轻松一下。"

"我打算到'郎姆海仔'轻松一下去。"

米奇想起了那家酒吧，想起了它的红条啤酒、多米诺骨牌和穿三点式比基尼的姑娘。

"你这是头一次坐利尔飞机吧？"埃弗里这会儿好像轻松多了。

"可不。我来公司都七个月了，到现在才见着这飞机。我在三月份时要是知道这种情况。也许我现在就不是在这儿上班，而是在华尔街上班了。"

"你不是那块料。你知道华尔街是怎么回事吗？那里，每家公司都有三百名律师，对吧？每年都要招三十名新手，也许更多。大家都想往那儿挤，因为那是华尔街，是这样吧？上班个把月后，他们会把三十个人全召集到一起，对这些新手说：今后五年，每周得干九十个小时。五年后，一半人都走了。那里跳槽率高得惊人。他们设法让新手玩命地干，等从他们身上赚足了钱，再逼他们开路。这就是华尔街。至于公司的飞机，那帮小伙计别说坐，连看都别想看一眼。豪华轿车也是一样。你真运气啊，米奇，让我们古老而了不起的本迪尼公司挑上了，真该好好谢谢上帝。"

"不就九十个小时吗？那算什么？我可以干得更多。"

"多干会多得报酬的。听说我去年分了多少红利吗？"

"没有。"

"四万八千五百元。不赖吧，嗯？这还只是红利呢。"

"我拿了六千元。"

"好好跟我干吧，保证过不了多久，你就会成为有钱的大户。"

"好啊。不过，首先我还得修完进修课程啊。"

十分钟后，豪华轿车拐上了通向停机棚的车道。站牌上写着：孟菲斯空港。一架闪闪发亮的银灰色利尔55型飞机徐徐滑向跑道。"就是它。"埃弗里说。

很快，他们把手提箱和行李装进了机舱。没一会儿，机上就有人通知：一切准备就绪，飞机即将起飞。米奇系好安全带，安稳地坐在皮椅上，机内一切都豪华，比他想象的更豪华、更舒适。埃弗里又调了杯酒，扣上了安全带。

一小时十五分钟后，利尔飞抵巴尔的摩华盛顿国际机场。飞机停稳后，埃弗里和米奇走下柏油停机坪，他们卸下了行李。埃弗里指着一个身穿制服的人说："那是你的司机，轿车就在前面，跟他去好啦。从这儿到希尔顿大约需要四十分钟。"

"又是轿车？"米奇问。

"当然。在华尔街可没有这种待遇。"

他们握手道别，埃弗里回到了机舱里。飞机加油花了三十分钟；利尔离开地面向南飞去时，埃弗里早已进入梦乡。

三小时后，利尔在大开曼乔治城降落了。它绕过停机坪，滑到了一个狭小的停机棚里。它将停在那里过夜。一名保安人员在机场等着埃弗里，拎着他的行李陪他过了海关。正、副驾驶一如往常地例行了飞机着陆手续，在工作人员陪同下出了机场。

午夜过后，停机库里的灯光一齐熄灭了，五六架飞机静静地躺在黑暗里。突然，停机库的一扇边门被打开了。三个男人，其中一个是埃弗里，溜进停机库。急匆匆走向利尔55型飞机。埃弗里打开行李舱，三个人赶忙卸下舱内二十五只沉沉的纸箱。在热带岛屿的热浪中，停机棚像只蒸笼似的。他们每个人都汗流浃背，但谁都没出一声，直到把所有的箱子卸完了。

"应该是二十五箱。数数看。"埃弗里对一个身穿背心、屁股上别了把手枪、肌肉发达的当地人说。另一个人目不转睛地看着他点数，那模样活像一个仓库收货员。当地人飞快地数着，汗珠滴到箱子上。

"不错，是二十五箱。"

"多少钱？"另一个人问。

"六百五十万。"

"现钞吗？"

"全是现钞，面额是一百元和二十元两种美钞。装车吧。"

"运到哪儿？"

"魁北克银行。他们在等着我们呢。"

他们每个人拎起一只箱子，摸黑朝侧门走去。一名手握乌齐冲锋枪的保镖在那儿等着。纸箱装到了一辆印着"开曼土产"字样的旧货车上，车子朝乔治城市中心驶去。

八点，在世纪厅门口报到。米奇来得早了些，他签过名，拿起封面上端端正正印着自己名字的讲义材料，进了厅内。他在靠近厅正中央的一个位子上坐下。会议程序册上介绍说，此次研讨班限额人数为两百名。一名服务员送来了咖啡，米奇把《华盛顿邮报》摊开在眼前。十几条有关北美印第安人的报道充斥着新闻版面，这些人正在角逐超级杯全美橄榄球锦标赛桂冠。

屋子里陆续坐满了来自全国各地的税法律师，他们聚集在这里，聆听每天都在变化的最新税动态。九点差几分的时候，一位模样清秀、满脸孩子气的律师坐到了米奇左边，他一声不吭地坐着。米奇望望他，回过头继续看报。见人都到齐了，主持人首先对大家表示欢迎，然后介绍了第一位主讲人。他是来自俄勒冈的一位什么议员，现任国会岁入调查委员会一个分会的主席。他坐到讲坛上，准备做为时一小时的发言，这时，米奇左边的律师凑过来，伸出一只手。

"你好，米奇，"他小声说，"我叫格兰特·哈比森，联邦调查局的。"说着递给米奇一张名片。

报告一开始，那议员说了个笑话。米奇没听清，他正低着头看名片。周围三英尺内，坐着五个人。他虽说谁都不认识，但要是让哪个知道了他手里正拿着联邦调查局特工的名片，那也够难堪。过了五分钟，米奇白了哈比森一眼。

哈比森轻声说："我得同你谈谈，几分钟就行。"

"如果我很忙呢？"米奇问。

特工从讲义簿里抽出一个普普通通的白色信封，递给了米奇。米奇把它贴到胸前拆开了。信是手写的。信笺笺头上，是很醒目的小号字：联邦调查局局长办公室专用笺。信很短：

亲爱的麦克迪尔先生：

　　午餐时间，我想同你面谈一下，时间不会长。请务必听从哈比森特工的安排，谨祈合作，谢谢。

登顿·沃伊利斯局长亲笔

米奇叠好信，塞进信封，轻轻放进讲义簿里。谨祈合作，谢谢。联邦调查局局长亲笔。此时此刻，米奇意识到了临阵不乱、泰然自若的重要性。他对自己说：就当它不过是例行公事罢了。可他还是感到头昏眼花。他用双手揉揉太阳穴，闭上眼睛。联邦调查局的人就在他旁边。等候他的，有局长，鬼知道还有别的什么人呢。塔兰斯想必也在附近。

突然，屋子里爆起一阵笑声，议员讲得诙谐风趣。哈比森赶忙凑到米奇耳边，压低声音说："十分钟后到拐角处的男洗手间找我。"特工把讲义簿留在桌子上，趁笑声大作，离开了座位。

米奇翻开讲义第一部分，假装看了起来。那议员正娓娓述说着。

米奇等了十五分钟，又等了五分钟，然后咳了起来。他需要喝点水，于是站起身，用手捂着嘴从椅子间挤到了大厅的后头，从后门走了出去。哈比森正在洗手间洗手。他这是洗第十遍了。

米奇走到他身旁的水池边，打开冷水龙头。"你这帮老兄搞什么名堂？"米奇问。

哈比森从镜子里看着米奇。"我只是奉命行事。沃伊利斯局长想亲自见你。我是他派来请你的。"

"他找我有什么事？"

"我可不想抢了他的生意，你还是去问他本人吧。不过肯定是重要的事。"

米奇谨慎地环视一眼洗手间。里面没有别人。"要是我太忙，不能见他呢？"

哈比森关上水龙头，对着水池甩了甩手。"见面是跑不掉的，米奇。你就别跟我做戏啦。中午研讨班散会时，在大门外左侧，你会看到一辆出租车，车号是8667。它会把你带到越战将士纪念塔。我们在那里等你。千万要小心。他们有两个人从孟菲斯盯你盯到这儿来了。"

"哪两个人？"

"孟菲斯那帮老兄呗。只要按我们说的做，他们决不会知道的。"

主持人在第二位主讲人、纽约大学的一个税法教授讲完后，宣布散会用餐。

米奇坐上那辆出租车，车子飞快地开走了，不一会儿便消失在车流之中，十五分钟后，在纪念碑附近停了下来。

"等等再下车。"司机不容置辩地说。米奇坐着没动。

足足有十分钟，他没动一动，更没吱一声。这时，一辆福特车在出租车旁停下，鸣了鸣喇叭，然后开走了。

司机注视着前方说："好啦，到纪念碑那里去吧。约莫五分钟后，他们会接应你的。"

米奇下到人行道上，出租车开走了。他双手插在羊毛外套的口袋里，慢慢走向纪念碑。刺骨的朔风吹得枯叶漫天飞扬。他冻得发抖，竖起衣领挡住耳朵。

一位孤独的瞻仰者神情凛然地坐在大轮椅里，注视着碑墙。他身上裹着一条厚厚的毯子，戴着一顶过大的军帽和一副航空太阳镜。他坐在靠近碑墙尽头处，身后就是一九七二年战死者的名字。米奇搜寻着死者的姓名，一时竟忘掉了轮椅里面的人。

他呼吸沉重起来，猛然感到双腿一阵麻木，心口一阵酸涩。他往下缓缓移动目光，哦，看到了，就在下边，在靠近碑墙底部的地方，端端正正镌刻着拉斯蒂·麦克迪尔的姓名。

拉斯蒂·麦克迪尔，十八岁。永远的十八岁啊。赴越七周他踩响了地雷，当场死了。米奇抹了眼角的泪珠，看着高大的碑墙。

"米奇，他们在等你。"

他转过身，看看轮椅里面的那个人。

"别紧张，米奇，这地方被我们严密封锁起来了。他们没人跟踪你。"

"你是谁？"米奇问。

"调查局的。你得相信我们，米奇。局长有重要话跟你说。那些话能救你的命。"

"他在哪儿？"

轮椅里的人转过头，望望人行道。"向那边走，他们会接应你的。"

米奇又久久看了一眼他兄弟的名字，然后走到轮椅背后，经过一尊雕有三个士兵的塑像，双手插在口袋里，往前走走停停，停停走走。约莫离纪念碑五十码的地方，韦恩·塔兰斯从一棵树的背后走上前来。"一直往前走。"他说。

"又是你，我早料到这儿少不了你的。"米奇说。

"你只顾往前走。据我们所知，孟菲斯有两个家伙在你之前飞到了这儿，跟你住在同一个饭店，就在你的隔壁房间。这会儿，他们没跟踪你，我想我们甩掉他们了。"

"到底出了什么事，塔兰斯？"

"你会知道的。一直往前走，别紧张，没有人跟踪你，只有我们的二十来名特工。"

"二十名？"

"是的。我们把这地方封锁起来了。我们要确保孟菲斯那帮人不在这里露面。我可不是来等他们的。"

"他们是什么人？"

"局长会解释的。"

"局长为什么要介入这种事？"

"你问得太多了，米奇。"

"因为你回答得太少了。"

塔兰斯指指右边。他们离开人行道，朝着一条笨重的水泥凳走去。水泥凳边上有座小桥，小桥对面是一片小树林。下边的池塘上结了一层冰。

"坐吧。"塔兰斯说。当他们坐下时，有两个男人从桥那边走过来，米奇马上认出那个矮些的就是沃伊利斯，三任总统手下的联邦调查局局长 F.登顿·沃伊利斯。他是一位嘴辣手狠、以铁面无情著称的罪犯克星。

他们走到凳旁，米奇礼貌地站起身。沃伊利斯伸出一只冷冰冰的手，看着米奇。出现在米奇眼前的还是那张闻名天下、又大又圆的脸。他们握了手，互道了姓名。沃伊利斯指指凳子。塔兰斯和另一名特工走到小桥上，注视着周围，米奇扫了一眼池塘对岸，看见百码开外有两个人靠着一棵树站着。他们穿着同样的外套，无疑也是特工。

沃伊利斯紧靠米奇坐下，腿挨着腿。一顶棕色软呢帽歪戴在他那大秃头上。他至少也有七十岁，可两只墨绿色的眼睛依然炯炯有神。什么也别想逃过这双眼睛。他俩静静地坐在冰冷的水泥凳上，双手插在外套口袋里。

"你能来，我很感谢。"沃伊利斯先开了口。

"我好像是别无选择。你手下的人丝毫也不客气。"

"是的，因为这事对我们很重要。"

米奇深深吸了一口气。"你知不知道我是多么疑惑，多么害怕。我完全给弄糊涂了。我想请你解释清楚，先生。"

"麦克迪尔先生，我能叫你米奇吗？"

"当然可以。"

"很好，米奇。我这人一向不多说什么。我将要告诉你的，肯定会叫你大吃一惊。你会吓坏的。你也许不相信，不过我向你保证，那全是实话。有你的帮忙，我们才能救你的命。"

米奇打起精神，等着他往下说。

"米奇，没有一个律师能够活着离开你们公司的。有三个试过，但都被害了。去年夏天又有两个，他们眼看着正要离开，结果还是送了命。律师一旦进了本迪尼-兰伯特暨洛克法律顾问公司，就永远别想离开，除非退休。他永远得把嘴巴封死。何况，等到退休，他们早已同流合污了，还能说什么。公司的五楼，有个神通广大的监视系统。你的家、你的车、你的电话都被装了窃听器，你的办公室里也装上了窃听器。实际上，你说的每句话，五楼上都能听见，都被录下了。他们跟踪你，有时还跟踪你妻子。现在，他们就在华盛顿。明白了吧，米奇，那家公司远不只是一家公司。它是一个庞大实业的一部分，一个牟取暴利的大实业，一个非法的实业。公司不归合伙人所有。"

米奇侧过身，死死地看着他。局长边看着冰封的池塘，边说：

"要知道，米奇，本迪尼-兰伯特暨洛克法律顾问公司归芝加哥的黑手党莫罗尔托家族所有。他们在那儿操纵公司，这就是我们来这儿的原因。"他用力摸了一下米奇的膝盖，看着他，两人相隔只有六英寸。"那是黑手党，米奇，非法的组织。"

"我不信。"米奇说，他的身子因恐惧而僵直，声音微弱而颤抖。

局长微笑着。"不，你信，米奇，你肯定信。有很长一段时间，你自己不也很怀疑吗？为此，你在开曼岛找阿邦克斯谈过。你还雇了那个差劲的私家侦探，害得他也送了命。你知道那公司尽干丑恶勾当，米奇。"

米奇身子前倾，双肘支在膝盖上，眼睛盯着地面。"我不相信。"他低声咕哝道。

"就我们掌握的情况看，他们只有25%的客户，或许我该说你的客户，是合法的。那家公司有些律师十分出色，他们替有钱的客户处理税务和证券业务。这是个很好的幌子。迄今为止，你处理过的大多数案卷是合法的。这就是他们的门道。他们招进一个新手，大把地给他钱，替他买车，买房子，让他去开曼岛，他们把真正合法的法律业务塞给他，让他忙得抬不起头。那是真正的法律业务，真正的客户。这么过上两三年，那新手便什么疑心也没有了，对吧？那是一家了不得的公司，是一帮了不得的情同手足的伙计。钱也多得不得了。嘿，一切都是妙不可言。但是，五六年后，等你赚足了钱，等你有了房子有了孩子，一切都安安逸逸、稳稳当当了，他们再把'炸弹'扔给你，告诉你实情。那时你就没有退路了。他们是黑手党，米奇，那些家伙可不跟你闹着玩儿。他们会杀了你的孩子，要不就杀你妻子。他们这样做连眼睛都不会眨一下的。你在这里赚的钱比任何别的地方都多，你只好任他们敲诈，因为你还有家小，而你的家小在他们眼里一文不值。你还能怎么办呢，米奇？那你只得留下。你不可能走了。你如果留下，就能成为百万富翁，就能早早退休，家人也能平安无事；你要是想走，你的下场就会像一楼照片上的那几个人一样。一楼的那些照片是很有威慑力的。"

米奇揉揉太阳穴，颤抖了起来。

"好啦，米奇。我知道你肯定会有千百个问题要问，我会把我所知道的都告诉你。五个死去的律师生前知道实情后，都想离开。前面三个我们从未跟他们谈过，因为，老实说，七年前我们对公司的事还一无所知。他们干得很隐秘，不露声色，不留痕迹。头三个只是想离开，也许是这样，于是他们就出来了，装在棺材里头出来了。霍奇和科津斯基不一样。他们接近了我们，一年时间里，我们见过多次面。科津斯基干了七年之后，他们把'炸弹'扔给了他。他告诉了霍奇。他们两人嘀咕了一声，科津斯基眼看就要升为合伙人，但他想在那之前离开。于是他和霍奇就做了致命的决定：离开公司。他们不曾怀疑过头三位的死因，至少没对我们提起过。我们派韦恩·塔兰斯到孟菲斯接应他们。塔兰斯是纽约专门对付有组织犯罪行为的专家。他和那两位一直保持着联系，结果在开曼发生了那件事。孟菲斯那帮家伙都是很难缠的，米奇，千万要记住这点。他们有的是钱，雇得起最出色的杀手。自从霍奇和科津斯基死后，我们决定要收拾这家公司。只要对这家公司下手得当，我们就有办法对莫罗尔托家族内一些有影响的成员绳之以法。罪名至少有五百项，逃税、讹诈、非法转移巨款，等等，你想以什么罪名起诉都不为过。到时就能彻底瓦解莫罗尔托家族，也可侦破三十年来最大的非法组织犯罪案。米奇，这一切都得指靠孟菲斯那家不露声色的小公司里的文件。"

"他们为什么要选在孟菲斯？"

"嗯，问得好。谁会怀疑田纳西孟菲斯的一家小小的公司呢？那儿没有不法组织，是密西西比河畔的一座宁静、可爱、和平的城市。他们本来可以把公司设在达勒姆、托皮卡或者威奇托福尔斯。不过他们选择了孟菲斯，因为它刚好大到可以为一家四十人的公司做掩护。这真是再好不过了。"

"你是说每一个合伙人都……"米奇把话咽了回去。

"是的，每个合伙人都知道实情，都按规则行事。我们怀疑多数普通律师也知道，但不能肯定。我们不知道的事太多了，米奇，我还无法解释这个公司是如何运转以及是由谁作主的。不过我们相信那里干了不少犯罪勾当。"

"比如说？"

"偷漏税。莫罗尔托所有税务业务全由他们处理。他们上报的纳税清单漂亮得很，挑不出碴儿，但他们谎报收入。他们把钱大批大批转移到国外。他们用肮脏的金钱创办合法的实业。圣路易斯那家银行，是个大客户，叫什么来着？"

"商业担保银行。"

"对，就是这个名字。它是黑手党开办的。该公司承担它的全部法律业务。莫罗尔托家族每年从赌博、吸毒等犯罪勾当上牟取大约三亿美元暴利。这些钱大多转移到了开曼岛上的银行。钱是如何从芝加哥跑到开曼的呢？我们怀疑他们是利用了那架把你送到这里的利尔飞机，每周它都往乔治城飞一趟。"

米奇直直坐着，望着不远处的塔兰斯。塔兰斯正站在小桥上，他听不见他们的谈话。"那你们为什么不对他们起诉，把他们一网打尽？"

"目前还不能，不过我们肯定会的。我调了五名特工到孟菲斯，三名在华盛顿，专门负责这事。我会收拾他们的，米奇，我向你保证。不过我们得有个内线。他们很精明。他们有很多钱。他们极其谨慎，从不出一点差错。因此，我们必须得到你或者该公司别的什么人的帮助，我们需要文件复印件，银行票据复印件。这些只有内部的人才能弄到，别无他法。"

"于是我就被挑上了。"

"是的。如果你不愿合作，你依旧可以照干你的去，赚许多钱，当一名大律师。然而我们还会试着找另一个人。如果这也不成，我们就设法去试试年长一些的。挑个有勇气、有良心、敢于坚持正义的人。总有一天我们会找到我们所需要的人的，米奇。到那时，我们连你一起起诉，把你们这帮有钱的顽固分子统统关进监狱。一定有那一天的,孩子,相信我。"

此时此刻此地,米奇确实相信他了。"沃伊利斯先生,我有点冷,可不可以起来走走?"

"当然可以,米奇。"

他们缓缓地走到人行道上,朝越战将士纪念碑走去。米奇回头看了一眼,见塔兰斯和另一名特工远远地跟在后面。

"安东尼·本迪尼有什么来历?"米奇问。

"在一九三〇年,他娶了莫罗尔托家的一个女儿,成了莫罗尔托的女婿。当时他们在费城有个商号,他就住在那里。后来,到了四十年代,不知什么缘故,他被派到孟菲斯创建法律公司。就我们所知,他的确是个很出色的律师。"

米奇的脑海里涌现成千上万个问题,他迫不及待地想一次问完,但他依然保持冷静、沉着。

"奥利弗·兰伯特的情况呢?"

"他是世上难找的'好人'!最合适不过的主事合伙人!霍奇和科津斯基的事,以及干掉他们的计划,前前后后他全都一清二楚。你下次再见到他时,一定要记住,他是个心狠手辣的杀手。当然,他也别无选择。他要是不杀人,别人就会把他干掉,让他的尸首在海里漂着。他们都是一样,米奇,不得不保住自家性命。就像你一样,起初,他们也都年轻有为,聪明能干,但是后来都陷进了无路可走的绝境。于是他们便同流合污,拼命工作,表面上干的都是极正当的事,塑造出受人推崇的公司假象。这就是他们单挑那些年轻有为,但出身贫寒、没有家庭依靠的毕业生的原因。他们扔给他钱,让他签约应聘。"

米奇想到了公司的高额薪水、新车和低息抵押贷款。他原来准备上华尔街谋份工作的,不料半途被钱勾引了去。仅仅是为了钱,别无他求。

"纳森·洛克的情况呢？"

局长笑了一下。"那又有一段故事啦。他生在芝加哥的贫民窟里，十岁时在老莫罗尔托身边当跑腿的。他一直都是个恶棍，不知怎么混进了法学院，毕业后，那老家伙派他到孟菲斯协助本迪尼工作，从事莫氏家族的非法活动。他一直是老家伙的心腹。"

"莫罗尔托是什么时候死的？"

"十一年前，他八十八岁的时候。他有两个油头粉面的败家子，米基和乔伊。米基住在拉斯维加斯，在家族事务中地位有限，大权都掌握在乔伊手上。"

米奇轻声说道："我真不明白这个公司干下这些非法勾当后怎么能不露风声。公司有的是秘书、职员和律师助理。"

"是啊，这点我也不能圆满回答。我们在想这家公司是以两个形态存在的。一个是合法的，主要由新来的律师、秘书和辅助人员处理业务。另一个呢，由主事律师和合伙人干肮脏交易。霍奇和科津斯基正要给我们详细的情报，不料事成之前就遭到毒手。霍奇曾告诉塔兰斯说，地下室有一帮连他都不太认识的律师助理，他们直接替洛克、米利根、麦克奈特和其他几个合伙人干事，谁都不知道他们到底干的是什么。我想，秘书们什么都清楚，有些说不定直接参与其事，只是害怕被害，也就不敢说出来。她们拿的钱一定很多。想想看，米奇，要是你在那儿干能赚大钱，又明知要是问得太多把事情捅出去，只能落得个尸体沉河的下场，你会怎么样？自然是闭紧嘴巴拿钱。"

他们走到碑墙前停了下来，米奇转身看着局长。"那我该做些什么？"他问。

"首先，嘴巴要闭紧。你只要多问什么，就会有生命危险，你妻子也一样。最近一段时期不能要孩子，孩子是他们下手的好目标。你最好是装聋作哑,好好当你的律师就行。其次,你必须作出决定,不必现在,但越快越好。你得决定要不要跟我们合作。你如果决定帮助我们,我们当然不会亏待你;你要是不想帮忙,我们只好另找别人。我说过,我们总有一天会找到一个有胆识的人,来把这些恶霸一网打尽。臭名昭著的莫罗尔托犯罪家族必将不复存在。当然,我们会保护你的,米奇。"

"保护我什么?如果我能活着的话,我永远只会生活在恐惧之中。我也听说过一些受联邦调查局保护的证人的下场。十年后,我也许就像他们一样,刚出家门便命归西天。局长,你知道,那帮人是不会放过我的。"

"是的,米奇,但我向你保证,你和你妻子一定会得到保护的。"

局长看看表。"你该回去啦,要不他们会疑心的。塔兰斯会同你联系。相信他,米奇,他正设法救你呢。他可以全权代表我。只要他告诉你什么,那就是我的意思。你可以和他商谈。"

"商谈什么?"

"条件啊,米奇。你给我们东西,我们会付给你相当的报酬。我们想要莫罗尔托家族的犯罪证据,你可以给我们。你出个价,政府就会通过联邦调查局给你的。当然出价必须合理。我要说的就是这些,米奇。"他们沿碑墙慢慢走着,到坐在轮椅里的特工的身边停了下来。沃伊利斯伸出一只手。"瞧,车号是1073的出租车来接你了,原来的司机。你该走了。我们不需要再见面了,不过,过一两周,塔兰斯会同你联系的。请好好想想我说的话。不要以为公司坚不可摧,会永远存在下去。我不能容许它长存下去。不久的将来,我们会采取行动的。我说话算数,我只是希望你站在我们一边。"

"我不明白我该做什么。"

"塔兰斯会精心安排的。一旦你豁出去了,那事情在很大程度上就取决于你和你所了解的情况。"

"豁出去？"

"一点不错，米奇。你只要豁出去了，就没有退路。在这个世界上，再没比他们更心狠手辣的人了。"

"你们为什么要选上我？"

"我们总得选个人，不是吗？我们之所以选你，是因为你有胆量离开那个公司。除了妻子，你没有家小，无牵无挂。除了艾比，你那些十分看重的人全都伤害过你。你是自己把自己养大的，而且从中养成了自食其力的独立品格。你不依赖公司，想走就走。你是条硬汉，而且人很精明，不会被抓住，米奇。这就是我们选中你的原因。再见，米奇。谢谢你的到来。你现在快走吧。"

沃伊利斯转身急匆匆地走开了。塔兰斯在另外一头向他致意，好像在说："后会——有期。"

20

在亚特兰大做必要的停留之后，三角洲航空公司的DC-9班机在一片寒雨中飞抵孟菲斯国际机场，停在19号门前。米奇一手拎着手提箱，一手拿着一本《君子》杂志，随着拥挤的乘客步入了中央大厅。他一眼望见艾比正在公用电话亭边等着，便急忙从人丛中挤过去，把手提箱和杂志往墙边一扔，把她紧紧抱住。在华盛顿的四天，长似数月。真是小别胜新婚，他们不住地亲吻起来。"出去幽会一下，怎么样？"米奇问。

"我饭都做好了，菜摆在桌上，酒在冰箱里冰着。"艾比说。他们手拉着手，朝大厅外的行李走去。

米奇悄悄地说："我想和你谈谈，在家里说可不行。"

艾比把他的手攥得更紧了。"哦?"

"确实,我们需要好好谈谈。"

"出了什么事?"

"说来话长。"

"听你这么说,我突然紧张起来了。"

"冷静一下,保持笑容,有人在盯着我们。"艾比笑笑,朝右边望了一眼。"谁?"

"等一会儿我再对你解释。"

米奇突然把她拉到自己左边。他们奋力穿过行色匆匆的人流,一头钻进又暗又挤的休息厅。里面尽是边喝啤酒边看电视,等着登机的人。他们在一张小圆桌旁坐了下来,面对着吧台和中央大厅。他们紧挨着坐在一起。米奇审视着走进来的每一张脸。"我们要在这儿坐多久?"她问。

"怎么?"

艾比脱下狐皮大衣,放在桌子对面的椅子上。"你到底在看什么?"

"保持笑容,做出你很想我的样子。来,亲我一下。"他凑过去和她亲吻起来,两人相视而笑。米奇又在艾比脸上吻了一下,回过头望着门口。一位侍者走了过来,他们要了葡萄酒。

艾比笑着问:"首都之行怎么样?"

"烦透了。我们一天上八个小时的课,整整四天。除了第一天,我几乎没离开过饭店。他们硬是把六个月都讲不完的税法修订条款塞进四天的课程里。"

"去玩了没有?"

他含着笑注视着她。"我想你,艾比。我一辈子还没有这么想过谁。我爱你。我看,你真是漂亮极了。我可不喜欢一个人旅行,一觉醒来，独自躺在旅店陌生的床，身边没有你。再说，我有件可怕的事要告诉你。"

她笑意顿失。米奇慢慢地环视四周。酒吧里有三个人在看电视上的球赛，嘴里嚷个不停。大厅里喧闹一片。

"我这就告诉你，"米奇说，"此时，要是有人在盯着我们那就更好。他们听不见，不过他们可以察言观色。因此你要不时笑笑，我知道这很难为你。"

酒送来了，米奇开始讲了起来。他什么都没漏，一五一十全说了。艾比只插过一次话。他把安东尼·本迪尼、莫罗尔托和纳森·洛克在芝加哥的经历以及奥利弗·兰伯特和五楼上的那帮家伙的事全告诉了她。

艾比紧张不安地啜着葡萄酒，脸上竭力显出一副若无其事的样子，还不时地笑笑，俨然一个思夫心切、充满爱意的妻子，正聚精会神、津津有味地听丈夫侃税法研讨班的事。

大厅里人渐渐少了，侍者又上了酒。米奇整整讲了一个钟头，末了用低得几乎听不清的声音说：

"沃伊利斯说塔兰斯两周后要和我联系，看我是否愿意合作。他说过再见便走开了。"

"是星期二的事吗？"她问。

"是的，是第一天的时候。"

"这一周你是怎么过来的？"

"我睡不香，吃不下，头疼眼昏。"

"我觉得好像有人来了。"

"对不起，艾比。我真想立即飞回家告诉你。我一人在震惊中熬过了三天三夜。"

"这下我也震惊了，我真不敢相信，米奇。这就像是一场噩梦，而且比噩梦还要糟。"

"但这才仅仅是开始。联邦调查局是很认真的,要不然局长干吗要亲自出马,冒着零下15度的寒冷,约我这个孟菲斯无足轻重的新律师到公园冰凉的长凳上面谈呢?而且他派了五名特工到孟菲斯,三名在华盛顿,专门负责这事。他还说他们要不惜一切代价收拾这家公司。这样我就犯难了。我要不理睬他们,继续做公司出色而忠实的律师,那么总有一天他们会手持逮捕证出现在我们面前,把我们都统统押走。如果我与他们合作呢,那我们就得远走他乡,隐名埋姓,消度余生。我们会很有钱,但我们得干活,以免引起别人的疑心。经过整容,我可以在一家仓库找份开铲车的差事,你呢,可以在一所护理院打零工。我们会有两三个孩子,但每夜都得祈祷不要被那些人找到,每天都将生活在惶恐之中。"

"这太过分了,米奇,太过分了。"艾比竭力忍住不哭。

米奇笑着看看四周。"我们还有第三条路。大模大样地从这里走出去,买两张到圣地亚哥的机票,然后偷偷越过国境,在墨西哥啃一辈子玉米饼。"

"那我们走吧。"

"但他们可能会跟踪我们。即使运气好,逃出去了,奥利弗·兰伯特也会带着一帮打手在墨西哥的蒂华纳等着我们,到时还得落到他们手里。不行,这条路也行不通,我只是想想而已。"

"拉马尔知道内情吗?"

"我不清楚。他在这儿六七年了,也许知道吧。埃弗里早就入伙,不用说,他肯定是个十足的同谋。"

"那凯呢?"

"谁知道呢?但可能妻子们都不知道实情。我整整考虑了四天,艾比,这公司掩饰得太好了,它看上去是那么实在,没人会疑心什么。他们谁都能糊弄。我是说，你我和任何一个有希望录用的应聘人怎能想到它会干如此的勾当。真是天衣无缝。联邦调查局的人到现在才知道。"

"为什么联邦调查局的人偏偏选中你，米奇？公司有四十位律师啊。"

"因为我对公司一无所知，是个容易钓上的人。至于别的普通律师，联邦调查局吃不准谁会成为下一个合伙人。因此他们不敢贸然行事。我恰巧是个新手，所以刚通过资格考试，他们就用计找上我了。"

艾比咬紧嘴唇，将眼泪往肚里咽。

"他们会偷听我们说的话吗？"

"不，他们只偷听电话以及在家里和汽车里的谈话。我们在这儿或大多数餐馆里的谈话，他们是偷听不到的，在家里的院台上讲话也是很安全的。不过我还是建议离门远一点比较好。为了安全起见，我们可以躲到贮藏室里说悄悄话。"

"你是在故意寻开心吧？我可不希望这样。现在不是开玩笑的时候。我真是又怕又气，快急疯了，不知道如何是好。我不敢在自家的屋子里说话；打电话，都得注意每个措辞；哪怕有人拨错了号码，电话铃一响，我就跳起来，干瞪着它。这算什么事呢？"

"你需要再来一杯。"

"我需要再来十杯。"

米奇紧紧地握着她的手腕。"等一下。我看见了一张熟面孔。别回头看。"

艾比屏住气。"在哪儿？"

"在酒吧的那头。快，看着我，对我笑笑。"

坐在酒吧那一头的是一个皮肤黝黑的金发男人，身穿一件蓝白相间的登山运动衣，坐在小圆凳上，正在看电视。米奇曾在华盛顿的什么地方见过这张黄褐色的脸、那金色的头发。米奇仔细地看着。屏幕上的蓝光映亮了他的面庞。米奇藏在暗处看着。那人拎起一瓶啤酒站起来,犹豫了一下,然后朝米奇夫妇紧紧依偎的角落匆匆瞥了一眼。

"你肯定吗?"艾比颤抖着问。

"没错,是他,他到过华盛顿,我见过他两次。"

"他是他们一伙的吗?"

"我怎么知道?"

"我们走,离开这里。"

米奇把一张二十美元的钞票放到桌上。他们离开了机场。

米奇开着艾比的"标致"车,朝市中心直驶而去,沉默了五分钟后,她凑上前去,在他耳边低声问:"可以说说话吗?"

他摇摇头。"我不在的时候,这儿的天气如何?"

艾比转眼望着后座的窗外。"很冷,"她说,"今晚可能有小雪。"

"华盛顿整个一周都在零度以下。"

这个意外的情况似乎叫艾比吃了一惊。"下过雪吗?"她扬起眉头,圆睁着双眼问道,仿佛这谈话使她着了迷似的。

"没有,就是阴冷。"

"多巧啊!这儿冷,那儿也冷!"

米奇暗暗地发笑。他们在州内的弯道上默默行驶着。艾比用手背捂住嘴,聚精会神地看着前面车子的尾灯。在这个困顿的时刻,她宁愿去墨西哥。她的丈夫,哈佛法学院名列第三的毕业生,一个可以去任何地方的任何一家公司上班的人却偏偏签了……黑手党的聘约?他们既然已干掉了五位律师,当然也会毫不迟疑地干掉第六个,她的丈夫!接着,和凯的许多次谈话掠过她的脑际。公司鼓励生孩子;公司允许妻子们工作,但不能长久工作;公司不雇用有家产的人;公司要求对它绝对忠诚;公司人员的跳槽率全国最低。原来如此!

米奇端详着她。离开机场二十分钟后,他们把"标致"停到了车棚里,和宝马车在一起。然后,他们手拉着手走过街头。

"这真太不可思议了,米奇。"

"是的,可这是真的,而且一时还不会完结。"

"我们怎么办?"

"我也不知道,宝贝。不过我们要放精明一点,不能出差错。"

"我很害怕。"

"我害怕极了。"

塔兰斯没等多久。一周后,他一眼瞥见米奇正迎着寒风急匆匆地朝北中心街的联邦大厦赶去,联邦大厦离本迪尼公司相隔八个街区。塔兰斯对他跟踪了两个街区,便溜进了一家咖啡店。咖啡店有一排窗子面对着街道,这街道人们叫它商业大街。孟菲斯的中心街是禁止行车的,柏油路面上铺了地砖,那是中心街扩建成商业大街时铺上去的。一棵孤零零的树从地砖间钻了出来,把光秃秃的枝丫伸向楼房林立的空中。乞丐和流浪汉毫无目的地在大街上游荡,乞讨着钱和食物。

塔兰斯坐在一扇窗边,远远望着米奇消失在联邦大厦里。他要了咖啡和巧克力甜圈。他看看表,正好十点。根据日程安排,麦克迪尔此刻正在税务法庭参加一个简短的听证会。那是一个很短的听证会,法庭官员告诉过塔兰斯。他等着。

法庭上的事从来就不会有短的时候。一小时后,塔兰斯贴近窗户,审视着远处的行人。当米奇在大街对面出现时,塔兰斯急步走上前去。

米奇见到他，愣了一下。

"你好，米奇，一起走一程不介意吧？"

"当然介意，塔兰斯。这很危险，你不觉得吗？"

他们快步走着，谁也不看对方。"瞧，那边有家商店，"塔兰斯指指右边说，"我想去买双鞋子。"他们走进了那家鞋店。塔兰斯走到窄道里，在两旁的橱柜里摆满了仿羚羊皮鞋，两双4.99美元。米奇跟着他走进去，挑了双10号的鞋子。职员和几个韩国人奇怪地望着他，但没说什么。他们透过鞋架望着大门口。

"局长昨天打电话给我，"塔兰斯悄悄地说，"他问到你的情况，说现在你该做出决定了。"

"告诉他我还在考虑。"

"你对办公室里那些人说了吗？"

"没有，我还在考虑。"

"那就好。我想你是不会告诉他们的。"塔兰斯递给米奇一张名片，"请收好。背后有两个电话号码，在公用电话亭随便打哪一个都成。电话会录下你的口信，你只要告诉见面的确切时间和地点就可以了。"

米奇把名片装进口袋里。

突然，塔兰斯低下了头。"怎么回事？"米奇问。

"我想我们被盯梢了，刚才一个家伙走过店门口时，朝里面望了望。听着，米奇，好好听着。现在跟我出去，一出店门，你就对我大吼，叫我滚蛋，并且用力推开我。我会装出要打架的样子，你就往你公司的方向跑。"

"你会把我害惨的，塔兰斯。"

"照我说的做，一到公司，你就马上向合伙人报告，告诉他们我正在逼你，你尽快跑开了。"

到了门口，米奇出乎意料地猛地推开塔兰斯，嚷道："滚你的蛋！别缠着我！"他跑了两个街区，到了龙宁街，然后朝本迪尼大厦走去。他在一楼的男洗手间停下来喘了口气，从镜子里看着自己，用力做了十次深呼吸。

埃弗里正拿着电话，电话上两盏指示灯不停地闪亮着。一个秘书拿着本子坐在长沙发上，准备随时记下突如其来的指示。米奇进来看着她说："请你出去一下，好吧？我有事要和埃弗里单独谈谈。"她站起身，米奇把她送到门口，然后随手关上了门。

埃弗里定睛看着他，挂上了电话。"出了什么事？"

米奇站在沙发边。"刚才我正从税务法庭回来，联邦调查局的人又来烦我了。"

"妈的！是谁？"

"还是那个叫塔兰斯的家伙。"

埃弗里边拿起电话，边问："在什么地方？"

"在商业大街，我一个人走着，心里正想着公司里的事，这时……"

"自从那次以后，这是不是他第一次来找你？"

"是的。起初我没认出那家伙。"

埃弗里对着话筒说："我是埃弗里·托勒。我要立刻和奥利弗·兰伯特说话。……我不管他是不是在打电话。叫他立即接我的电话。"

"怎么啦，埃弗里？"米奇问。

"喂，奥利弗，我是埃弗里。抱歉，打扰你了。米奇·麦克迪尔在我的办公室。几分钟前，他从联邦大厦回来的时候，突然一名联邦调查局的特工在商业大街接近他……什么？是的，他刚进我的办公室向我报告……好，好，我们五分钟内过去。"他挂上电话，"别紧张，米奇，以前我们见过这种事。"

"我知道，埃弗里，可我搞不懂，他们为什么老要缠着我呢？我只是公司里的一个新人。"

"没有什么，米奇，只是骚扰而已。"

米奇走到窗前，望着远方的密西西比河。埃弗里是个不动声色的撒谎家，现在他会说，他们是故意跟我们公司作对。别紧张，米奇。能不紧张吗？现在调查局局长亲自出马，派了八名特工侦查此案。能不紧张吗？刚刚有人看见他在一家鞋店跟联邦调查局特工搭话，现在他得装作一个惨遭联邦政府的邪恶势力骚扰的无辜人，骚扰？他到法庭例行公事的时候，公司的人干吗要跟踪他？能回答吗，埃弗里？

"你被吓坏了，是吧？"埃弗里拍着他的肩问道。

"倒也没有，自从洛克上次向我说明后，我只是希望他们不再来烦我。"

"这事很严重，米奇，别看得那么轻松。我们去找兰伯特吧。"

米奇跟在埃弗里身后，拐过角落，穿过过厅。一个身着黑色西服的陌生人替他们开了门，然后关门而去。兰伯特、纳森·洛克和罗伊斯·麦克奈特都站在小会议桌旁。像上次一样，桌上放着一台录音机。米奇在它对面坐下。"黑眼睛"洛克坐到桌子的一头，瞪着眼注视着米奇。

洛克说话时令人惧怕地蹙着眉。房间里没有一张笑脸。"米奇，自从八月份塔兰斯第一次找你以后，联邦调查局还有没有其他人来找过你？"

"没有。"

"你肯定吗？"

米奇拍着桌子说："见鬼！我说过没有！你非要逼我发誓吗？"

洛克惊呆了，在场的人全都惊呆了。房内足足沉默了三十秒。米奇瞪着洛克,洛克不经意地摇摇头,算是让步了。

兰伯特出来打圆场地说:"算啦,米奇。我们知道这不好受。"

"这话对极了,我讨厌这一套。我忙着自己的事,一周干了九十个小时,我别无他求,只想做个好律师,成为公司的真正一员。不知道为什么,联邦调查局的人老是缠着我。诸位,我想让你们就此做些解释。"

洛克揿下录音机上的红色按键。"这事我们等会儿再谈。首先,你把事情发生的经过一五一十地说一遍。"

"经过很简单,洛克先生。上午十点,我到联邦大厦旁听麦尔科姆·德雷尼的案子,大约在那里待了一个小时,完事后便离开了联邦大厦。我正赶回公司,是急匆匆地赶,我得补充一句。当我走到离尤宁街两个街区时,塔兰斯这家伙不知从哪儿钻了出来,抓着我的膀子把我推进了一家商店。一开始,我极力想挣脱,可他毕竟是联邦调查局的特工。我又不想大吵大闹让人看热闹。在店里,他对我说想和我谈谈。我推开他,跑到门口。他跟上来,想再次抓住我,我一把推开了他。然后我跑回来,直接跑到埃弗里的办公室,然后就到了这里。全部经过就是这样,我一五一十都说了。"

"他想谈什么呢?"

"我根本就没给他开口的机会,洛克先生。我可不想和联邦调查局的特工谈什么,除非他出示传票。"

"你肯定他还是那个特工吗?"

"我想是的。起初我没认出他,八月以后我再也没有见到过他。一进商店,他就亮出警徽,说出了他的名字。就在这时,我跑了。"

洛克按下另一个按键,坐回椅子里。兰伯特坐在他身后,还是那么和蔼地笑着:"听着,米奇。这事我们上次就解释过了。这帮家伙胆子是越来越大了。在上个月,杰克·阿尔德里奇在第二街吃午饭的时候,也曾被他们骚扰过。我们不清楚他们究竟要干什么,不过塔兰斯真是发了疯。这完全是骚扰。"

米奇看着他的嘴唇在动,但一句话也没听进去。此刻,他想到了霍奇和科津斯基以及在葬礼上见到的他们可爱的妻子。

洛克清了清嗓子。"这事很严重,米奇。我们也没有什么好隐瞒的。他们要是有什么怀疑,最好花时间去直接调查我们的客户。我们是律师,也许替某些钻法律空子的人做了事,可我们自己并没有做什么错事。"

米奇笑笑摊开双手。"你们要我做些什么呢?"他很诚恳地问。

"你做不了什么的,米奇,"兰伯特说,"只是要离那家伙远一点。他一看到你,你就跑。哪怕他只是望望你,都要立即报告。"

"他正是这么做的。"埃弗里袒护地说。

米奇尽可能显出一副无辜的样子。

"你可以走啦,米奇,"兰伯特说,"有事随时报告。"

米奇独自离开了兰伯特的办公室。

德法歇在办公桌后来回踱着。"他在撒谎,告诉你们,他在撒谎。这狗娘养的在撒谎。我知道他在撒谎!"

"你手下人看到了什么?"洛克问。

"我手下人看到的有点不同,大不相同。他说米奇和塔兰斯静静地走进鞋店。塔兰斯没有武力胁迫,丝毫也没有。塔兰斯走上前去,他们说了话,两个人倒像是一齐走进店里的,然后突然不见了,三四分钟后才出来。另一个我们的人经过店门口,朝里望时,并没看到里面有什么迹象。显然他们发现我们的人,因为不出几秒钟,他们飞快冲出来,米奇还推着嚷着,我认为其中必有问题。"

"塔兰斯有没有抓住他的膀子,把他推进店里?"洛克慢慢地、一字一顿地问。

"完全没有。问题就在这里。麦克迪尔是自愿进去的。他说那家伙抓了他，分明是在撒谎。我手下人说，他们要是没发现我们的人，也许会待上好一阵的。"

"但你也不能肯定啊。"纳森·洛克说。

"我是不能肯定。见他妈的鬼。他们又没请我到店里去。"

德法歇继续踱着步子，其他人眼睛盯着地面。

最后，兰伯特说："听着，德法歇，很可能米奇说的是真话，也许是你的人搞错了。这是很有可能的。在事情没有搞清楚前，我们先假定他是无辜的。"

德法歇低声抱怨着。

"你们知道他们在八月份后还有什么别的接触吗？"罗伊斯·麦克奈特问。

"我们不知道，但这并不能表示他们就没有，是不是？上回不也是，几乎到了不可收拾的地步，我们才知道他们两个的情况。我们也不可能一步不离地盯着他们。那是绝对不可能的。"

德法歇在书橱边来来回回走动着，显然是在沉思。"我得同他谈谈。"他终于说道。

"谁？"

"麦克迪尔。是我和他谈谈的时候了。"

"谈什么？"兰伯特不安地问。

"你让我来处理，好不好？别碍我的事。"

"我想现在还为时过早。"洛克说。

"不管你们怎么想，我是不会让步的。要是让你们这帮人负责保安工作，我们早就进了监狱了。"

米奇关着门，坐在办公室里，愣愣地望着墙壁。偏头痛越来越厉害，他感到恶心。这时有人敲门。

"进来。"他轻声说。

埃弗里伸头进来，然后走到桌前。"吃午饭去，怎样？"

"不，谢谢。我不饿。"

埃弗里把手插进裤子口袋里，和蔼地笑着。"得啦，米奇，我知道你很担心。我们去休息一下吧。我有个约会，这就进城。下午一点你到曼哈顿俱乐部来见我。我们一边慢慢吃，一边好好谈谈。我替你要好了大轿车。它一点差一刻在外面等你。"

米奇勉强地笑了笑，似乎对此很感动。"好吧，埃弗里。恭敬不如从命。"

"那好。一点见。"

一点差一刻，米奇推开大门，朝轿车走去。司机开了门，米奇坐进车里。车后座坐了一个秃顶的矮胖男人。他伸出一只手。"我叫德法歇，米奇。很高兴见到你。"

"我没上错车吧？"米奇问。

"当然没有，别紧张。"司机开动了车子。

"你有什么事吗？"米奇问。

"你先好好听着，我得跟你谈谈。"司机把车子开上了沿河大道，朝赫南多·德素多大桥驶去。

"我们要去哪儿？"米奇问。

"兜兜风。别紧张，年轻人。"

莫非……是不是第六个，米奇心想。是这么回事。哦不，等等。他们要杀人，不会用这种手段的。

"米奇，能叫你米奇吗？"

"当然啰。"

"很好。米奇，我负责公司的保安部，我——"

193

"公司要保安部干什么？"

"听着，年轻人，我会解释的。公司拥有完备的保安系统，这得感谢老本迪尼。我的职责是维护公司的安全，坦率地说，我们对联邦调查局找你这件事很不放心。"

"我也是。"

"嗯。我相信，联邦调查局想渗透到公司里来，弄到某些客户的情况。"

"哪些客户？"

"那些有逃税嫌疑的大人物。"

米奇点点头，看着桥下的河水。此刻他们到了阿肯色境内，孟菲斯在他们身后渐渐消失了。德法歇暂时停止了谈话，双手叠放在腹部。米奇等待着。轿车开到了对岸，在一条乡野土路上绕了一圈后掉头向东行驶，然后上了一条石子路，沿着河畔的一片低洼的豆田走了一英里。孟菲斯顿时重现在眼前，隔河可望。

"我们在去哪儿？"米奇有点警觉地问。

"别紧张，我想给你看样东西。"

肯定是去看墓地，米奇心想。轿车在一座悬崖上停下，十英尺的下边是一块挨着河岸的沙洲。楼群的轮廓清晰地矗立在对岸。本迪尼大厦的楼顶隐约可见。"下去散散步吧。"德法歇说。

"上哪儿？"米奇问。

"走吧，没事的。"德法歇开了门，走在车后，米奇跟在后面。

"正如我刚才所说，米奇，联邦调查局和你接触这事使我们很不安。你要是理睬他们，他们就会变本加厉，鬼才知道这帮傻瓜会干出些什么事来。你绝对不能再跟他们说话，明白吗？"

"嗯，在八月份的那一次后，我就明白了。"

蓦地，德法歇转过身对着他，狰狞地笑着。"我有样东西会让你老实的。"他伸手从运动服里掏出一只信封。

"看看这个吧。"他狞笑着说，随后便走开了。

米奇靠着轿车，神情紧张地拆开了信封。里面放着四张黑白照片，8×10英寸，清清楚楚，是他和那姑娘在海滩上的照片。

"噢，天哪！什么人拍的？"米奇朝他嚷道。

"谁拍的还不是一样？是你，没错吧。"

照片上是谁还用问吗！？他把照片撕得粉碎，朝德法歇扔了过去。

"我的办公室里多着呢，"德法歇平静地说，"多得是。我们并不想动用它们，不过你要是再跟联邦调查局的人说半句话，我就把它们寄给你妻子。怎么样，愿意那么做吗，米奇？想想看，你漂亮的妻子到邮箱取信件，却意外地收到了这些照片，是什么滋味，好好想想吧，米奇。下次你再陪塔兰斯买便宜鞋子时，想想我们吧，因为我们随时都在盯着你。"

"哪些人知道这事？"米奇问。

"我和拍照的，现在还有你。公司里没人知道，我也不打算告诉他们，不过你要是胆敢再犯，我想它们就会传遍公司。我做事一向是心狠手辣，六亲不认的，米奇。"

他瘫坐在行李箱上，揉着太阳穴。德法歇走到他身边。"听着，年轻人，你是个精明的小伙子，'钱'途无量。最好不要再逞能了。就像别人一样，安分守己，好好工作，买新车、新房子，生儿育女，不好吗？不要充什么英雄好汉啦，我可不想动用那些照片。"

"好的。好的。"

21

米奇和艾比在平静中度过了十七个日夜。韦恩·塔兰斯没有来打扰过他们。日子一如既往地过着。到了第十八天，出现了新的转机。晚上九点，米奇已经筋疲力尽，打算下班回家。他已连续干了超过十五个小时。像往常一样，他走到二楼门厅，然后上了三楼，看看每间办公室里还有什么人在工作。三楼没有一个人。他到了四楼。只有一间灯还亮着，罗伊斯·麦克奈特正在加班。米奇轻手轻脚地从他办公室门口走过，没被发现。埃弗里办公室的门关着，米奇拧了拧门把手，门是锁着的。他又走进图书室，找几本他其实并不需要的书。经过两周的观察，他发现，过道和办公室里没有闭路电视摄像装置。他断定，他们只能听。是监听而不是监视。

在门口和达奇道过晚安，米奇便驱车回家了。艾比并不知道他提前回来。他悄悄锁好车棚，蹑手蹑脚走进厨房，开了灯。艾比正在卧室里。在厨房和书房之间，有一个狭小的过厅，厅里摆着一张拉盖书桌，那是艾比平日放邮件的地方。他轻轻把手提包放到桌上，一眼看到一只牛皮纸大信封。上面用黑墨笔写着艾比·麦克迪尔收，"内有照片，勿折"，而且未署寄信人的姓名地址。他一愣，几乎连呼吸也停止了。他抓起信封一看，信已经拆过了。

他的额头上渗出了一层冷汗，直感到口干舌燥，心跳得像只发怒的气锤。沉重的喘息使他想昏厥过去。慢慢地，他拿着信封，后退几步，离开了桌边。他心想：艾比肯定在床上，又伤心，又绝望，痛苦不堪。他揩揩额头的冷汗，竭力使自己镇静下来。他对自己说，要像个男子汉的样子，正视现实。

艾比躺在床上，正在看一本书。米奇推开卧室的门，艾比吓得挺起身，正要大声喊叫时，她认出了他。

"你吓了我一跳，米奇。"

她的双眼闪动着先是恐惧而后是兴奋的光亮，看上去很正常，不像哭过的样子，既看不出痛苦，也看不出怨愤。他不知说什么好。

"怎么这么快就回来啦?"她坐直身子,笑着问道。

为什么笑?"我不是住在这里吗?"他轻声轻气地说。

"为什么不先打个电话回来?"

"难道我得先打电话才能回家吗?"此刻,米奇的呼吸慢慢地正常了。艾比不是挺好吗。

"先来个电话自然好些。过来,亲我一下。"

他凑到床边,俯身亲了亲她。他把信封给她。"这是什么?"米奇若无其事地问。

"鬼才知道。信是寄给我的,可里面空空的什么都没有。"她合上书,放到床头柜上。

什么都没有!他开心地笑了,又亲了她一下。"有没有什么人该给你寄照片来?"米奇轻松地问。

"没有啊,必定是搞错了。"

此刻,米奇仿佛听见德法歇在五楼上哈哈大笑的声音,放肆的笑。

"这就怪了。"米奇说。艾比套上一条牛仔裤,朝后院指指。米奇点点头。他们的暗号就这么简单:朝院台方向匆匆一指或者点点头。

米奇把信封放到桌上,摸摸上面的字迹。这也许是德法歇的手笔。米奇几乎可以听到德法歇的笑声,可以看见他那张胖脸上猥琐的模样。照片也许早就在午餐桌上传开了。米奇甚至可以看到兰伯特、麦克奈特和埃弗里一边喝着咖啡、吃着甜点,一边怔怔地对着照片发愣。

他们最好还是好好欣赏一下照片吧,妈的!最好赶紧享受享受这最后的时光。他们辉煌、富裕、快乐的法律生涯没几个月就要到头了。

艾比走到米奇身边,米奇一把捉住她的手。"晚饭吃什么?"为了

197

糊弄窃听的人。他故意问道。

"我们何不到外面去吃一顿。你提前一个小时到了家,应该庆祝一下才是。"

他们穿过书房时,米奇说:"好主意。"说着,两个人轻手轻脚出了后门,经过院台,走进茫茫的夜色里。

"这是什么?"米奇问。

"多丽丝寄来的信,今天到的。信上说她正在纳什维尔,打算二月二十七日回孟菲斯。她要见你一面,说是有要事。信很短。"

"二十七号!那不是昨天吗?"

"就是呀。我猜她已经在城里了。真不知道她想要干什么?"

"是啊,我还不知道她住在哪里呢?"

"她说她丈夫在这座城市工作。"

"很好。她会找到我们的。"米奇说。

纳森·洛克关上办公室的门,对德法歇指了指窗边的一张小会议桌,示意他坐下。这两个人一向互相仇恨,没半点热诚的表示。不过,公事毕竟是公事,况且,他们听命于同一个人。

"拉扎洛夫要我单独跟你谈谈,"德法歇说,"这两天在维加斯,我一直和他在一起。他很着急。大家都很着急,洛克。在这儿,他最信任你。你我之间,他更喜欢你。"

"那可以理解。"洛克面无笑容地说,两眼盯住德法歇。

"有几件事,他要我们无论如何得商量一下。"

"我听着。"

"麦克迪尔在撒谎。拉扎洛夫总是吹嘘他在联邦调查局内部有暗探,这你是知道的。自然,我一向不相信他的话,现在还是不信,不过,听拉扎洛夫说,他的内线告诉他麦克迪尔与联邦调查局的头面人物见过面。"

"你信吗？"

"我信不信并不重要，要紧的是拉扎洛夫信。他要我无论如何拟一个收拾那小子的初步计划。"

"他妈的，德法歇！我们不能老是想着把人除掉。"

"只是初步计划，没什么了不得。我对拉扎洛夫说过这么做为时太早，也许那只是个误会。但他们很担心，洛克。"

"不能再干这种事，德法歇。我的意思是，见他的鬼去！我们得替自己的声誉着想。我们的事故死亡率太高了，比油田事故还要高，人们会议论的。再这么干下去，再没有哪个头脑正常的法学院毕业生愿到这里来工作了。"

"我想你大可不必操那份心。拉扎洛夫已决定冻结进人，他让我转告你。他还想知道有多少普通律师对公司的事一概不知。"

"五个吧，我想。是林奇、索雷尔、邦汀、迈耶斯，还有麦克迪尔。"

"麦克迪尔不算。拉扎洛夫深信他知道的比我们想象的要多。你能确信其他四个真的一无所知？"

洛克想了想，低声咕哝说："这个嘛，我们什么都没告诉过他们。你手下的人又是窃听又是跟踪，你们听到什么了没有？"

"什么都没听到。从他们四个一言一行看，他们好像什么疑心也没有。你能把他们解雇吗？"

"解雇？他们是律师，德法歇！你不能解雇律师。何况他们是公司忠实的成员。"

"公司正在改变政策，洛克。拉扎洛夫要解雇不知情的，同时停止招收新人。很明显，联邦调查局改变了策略，那我们也该变一变。拉扎洛夫要我们有漏洞堵漏洞，没有漏洞则防患于未然。我们不能眼睁睁坐等联邦调查局的人把我们的人一个个拉走不管啊。"

"解雇他们，"洛克怀疑地重复说，"公司还从未解雇过律师。"

"很动听，洛克。我们干掉了五个，却从未解雇一个。这确实很棒。你有一个月时间来找理由。我建议你把四个同时解雇。就说你丢了一笔生意，情况不景气，只好裁人。"

"我们只有客户，没有生意。"

"那好。你最大的客户要你解雇林奇、索雷尔、邦汀和迈耶斯。开始计划吧。"

"我们为什么解雇他们而不解雇麦克迪尔呢？"

"你会想出个什么理由的，纳特，你还有一个月的时间。撵走他们，不要再雇新人。拉扎洛夫要的是一个能抱得很紧的小团体，里面的每个成员都值得信任。他有点害怕，纳特，怕得快发疯了。如果你手下的哪个人又出了差错，他会怎么样，这不用我说你也知道吧？"

"是的，我知道。他打算拿麦克迪尔怎么办？"

"眼前还不打算拿他怎么办，按兵不动。我们仍旧对他全天二十四小时监视。那小子至今对妻子也只字未提。只字未提！他两次受到塔兰斯的拦截，两次都向你报告了。不过，我还是认为第二次总有点蹊跷。而且，拉扎洛夫坚持说麦克迪尔在华盛顿和联邦调查局的人见过面。他正在设法查实。他说他的内线不太清楚，不过正在探听。要是情况属实，拉扎洛夫肯定要我从速采取行动。所以，他要我现在就想出除掉麦克迪尔的初步计划。"

"你打算怎么干？"

"现在还为时过早，我还没认真想过。"

"你知道吧，两周后他就要带妻子去开曼度假。老规矩，他们将住在公司的一套公寓里。"

"我们不会再在那儿下手的，那太容易让人疑心了。拉扎洛夫指示我,设法让她怀孕。"

"麦克迪尔的太太?"

"对。他想要他们有孩子,这样就好控制他们。艾比一直在吃避孕药。我们得设法摸进她家里,用一模一样的安眠药换掉避孕药。"

洛克那双大黑眼里掠过一丝凄凉,他望着窗外,轻声问道:"到底怎么啦,德法歇?"

"这地方眼看就要变了,纳特,看来,联邦调查局对这地方特别有兴趣,恨不得把公司连锅端掉。天晓得哪一天,你手下的哪个小伙计弄翻了船,到那时,你们只有逃命的份儿了。"

"我不相信,德法歇。这里的律师不会为联邦调查局的几个臭许诺,拿自己和家人的性命开玩笑。我根本不相信会有这一天。这些小伙子,都是聪明人,他们在这儿可以赚到数不清的钱。"

"但愿你是对的。"

22

房屋经纪人斜靠在电梯间里,从背后欣赏着那件黑色皮质迷你裙。他的目光顺着裙子往下移,只见裙下是一双黑色真丝长筒袜配上一双黑色高跟鞋。那是双古里古怪的鞋子,鞋头上有个小小的红色蝴蝶结。他的目光又顺着丝袜移过皮裙,欣赏那圆润丰腴的臀部,接着继续往上,落到了红色开司米背心上。他刚才在门厅里就注意过她。她的一头过肩黑发,与背心的鲜红相衬成趣。他知道他可以拥有这个女人。他想把她留在这幢楼里。她只需要一套小小的办公室罢了。房租嘛,可以商量。

电梯停住了,门开后,他跟在她身后,走进狭窄的过道。"往这边走。"他指了指,随手按亮电灯。到了拐角,他一步跨上前,将钥匙插入破旧木门的锁孔里。

"正好两间房。"他说着,又开亮了一盏灯。"大约两百平方英尺。"

她径直走到窗前。"景致倒是不错。"塔米说,凝视着远方。

"嗯,景致美极了。地毯是新的,房子去年秋天刚粉刷过。洗手间在过道尽头。是个好住所啊。这八年间,整座楼都翻修过了。"他盯着她的腿说。

"是不错。"塔米说,仍旧凝视着窗外,"这地方叫什么名字?"

"棉花交易大厦。孟菲斯最古老的楼房之一,地段实在棒极了。"

"房租呢?"

他清清嗓子,把一个文件袋举到眼前,但此时,他并没有去看,而是盯着她的皮鞋。"当然,这套办公室不算很大。你说你要用它干什么?"

"做秘书工作,自由职业秘书工作。"她走到另一扇窗前,没理会他,而他亦步亦趋地紧跟其后。

"我明白了,你要租多长时间?"

"六个月,一年也行。"

"好的。六个月的话,月租三百五十美元。"

她既没退缩,也没从窗外收回目光。她从鞋里抽出右脚,摩挲着左腿肚子,露出了那红色的脚指甲!接着她臀部往左侧一扭,身子靠在窗台上,看着他手里抖动的文件袋。

"我出二百五十美元。"她坚决地说。

他清了清喉咙,太贪心是没道理的。那两个小房间原是块废地方,对别的任何人都毫无用处,好几年都一直空在那儿。这幢楼也许需要住一个秘书。

"三百美元,不能再少。这幢楼很抢手,眼下,90%都租出去了。

三百美元一个月,这真是太低了,连管理费都不够。"

她蓦地转过身,哎哟,那对被开司米背心紧紧包裹着的大乳房仿佛在怒视着他。"广告上不是说有配好了家具的办公室吗?"她说。

"我们可以马上配。"他说,一副急于合作的样子,"你还需要什么?"

她环视了一下办公室。"我想在这儿放张办公桌,几只文件柜,两把给客人坐的椅子。华丽的东西一概不要。另一间就不必配什么家具了,我要在里面放台复印机。"

"没问题。"他笑着说。

"配好了家具,我付你三百美元一个月。"

"好的。"他说着打开文件袋,抽出一张空白租约开始填写。

"你尊姓大名?"

"多丽丝·格林伍德。"这是她母亲的姓名。在嫁给亨普希尔(他后来合法地更名为埃尔维斯了)之前,她一直叫塔米·伊内兹·格林伍德。婚后的日子每况愈下。她母亲住在伊利诺州的埃芬汉。

"好的,多丽丝。"他极力讨好地说,似乎他们一下子亲密起来了,到了可以直呼其名的程度。"家庭住址?"

"问这个干什么?"她气冲冲地问。

"听我说,唉,只是表上有这一栏而已。"

"这不关你的事。"

"好,好,不问。"他故作姿态地从租约上把那一条划掉了,犹豫了一下,说:"我们明确一下吧。从今天,三月二日开始,租期六个月,到九月二日。没错吧?"

她点点头,点了支烟。

他接着说:"我们要预收三百美元押金和第一个月的房租。"

她从紧身黑皮裙口袋里抽出一叠现钞,数出六张一百的,放到桌子上。"请打张收条。"

"那当然。"他接着写了起来。

"我们是在几楼?"她问,又转身看着窗外。

"九楼。每个月超过十五号不交租金我们加收 10% 滞延金。我们有权在任何合理的时间内进房检查。房内不可进行非法活动。水电费和保险费由我们付。街对面的停车场你有块停车的地方。这是两把钥匙。有什么问题吗?"

"有,我要是加班加点地工作,行吗?我是说,通宵达旦地干。"

"没问题,你可以来去自由。天黑以后,走沿河大街那扇门,门卫会让你进出的。"

塔米嘴上叼着香烟,走到桌前。她扫了租约一眼,犹豫了一下,签上了多丽丝·格林伍德的名字。

次日正午,那几件不成套的家具搬进了格林伍德事务所。多丽丝·格林伍德把租来的打字机和电话安置在秘书桌上。她坐在打字机前,只要朝左边的窗户望出去,就能看到大街上的行人和车辆。桌子抽屉里塞满了打字纸、拍纸簿、铅笔和一些零碎的玩意儿;文件柜里放满了杂志;两把为主顾准备的椅子中间放了一张小桌子。

这时,有人敲门。"谁呀?"她问。

"送复印机的。"

塔米开了锁,拉开门。一个名叫戈蒂的矮个头男人走了进来,粗声粗气地说:"要放在哪里?"

"放在那儿。"塔米指指空荡荡的里间说。有两名身穿蓝工作服的工人推了一部放着复印机的手推车进来。

戈蒂把文件放在塔米的办公桌上,说:"这台复印机自动进纸,自动整理,一分钟能复印九十份,还不妨碍你聊天。"

"在哪儿签名?"她没理会他的闲谈。

戈蒂用钢笔指了指。"六个月，月租二百四十元，包括修理、保养费和头两月的五百张纸钱。你是要大号纸还是小号的？"

"大号的。"

"每个月十号付账。操作手册在架子上。有什么问题随时给我打个电话。"他说着撕下黄色租约存根联，递给塔米。"多谢租用。"

他们走后，塔米随即锁好门，走到窗边朝北望去，沿河大街尽收眼底。对面两个街区以外，本迪尼大厦的四楼和五楼清晰可见。

米奇埋头于书本和文件堆里，除了拉马尔，不与任何人来往。他很清楚，自己的落伍并不是没有引起别人的注意。于是，他更加玩命地工作。如果他一天能开出二十小时的账单，他们也许就不会起疑心了。钱也许能把他与外界隔离起来。

午饭后，尼娜收工时留下一盒冰凉的比萨饼。米奇边吃边整理着桌子。他给艾比打了电话，说他要去看看雷，星期天晚些时候再回孟菲斯。打完电话，他轻手轻脚地出了侧门，到了停车场。

米奇沿着40号州际公路，疾驶了三个半钟头，眼睛一刻都没离开过后视镜。他什么也没发现，未曾看见有人跟踪。也许他们就在前面，在什么地方等着他。到了纳什维尔，他蓦地驶进闹市区。凭着他事先画好的地图，他忽而冲进忽而冲出疾行的车流。到了城南，他匆忙拐进一个大型公寓区内。这儿可真不错啊。他把车停到停车场，打公用电话要一辆出租车，在两个街区以外等他，他跑到指定地点时，出租车也同时到达。"灰狗长途车站，"他对司机说，"开快点，只剩十分钟了。"

"放心，老弟，只有六个街区远。"

七分钟后，车到了车站门口。米奇扔下两张五美元钞票，飞速冲进了车站大厅，买了一张四点半开往亚特兰大的单程票。此时，墙上的钟指向四点三十一分。售票员指着旋转门那边说："454次客车，马上就要开了。"

司机用力关上行李箱，接过车票，跟在米奇身后上了车。前三排坐满了上了年岁的黑人，还有十几名乘客零零落落地坐在后面。米奇在过道上慢慢走动着，注视着一张张脸，没有一个是他要见的人。他在倒数第四排的窗边坐下，戴上一副墨镜，扫了一眼身后。没有他要见的人。见鬼！莫非是上错了车？汽车急速地行驶着。下一站是诺克斯维尔，也许接头人在那儿等他？

车子开上了州际公路时，一个身穿蓝色牛仔裤的男人溜到米奇身旁坐了下来。此人正是塔兰斯。米奇松了一口气。

"你藏在什么地方了？"他问。

"洗手间。甩掉他们了？"塔兰斯一边低声说，一边细看着乘客们的后脑勺，确信没人在听，也没人能听见。

"我没看见他们，塔兰斯，因此，也就谈不上是不是甩掉了他们。不过我想，这一回要想跟上我，他们非得有三头六臂才行。"

"你在车站见到我们的人了？"

"嗯，在电话亭旁边戴红帽的那位黑皮肤东部佬。"

"就是他。要是有人跟踪你，他会打暗号通知的。"

"他示意我朝前走。"

塔兰斯戴着反光墨镜和一顶绿色棒球帽。

"你今天衣着太随便了吧？"米奇一本正经地说，"沃伊利斯允许你这么穿吗？"

"我忘了请示他了。上午我再对他说一声。"

"星期天上午？"米奇问。

"当然。他很想知道我们谈得如何。出城前，我跟他通过电话。"

"好啦，一件一件地谈，我的车子怎么办？"

"几分钟后我们的人会把它开走,并把你的车照料得好好的。到了诺克维尔,你要用时,它就会出现在你跟前。别担心。"

"你不认为他们会发现我们吗?"

"不可能。你一出孟菲斯,谁都没能盯上你,我们在纳什维尔也没发现任何可疑迹象。你绝对安全。"

"恕我多虑。但鞋店那次不是出了纰漏吗?"

"那是出了点错。我们……"

"是大错,险些使我做了第六个冤鬼。"

"不过你糊弄得很好。这种事不会再发生了。"

"向我保证,塔兰斯,保证在公共场所不要再接近我。"

塔兰斯看着通道,点点头。

"不行,塔兰斯,我要听到你亲口说出来。"

"好,好,我保证这种事不会再发生了。"

"谢谢。这下我也许可以好好地在一家餐厅用餐,不用担心随时被什么人逮住。"

"你如愿以偿了。"

一个老年黑人拄着拐杖朝他们这边一步一步挪来,笑着走过他们身边。洗手间的门关上了。

塔兰斯翻动着一本杂志,米奇凝视着乡野,拄拐杖的老人办完事,回到前排座位上。

"你是怎么想到坐长途客车的?"塔兰斯翻着书页问。

"我不喜欢坐飞机,我一向都坐汽车。"

"是这么回事。你想从哪儿谈起?"

"沃伊利斯说你订了周密的行动计划。"

"不错,计划我是有,缺的只是一个主攻选手。"

"出色的选手要价都很高啊。"

"我们有的是钱。"

"比你想象的可要高得多。你知道,要我和你们合作,等于要我抛弃四十年的法律生涯,每年平均总能赚五十万吧?"

"那就是两千万美元!"

"是的,不过,我们还可以商量。"

"很高兴你这么说。但是,你的前提是你要从业四十年,那是相当靠不住的。随便开个玩笑吧。假定再过五年,我们抄了公司,拿到了确凿的证据,把你连同你所有的弟兄全都关进监狱,想想那会怎么样?你就永远失去了你拥有的一切:从业执照、房子、小车,甚至你的妻子。"

"我说过,价钱还可以商量。"

"那好,我们这就商量商量。你想要多少?"

"那要看你要什么?"

"问得好!"塔兰斯说,声音低低的正好盖过柴油机的嗡鸣声,"我们要什么?问得好。首先,你得放弃你的律师生涯;你必须泄露你的客户的秘密。其次,也是最重要的一点,你得给我们足够的文件作为证据,我们才能起诉公司每一个成员以及莫罗尔托家族大多数头面人物。这证据就在沿河大街的那幢小楼里。"

"你是怎么知道的?"

塔兰斯笑笑。"因为我们花费了数十亿美元来打击有组织的犯罪。我们对莫罗尔托家族盯了二十年,在那个家族里有我们的内线。可别低估了我们,米奇。"

"你认为我能把那些证据弄出来?"

"是的,大律师先生。你可以从内部准备一场诉讼来摧毁公司,把这个国家的一个最大的犯罪家族毁掉。你得替我们摸清公司内部的布局。谁的办公室在什么地方?所有秘书、职员和律师助理叫什么名字？什么人处理哪项业务？谁有什么样的客户？还有整个指挥系统的情况。五楼上是些什么人？在那儿干什么？文件都藏在什么地方？有没有一个中央贮藏系统？有多少文件由计算机处理？多少贮存在缩微胶卷上？还有，最要紧的是，你得把这些东西全弄出来，交给我们。一旦有机会，我们就会派人进去搜查。不过，要走到那一步，实在是不容易啊。我们得先有确凿的证据，才能带着搜捕证闯入贼巢。"

"你们想要的就是这些？"

"不。在审判你所有的同事时，你还得出庭作证。也许需要好几年的时间。"

米奇深吸一口气，闭上了眼睛。出庭做证！他还未曾想过。只要花几百万，请几个最出色的辩护律师，审判将永无终日。汽车行驶了三十英里，这时米奇摘下太阳镜，看着塔兰斯。

"那我会怎么样？"

"你会得到许多钱。如果你有那么点道德良心，那你每天都可以问心无愧。你可以到这个国家的任何地方去生活，自然是以新的身份。我们会替你整容，替你找份工作。不论你要我们干什么，我们都会做的。真的，不骗你。"

米奇盯着塔兰斯。"道德良心？别再对我提那个词儿，塔兰斯。我是无辜的受害者，这你很清楚。"

塔兰斯苦笑着。

汽车又在他们的沉默中行进了几英里。

"我妻子呢？"

"噢，当然还是你的。"

"别逗啦。"

"对不起。她嘛，想要什么就做什么。她知道多少？"

"全都知道。"他想起了海滩上那姑娘，"哦，几乎全都知道。"

"我们可以替她在政府公共福利部门谋份肥差,任何地方都成。别把事情想得那么糟,米奇。"

"是啊,一切美不可言。不过,以后说不定什么时候,你手下什么人走漏了风声,到那时,你就可以在报上看到我或我妻子的死讯了。黑手党决不会忘记的,塔兰斯。他们比恶棍还恶劣。而且,他们比你身边的人更会保守秘密。你们这帮人丢掉过不知多少人的命,这你就不用否认了。"

"我不会否认的。而且我还可以向你承认,一旦他们决定要杀人,其手段高明得盖世无双。"

"谢谢。那我应该到什么地方去?"

"随你。目前,我们大约有两千名证人生活在全国各地,他们改了姓名,搬了家,换了工作。时机对你极其有利。"

"这么说,我得试一试?"

"是的,你可以跟我们合作,然后拿了钱就走,也可以不理我们照当你的大律师,过着提心吊胆的生活。"

"这真叫人左右为难啊,塔兰斯。"

"不错,而选择权在你手里。"

"谁是杰克·阿尔德里奇?"沉默了一刻钟后,米奇问。他疑心他们用此人打了掩护。他从眼角处仔细地瞟着对方,看他的反应。塔兰斯从书上抬起头,看着前面的座位。

"名字倒熟悉,人却对不上号儿。"

米奇重又凝视窗外。塔兰斯肯定认识,他听到这个名字时,怔了一下,眼睛也眯缝起来。

"你说他是谁?"塔兰斯终于问道。

"你不认识?"

"我要是认识,就不会问你了。"

"我们公司的一员。你应该知道啊,塔兰斯。"

"这座城里有那么多律师,你都认识吧。"

"本迪尼-兰伯特暨洛克公司,你们的人盯了七年之久的一个律师,我还是认识的。阿尔德里奇在公司六年,据说两个月前同联邦调查局接触过,有没有此事?"

"绝对没有。谁告诉你的。"

"这无关紧要。只是办公室里都这么传。"

"谎话。从八月以来,除了你,我们谁都没有找过,你应当相信我的话。我们也不打算跟别的人谈,当然,除非你拒绝。那样我们只好另找别人。"

"你们从来没有跟阿尔德里奇谈过?"

"不错。"

米奇点点头,拿起一本杂志。他们又沉默了半小时。最后,塔兰斯放下了小说。"听我说,米奇,再过个把小时就到诺克斯维尔了。如果我们打算合作的话,必须敲定个数目。沃伊利斯局长明儿一早会有千百个问题要问。"

"多少钱?"

"五十万。"

任何一个有经验的律师都知道对于头一次出的价一定得拒绝。于是米奇摇摇头,笑着面对窗外。

"我是不是说了什么令人发笑的话?"不是律师也不谙谈判之道的塔兰斯问道。

"太可笑了,塔兰斯。别指望用五十万就能让我离开一座金矿。交过税,我至多净得三十万。"

"那要是我们关闭金矿,把你们这帮自命不凡的大阔佬统统扔进监狱呢?"

"要是，要是，要是你知道这么多，为什么还不干出点名堂呢？沃伊利斯说你的这帮人盯了整整七年了，干得真不错呀，塔兰斯，难道你们动作不能快一点吗？"

"你想不想试试看，麦克迪尔？就算我们还要五年吧，怎么样？五年后，我们捣毁了那个黑窝，把你们关进牢里。到那时，费了我们多长时间还不是一样的结果，米奇。"

"对不起。我想我们是在协商，而不是在威胁吧！"

"我给你出过价了。"

"你的价出得太低了。你要我准备一场诉讼，把数以百计的罪证交给你，帮你破获全国最大的不良帮派，而你出的价又少得可怜。最少三百万。"

塔兰斯既没让步，也没反对。米奇知道还有回旋的余地。

"那可是个大数目呀，"塔兰斯轻轻地说，"我想我们还不曾付过那么高的酬金。"

"可你们付得起，对吗？"

"我很怀疑，我得和局长商量商量。"

"局长？我以为你在这事上是全权代表。难道说我们每件事都要和局长商量后才能达成协议？"

"你还要什么？"

"还有些想法，不过，钱的问题未解决好之前，暂时不谈。"

拄拐杖的那个老头子显然是肾脏不太好，他又站起身，朝车后部磕磕绊绊地走去。

八点差两分，"灰狗"在诺克斯维尔离开了州际公路。塔兰斯凑了过去，低声说："从车站正门出去，你会看见一个身穿橘黄色田纳西大学运动服的小伙子，他会一眼认出你，喊你'杰弗里'。你们要像久别的老友一样握手，他会把你送到你的车子跟前。"

"车子在什么地方？"米奇小声问。

"在校园的一幢宿舍楼背后。"

"查过有窃听器吗？"

"我想查过了。问问那位年轻人好了。你离开孟菲斯时，如果他们跟踪了你，现在一定很怀疑你上哪儿去。因此你应当先开到库克维尔。那里离纳什维尔大约还有一百英里。那儿有家假日旅店，你住一夜，明天再去看你兄弟。如果没事，我星期一上午再找你。"

"下一次汽车旅行定在什么时候？"

"你妻子的生日是星期二，你预先在民航街的那家意大利餐馆'格丽桑蒂'订好八点的席位。九点整，到酒吧间去，塞六枚两角五分的银币到售烟机里，随便买包什么烟。在出烟口的托盘里，你可以找到一盒磁带。然后买一台带耳机的小型单放机，到车里去听。千万不能在家里听，更不可在办公室里听，听时要戴耳机。让你妻子也听听。我的话录在磁带上，会告诉你我们给你的最高数目；我还要说明几件事情。听过几遍后，毁掉它。"

"这不是太麻烦了吗？"

"是的，为小心起见，在两周之内，我们不要再见面。千万别忘了录音带。"

"别担心。"

"你中学时橄榄球衫上的号码是多少？"

"14。"

"大学呢？"

"14。"

"好的。你的代号是1414。星期四晚上，找一台按键式自动付费电话，打7576000这个号码。你会听到一个声音指示你如何使用你的代码。一旦接通，你就可以听到我录下来的声音。我会问你一些问题。"

汽车进站了,停了下来。"我要继续坐到亚特兰大,"塔兰斯说,"两周之内,我不会去找你。如果出现紧急情况,用以前我给你的两个号码给我打电话。"

米奇站在通道上,俯视着特工。"三百万,塔兰斯,一分钱也不能少。你的这帮老兄既然能花几十亿打击有组织的犯罪活动,给我弄三百万肯定不在话下。再说,塔兰斯,我还有条路可走。我可以在深更半夜消失得无影无踪。那样的话,你就和莫罗尔托那帮人斗去吧。我呢,也许在加勒比海滩上度假了。"

"不错,米奇,你也许可以这样做,不过他们一周之内就能找到你,而我们也不可能在那儿保护你。再见,老弟。"

米奇跳下车,三步并作两步冲出了车站。

23

星期二上午八点三十分,尼娜把米奇那狼藉不堪的桌面整理得井井有条,看着约会记事簿说:"今天你真忙啊,麦克迪尔先生。"

米奇翻着文件说:"哪天都很忙。"

"十点整,你得去马汉先生办公室,商讨三角洲货运公司的起诉状。"

"我知道了。"

"十一点半,在托勒先生办公室开会。讨论格林布利亚尔公司解散的事。他的秘书通知我,会议至少需要两小时。"

"为什么要两小时?"

"我拿薪水可不是来问这些问题的,麦克迪尔先生,否则,会被炒鱿鱼的。三点半,维克多·米利根想见你。"

"什么事？"

"这个，麦克迪尔先生，我还是不该问的。还有，一刻钟后，你该到达弗兰克·马尔霍兰的办公室谈公事。"

"嗯，知道了。他的办公室在什么地方？"

"棉花交易大厦，离这儿四五个街区远，在沿河大街和尤宁街口附近。你从它门前走过一百回了。"

"好的。还有什么事吗？"

"午饭要不要给你带点什么回来？"

"不用啦，我在城里随便吃块三明治算啦。"

"好。你去马尔霍兰那儿要带什么吗？"

米奇指指那只沉重的黑色手提箱，没说什么。尼娜走了。过了一会儿，米奇穿过过道，走下楼梯，出了大门。他右手拎着那只黑色手提箱，左手提着暗红色公文包。这是暗号。

棉花交易大厦九楼上。格林伍德事务所的塔米·格林伍德从窗边缩回身子。她穿上外套，随手锁好门，按下电梯按钮，等着，等着一个会让她有生命危险的人。

米奇进了门厅，径直走向电梯。他没注意到什么可疑的人。他按下电梯按钮，等着。此刻这里只有他一个人。门开了，突然，一个衣冠楚楚的年轻人一步跨进电梯。米奇本指望独自一人上楼的。

马尔霍兰的办公室在七楼。米奇按下上七楼的按钮，没理会那个身穿黑西服的小伙子。电梯启动后，两个人都目不转睛地盯着门上方的指示灯不停地变动着数字。米奇轻轻挪到电梯里头，把沉沉的手提箱放在地上，紧挨着右脚，电梯升到四楼时，门开了，塔米神情紧张地走了进来。那小伙子看了她一眼。她一身装束保守得出奇，头发微微染成红色。小伙子又扫了她一眼，按下"关门"键。

塔米拎进来一只黑色手提箱，大小形状和米奇的一模一样。她站到米奇身边。避开他的目光,把手提箱轻轻地放在他的箱子旁边。到了七楼,米奇拎起她的手提箱出了电梯。那个小伙子在八楼时也下去了。总算到了九楼,塔米拎起米奇那只沉沉的黑提箱,里面装满了本迪尼-兰伯特暨洛克法律顾问公司的文件,走进了自己的办公室。她关上门,上好锁,匆匆脱去外套便进了里间,复印机正开着等在那儿。打开提箱一看,里面共有七个文件袋,每袋至少有一英寸厚。她把文件整整齐齐地放在复印机边的折叠桌上,从袋中抽出文件,放到自动复印机里,按下"复印"键,机器把所有的东西自动地复印出两份来。

三十分钟后,七袋文件放回了手提箱里。新复印的文件都锁进了一只文件柜内,那柜子藏在一只小壁橱里,上面也上了锁。塔米把手提箱放在门边,等着。

弗兰克·马尔霍兰是一家专门处理金融和证券业务的十人法律顾问所的合伙人。他有位上了年岁的主顾。这主顾创办了一家五金制品店,并把五金店扩建成了一系列的连锁公司,其资产一度达一千八百万元。后来他儿子和董事会篡了权,硬逼他退休。老人提出了控告,公司也提出了反控;你起诉我,我起诉你,双方互不相让。官司打过来打过去,一拖就是十八个月。负责的律师们油水捞足了,心里又落得快活。现在也到了该解决问题的时候了。本迪尼公司充任儿子和董事会一方的税法顾问,两个月前,埃弗里介绍米奇加入进来。他们打算一揽子给老头五百万的证券,包括股票和债券。

马尔霍兰对这个解决办法没有兴趣,他一再强调,他的主顾并不贪心,但这场官司,傻瓜都能看出,至少值两千万。两个隔着桌子讨价还价了一个小时后,米奇加到了八百万,可马尔霍兰却说一千五百万还可以考虑考虑。他们约定一周后再见面商谈,然后老朋友似的握手道别。

电梯在五楼停了一下,塔米漫不经心地走了进来。除了米奇,里面再没有别人。门关上时,米奇问:"有什么问题吗?"

"没什么问题。一式两份,都锁起来了。"

"花了多长时间?"

"三十分钟。"

到了四楼,电梯停住了。塔米拎起那只空提箱,问:"明天中午?"

"嗯。"米奇回答说。门开了,塔米走了出去。他独自一人直下一楼,门厅里空空荡荡,只有一名保安人员。麦克迪尔一手拎着一只沉沉的手提箱,赶回办公室去了。

庆祝艾比二十五岁生日的气氛相当压抑。他们坐在格丽桑蒂餐馆一个黑暗的角落里,在昏暗的烛光下,窃窃低语,勉强带着笑容。此刻,在这家餐馆的一个角落里,一名联邦调查局特工,拿着一盒磁带,等九点一到,要把它放进休息室的自动售烟机里。

八点四十五,他们草草吃完了盘子里的东西。米奇起身朝洗手间走去。他走过黑森森的休息室时,朝里面仔细地望了望。售烟机果真就在里面,在那个角落里。

他们点了咖啡。九点一到,米奇起身朝休息室走去,到了售烟机旁,把六枚两角五分的银币塞了进去,挑了包"万宝路",又伸手到盘子里摸着,找到了那盒磁带。售烟机旁的公用电话蓦地响了起来,他吓了一跳。他转身看了看,吧台上只有两个人在看电视。远处的一个角落里,传来一阵阵笑声。

艾比一直注视着米奇的一举一动。他在她对面坐下来后,她扬起眉头,问:"怎么样?"

"拿到了。"米奇啜了口咖啡,扫了一眼拥挤的餐厅。没人在看他们,没人在意。

米奇把信用卡交给了侍者,粗声粗气地说:"我们急着有事。"不一会儿,侍者拿来了账单,米奇在上面签了名。

宝马车真的装了窃听器,不过窃听器只能窃听和录音,却无法跟踪车子。

两人坐在车里,谁都没有说话。艾比小心翼翼地打开袖珍录音机,把磁带放了进去。她把耳机递给米奇,米奇戴上后,她按下放音键,注视着米奇的神情。车子毫无目的地开在州际公路上。

那是塔兰斯的声音:"你好,米奇,今天是三月九日,星期二。现在是夜里,九点已经过了。祝你爱妻生日快乐。这盘磁带有十分钟长,我要你仔细听听,一遍两遍都行,然后把它处理掉。星期天,我向沃伊利斯局长汇报过了,局长对事情的进展很满意,不过他觉得我们拖的时间够长了。他要我们赶紧谈妥。他说,三百万酬金太高了,我们是不可能付给你这么多的。长话短说吧,局长说,我们可以付给你一百万现金,不能再多。钱可以存入瑞士银行,没人会知道,连国内税务局也不会知道。一百万,不用交税。这是我们能出的最高价。沃伊利斯说你要是不同意,就见你的鬼去吧。米奇,不管有没有你,我们终究要捣毁那个小小的法律顾问公司的。"

米奇冷冷地笑着。那声音继续说:"我们会好好照管你们的,米奇。只要你觉得有必要,随时都可以得到联邦调查局的保护。若干年后,你要是想迁到另一座城市,我们也会负责办理。只是你愿意。每五年你就可以挪个地方。我们将替你们找好工作,都是最好的差事,像退伍军人管理局、政府公共福利局或者邮政部门这些好单位,任你们挑选。沃伊利斯说,我们甚至还可以在某个政府机构替你谋个高薪职位。你想干什么工作,就让你做什么工作。当然我们还会为你和你妻子提供新的身份证明,而且每年都可以更换。如果你想移民到欧洲或澳洲生活,那也一句话。我知道我们做了很多保证、承诺,米奇，不过我们决不是说着玩的，我们可以和你立下契约。我们给你一百万，不用交税。你想到哪儿，我们就把你安排到哪儿。作为回报，你必须把公司和莫罗尔托家族的人交给我们。细节以后再谈。时间不多了，你得尽快决定。白杨街'休斯敦'洗手间边上有台公用电话，星期四晚上九点，用那个号码给我打电话。"

米奇把耳机递给艾比，她又从头听了一遍。

在清冷皎洁的月光下，这两个相依为命的伴侣手牵手在公园里散步。他们在园内一座炮台前停下脚步，凝望着缓缓流去的河水。正是在这座炮台旁。埃迪冒着风雨最后一次把调查报告交给他。

艾比拿着磁带，她听了两遍，不放心把它留在车子里。

"你相信塔兰斯吗？"艾比问。

"从什么方面讲？"

"假如你现在不与他们合作，你相信他们真的能收拾公司吗？"

"恐怕不可不信。"

"那我们只有拿了钱逃走了？"

"拿钱逃走，这对我来说并不难，艾比。可你就再也见不到你的父母啦。"

"我们能上哪儿去？"

"我也不知道。但我实在不愿再待在这个国家。联邦调查局那些人不可完全信任。在另一个国家，我会感到安全些。不过，这一点我不会告诉塔兰斯的。"

"下一步怎么办？"

"和塔兰斯达成协议，然后赶紧着手搜集足够的证据。我不清楚他们究竟想要什么，但我可以替他们找。等塔兰斯说材料够了，我们就逃。拿了钱，整过容，然后远走他乡。"

"多少钱?"

"超过一百万。他们是要拿钱作赌注,一切都好商量的。"

"我们能拿到多少?"

"两百万,不交税,一个子儿也不能少。"

"他们肯付吗?"

"肯。这不是问题,问题是我们要不要拿。"

艾比感到有点冷,他把自己的外套披在她肩上,紧紧搂着她。"交易真不公平,米奇,"她说,"不过好歹我们可以在一起。"

"我叫哈维,不叫米奇。"

"你认为我们会平安无事吗,哈维?"

"反正留在这里不安全。"

"我不喜欢这儿。在这儿,我又孤独又害怕。"

"我当律师也当够了。"

"我们拿了钱,远走他乡。"

"就这么说定啦,塞尔玛。"

艾比把磁带递给他,他看了一眼,然后扔进了河里。他们手拉手,快步穿过公园,朝着停在沿河大街的宝马车走去。

24

这是米奇进公司以来第二次被允许进入五楼那宫殿似的餐厅。埃弗里随请柬附上了一张便笺,便笺上写道,米奇二月份平均每周收费时数达七十一小时,合伙人都对此赞赏不已,所以想请米奇共进午餐,聊表嘉奖。对一名普通律师来说,这样的邀请无论如何是却之不得的。

就这样,米奇坐到了埃弗里、罗伊斯·麦克奈特,自然还有奥利弗·兰伯特的面前。他背对着窗子强作笑脸地和他们闲聊着。米奇早就知道他将和这三个人同桌进餐,两天前接到请柬时,他心里就想到了。

虽说没一点儿胃口,他照例显出一副吃得津津有味的样子。

"下星期你和艾比正巧要去开曼,是吗?"兰伯特问。

"是的,艾比正巧放春假。两个月前,我们就订好了度假公寓。"

"偏偏在这个节骨眼上去,真是糟透了,"埃弗里说,"眼下,我们落后一个月了。"

"我们一直落后,埃弗里,再落后一周又算个什么?想必你是要我随身带些文件去吧?"

"主意不坏,我一向都是这么做。"

"别听他的米奇,"兰伯特似嗔似怪地说,"你去你的,这一星期是属于你和艾比的,你们也该好好轻松一下了。打算什么时候动身?"

"星期天一大早。"

"准备坐利尔飞机去吗?"

"不,坐三角洲直达航班去。"

兰伯特和麦克奈特趁米奇不注意时匆匆交换了一下眼色。"打算潜水吗?"兰伯特问。

"不,但我们想做做海上运动。"

"朗姆角有个伙计,名叫阿德利安·本奇。他有个不错的潜水客店,可以保证你一星期学会潜泳。一个星期,够艰苦的,尽是训导课。不过值得。"

"客店叫什么名字?"米奇问。

"朗姆角潜水客店。好地方啊。"

米奇蹙起眉头,好像已用心记下这个名字。

"千万小心,米奇。这地方让人又想到了马蒂和乔。"兰伯特突然悲伤地说。

米奇吃力地咽了口气，险些儿对兰伯特报以冷笑，可他忍住了。

现在，为了区区一百万，米奇和马蒂、乔一样要铤而走险。也许明年此时，有个新来的年轻人坐在这儿，看着伤心不已的合伙人谈年轻的米奇·麦克迪尔，谈他过人的精力。他们会说，要不是出了事故，他一定会成为律师中的英才。见鬼，他们到底要杀多少人？

他要两百万，外加两个附加条件。

一小时后，午餐结束，几个合伙人纷纷向米奇告辞。他们为他自豪，他们都这么说。他将是一颗最璀璨的明星，是本迪尼-兰伯特暨洛克公司的未来。米奇笑着一一谢了他们。

塔米开车到了圣公教会学校停车场，停在一辆标致车后。她让发动机开着，下车往前走了四步，用一把钥匙打开了标致车的行李箱，拿出了里面沉甸甸的黑色手提箱。她用力关上行李箱，随即开车疾驰而去。

在教师休息室的一扇小窗下，艾比呷着咖啡，透过树丛远远地凝视着操场那边的停车场。她几乎看不见塔米的车子。她笑笑看了看表，十二点三十分，与计划的分秒不差。

塔米小心翼翼地穿梭于午后的车流中，往市中心驶去。眼睛老是盯着后视镜，就像往常一样，她什么可疑迹象都没发现。她把车子开回棉花交易大厦。

这一趟弄来了九份文件。塔米把它们整整齐齐地摊放在折叠桌上，开始复印起来。她在一个分类笔记本上，记下了复印日期、时间和每份文件的名称。到目前为止，一共复印了二十九份文件。米奇说总共可弄到四十份。塔米把一份复印件锁进壁橱里，再把原件和另一份复印件装进手提箱。

遵照米奇的指示，一周前塔米用自己的名字在"夏日大道小型栈房"租了一间十二英尺见方的贮藏室。那儿离市中心有十四英里地,三十分钟后,塔米到了那里。她打开38室的门锁,把九份文件的另一份复印件放进了一只硬纸箱,在箱盖上草草写下了日期,然后把它放到另外三只纸箱的边上。

下午三点整,她又把车子开到了学校停车场,在标致车后停了下来,把手提箱放回了标致车的行李箱里。

几秒钟后,米奇走到本迪尼大厦门口,伸了伸胳膊。他深吸一口气,真是个美丽的春日啊。北面三个街区那边的九楼上,百叶窗垂了下来。好信号,一切正常。他暗自笑笑,回办公室去了。

次日凌晨三点,米奇轻手轻脚爬下床,悄悄穿上一条褪了色的牛仔裤,一件在法学院时穿的法兰绒衬衫,一双白色厚绒袜和一双旧劳动靴。他想打扮成一个卡车司机。他没说一句话。吻了吻已经醒了的艾比,出了家门。这么早,肯定不会有人跟踪他的。

他沿着55号州际公路向南行驶了二十五英里,到了密西西比州的塞纳托比亚境内。他把车子停到卡车冲洗糟的边上等着。十几辆大拖车在水泵周围缓缓地转来转去。

一名头戴橄榄球帽的黑人从拐角处走了过来,盯着宝马车。米奇认出他就是在塔克斯维尔汽车站见到的那个特工,便熄了发动机,走下车来。

"麦克迪尔?"特工问。

"正是。还能是谁?塔兰斯呢?"

"他在里面靠窗的火车座里等着你。"

米奇拉开车门,把钥匙递给了特工。"你要把它开到什么地方去?"

"顺路跑一阵。你放心好了。你从孟菲斯出来时没人盯梢,别紧张。"

说完他爬进车里,开着车朝州际公路驶去。米奇望着车驶远后,走进了停车场的咖啡馆。此时是凌晨三点三刻。

嘈杂的屋子里坐满了一些发胖的中年司机。他们边喝咖啡边吃着从商场买来的馅饼,有的用彩色牙签剔着牙齿,聊着钓鱼经和政治。很多人话音里带着浓重的北方腔。

米奇朝屋子里头走去,突然,他看到一个昏暗的角落里有张熟悉的面孔,在棒球帽下,那张脸笑了笑,正是手拿点菜单的塔兰斯。

"你好,老弟,"塔兰斯说,"当卡车司机还不错吧?"

"还不错,但我更喜欢'灰狗'长途车。"

"下次我们换换口味坐坐火车怎么样?拉内把你的车开走了?"

"拉内?"

"那个黑人。他也是名特工,这你是知道的。"

"你还没有正式介绍我们认识呢。是的,他把我的车开走了。他要开到什么地方去?"

"就在州际公路上,一个小时后就会回来的。我们争取让你五点上路,那样六点前你就可以到公司。我们不想毁了你美好的日子。"

"已经让你们给毁了。"

"公司的情况怎么样?"塔兰斯兴致勃勃地问。

"一切都很好。照我们的说法就是,计费器嘀嗒嘀嗒地走,每个人一天比一天富。"

"那就好。"

"我的老朋友沃伊利斯好吗?"米奇问。

"老实说,他相当着急,今天,他给我打了两次电话,催问你的回话。我要他别着急,对他说我们今天要见面。他听了很高兴。四小时后我得给他回话。"

"告诉他一百万不成,塔兰斯。你们不是说花了几十亿元打击犯罪吗?那两百万现金对联邦政府来说算得了什么?"

"你是说现在要两百万了?"

"没错,两百万,一个子儿都不能少。我要你们现在付一百万,另一百万事后再付。我正在复印我经手的全部文件。过几天就能复印完。这些都是合法文件,但是如果我把它们给了任何人,我就永远失去了做律师的资格。因此,我把它们交给你时,我要你先付一百万。"

"你想要我们如何付给你?"

"存到慕尼黑一家银行的户头上,细节我们日后再商量。"

"那另一百万呢?"塔兰斯问。

"当你、我和沃伊利斯都觉得我提供的文件足以能让你们起诉时,我拿五十万;最后一次出庭作证后,我再拿余下的五十万。这很公平吧,塔兰斯。"

"是的,那就这么说定了。"

米奇深深吸了一口气,感到很虚弱,他呷了口咖啡,但不知其味。

"还有一件事,塔兰斯。"

塔兰斯低着头,微微向右斜。"什么事?"

米奇靠了过去。"这事不花你们一分钱,也不需要你们费力就能办成。怎么样?"

"说吧。"

"我哥哥雷关在州监狱里,离释放还有七年,我想把他弄出来。"

"这太荒唐了,米奇。我们能为你做很多事,但要释放州监狱的犯人,绝对办不到。联邦监狱或许好说,州里的不成。"

"听着,塔兰斯。如果黑手党撵得我不得不远走他乡,那我哥哥必须跟我一起走。这就算是一揽子交易吧。我知道,只是沃伊利斯局长想让他出狱,他就能出狱。这我很清楚。眼下,你们只需要想想怎么做就行了。"

"但我们无权干涉州监狱的事。"

米奇笑笑,端起了咖啡。"詹姆士·厄尔·雷[①]不是只身逃出了监狱?况且他没有外界帮助。"

"噢,太棒了。你要我们像别动队似的袭击监狱,救出你哥哥。真是太美了。"

"别跟我装糊涂,塔兰斯。这事没有商量的余地。"

"好,好。我看看能否想想办法。还有什么吗?还有没有让人吃惊的要求?"

"没啦。只是还有些小问题想弄清楚,譬如,我和艾比将去那儿?做些什么?起初我们藏在什么地方?审判期间又藏在什么地方?我们到什么地方去安度余生?"

"这些我们可以以后再商量。"

"霍奇和科津斯基对你们说了些什么?"

"不太多。我们有一个笔记本,一个相当厚的笔记本,上面记录了我们搜集到的有关莫罗尔托家族和公司的所有情报,还加了索引。大多是莫罗尔托黑帮的材料,他们的组织机构、重要人物、非法活动等等。我们着手合作行动之前,你应当先看看。"

"那当然,不过我得先拿到我的一百万。"

"好。我们什么时候能见到你复印好的文件?"

"大约一星期后。我还设法复印了四份由别人处理的文件。"

"谁负责复印?"

"这不关你们的事。"

[①] 暗杀著名黑人名权运动领袖马丁·路德·金的凶手。

塔兰斯想了想,但没往心里去。"一共有多少文件?"

"四十到五十份。据我所知,这些客户全是合法的。"

"这些客户你见过的有几个?"

"两三个。"

"你敢断言他们全都合法,米奇?有些事你未必清楚。就说你吧,去年七月,也就是八个月前,你就开始工作了,也许已经接触了一些肮脏的文件,只是你不知道罢了。"

"两百万,塔兰斯。两百万,还有我哥哥。"

塔兰斯喝了口微温的咖啡,要了块椰子馅儿饼。他扶了扶墨镜。"那么我怎么对沃伊利斯先生说呢?"

"告诉他,先同意把雷弄出监狱,我们再谈,塔兰斯。"

"我们也许能想出什么办法来。"

"我相信你们能的。"

"你什么时候去开曼?"

"星期天一早。问这干吗?"

"只是好奇而已。"

塔兰斯两三口吃掉了馅儿饼,丢了两美元在桌上。他们一道走了出去。

"再过几小时,我就向沃伊利斯汇报,"塔兰斯说,"明儿下午,你和你妻子不妨开车出来散散心。"

"有什么特别的地方吗?"

"有,这儿往东三十英里,有座名叫圣泉的小城。那是个古城,有不少的古迹。四点左右你到那儿,我们会去找你的。拉内将开辆鲜红的雪佛莱,车上挂的是田纳西州的牌照。跟着他,我们再找个地方谈谈。"

"安全吗?"

227

"相信我们好啦。要是我们察觉出有什么不对头的情况，就取消见面。如果见不着拉内，就说明他们盯得太紧。你可以直接回家。我们不会冒险的。"

"谢谢。你们真是一群了不起的家伙。"

拉内把车开来了。"一切正常，没人盯梢。"

"好，"塔兰斯说，"明天见，米奇。"他们握手告别。

"关于我兄弟的事没有商量的余地，塔兰斯。"米奇又说了一遍。

"明天见。"

25

正巧下了一阵大雨，又累又湿的麦克迪尔夫妇开着租来的吉普车来到公司的公寓，七里滩上的游客也被雨驱散了。米奇把车停到公寓B单元前。米奇第一次来开曼住的是A单元。两套房子几乎一模一样，只是油漆和墙的贴面不同。他们提着行李进了屋。

他们到楼上的卧室里打开了行装。卧室的阳台面对着湿漉漉的海滩。他们说话格外小心，把每间房间和壁橱都细细检查了一遍。冰箱里空空如也，不过酒柜里的东西倒很丰富。米奇调了两杯朗姆酒。他们坐在阳台上，脚伸进雨里，望着翻腾的大海。远处，朗姆海仔酒吧隐约可见。

"那边就是朗姆海仔。"米奇拿着杯子指着远方说。

"朗姆海仔？"

"我对你提到过的那家。游客喜欢在那里饮酒取乐。"

"想起来了。"艾比打了个呵欠，在塑料躺椅上躺了下来，闭上眼睛。

"艾比，我们第一次一起出国，第一次真正度上蜜月，而你一到就睡了起来。"

"我太困了,米奇。昨晚,你呼呼大睡的时候,我整夜都在收拾行李。"

风越刮越猛,雨尽情地朝阳台上泼洒。

"走,我们快脱衣服躺到床上去。"米奇说。

艾比惶恐而小心地开着吉普车,徐徐穿行在商业区清晨的车流里。她是肯塔基人,从来没有在道路左侧开过车。米奇盯着后视镜,时而给她些指点。狭窄的一条购物街,两旁的人行道上早已挤满了购物的游客。

米奇指着前面一条小巷,车子穿过了人群。他在她的脸上吻了一下。"五点整,我到这儿找你。"

"千万小心,"艾比说,"我先去银行,然后到公寓附近的海滩上走走。"

米奇关上车门,然后消失在两间小店之间。他又钻进一家T恤衫店,挑了件绿底黄花衬衫和一顶巴拿马草帽。过了两分钟,他走出商店,要了辆路过的计程车。"去机场,"他说,"快点!注意后面,也许有人跟上来了。"

司机没出声,开车从银行大楼前轻驰而过,出了城。十分钟后,车子在机场门口停了下来。

"有人跟踪我们吗?"米奇问,伸手从口袋里掏钱。

"没有,先生。四块五。"

米奇扔过去一张五元钞票后,急匆匆走进了候机厅。到开曼布拉格的航班九点起飞。在一家礼品店里,米奇买了杯咖啡,躲在架子之间,注视着整个候机厅,没有看见一个可疑的人。

在飞机快要起飞时,他快步跑向跑道,爬上了飞机……

飞机降落后，在那幢四周都用油漆写着"机场"字样的白色小木屋附近，有个衣冠楚楚的当地人正在等着，注视着乘客们匆匆走下飞机。他叫里克·阿克林。汗珠从他鼻尖上直往下滴，湿透的衬衫贴在背上。他轻步走上前。"米奇。"声音小得几乎只有他自己才听得清楚。

米奇迟疑了一下，走了过去。

"车子就在门口。"阿克林说。

"塔兰斯在哪儿？"米奇朝四周看了一下。

"他在等你呢。"

"车子里有空调吗？"

"对不起，恐怕没有。"

韦恩·塔兰斯坐在布拉格潜水客店的一张桌旁，独自饮着可口可乐。他挥着可乐，指了指两把空椅子。

"在圣泉到底出了什么事？"米奇问道。

"对不起，我们实在没法子。他们跟你出了孟菲斯，还有两辆小车在圣泉等着。我们没法和你接头。"

"动身之前，你是不是和你妻子谈过去圣泉的事？"阿克林问。

"我想谈过。我们也许在家里提到过两次。"

阿克林显得很满意。"他们肯定早就在等着你。一辆绿色的'云雀'车大约跟了你二十英里，所以我们才决定取消见面。"

塔兰斯呷了可口可乐说："星期六午夜，'利尔'飞机飞离孟菲斯，直飞大开曼，上面有三个人。星期天一大早，飞机便离开开曼岛，飞回孟菲斯去了。"

"这么说，他们正在这儿，随时跟踪我们？"

"那当然。说不定他们还派了一两个人跟你和艾比同乘一架飞机到了这里。也许是男人，也许是女人，也许是一男一女。谁知道呢？别忘了，米奇，他们有的是钱。他们的人，有两个我们见过。一个是你在华盛顿见到过的那个金发男人。昨天，我们在岛上的汽车出租店看见他。"

"我想我也见到过他。"米奇。

"在哪儿？"阿克林问。

"我从华盛顿回来的那天夜里，在孟菲斯机场的一个酒吧。我见他正盯着我，当时我就觉得在华盛顿也见到过他。"

"正是他。他到这儿来了。"

"另一个是谁？"

"托尼·维克勒。他是个罪恶累累的罪犯，为莫罗尔托工作多年，体重三百磅，专门干盯梢的勾当，因为没有人会怀疑他。"

"昨晚他到'朗姆海仔'去了。"阿克林补充说。

"昨晚？昨晚我们也在那儿。"

"那你们是什么时候进城的？"米奇喝了口汽水，与其说是汽水，倒不如说是酒更确切。

"星期天夜里。"塔兰斯回答说。

"我很好奇，想问一下，你们一共有多少人到岛上来了？"

"四男两女。"塔兰斯回答说。

"你们到底为什么来这里？"米奇问。

"噢，有几个目的。首先，我们想和你把我们的交易敲定。沃伊利斯局长十分焦虑，急着要达成一个你能接受的协议。其次，我们想监视他们，弄清他们在这儿一共有多少人。"

"第三，是想来晒晒太阳吧？"

阿克林忍不住轻轻笑出了声。塔兰斯笑笑，然后蹙起了眉头。"不，那倒未必，我们是来保护你的。"

"保护我?"

"是的。我最后一次同乔·霍奇和马蒂·科津斯基谈话,就坐在这张桌子上。大约是九个月前,确切地说,是他们被害的前一天。"

"所以你认为他们会对我下毒手?"

"不,还不到时候。"

米奇又要了一杯汽酒。

"听着,塔兰斯。那些人也许正在大开曼寸步不离地跟踪我妻子,我真有些不放心。好啦,赶快谈谈交易吧。"

塔兰斯注视着米奇。"两百万没问题,嗯……"

"当然没问题,塔兰斯。我们早就谈好的,对吗?"

"别急,米奇。你把全部文件交给我们时,我们付给你一百万,在那时,你就毫无退路了……"

"塔兰斯,这我懂,别忘了,还是我建议的呢。"

"不过,走这一步并不难。其实我们并不想要你的文件,因为那都是合法的。我们要的是非法的文件,米奇。要想把这些文件弄到手那就困难得多了。不过,你要是能弄到,我们就再付给你五十万。余下的五十万到最后一场审判后再付。"

"那我兄弟呢?"

"我们试试看。"

"这种说法不能让人满意,塔兰斯。我要得到你们肯定的回答。"

"我们不能保证交出你的兄弟。他至少还要待七年。"

"但他是我的兄弟,塔兰斯。只要你想得到我,你就得放他出来。"

"我说过我们想想办法,但不能保证。我们无法找到正当、合法的途径把他弄出来,因此我们只好另想别的法子。要是在逃亡中他吃了枪子怎么办?"

"只能让他活着出来，塔兰斯。"

"我们试试看。"

"你打算动用联邦调查局的力量，并派内线去帮助我兄弟越狱，是吗，塔兰斯？"

"是这个意思。"

米奇坐到椅子上，深深吸了口饮料。交易总算敲定了。他呼吸轻松起来，面对着壮伟的加勒比海，笑了。

"我们什么时候能拿到你的文件？"塔兰斯问。

"我还以为你不想要了呢。它们太合法了，不是吗？"

"我们要，米奇。因为我们一旦得到了文件，也就得到了你。当你把文件交给我们的时候，也就是证明你的决心的时候。"

"十天到十五天。"

"有多少文件？"

"四十份到五十份。小的大约有一英寸厚，大的这张桌子上也放不下。办公室里的复印机没法复印，我们只好老是想别的办法。"

"或许我们能帮你复印。"阿克林说。

"或许不能。要是需要的话，我会请你们帮忙的。"

"你打算如何交给我们呢？"塔兰斯问。阿克林再次退避一旁。

"很简单，韦恩。等文件全部复印好了，我想要的那一百万也到了手，我会交给你们一把钥匙，你们自己可以开车到孟菲斯地区的某间小屋子里去取。"

"我对你说过，我们会把那笔钱存到瑞士银行的。"塔兰斯说。

"现在我不想把它存到瑞士银行了，行吗？到时我再告诉你转汇的方式。这事必须严格照我说的办。从今以后，是我的脖子套到了绳索上，因此你们都得听我的。"

塔兰斯笑笑，望着码头咕哝了一句。"这么说，你信不过瑞士银行啰？"

"应该说，我心里有更理想的银行。别忘了，塔兰斯，我成天都和洗钱的人打交道，钱藏在国外哪家银行更妥当，我是行家。"

"是这么回事。"

"我什么时候能看看那个有关莫罗尔托的笔记本。"

"等我们拿到了你的文件，付过第一笔钱再说。我们会尽量告诉你一些情况，不过，主要还得靠你自己。我们还要经常联系，当然这相当危险，也许还得再坐几次长途车。"

"好，不过下次我可要坐在过道边上。"

"当然，当然。一个身价两百万的人，当然可以挑自己喜欢的座位。"

"我不可能好好去享受那些钱的，韦恩。这你是知道的。"

刚出乔治城三英里，在去博登镇那狭窄而蜿蜒的路上，米奇看到了他。那人蹲在一辆旧大众车后面，车子的引擎罩支了起来，似乎是发动机出了故障。他的穿着像个当地人，皮肤晒得黝黑，样子极像为开曼政府或银行效力的英国佬。他手里拿着一把扳手，像是在检修车子，其实眼睛盯住了从左侧呼啸而过的三菱吉普。他就是那个北欧人。

米奇本能地把车速放慢到每小时三十英里，故意等着他。艾比转身望着路上。狭窄的公路紧挨着海岸线绵延了五英里，然后转了弯，大海便看不见了。几分钟后，那辆大众车从一个弯道呼啸着跟了上来，尾随着麦克迪尔的吉普车。跟踪的人没有料到米奇的车开得如此慢，他怕自己被发现了，蓦地放慢车速，拐上了第一条通向海边的车道。

米奇加大油门，朝博登镇急驰而去。在小镇上，他又转向南开，不出一英里便到了海边。

此时是上午十点，阿邦克斯潜水客店的停车场上有一半的地方已停满了车子。两艘早班潜水船半小时前起航了。麦克迪尔夫妇匆匆走向酒吧，亨利正在那儿给玩多米诺的人斟啤酒，散香烟。

巴里·阿邦克斯靠在一根柱子上，望着他的两只潜水船消失在海岛拐角之外。麦克迪尔夫妇走上前去，米奇轻声地把妻子介绍给了阿邦克斯先生。他既不客气也不粗鲁。他们开始朝小码头走去，一名水手正在码头边的一艘三十英尺的渔船上做着出航的准备。阿邦克斯朝他喊了一阵旁人听不懂的命令，显然，那年轻水手不是耳朵聋，就是不怕这位老板。

米奇站在俨然一副船长派头的阿邦克斯身边，指了指离码头五十码的酒吧，问："酒吧里那些人，你都认识吗？"

阿邦克斯皱起眉头，看着米奇。

"有人一直跟踪我。"米奇说。

"都是老常客，"阿邦克斯说，"没有陌生人。"

"今天早上，你有没有看见什么外地人？"

"你瞧，这地方的生意就指靠招引外地人了；我哪搞得清谁是外地人，谁不是外地人？"

"你有没有看见一个胖胖的红发美国佬，体重至少有三百来磅？"

阿邦克斯摇摇头。那水手从从容容地把船倒出码头，朝天际驶去。艾比坐在一只带垫子的小凳子上，她的脚边有只塑料袋，里面装有两套崭新的潜水装备。看起来，他们要去做一次潜水之行，或许还要钓钓鱼。大老板答应亲自陪同，当然是出于米奇的再三恳求。米奇说，一定要和他谈谈他儿子的死因。

站在开曼海边一幢住房的二楼阳台上，那北欧人远远眺望着两只戴着通气管的头在水里蹿上蹿下，忽而躲到渔船后面不见了。他把望远镜递给托尼，托尼看了一会儿便烦了，把望远镜还给了他。一个身穿黑色泳衣、迷人的金发女郎站在北欧佬身后，她接过望远镜望了起来。他们都对船上的水手很感兴趣。

托尼开了口。"我真不明白，他们如果有重要事要谈，干吗要让那小伙子在场？"

"也许他们是在谈潜泳和钓鱼的事吧。"北欧佬说。

"我不明白，"金发女郎说，"这事非同寻常，阿邦克斯一向不上渔船，他喜欢潜水。肯定是有什么重要原因，否则他是不会和两个新手在一起待上整整一天的。一定有事。"

"那小伙子是什么人？"托尼问。

"一个打杂的而已，"金发女郎说，"这种人，阿邦克斯有一大把。"

"能找他谈谈吗？"北欧佬问。

"行，"托尼说，"让他尝点甜头，他肯定会说出来的。"

"我去试试看。"女郎说。

"他叫什么名字？"北欧佬问。

"凯恩·鲁克。"

凯恩·鲁克费了好大劲才把船靠到了朗姆角的码头上。米奇、艾比和阿邦克斯爬出船舱，向海滩走去。凯恩没被邀请一起去吃午饭，他留下来，懒洋洋地洗着甲板。

离岸边一百码的一片树林的浓荫里有个酒吧，里面又暗又湿，窗子上钉着木栅条，天花板上吊着一只嘎嘎作响的吊扇。顾客静静地坐在各自的桌边，悄悄地聊着自己的事。

米奇三人面北而坐，前方就是大海。他们点了啤酒和牛肉饼夹乳酪，都是典型的岛上食品。

"这家酒吧挺有特色。"米奇轻声说。

"是与众不同,"阿邦克斯说道,"这不是没有原因的。这里是毒品贩子们经常光顾的地方。他们在这一带有许多漂亮的房子和公寓别墅。他们坐私人飞机来这儿,把钱存到那些一流的银行里,然后住上几日,检查一下他们的房产。"

一位女招待端来三瓶牙买加啤酒。阿邦克斯身子前倾,两手托着腮帮,头低着。这是店里顾客交谈的习惯做法。"这么说,你认为你得走了?"阿邦克斯问。

米奇和艾比不约而同把头向前靠过去,在桌子中间碰到了一起。"不是走,是跑,我想我是得跑了,但是我需要你的帮助。"

阿邦克斯想了想,尔后抬起头,耸耸肩说:"可我又帮得了什么?"他喝了第一口酒。

此时,艾比看到一个女人在偷听谈话,那女人背对着阿邦克斯。她是个结实的金发女郎,一副墨镜遮住了她的大半个脸。看上去,她一直在眺望大海,耳朵却在吃力地听着这边。他们三人的头碰到一起时,她坐直身子,拼命地听着。

艾比用指尖猛地戳了一下米奇的腿,他们顿时住了口。戴墨镜的金发女郎听听没什么声音,便埋头喝起啤酒来。

星期五,韦恩·塔兰斯明显改善了他的衣着。草鞋、紧身短裤和太阳镜不见了,那双苍白的腿如今被太阳烤得发红。在开曼布拉格待了三天之后,塔兰斯和阿克林住进了大开曼的柳林汽车客店,注视着米奇夫妇和其他相关人员的行踪。星期三上午,他们约米奇见面,但米奇拒绝了。

星期四晚上,米奇和艾比正在通往博登镇公路边的餐馆津津有味地吃着烤鲔鱼时,特工拉内突然来到他们面前。他说,塔兰斯一定要见米奇一面。

塔兰斯把见面地点安排在肯德基炸鸡店,他原以为这地方肯定是门可罗雀,可是,他想错了。

店堂里挤满了百来位游客,啃着松脆的炸鸡块。

塔兰斯和阿克林坐在拥挤的餐馆里,紧张地注视着门口。米奇走进店里,排队,买了一盒炸鸡块,到他们桌边坐了下来。

"你躲到什么地方去了?"塔兰斯问。

米奇啃着鸡腿。"我一直在岛上。到这种地方见面,实在太蠢,塔兰斯,人太多了。"

"我们知道自己在干什么。"

"当然啰!像上次在鞋店一样。"

"好了!你星期三为什么不来见我们?"

"星期三我很忙。再说,我不想见你。有人跟踪我吗?"

"当然没有。要不然,拉内在门口早就揍你了。"

"这地方让我不安,塔兰斯。"

"你为什么要去见阿邦克斯?"

米奇擦擦嘴,手里拿着啃了一半的鸡腿。"我想钓鱼,想潜泳,他正好有条船,于是我们就做了一笔生意。你是在什么地方看见的,塔兰斯?是在潜水艇里跟踪我们的吗?"

"阿邦克斯说了些什么?"

"噢,他说的可多啦。喂,来杯啤酒。是什么人跟踪我们的?"

"他们干的。你知道?"

"他们?哪个他们?你们的人,还是他们的人?跟踪我的人这么多,会撞车的。"

"是那帮坏家伙,米奇,从芝加哥、孟菲斯、纽约来的那帮家伙。你要是再不老实点,那伙人明天就能把你杀了。"

"这我就糊涂了。就算他们跟踪了,我能把他们带到什么地方?潜泳去?钓鱼去?算了,塔兰斯。他们跟踪我,你们跟踪他们,你们跟踪我,他们跟踪你们,要是我来个急刹车,至少有二十只鼻子要撞到我的屁股上。为什么要到这种地方见面,塔兰斯?"

塔兰斯愠怒地看了看周围。

米奇盖上炸鸡盒。"你瞧,塔兰斯,我太紧张了,一点胃口也没了。"

"别紧张。你出公寓时没人跟踪。"

"是啊,向来没人跟踪我,塔兰斯。想必霍奇和科津斯基来见你时,也没人跟踪吧,在阿邦克斯客店没人跟踪,在潜水船上也没人跟踪,进了棺材更是没人跟踪。这么想,可不太好,塔兰斯。我走了。"

"好吧。你坐几点的飞机?"

"问这干吗?是不是打算跟踪?你们是跟踪我,还是跟踪他们?他们要是跟踪你们,怎么办?万一我们都弄糊涂了,搞不清谁跟踪谁了怎么办?"

"算啦,米奇。"

"飞机早上九点四十分起飞。我设法给你留个座位。"

"什么时候可以拿到你的文件?"

米奇拿起炸鸡盒,站起身。"大约一周吧,给我十天时间,还有,别再在公共场所见面,塔兰斯。别忘了,他们只杀律师,对愚蠢的联邦调查局的特工并不随便动手。"

26

星期一上午八点,兰伯特和洛克通过了五楼的铁门,穿过狭小的房间和办公室构成的迷宫,来到德法歇的办公室。他正在里面等着。他们一进屋,他就连忙把门关上,朝椅子指了指。昨夜他又喝酒了,两眼通红，头昏脑涨。

"昨天，我和拉扎洛夫在拉斯维加斯见了一面。我极力向他解释了你们迟迟没解雇那四名律师的原因。他答应再考虑一下，不过同时要你们绝对保证林奇、索雷尔、邦汀和迈耶斯这四个年轻人只能处理合法文件，别的一概不能让他们沾边。要做到万无一失。"

"他可真是个好人，对吧？"兰伯特问。

"噢，是的，确实不错。他说，连着六个星期来，莫罗尔托先生每周都要过问公司的情况，看来他们都很紧张。"

"你怎么对他说的？"

"我对他说，一切平安无事，至少目前是这样；漏洞也堵好了，目前不会有什么问题。看来他不大相信我的话。"

"麦克迪尔有什么情况？"洛克问。

"这一星期，他和妻子在一起过得愉快极了。你们见没见过艾比穿比基尼的模样？整整一周，她天天都穿。可漂亮了！我们还拍了几张照片，不过是闹着玩儿。"

"我可不是来看照片的。"洛克抢白说。

"未必吧。他们和阿邦克斯在一起待了一整天。他们在水里玩，还钓了鱼，谈了很长时间。至于谈些什么，我们不清楚。我们无法接近他们。不过，我对此事很怀疑，非常怀疑。"

"我看不出有哪儿不对头，"兰伯特说，"除了钓鱼、潜水，他们还能谈什么呢？当然，也许会谈霍奇和科津斯基的事？就算他们谈了，那又有什么不对之处呢？"

"他从来就不认识霍奇和科津斯基，奥利弗，"洛克说，"他为什么对他们的死这么感兴趣？"

"别忘了，"德法歇说，"头一次见面时，塔兰斯就告诉过他，他们并非死于事故。所以他就扮起福尔摩斯，找线索去了。"

"他连蛛丝马迹也别想找到，对吧，德法歇？"

"绝对找不到。我们干得干净利落，没留半点痕迹。噢，当然，还有几个问题悬而未决。不过，开曼警方是回答不出来的，麦克迪尔也一样。"

"那你担心什么？"兰伯特问。

"因为芝加哥的人担心，奥利。何况，他们付给我这么多钱，不就是让我在这儿保持警觉吗？除非联邦调查局不管我们，否则人人都得保持警觉，明白吗？"

"他还干了些什么？"

"平常的度假活动，做爱，晒太阳，喝朗姆酒，逛商店，观光。我们派了三个人去岛上，他们有两次没盯上他。不过我想没什么大不了的。就像我一直说的，你不可能一天二十四小时把人盯得死死的，偶尔也得放松一下。"

"你认为麦克迪尔如何？"

"我知道他在撒谎，纳特。在鞋店的那件事上，他说了假话。你们不信，但我确信不疑，他是自觉自愿走进鞋店的，因为他想和塔兰斯谈谈。"

"但你拿不出具体的证据，德法歇。"

德法歇的头又开始胀痛，再发火可就真的疼得受不住了。"不错，奥利，如果你是指像霍奇和科津斯基干的那种事的证据，我们确实拿不出，因为他们的谈话被我们录了音，但麦克迪尔的情况有点不一样。"

"他还是个新手，"纳特说，"当上律师才八个月，能知道什么？一千多小时，他都花在'玩命文件'上了。况且，他处理的客户没一个不是合法的。麦克迪尔接触的文件，都是经埃弗里极其谨慎地挑选过的。"

"米奇实在也没有什么可供提供的,因为他新来乍到,什么都不知道。"奥利补充说。

德法歇轻轻揉着太阳穴。"这么说,你们真是聘用了一个真正的大笨驴。这样吧,我们不妨设想一下,假如联邦调查局猜到了我们最大的客户是谁呢?假如霍奇和科津斯基对他们透露的情况又足以证实这一点呢?明白我的意思吗?如果联邦调查局把这一情况告诉了米奇呢?这一来,你的这只笨驴就成了十分精明的知情人,而且是个相当危险的知情人。"

"你打算如何证明这一设想呢?"

"目前,我们加紧了监视,连他妻子都在二十四小时监视之中。我已经给拉扎洛夫打了电话,要他再派些人马来,我们需要几个生面孔。明天我就去芝加哥,当面向拉扎洛夫,也许还要向莫罗尔托先生汇报。拉扎洛夫说,莫罗尔托先生在调查局收买了一个内线,这家伙跟沃伊利斯很亲近,又愿意出卖情报,但是要价太高。他们想考虑考虑,再做决定。"

"你要向他们汇报麦克迪尔的情况?"洛克问。

"我将把我所知道的、怀疑的全告诉他们。我担心如果我们按兵不动,在这里坐等事实,要是真等到了,恐怕就为时太晚了。拉扎洛夫肯定想谈谈除掉米奇的计划。"

"是初步计划吧?"奥利怀着一线希望问。

"早过了初步阶段了,奥利。"

纽约市"沙漏"酒家坐落在第四十六大街和第九大道交会的街角附近,面朝第四十六大街。这只又小又暗、只有二十个座位的店堂,很像是从墙上打进去的一个窟窿。它的菜价昂贵,而且每顿饭限时一小时内,正因为这样,所以名噪全城。每张餐桌上方的墙上,都挂着一个沙漏器,里面的白沙默默地堆积起一分分一秒秒。五十九分钟一到，由女招待兼任的计时员便走上前来请食客开路。百老汇那帮人常来光顾，店里总是高朋满座，老顾客也只好在人行道上排队等候。

拉扎洛夫爱上"沙漏"酒家，因为它适合秘密交谈，当然不是长谈，得在五十九分钟内结束。

拉扎洛夫先到，这时用不着等位子。根据他的经验，下午四点人很少，星期四尤其如此。他点了杯葡萄酒。女招待把他座位上方的沙漏挪好，开始计时。他坐在靠近门口的餐桌旁，面朝着大街。他五十八岁了，身子有点发福。他上身支在红色方格桌布上，注视着第四十六大街来往的行人和车辆。

谢天谢地，图伯蒂尼总算准时到了，只浪费四分之一的沙。他们客气地握握手，这当口，图伯蒂尼不屑一顾地扫视了这狭长的小餐馆一眼。他望望拉扎洛夫，脸上闪过生硬的一笑，眼睛盯着靠窗的座位。坐在那儿，他只有背对着大街。那真是极其令人恼火，也很危险。不过，他的车子就在外面，车里有他的两个弟兄。他决定还是做得大度一点好，于是灵敏地绕到小餐桌那边，坐了下来。

图伯蒂尼温文尔雅。他三十七岁，是另一个黑手党家族头目帕伦博唯一的女婿。他长相英俊，瘦削的身段，黝黑的皮肤，一头漆黑的短发梳得油光滑亮，很潇洒。他也点了红葡萄酒。"乔伊·莫罗尔托老兄好吗？"他问，脸上绽出笑容。

"很好。帕伦博先生呢？"

"还是老样子，身体不好，脾气更是不好。"

"请代我问候他。"

"那当然。"

女招待走过来，看了看沙漏器。"我只喝点酒，"图伯蒂尼说，"不吃什么了。"

拉扎洛夫看了看点菜单。"煎黑鱼，再来杯红葡萄酒。"

图伯蒂尼瞟了车里的手下人一眼,他们像是在打盹儿。"芝加哥出了什么事?"

"没出什么事。我们只是需要弄点情报而已。我们听说,你们在调查局里有一个很可靠的内线,而且此人跟沃伊利斯很接近,是吗?"

"是又怎么样?"

"我们需要此人弄点情报。我们在孟菲斯有个小机构,联邦调查局的人拼命想渗透进去。我们怀疑有个雇员也许在跟他们合作,但又逮不着他的把柄。"

"逮着了又怎么样?"

"剜出他的心肝喂耗子。"

"很严重,是吗?"

"是很严重。我们感觉到调查局的特工似乎注意到那个小机构了,因此都很焦虑。"

"好吧,假设那个内线的名字叫阿尔弗雷德好了。"

"好,我想知道我们的雇员是否在与联邦调查局的人合作,只需要阿尔弗雷德给我们一个很简单的答案,是或不是就行。"

图伯蒂尼盯着拉扎洛夫,呷了口酒。"阿尔弗雷德专门提供简单答案。他更喜欢做是非题。我们只用过他两次,都是在万不得已的紧要关头,而且两次都是'联邦调查局特工要来这儿,还是上那儿'这个问题。他极其谨慎,我想他不会提供太多细节。"

"他的情报可靠吗?"

"绝对可靠。"

"那么,他肯定能帮我们一把。如果答案是'是',我们采取相应行动;如果是'不是',那个雇员就能保住性命,照旧干他的工作。"

"阿尔弗雷德要价相当高。"

"我想也是。多少?"

"听我说,他在调查局干了十六年,前途无量。这就是他如此小心谨慎的原因,否则损失就太惨了。"

"多少?"

"五十万。"

"哇!"

"当然,我们也得赚点介绍费。毕竟,阿尔弗雷德是我们的人。"

"只赚一点?"

"很少一点,真的。大多数都得给阿尔弗雷德。要知道,他每天都和沃伊利斯谈话,他们的办公室只隔一个门。"

"好吧,五十万就五十万。"

图伯蒂尼脸上掠过一丝得意的微笑,尝了口酒。"我想你撒谎了,拉扎洛夫先生。你说孟菲斯是家小机构。那不是实话,对吧?"

"对。"

"叫什么名称?"

"本迪尼公司。"

"对了。"

"那雇员叫什么?"

"米切尔·麦克迪尔。"

"这事大约要两三个星期。见阿尔弗雷德可不容易。"

"好吧,尽可能快点就是。"

27

员工们的妻子出现在公司大门口,对公司来说,是极不寻常的。自然,她们很受欢迎,大伙都这么说,可就是难得有谁被邀请过,艾比就这么冲进了大门,到了接待厅里,她既没受到邀请,也没跟哪个打声招呼。她强调说必须立即见到丈夫。接待员打电话到二楼告诉了尼娜。不一会儿，尼娜便急匆匆地来了，向她解释说，米奇正在会客。艾比回答说，叫他出来！她们一起冲向他的办公室，艾比关上门，一个人在里面等着。

米奇又一次目睹着埃弗里临行前的忙乱场面。埃弗里朝电话里嚷嚷的当儿，秘书们你碰我，我碰你，忙不迭地打点手提包。埃弗里要去大开曼待上两天。他解释说四月十五日在当地银行里有件急事必须要他亲自处理。

这时，尼娜走了进来，看着米奇。"麦克迪尔先生，你太太来了，她说有急事找你。"

室内顿时静了下来。米奇茫然地看着埃弗里，秘书们愣住了。"什么事？"他问。

"她在你办公室里等你。"尼娜说。

"米奇，我得走了，"埃弗里说，"明天给你打电话，但愿一切正常。"

"好的。"米奇默默地跟着尼娜穿过走道，到了办公室。艾比坐在办公桌上，他关好门，上好锁，仔细地看着她。

"米奇，我得回家一趟。"

"为什么？出了什么事？"

"爸爸刚才打电话到学校告诉我，医生发现我妈的肺里长了颗肿瘤，明天要做手术。"

他深深吸了一口气。"我很难过。"米奇没有抚摸她。她也没有哭。

"我必须回去。我已经向学校请好假了。"

"去多久？"这是个令人不安的问题。

艾比盯着墙壁。"不知道，米奇。我们得分开一段时间。眼下，好些事情都让我厌烦。我需要点时间。我想那对我们大家都有好处。"

"我们好好谈谈。"

"你太忙了，没工夫谈，米奇。六个月来，我一直想跟你谈，可你根本不听。"

"你要离开多久，艾比？"

"不知道，我想那得看妈妈的情况，不，那得取决于好多事情。"

"你在吓唬我，艾比。"

"我会回来的，我保证。但我不知道什么时候回来，也许一星期，也许一个月。我需要理出一点头绪。"

"一个月？"

"不知道，米奇。我只是需要一段时间和妈妈在一起。"

"但愿她平安无事。"

"我先回家收拾一下，大约一小时后我就动身。"

"好的，千万小心。"

"我爱你，米奇。"

他点点头，看着她开门走了。他们没有拥抱。

五楼上，一名技师倒回了录音带，然后揿下了直通德法歇办公室的"紧急情况"按钮。德法歇立即来了，戴上耳机听了一会儿。"倒带！"他命令说，又默默地听了一遍。

"这是什么时候的事？"

"两分十四秒之前，在二楼他的办公室里。"

"见鬼，她要离开他，是吧？在这之前没谈过分居或离婚的事？"

"没有，这种事还从没听他们谈过。"

"知道了，问一下马尔库斯，他以前听到过什么没有。再听一下磁带，以免漏掉了什么。见鬼，真是活见鬼。"

艾比说是去肯塔基，可并没真的去那儿。在距纳什维尔还有一小时的路程时，她离开40号州际公路，折向北，上了13号公路。她一直注视着身后，没发觉什么可疑的人。在离肯塔基州界不远的克拉克斯维尔小镇，她突然折向东，开上了12号公路。一小时后，沿着一条县级公路进了纳什维尔城，转眼间红色标致车消失在市区的车流之中。

艾比把车子停到纳什维尔机场停车区，然后到了候机厅。在一楼洗手间里，她换了装，把齐肩的长发扎成一个马尾巴，戴上墨镜，把衣服、高跟鞋、连袜裤统统塞进了一只帆布运动包里。

离开孟菲斯五个小时后，艾比走到三角洲航空公司登机门前，出示了机票。她要了个靠窗的座位，注视着夜幕低垂的忙碌的机场。她有点不安，喝了口葡萄酒，看着《新闻周刊》。

两小时后，飞机抵达迈阿密。她下了飞机，匆匆走过机场。

来到开曼航空公司的登机门前，她出示了往返机票，以及必要的出生证、驾驶执照。

在拥挤的屋子里，艾比坐在角落里，除了一个年轻的父亲带着娇妻和两个孩子盯着她外，再没别人注意她。开往大开曼的飞机三十分钟后就要起飞了。

一开始，事情很棘手，之后埃弗里锐气大增，在乔治城蒙特利尔皇家银行大开曼分行一干便是七个钟头，到下午五点才离开。迎宾会议室里还堆积着很多电脑打印清单和账目摘要，他打算明天再来看完。他需要麦克迪尔。可事态发展到了这步田地，不得不谨慎行事，削减米奇的旅行安排。此时，埃弗里又累又渴，而海滩上，人们正在及时行乐，热闹无此。

在朗姆海仔酒吧，埃弗里端起一杯啤酒，从人群中挤来挤去，到了院台上，想找个座位。就在他走过多米诺骨牌的时候，格林伍德事务所的塔米神情不安地走到人群当中。她在一张凳子上坐了下来，注视着埃弗里。她穿着棕黄色皮鞋和比基尼，乳房高耸。尽管她已经四十岁了，但依旧招来二十多双饥渴的眼光。她要了杯汽水，点了支烟，边抽烟，边看着埃弗里。

他是条色狼，长得一表人才。他一边呷着啤酒，一边扫视着五十码之内的每一个女人，末了，他盯上了一个，她是个年轻的金发女郎；他正要下手，突然她的男人来了，他只好又啜着啤酒，继续搜寻。

塔米又要了杯汽水，她起身朝院台走去。那色狼立刻盯住了她丰硕的乳房。

"坐在这儿可以吗？"她问。

埃弗里欠欠身，伸手拉拉椅子。"请坐。"这对他来说简直是个激动人心的时刻。在成堆男人中，她挑上了他。他本可找年轻些的套套近乎，可此时此地，最能撩人魂魄的，就算她了。

"我叫埃弗里·托勒，从孟菲斯来。"

"见到你真高兴。我叫利比，利比·洛克斯，伯明翰人。"这会儿她又成了利比。她有个妹妹叫利比，她母亲叫多丽丝，她的真名是塔米。

"什么把你引到这儿来了？"埃弗里问。

"没什么，不过找乐儿。今儿早上到的，住在'棕榈'。你呢？"

"我是个税法律师，说了也许不信，是来出差。每年总得来几趟，真是活受罪。"

"你住哪儿？"

埃弗里指了指。"我们公司在那边有两套公寓。很不错的。"

"是很漂亮。"

"想去看看吗?"

她像个女生似的咯咯笑着。"再说吧。"

埃弗里对她笑笑。"你喝什么?"

"杜松子加兴奋剂,再兑点酸橙汁。"

埃弗里起身去了酒吧,拿回两杯酒。他朝她身边挪了挪椅子,轻轻碰着她的腿,眼光盯着她的胸脯。

"你一个人吗?"他明知故问。

"是的,你呢?"

"也是,晚餐有什么安排吗?"

"还没有。"

"正好,六点开始,'棕榈'那边有野餐大集会,有最好的海鲜、柔美的音乐和朗姆酒。"

"我就喜欢野味。"

他们贴得更近了。埃弗里蓦地把一只手伸到了她的两膝之间。他笑笑,她也笑笑。这并非全然没有快意,她想,不过眼前还有正事要办。

合唱团的歌声响了起来,晚宴开始了。海滩上的游客从四面八方纷纷涌向棕榈酒店。埃弗里和利比宛如一对情侣,手拉着手走进了"棕榈"院子,在自助餐前排起队。

他们吃吃跳跳,边喝边舞,整整乐了三个钟头。十点时,他已烂醉如泥,她领着他离开舞池,直往邻近的公寓走去。刚到门口,他一把抱住她,又是吻又是摸,足足有五分钟之久。然后他们进了屋里。

"再来一杯。"塔米说,一副浪女的样子。

她和他一杯接一杯地喝。埃弗里心想,如果她能喝一杯,那他又为什么不能?突然他想小便,说声对不起便离开了。她笑了笑,从两腿当中的桔黄色布条内取出一只小塑料盒,拿出一颗麻醉剂倒进埃弗里的酒杯里。然后,她拿起自己的酒。

"快喝了吧,大汉子,"埃弗里一回来她就说,"我急着要上床了。"

他抓起酒杯一饮而尽。舌头麻了好久。他又喝了一口,身子开始发软,头晃了两下,终于睡着了。

"好好睡吧,多情的汉子。"她自言自语地说。她把他从椅子上翻下来,拖到床边,把他放到床上,褪下了他的短裤,然后替他盖上毯子。

塔米在梳妆台上找到了两串钥匙,一共十一把。她来到楼下,在厨房和那个面对海滩的大房间之间的过道里,找到了米奇去年十一月份发现的那扇神秘的门。这屋子之所以令人生疑,是因为这门是金属的,而且总是锁着,门上还贴着一个"贮藏室"的小牌子。整个公寓里,就这一间贴着标记。

塔米一一试着钥匙,试到第四把,锁打开了。她屏住呼吸,推开门。没有电击,没有警报,什么都没有。米奇告诉她推开门后,等五分钟,要是不出什么事再开灯。

她等了十分钟,漫长而可怕的十分钟。米奇曾推测,A单元是供合伙人和信得过的客人住的;而B单元则是给普通律师住的,因此他推测A单元不会有监听装置。十分钟后,她捻亮了灯,又等了片刻,还是没有什么动静。房间大约十五平方英尺,白墙,没铺地毯,但里面有不少防火文件柜,塔米数了一下,一共是十二只。她慢慢地走到一个柜子跟前,拽了拽顶上的抽屉,抽屉居然没上锁。

她熄了灯,关上门,回到了楼上的卧室里。埃弗里仍在昏睡,鼾声如雷。此刻是十点半。她打算干上八小时,明早六点便可结束。

在角落里的一张桌上,三只大的公文箱整齐地排成一行。塔米抓起公文箱,熄了灯,从前门走了出去。停车场内昏暗一片。

从公寓到"棕榈"只有短短的一段路,但她拎着公文箱到达188号房间时,双臂都发酸了。房间在一楼,对着游泳池。她气喘吁吁地敲了敲门。

艾比拉开门,接过公文箱放到床上。"有问题吗?"

"现在还没有,想必他睡死过去了。"塔米用毛巾擦擦脸,开了一罐可乐。

"他人呢?"

"在床上。我们有八个小时的时间,可以干到六点。"

"你进了那个房间吗?"艾比问,随手递给她一条短裤和一件宽大的棉布衬衫。

"是的。里面一共有十二只大文件柜,都没上锁。"

"十二只?"

"是的,又高又大。六点前要能弄完就算走运啦。"

在这间单人房里,摆了张大号床。房间中央,端端正正放着一台佳能8580型全自动复印机,此时正开着。它是以高价从岛上办公用品公司租来的,两箱复印纸放在床边,一共一万张。

她们打开第一只公文箱,拿出薄薄的六袋文件。"都一模一样吗?"塔米喃喃自语。她拆开袋子,抽出文件。"米奇说,律师都有第六感官,要是哪个秘书或职员碰一下文件,他们都能嗅出来,因此你要格外小心。不要急,一份一份地复印。一切都必须有条不紊。"

借助自动复印装置,十页一份的文件只用了八秒钟就复印好了。

第一只公文箱里的文件二十分钟便复印完毕。塔米把两串钥匙递给艾比,拿起两只帆布提包,又动身到公寓那边去了。

艾比跟着塔米出了门,把门锁好,随即朝"棕榈"门口塔米租来的一部日产车走去。她沿七里滩驱车前行,到了乔治城,找到了大开曼岛上唯一的一家锁店。

"丹特莱先生，很抱歉这么晚还来麻烦您。我给您带来了点小礼物。"她拿出事先准备好的朗姆酒。

丹特莱先生从暗处走上前来，接过朗姆酒。艾比把十一把钥匙递给丹特莱。他小心翼翼把它们放到杂乱的工作台上。"这不费事儿。"他头也没抬便干了起来。

丹特莱虽说夜里十一点还在喝酒，但头脑清醒，手脚利索，二十分钟便大功告成。他把两串原配钥匙和它们的复制品交给了艾比。

"谢谢您，丹特莱先生，多少钱？"

"这些钥匙都很容易配，"他慢吞吞地说，"每把一元吧。"

艾比付过钱，匆匆离去。

塔米把第一个文件柜最上面一个抽屉里的东西全都塞进了两个小提包里。她合计了一下，每个柜子有五个抽屉，共有十二个柜子，就是说往返得跑六十趟；还有八个小时，能行。文件柜里面尽是文件、笔记本、电脑打印清单，更多的还是文件。米奇说，他无法确定哪些用得着哪些用不着，所以唯一的办法就是把它们全都复下来。

她熄了灯，跑到楼上看了看那个多情的汉子。他动都不动，鼾声平缓均匀。

当她提着提包，回到188号房间时，膀子都酸了。艾比去乔治城还没回来，于是她把包里的东西整齐地摊在床上。她喝了口可乐，拎着空包又回到公寓。第二只屉斗和第一只一模一样，她把文件整齐地放进提包里，又上楼去看了看埃弗里，他依然没动静。

塔米第二趟回来时，艾比已印完第二只公文箱里的文件。

"钥匙弄好了吗？"塔米问。

"是的。一切顺利。那个男人怎么样了？"

"如果复印机不开,你一定听得见他打鼾的声音。"塔米把文件卸在床上,用温毛巾擦了把脸,又动身去了公寓。

艾比复印完第三只公文箱里的文件,开始复印文件柜里的文件。

塔米第三趟回来时,累得上气不接下气,鼻尖上的汗珠直往下滴。"第三个抽屉里的,"她说,"他还在打鼾呢。"

凌晨两点,她们完成了一半,一共四千多份材料整齐地堆在床上。

她们休息了一刻钟。

五点半,东方出现了第一缕曙光。她们忘却了疲劳。艾比加速了复印工作,塔米则飞快地走回公寓。这可能是第五十二趟了。

塔米打开门,径直到了贮藏室,把包装满文件,搁到地上,然后轻轻爬上楼。刚进卧室,她惊呆了。埃弗里正坐在床沿上,面对着阳台,听见她进来,慢慢转过脸看着她。他眼圈肿了,目光呆滞,皱着眉头瞪着她。

塔米本能地解开短裤,做出一副浪女的模样,走到床边。"你醒得早了点儿,我们再睡一会儿吧。"

他没吭声,目光又回到了窗子上,塔米坐在他身边,抚摸着他大腿内侧,手慢慢滑到了他的腿根处。他一动不动。

"醉了吗?"她问。

没有回答。

"埃弗里,答应我,宝贝儿,我们再睡会儿吧,天还那么黑。"

他侧身倒了下去,头落在枕头上。他咕哝了一声,接着便合上了眼睛。塔米把他的两条腿挪到床上,替他盖好被子。

十分钟后,鼾声又起。她套上裤头,朝"棕榈"跑去。

"他醒了,艾比!"塔米焦急地说,"他醒了,又睡了过去。"

艾比愣了一下，停下手里的活，两人一齐看着床上尚未复印的文件。

"没关系，赶紧冲个澡，"艾比冷静地说，"然后回到他房间去，看看动静，锁好贮藏室的门。等他醒来去冲澡时，打个电话给我。我得把剩下来的复印完，我们可以等他出去干活时再来搬回去。"

"那太危险了！"

"是很危险，快去吧。"

五分钟后，身穿黄色三点式比基尼的塔米回到公寓，锁好大门和贮藏室，然后进了卧室，她脱掉泳衣，钻进了被子里。

九点零三分时，埃弗里从昏睡中醒来，眯起眼睛看着电子表，足足看了三十秒才看清红色数字：九点零五分。该死！他本该九点到银行。他骂了声，该死的女人！

塔米听到他的声音，但她仍旧闭着眼睛躺着。她祈祷他可别碰她。她感觉到他正盯着她看。

"妈的！"说着，他站起身，试走几步，双脚仿佛灌了铅似地笨重。

浴室在二十英尺以外。他一步步挪动着，总算挪到了那儿。

塔米翻了一下身，面对阳台，她感觉到埃弗里到了她身边的床沿上。他轻柔地抚摸着她的肩膀。"利比，醒醒。"他晃着她的肩膀。

塔米给了他一个妩媚的微笑。"你真棒。"她闭着眼睛柔声说。

他忘记了耳鸣目眩，腰酸背痛，得意起来，昨夜他确实很棒。

"瞧，利比，我们睡过头了，我得去工作，我已经迟到了。"

"没情绪了，是吗？"塔米格格地笑着，心里却在巴望他没那个情绪。

"现在不行，今晚怎么样？"

"我一定来。"

255

"好的，我得冲个澡去。"

"出去时喊醒我。"

埃弗里站起身，咕哝了一句，然后锁上了浴室门。塔米溜下床，拨通了艾比的电话。

"他在冲澡。"

"你没事吧？"

"没事，我挺好。"

"你还得在那儿待多久？"

"十分钟，也许一刻钟吧"。

"好吧，利索点。"艾比挂上电话，塔米溜回到了被子里。

十点半，塔米接过了艾比新配的钥匙。她进了公寓，打开贮藏室的门。五分钟后，她拎着文件离开了公寓。第二趟和第三趟也是一样的利索，一样地平安无事。最后一趟离开时，她仔细打量了一番，一切都有条不紊，就像没人动过的一样。她锁好公寓大门，拿着空帆布包回到了旅店房间。

她们在床上躺了一小时。

那些堆成了一座小山的证据装进了十二只箱子。两点半，一名头戴草帽、光着上身的当地人敲了敲门，自报家门说他是从"开曼寄贮货栈"来的。艾比指了指地上的箱子。他扛起箱子，慢慢吞吞地朝行李车走去，把寄贮箱一一安顿在车上。

她俩开着日产车跟在他后面，到了乔治城的寄贮货栈。艾比指定了一个贮藏室付了三个月的租金。

28

塔兰斯坐在十一点四十分从路易斯维尔经印第安纳波利斯开往芝

加哥的夜班"灰狗"长途车上,虽然后排上只有他一个人,但车子前面却坐满了乘客。现在是星期五夜里,汽车提前三十分钟从肯塔基开出,他深信一定是出了什么事了。莫不是乘错了车?莫不是麦克迪尔改变了主意?哎,真叫人费猜疑。那三十分钟过去后,连个人影都没见着。突然,不知从哪儿钻了出来一个女人,溜到过道边的座位上,清了清喉咙。塔兰斯侧过头。哦,是她!他从前见过她,只是记不得在什么地方了。

"你是塔兰斯先生?"她穿着牛仔裤、白色帆布鞋和一件厚厚的绿色拼花运动衫,一副墨镜遮住了她大半个脸。

"没错。你呢?"

她抓住他的手,有力地握着。"艾比·麦克迪尔。"

"可我等的是你的丈夫啊。"

"知道。他决定不来了,所以我就来了。"

"哦,是这样。我倒是想跟他谈谈。"

"这不,他派我来了。就算我是他的代理人好啦。"

塔兰斯放下书,看着窗外。"他在哪里?"

"那重要吗,塔兰斯先生?他派我来谈生意。你是专门来谈生意的,那我们就谈吧。"

"好吧。把声音放低点,如果有人朝过道走过来,你就抓住我的手,不要出声,就像我们是一对夫妻似的。行吗?谈正事吧,沃伊利斯先生——你知道他是谁吗?"

"我什么都知道,塔兰斯先生。"

"很好。沃伊利斯先生快要急疯了,因为他还没有拿到米奇的文件。其实都是正当的文件。你明白它为什么这么重要,对吧?"

"我明白。"

"所以我们要那些文件。"

257

"我们要的是一百万。"

"对,正是这么回事。不过我们得先拿到文件。"

"不对,不是那么回事。交易是这么定的,塔兰斯先生,一百万必须严格按照我们的要求存到我们想存的地方,然后我们再给你们文件。"

"不信任我们?"

"不错,我们不信任你们,沃伊利斯也好,别的什么人也好,我们都不相信。钱得电汇到巴哈马自由港的一家银行的户头。钱一汇到,我们马上就能得到通知,然后再由我们电汇到另外一家银行。一旦钱到了我们想存的地方,文件就是你们的了。"

"文件在什么地方?"

"在孟菲斯一家小型货栈寄存着。总并有五十一份,全都装了箱,你们会很满意的。"

"你们?你也看到了那些文件?"

"那还用说,我也帮了忙。8号箱里的东西会让你们惊讶不已的。"

"噢?是什么?"

"米奇弄到了三份埃弗里的文件,这些文件好像有问题。其中两份处理的是达恩·莱恩有限公司的业务。我们了解到,这是黑手党手下的一家公司,在开曼岛注册。它是一九八六年用非法转移到那儿的一千万美元创办起来的。文件上的业务是由该公司出资兴建的两大建筑项目。保证你们一看便放不了手。"

"你怎么知道它是在开曼岛注册的?又是如何知道注册金是一千万元?明摆着,文件上不会有这些内容?"

"对,是没有。不过我们另有证据。"

塔兰斯琢磨着这"另有证据",车子行了六英里的路程,他也没想出个名堂。很明显,除非他先付一百万,才能见到这些证据。于是他也就不再想了。

"我不能肯定。在拿到文件之前，我们是不是能按你们的要求汇钱。"塔兰斯这是相当无力的虚张声势。艾比心领神会地笑了。

"难道我们还闹着玩儿不成，塔兰斯先生？干吗老是吵来吵去，何不把钱给我们得啦？"

一个留学生模样的阿拉伯人晃荡着走过过道，进了洗手间。塔兰斯愣了一下，然后盯着窗子。艾比像个真正的情人似的拍着塔兰斯的臂膀。哗哗的水声仿佛低矮的瀑布一泻而过。

"这事还要等多久？"塔兰斯问。艾比此刻没再碰他。

"文件已经准备好了，就等你们的一百万美元啦。"

"明天。"

艾比看着窗外，压低声音说："今天是星期五，下周二东部时间上午十点，你们从曼哈顿化工银行电汇一百万到自由港的安大略银行的户头上。这是正当、合法的电汇，大约只需要十五秒。"

塔兰斯蹙着眉，听得很费劲。"假如曼哈顿化工银行没有我们的户头呢？"

"现在没有，但不等于说星期一没有。到华盛顿找个人，办理一下简单的电汇，不会难倒你们吧？"

"当然不会。"

"很好。"

"可是为什么选在化工银行？"

"是米奇的交待，塔兰斯先生，相信他好啦，他在做什么，心里是有数的。"

塔兰斯不屑地哼了一声，装出个笑脸。他们陷入了一阵沉默，汽车向前行进了一两英里，他们各自想着下一个问题和答案。

"好吧，"塔兰斯小声说，"我们何时能拿到文件？"

259

"那笔钱一旦顺利地汇到自由港,我们马上就能知道。星期三上午十点半之前,一份联邦快递包裹会寄给你们在孟菲斯的办事处,里面会有详细说明和一把贮藏室的钥匙。"

"这么说,我可以告诉沃伊利斯先生,星期三下午之前我们能拿到文件啰?"

艾比耸耸肩,没说什么。塔兰斯感觉到这个问题问得真蠢。他赶忙想了个漂亮的问题。

"我们需要你们在自由港的账号吗?"

"我早写在纸上了,车子一停我就给你。"

一切细节都谈过了,塔兰斯伸手从座位下面拿出书来,一页一页地翻着,假装在看。

"还有什么问题吗?"

"是的。能谈谈你提到的别的证据吗?"

"当然。"

"在哪儿?"

"问得好,如果我没弄错的话,我们要先拿到另一笔钱,五十万美元,作为回报,我们会给你们足够的证据,好让你们能够起诉他们。你问的别的证据属于这下一笔交易。"

塔兰斯翻过一页。"你是说你们已经弄到了那些……那些肮脏的文件了?"

"不错,我们弄到了一批肮脏的文件。"

"在哪儿?"

她温柔地笑着拍拍他的胳臂。"肯定不在那个小型贮藏室里。"

"你们已经弄到手了?"

"可以这么说吧。想看两份吗?"

他合上书,猛吸了一口气,然后看着她。"当然。"

"我想也是。米奇说要给你十英寸厚的达恩·莱恩有限公司的文件。什么银行存单、公司执照、备忘录、细则、高级职员名单、持股人名单啦、电汇凭据、洛克致乔伊·莫罗尔托的信件、核算工作底稿啦，还有百来份有趣的小证据，准能让你一看就忘了睡觉。这些都是妙不可言的材料啊，当然全都是复印件。米奇说，单是从达恩·莱恩材料里，你们或许就能列出三十个起诉状来。"

塔兰斯一字不漏地听着，深信不疑。"我什么时候能看到材料？"他急切地问，声音压得很低。

"等雷一出监狱就行，这也是交易的一部分。没忘吧？"

"噢，对啦，雷。"

"噢，对啦。他必须越狱成功，塔兰斯先生，不然的话，你就可以忘掉本迪尼公司这件事。米奇和我将带上这少得可怜的一百万，远走高飞。"

"我正在办这事。"

"最好加把劲。"这并不只是要挟，他心里清楚，他又翻开书，眼睛盯着上面。

艾比从口袋里抽出一张本迪尼-兰伯特暨洛克公司的业务名片，丢到书上。名片的背后，是她写好了的账号：自由港安大略银行477DL-19584。

"我要回自己的座位去了，下周二的事都清楚了吧？"

"没问题，下一站你要下车？"

"嗯。"

"上哪儿去？"

"回肯塔基娘家。我和米奇分居了。"

艾比说着走开了。

261

迈阿密海关门前排着十二条骚动不安的长队，塔米站在当中。她穿着短裤、草鞋、背心，戴着墨镜和草帽，那装扮和刚从加勒比海滩归来的游客毫无二致。她的前面是一对脾气暴躁的新婚夫妻，他们背着成包的免税烈酒和香水，显然正在争吵。她的身后是两个崭新的皮箱，里面装满了足以能起诉四十名律师的文件和证据。她还背了个旅行小背包，里面是几件换洗衣服和牙刷，俨然一副游客的样子。

大约每过十分钟，那对年轻夫妻便往前挪动几步。塔米拖着行李跟在他们后面。排了一个钟头，她总算到了关卡口。

"没有什么要申报的吗？"检查员用蹩脚的英语喊道。

"没有。"她回敬道。

他朝两个大皮箱示意了一下。"里面是什么？"

"纸。"

"纸？"

"纸。"

"什么纸？"

"法律文件。我是个律师。"

"好，好。"他拉开旅行背包的拉链，朝里望了一眼。"好。下一个。"

她小心翼翼地拉着行李箱。一名搬运工走过来，把两只箱子装进一辆推车里。"B 大厅 44 门，去纳什维尔的三角洲 282 次航班。"塔米边说边递给他一张五美元的票子。

星期六午夜时分，塔米和三只旅行箱平安到达了纳什维尔。她把它们装进车里，离开了机场。在布伦特伍德郊区，她把车子停到了指定的停车点，然后分批把皮箱拖进了单人房的公寓里。

屋子里除了一只租来的长沙发，连一件家具也没有。塔米把皮箱里的文件取出后，逐一整理起来。米奇要她列出一份清单，每一份文件,每一笔银行单据,每一次合作内容都要记下来。

塔米整整清点了两个小时。她坐在地板上,认认真真地做着记录。三趟大开曼之行,弄来的文件,屋子都快摆不下了。她还要去一趟。

她感到又困又累,好像过去两周里只睡了三个钟头。可是米奇叮嘱过这是十万火急的事,事关自己的生命安危。

别名阿尔弗雷德的塔里·罗斯,坐在华盛顿风园饭店休息厅最暗的一个角落里。他心想,见面将要绝对简短。他呷着咖啡,等着他的客人。

突然,客人不知从哪儿钻了出来,背对着墙坐了下来。他名叫温尼·利科,纽约来的恶棍,帕伦博家族的人。

"别紧张,阿尔弗雷德。这地方没人看得见。"

"你想要什么?"阿尔弗雷德轻轻地问。

"想喝一杯。"

"这可不是喝一杯的时候。我走啦。"

"坐好,阿尔弗雷德。别紧张,伙计。这儿没别人。"

"你想要什么?"他再次轻轻地问。

"不过想了解一点情况。"

"那可是要破费的。"

"一向如此。"一名招待走了过来,温尼点了酒。

"我的朋友登顿·沃伊利斯好吗?"温尼问。

"去你的,科索。我走啦,我要离开这鬼地方。"

"好啦,老兄。别紧张,我只是想了解点情况。"

"那就快说。"阿尔弗雷德扫了一眼店堂。

酒来了,温尼美美地喝了一口。"孟菲斯出了点麻烦。有些老兄很有些担心。听没听说过本迪尼公司?"

阿尔弗雷德本能地摇摇头。先不要承认,等弄到了漂亮的小情报再承认听说过也不迟。

温尼又美美地喝了一口。"听我说,那里有个家伙叫麦克迪尔,米切尔·麦克迪尔,他在公司供职,不过我们怀疑他在和你们的人暗中勾搭。懂我的意思吧?我们认为他向联邦调查局特工出卖本迪尼公司的情报。只要你弄清是真的假的就行了。"

阿尔弗雷德一本正经地听着,尽管做到这点很不容易。他太了解麦克迪尔了,连他最喜欢孟菲斯哪家旅馆也清楚。他知道麦克迪尔至今已和塔兰斯谈过五六次了,而且明白,也就是星期二,麦克迪尔就要变成百万富翁了。探听到这点情况,易如反掌。

"我试试看吧,我们还是谈谈钱吧?"

温尼点了支烟。"好吧。阿尔弗雷德,真人面前不说假话,这事很严肃。给你二十万现金。"

阿尔弗雷德放下杯子,从后口袋里摸出手帕,使劲擦擦眼镜。"二十万?现金?"

"是的。我们上回付了你多少?"

"七万五千美元。"

"明白我的意思吧?这事相当严重,阿尔弗雷德。你能办成吗?"

"能。"

"什么时候?"

"给我两星期。"

29

距四月十五日报税日还有一周,本迪尼-兰伯特暨洛克公司那帮工作狂们紧张的弦绷到了极限，他们开足马力为个人手上的案子做最后的冲刺，紧张地替自己的客户抵减或冲销应有的费用，生怕报税资料遭退件，生怕十五号前做不出报表，不得不另做延期表，承受罚款和损失。不到六点，公司的停车场上便停满了车子。秘书们每天的工作量加到了十二小时，很少有谁说话，即便说，也是三言两语。

妻子不在家，也就用不着回去，米奇不分昼夜地忙碌着。桑尼·卡普斯的案子出了点纰漏，他对埃弗里又是责怪又是斥骂，因为他得交四十五万税金，而总收入不过才六百万。于是，埃弗里和米奇又一道查核了全部卡普斯卷宗。米奇弄出了两笔减资，这才把数额降到三十二万。卡普斯表示他想到华盛顿另找一家税法顾问公司。

离期限还有六天，卡普斯约了埃弗里在休斯敦会面。利尔飞机已准备停当，埃弗里午夜就出发。米奇开车送他到机场，一路上领受了不少教导。

凌晨，一点半刚过，米奇回到了公司。三辆奔驰，一辆宝马和一辆捷豹零零落落停在停车场上。守卫替他开了后门，米奇乘电梯上了四楼。像往常一样，埃弗里的门锁上了。合伙人的办公室总是锁着。可以听到走廊尽头米利根咒骂电脑的声音。

米奇屏住呼吸，将一把钥匙塞进埃弗里门锁里。门把转动了，他进了屋，打开所有的电灯，走到那张小会议桌前。厚厚的卷宗堆放在桌上。

米奇坐下来，继续研究卡普斯卷宗。联邦调查局那本笔记上说，卡普斯是个合法的生意人，和该公司至少打了八年交道。联邦调查局对桑尼·卡普斯不太感兴趣。

一小时后，走廊尽头的说话声停住了。米利根关上并锁好了门，下楼去了。米奇连忙检查了四楼的办公室，接着又查了三楼。全都空无一人，此刻将近三点。

埃弗里办公室墙边靠近书架的地方，立着四只文件柜。米奇注意了好几个月，从未见谁动过它们。他走到文件柜边。四只柜子都锁上了，这也在料想之中。他挑出两把小钥匙，每把只有一英寸长。他试了第一把，正好塞进了第一只柜子，他打开了柜门。

从塔米偷运到纳什维尔的文件的清单上，米奇熟记了不少开曼公司的名字，这些公司的资金来路不正，如今摇身一变都堂堂皇皇了。他翻着顶层抽屉的卷宗，跃入眼前的是这些熟悉的名字：达恩·莱恩有限公司、东角有限公司、处女湾有限公司、内陆承包商有限公司、南海湾有限公司。他在第二、第三只抽屉里发现了更多熟悉的名字。卷宗里装着的尽是开曼银行贷款文件、电汇单据、担保证书、契约、抵押契约以及一千来份别的文件。米奇对达恩·莱恩和南海湾特别感兴趣。塔米的清单上登录了许多有关这两家公司的文件。

米奇挑了份南海湾公司的卷宗，里面装的是蒙特利尔皇家银行的电汇单据和贷款文件。他走到四楼中央的复印机前，打开电源，等机器预热的当中，他漫不经心地扫了一眼四周，周围空寂无人；他顺着天花板望去，没发现一个闭路电视镜头。在此之前，他便检查过不知多少次。"计费文号"指示灯亮了，他输入了莱蒂·普兰克夫人的文件号。她的纳税报表正摆在二楼他的办公桌上，借它的名复几份文件有什么不可。他把文件放到自动复印架上，三分钟就复好了，一共一百八十八份。这笔复印费记到了莱蒂·普兰克的账上。他把复印过的卷宗送回埃弗里办公室，又拿出一叠南海湾公司的文件回到复印机前。这回他输入格林马克合伙公司的文件号，用这个号码，他可以复印九十一份。

米奇的办公桌上还有十八份纳税报表等着签字。所有十八个档案号码都被派上用场，复印南海湾及达恩·莱恩证据的费用自动记到了它们的账上。文号还是不够用，他又从卡普斯卷宗和拉马尔处理的文件里各"借"了三个。

这套影印监测系统是由几条线路连接三、四、五楼各个不同单位的电脑所组成的。三楼的计费中心里有台电脑记录下每个号码影印次数及费用,讯号通到五楼的一监测电脑里,哪台复印机用什么文件号复印了多少份文件,五楼上的人都一清二楚。

四月十五日下午五时,本迪尼-兰伯特暨洛克法律顾问公司关起了大门。六点时分,人去楼空。两英里外,一家海鲜馆里的宴会厅,每年四月十五日都会被预订下来作为庆祝场所之用。每个律师和合伙人,都会出席宴会,今天也是如此。每个人尽管疲惫不堪。但心情异常兴奋,大有喝个一醉方休的架势。而公司有关生活节制有度的规定在今晚破例一次。

依墙而放的餐桌上摆满了几盘盐水虾和生牡蛎。一个大木桶里装满了冰镇啤酒。每年都由罗斯福主持开瓶仪式。他将和其他人一样,喝到夜半更深,烂醉如泥,然后兰伯特叫辆出租车送他回家。

米奇拿了瓶啤酒朝钢琴边一张桌子走去,拉马尔端着虾跟过来。他们看着同事们纷纷脱掉外套、领带,猛喝啤酒。

"都弄完了?"拉马尔吞下一只大虾问道。

"是的,昨天做完了。桑尼·卡普斯的案子,是埃弗里和我一起到下午五点了结的。"

"一共多少?"

"二十五万。"

"啊?"拉马尔拿起酒瓶,一仰脖喝了一半,"他可从来没交过这么多,对吗?"

"是的。他还在生气。这家伙,真不可思议。他从生意中净赚了几百万,还在为交 5% 的税闹翻了天。"

"埃弗里怎么样?"

"有点担心。上星期,卡普斯让他上休斯敦去找他。情况不太妙。卡普斯就交税的事大发其火。一个劲地责怪埃弗里,说他打算另请高明。"

"我想他一向都这么说。再来瓶啤酒?"

拉马尔拿来了四瓶。"艾比的妈妈怎么样?"

米奇从拉马尔的盘子里拿了只虾,剥了起来。"眼下,她还没事,医生切除了她的部分肺。"

"艾比好吗?"

"她很好。"

"她走了两个星期了。我们都很担心。"

"事情会解决的。她只是想分开过一阵,没什么大不了,真的。"

"老婆离家出走了,什么时候回来连她自己都没说,还说没什么大不了?"

"不错,她是没说什么时候能回来,也许个把月吧。她对我在公司上班的时间不太能适应。"

"你想过把工作节奏放慢点吗?"拉马尔问。

"没有,为什么要慢下来?"

"米奇,我们算是好朋友,对吧?我是替你担心。一口吃不下一个胖子,头一年是赚不到一百万的。"

噢,能赚到,他心里想。上星期我就赚到了一百万。自由港的那个户头十秒钟内就从一万猛增到一百零一万。十五秒后,结了账,那笔钱已平平安安地汇到一家瑞士银行。

米奇喝完第二瓶,又开了一瓶。"我知道,拉马尔,不过我不打算慢下来,艾比总会适应的,情况会好起来的。"

"但愿如此。凯想让你明天去吃顿牛排。怎么样?"

"好的，但有个条件：不谈艾比。她回娘家看她妈去了，会回来的。行吗？"

"好的，听你的。"

埃弗里端着一盘对虾在桌子对面坐了下来。他开始剥虾子。

"我们正在谈卡普斯呢。"拉马尔说。

"那可不是让人愉快的话题啊。"埃弗里说。米奇看着剥好的虾子慢慢成了一堆，便伸手抓起一把，塞进了嘴里。

埃弗里用疲惫的目光看着米奇，他两眼通红，极力想找点合他口味的东西吃，于是连壳嚼了起来。"要是头没去掉就好了，"他边嚼边说，"有头的味道好多了。"

拉马尔又去拿来几瓶酒。不一会儿，屋子里喧闹起来。

十点整，即兴演唱开始了。

米奇说声对不起便上洗手间去了，一名打杂工替他开了后门。他到了停车场上。从这里可以听到里面热闹的歌声。

去年今天，乔·霍齐和马蒂·科津斯基不也在这儿和大家同乐？

去年，他还是哈佛的毕业生，而今，他却成了百万富翁。

一年的世事沧桑，真不可思议！

米奇转身走开了。

子夜时分，出租车把这些全城最富有的律师拖回家。

就在此时，城区另一头的沿河大街上，两辆一模一样的蓝黄间杂的福特牌搬运车停到了大楼门口，车两侧醒目地漆着"清洁公司"的字样。达奇·亨德里克斯拉开了停车场大门，示意车子开进去。两辆车停在停车场后门口，车上下来八个身穿运动衫的妇女。她们卸下吸尘器、扫帚、拖把、卫生纸筒和装满消毒剂瓶的小桶。她们走进大楼时，轻声交谈着。根据上头的命令，她们每次清扫一层楼，从四楼开始。守卫们密切监视着她们的一举一动。

女人们根本不理会这些卫兵,她们叽叽喳喳,忙着倒垃圾桶、擦家具、擦洗卫生间。其中一个新来的女工干得比谁都慢。她左顾右盼,趁守卫不留神,一会拽拽办公桌抽屉,一会摸摸文件柜。她是个有心人。

这是她第三个晚上来这儿干活,她差不多把这里的底细摸清了。头天晚上,她在四楼找到了托勒的办公室,忍不住暗自笑了。

她穿着肮脏的工作服和一双破网球鞋,衣服上的徽章上绣着"清洁工多丽丝"。

当二楼完成一半时,一名守卫兵让多丽丝和另外两个清洁工苏西和夏洛蒂,跟他去一趟。他们进入电梯,到了地下室。他打开一扇厚重的钢门,领她们走进一间分成十二个单间的大屋子。每张小桌子上杂乱地堆满了东西,一台大电脑占据着桌面。到处都是计算机终端,四周墙壁摆满了黑色文件柜。墙上没有窗子。

"工具在那边。"守卫指了指一个壁橱说。她们把吸尘器和消毒剂拿出来,开始工作。

"别碰桌子。"他说。

30

米奇系好耐克气垫运动鞋的鞋带,坐在电话边的长沙发上等着。十点半整,电话铃响了。是艾比打来的。

没有"甜心儿""宝贝儿"和"亲亲"一类的问候,对话分外的冷淡。

"你妈怎么样?"米奇问。

"好多了。能下地走走了,不过伤口痛得厉害。她精神倒是挺好。"

"听了这消息，真让人高兴。你爸呢？"

"老样子，总是忙。"

"你工作怎么样？"

"四月十五日过了，没出什么灾难。每个人情绪都很好。十六日有一半人外出度假，公司里一下子安静多了。"

"我想你一天只工作十六小时了吧？"

他犹豫了一下，把要说的话咽了下去。这种时候吵架是不明智的。"你打算什么时候回家？"

"不知道，妈妈还需要我照顾两个星期，爸爸恐怕帮不了什么忙。今天我给学校打过电话了，告诉他们这学期我不打算回去了。"

"这学期还有两个月，你两个月都不回来？"

"至少两个月，米奇。我确实需要时间好好考虑一下。"

"考虑什么？"

"我们还是别再吵了，好不好？我没心思跟你吵。"

"好，好，好。"

"我有事了，妈妈要上床了。"

"明晚还给我打电话，好吗？"

"好的。老时间。"

艾比把电话挂了，没说"再见"，也没说"我爱你"。什么都没说，挂了就是挂了。

米奇穿上白色运动袜，套上白色长袖T恤衫，锁上门，一路小跑着上了黑森森的街道。西城区初级中学在东草溪地东面六个街区远的地方。红砖教室和体育馆的背后是棒球场，再往前，便是足球场。足球场四周是炭渣铺成的跑道。这是当地爱慢跑运动的人最喜欢的运动场所。

不过深夜十一点可没人爱去，特别是没有月光的夜晚。跑道上一个人也没有。他用了八分钟跑完了一圈,然后开始步行一圈。走过南面的看台时,他从眼角瞟见了一个人影。他继续往前走着。

"喂。"

米奇停住脚步。"嗯,什么人?"

一个嘶哑的声音回答说:"乔伊·莫罗尔托。"

米奇朝看台走去。"别开玩笑了,塔兰斯。有人跟踪我吧?"

"没人跟踪。拉内正在那边一辆亮着灯的校车里。你来时,他闪了绿灯。要是红灯闪了,你就赶紧回到跑道上去。"

他们走到看台顶上,坐在黑暗里的凳子上,他们注视着学校里的动静。校车一溜儿整齐地停在车道上。

"这儿够隐秘吧?"米奇问。

"还可以。那姑娘是谁?"

"我知道,你更喜欢白天见面,更喜欢人群集中的地方。"

"很好。那姑娘是谁?"

"挺精明,是吗?"

"说得对。她是谁?"

"我的一个雇员。"

"在哪儿找到的?"

"这有什么关系?你干吗老是问些不相干的问题?"

"不相干?今天我接到了一个陌生女人的电话,她说要和我谈谈本迪尼大厦里的事,正说着,突然提出要换一下电话;让我到一家杂货店门口的公用电话旁等她的电话,还交待我定要在某时某刻到达那儿;我去了,她也准时打了电话。那是一点半的事。要知道,我在附近一百英尺之内安插了三个人,注意当时那一带的动静。她让我今晚十点四十五分准点到这里,把这一带封锁起来,等待你慢慢跑过来。"

"挺顺利,不是吗?"

"不错，目前是这样。可她是谁？我是说，你让外人卷进来了。这确实让我担心，麦克迪尔。她到底是谁，了解多少内情？"

"放心吧，塔兰斯。她是我的雇员，什么都知道。其实啊，你要是像她那么了解内情，此刻你就在法庭上起诉，而不是坐在这里对她说三道四了。"

塔兰斯用劲吸了口气，想了想。"好吧，那就把她知道的告诉我吧。"

"她知道，过去三年里莫罗尔托家族及其同党从这个国家拿走了八亿美元现金，分别存到了加勒比地区不同的银行里。她知道存到了哪些银行，什么账号、哪天存的，等等。她知道，莫罗尔托至少控制着三百五十家在开曼注册的公司；这些公司定期把钱合法寄回国内。她知道汇寄的日期和数额。她还了解到，至少有四十家开曼公司所属的美国公司归莫罗尔托家族所有。她知道的可真是多啊，塔兰斯。你不觉得她是个非常精明的女人？"

塔兰斯说不出话来，他愤怒的目光刺向黑暗的夜空。

米奇扬扬得意地继续说："她还知道，他们是如何把不义之财换成百元面值的大票，又如何把它们偷运出国的。"

"如何偷法？"

"不用说，当然是用公司的利尔飞机。不过，他们也托人送。他们让每人带上九千八百元现金，替他们买张去开曼岛或巴哈马群岛的机票。你也清楚，数目在一万元以下是不必申报海关的。这些人俨然一副老游客的样子，口袋里揣满了现金，把它送到那边的银行。听起来好像钱不多，是吧，可是倘若有三百个人，每人每年跑二十趟，算算看，从这个国家流走了多少现金！这也叫跑单帮吧。"

塔兰斯轻轻点着头。

"好多人都想跑单帮，既能免费旅行，又有钱赚。公司还让一些训练有素的手下人带上一百万现金，用报纸工工整整地包好，那样就

273

可以逃避机场检查仪器的检查。有的西装革履，一副华尔街大老板的派头，有的干脆穿草鞋，戴草帽，把票子装在旅行背包里偷带出去。你们偶尔也能逮到一二个，他们即使进了班房，也会守口如瓶。对吧，塔兰斯？偶尔也有人携款而逃，可是黑手党决不会忘记他们的，钱自然是找不回来了，可他自己也就完蛋了。"

塔兰斯听着听着，很明显，他该说点什么了。"可你已经拿到一百万了。"

"多谢啦。我快准备好接受下一笔钱了。"

"快了吗？"

"是的。我和那姑娘还有两件事要做，我们正设法再从沿河大街弄出几份证据来。"

"你们弄到了多少文件？"

"一万多。"

塔兰斯嘴巴大张着。他盯着米奇。"见鬼！从哪儿弄到的？"

"你又问了个不相关的问题。"

"一万份文件啊。"塔兰斯惊叹道。

"至少一万。银行单据、电汇单据、公司执照、公司贷款文件、内部备忘录、各种人士之间的往来函件。好东西多着呢，塔兰斯。"

"你妻子提到过一家达恩·莱恩有限公司。我们审阅了你交给我们的文件。材料相当棒。关于这家公司，你还知道些什么？"

"多着呢。它是一九八六年以一千万资金注的册。注册金是从墨西哥银行的一个账户上电汇到该公司的。只是这笔现金原本是一千四百万，付过开曼海关和开曼银行老板们的佣金后便只剩下一千万了。公司注册时，法人代表是一个名叫迪耶戈·桑切斯的。此人碰巧是墨西哥银行的副总裁。总裁是个叫纳森·洛克的好人。这家舒适的小银行的司库是阿尔·鲁宾斯滕这家伙，想必你认识，我可不认识他。"

"莫罗尔托的暗探。"

"想不到，真想不到。还想听？"

"说下去。"

"这笔数目为一千万的种数基金投到了这家公司以后，短短三年之内，就赚来了九千万现金。非常有赚头的生意呀。公司开始到美国买各种各样的产业：得克萨斯的棉花农场、代顿的公寓楼群、贝弗利希尔斯的珠宝店、圣彼得斯堡和坦帕的饭店，统统都买。大多数现金交易是从四五家不同的开曼银行分别电汇支付的。该公司主要是一个非法转移现金的机构。"

"这些你都有文件证据？"

"问得真蠢，韦恩。我要是没有文件，我怎么知道得这么详细？"

"还得要多久？"

"两星期。我和我的雇员还有得忙，实在是不容易把文件从那儿弄出来。"

"那一万份文件是从哪里弄来的？"

米奇没理会这个问题。他猛地站起身朝门走了过去。"我和艾比想到阿尔伯克基去住。现在就着手安排吧。"

"急什么，还有好多事要先安排。"

"我说过两星期，塔兰斯。两周后，我就准备交给你们。从此我得销声匿迹。"

"别那么忙，我总得看几份文件吧？"

"你真是贵人多忘事呀，塔兰斯。我可爱的妻子不是答应过你，雷一出狱，就给你一大摞有关莱恩的文件？"

塔兰斯看着漆黑的球场。"我试试看吧。"

米奇走到他跟前，用指头指着他的脸。"听着，塔兰斯，仔细听着。我想我们还得把话说说清楚。今天是四月十七日,两周后就是五月一日。在五月一日我如约把文件交给你。这批铁证如山的文件,完全能够摧垮当今世界上最大的一个犯罪家族,而那最终将断送我的一生。我答应过你们,你也答应过帮我兄弟出狱。你还有一周时间,四月二十四日之前要是办不成,我将溜之大吉。你的案子,你的前程也就要化为泡影。"

"出狱后他怎么办?"

"你啊,老是这么蠢!跑呀,没命地逃跑。他只能这么办,也只需这么办。他有个拥有百万美元的弟弟,这弟弟又是个转移钱款、银行电汇方面的专家。不出十二小时,他将离开这个国家,去找那一百万美元。"

"去巴哈马群岛?"

"去巴哈马群岛!你真是个白痴,塔兰斯。那笔钱在巴哈马十分钟都没待到。你怎么能信任那儿的一帮腐败的傻瓜呢。"

"沃伊利斯先生可不喜欢别人给他限定期限,他实在是烦透了。"

"叫他放明白点。告诉他准备好下一个五十万,我差不多准备好了;告诉他把我兄弟弄出来,否则就拉倒。你想怎么说就怎么说吧,塔兰斯,反正雷得在一周内出来,不然的话我就溜了。"

米奇用力关上门,朝看台下面走去。塔兰斯在后面跟着。"我们什么时候再谈?"他叫道。

米奇跳过栅栏,站在跑道上。"我的雇员会打电话给你的。照她说的办就行了。"

31

纳森·洛克每年四月十五日一过,都要到韦尔休假三天。今年的假期却被德法歇取消了;这是拉扎洛夫的命令。洛克和兰伯特坐在五楼德法歇的办公室里,听他一件件地列数着一系列的蹊跷事。德法歇煞费苦心,极力想把这些事情糅和成一个骇人的谜团。

"他妻子走了,说是回家看妈妈去了。她妈得了肺癌,还说她厌倦了米奇目前的生活。几个月来,我们也零零碎碎听到了他们之间的一些口角。她对米奇一天干那么长时间的工作有点怨言,但也不会严重到这步田地。她回娘家去了,她说不知道什么时候可以回来。她妈病了,是吧?切掉了一边肺,是吧?可我们查遍了肯塔基、印第安纳和田纳西所有的医院,都说没听说过她妈妈的大名。你们不觉得这很蹊跷吗?"

"得啦,德法歇,"兰伯特说,"四年前,我妻子也做过一次手术,我们就是飞到梅奥的诊所做的。没有哪条法律规定非得在离家一百英里之内做手术。或许他们不想惹麻烦,登记的时候换了名字呢?这样的事时有发生。"

洛克点头赞同。"米奇经常和她通话吗?"

"他大约每天给她打一些电话。谈狗呀,谈她妈妈呀,谈办公室的事呀。昨晚,她告诉米奇,她至少两个月不打算回来了。"

"他有没有提到过是哪家医院?"洛克问。

"绝对没有。她一向都十分谨慎,不怎么谈手术的事。如果她妈妈真离开过家的话,那么现在也该回家了。"

"这话是什么意思,德法歇?"兰伯特问。

"闭嘴,听我说完。试想一下,没准,这只不过是一个把她弄出去的借口,让她远离我们,避开临头的大祸。明白吧?"

"你是假定米奇在跟他们合作?"洛克问。

"我拿钱就是吃这碗饭的,纳特。我猜想他大概知道电话被窃听了,所以他打电话才这么谨慎。我想他大概是为了保护她,才把她弄出城的。"

"挺玄乎,"兰伯特说,"挺玄乎。"

德法歇在办公桌后来回踱着。他瞪了瞪奥利,忍住了。"大约十天前,有人在四楼上复印了一大批不寻常的东西。说不寻常,是因为那是在凌晨三点干的。根据我们的记录来看,复印这批东西时,只有两个律师在这幢楼里:麦克迪尔和斯各特·基姆布尔,两人的办公室都不在四楼。这次复印一共动用了二十四个计费文号,三个是拉马尔·奎因的文件号,三个是桑尼·卡普斯的,另外十八个是麦克迪尔经手的文件号头;没有一个是基姆布尔的。维克多·米利根大约是两点半离开办公室的,当时麦克迪尔正在埃弗里办公室里工作。是他送埃弗里到机场的。埃弗里说他锁好了门,但也可能是忘了。要么是他忘了,要么就是麦克迪尔有他的钥匙。我于是逼埃弗里仔细想了想,他觉得他几乎能肯定门是锁上了。不过当时是深更半夜,他累得要死,而且匆匆忙忙,也有可能是忘了,对吧?可他也没授权麦克迪尔回到他的办公室去工作。的确,这没有什么了不得,因为他们一整天都在那儿赶卡普斯的案子。问题是,这些东西全是11号机器复印的,恰好是离埃弗里办公室最近的那台。我想完全可以假定这事是麦克迪尔干的。"

"复了多少份?"

"两千零二十份。"

"哪些文件?"

"那十八份全是税法客户的。嘿,我肯定米奇会这么说:报表都做好了,他不过是每样都复印了一份,就这样赖得一干二净。听起来也挺合理合法,对吗?不过,复印的事一向是秘书们干的,何况凌晨三点跑到四楼一开机就是两千多份,到底搞的什么名堂?再说那是四月七日,四月十五日干完的活,却提前一星期全都复印出来了,你们有谁有这等本领？"

德法歇停住脚步看着他们。他们正在琢磨着，有点被他说服了。"更蹊跷的还有呢。五天后，他的秘书又把同样的十八个计费文号输入了二楼她的复印机里，用它们大约复印了三百来份。我虽说是个外行，但我估摸这个数目倒是更合情理些。你们不这么看吗？"

他们都点了点头，但没吱声。德法歇奸笑着继续踱起步来。"这么说，我们可逮着他的把柄了，一气复印了两千多份，这是赖不掉的。那么严重的问题就是：他复印了些什么？如果说他用不相符的计费文号开了机器，那到底复的是什么东西呢？所有的办公室都锁上了，当然除了埃弗里的，因此我问过埃弗里。他有一排金属文件柜，里面装的是真正的文件。他把它们锁起来了。可是麦克迪尔干吗要复印合法文件呢？他不会的。埃弗里还有四只装着秘密文件的木柜，禁止任何人碰它们，对不对？这是公司的规矩。连别的合伙人都不能碰。比我的文件柜锁得还紧。因此，麦克迪尔是没法拿到的，除非他有钥匙。埃弗里把他的钥匙给我看过了，还对我说七号之前的两天里，他不曾动过那几只柜子。埃弗里查了一下，里面的文件看上去都整整齐齐的。他也说不准是不是有谁摸过。不过，你又怎么能看一下文件就可以知道是不是有人复印过呢？不能，你们看不出来。我也看不出来。因此今天上午，我把文件都拖来了。我打算送到芝加哥去，请他们鉴定一下指纹。这大约需要一星期。"

"他不可能复印那些文件的。"兰伯特说。

"那他还能复印什么呢。奥利？我是说，三楼四楼全都锁上了。全锁了，除了埃弗里的办公室。假如他正和塔兰斯勾搭，他想从埃弗里办公室得到什么呢？还不是那些秘密文件？"

"你是说他有钥匙？"洛克说。

"不错，我假设他配了一套埃弗里的钥匙。"

奥利哼哼鼻子，夸张地笑了起来。"这不可能。我不信。"

洛克那双黑眼轻视般地瞪着德法歇。"你说他是怎样配到钥匙的？"

"问得好，这问题连我也答不上来。埃弗里给我看过他的钥匙，两串，一共十一把。他一直带在身上。这也是公司规矩，对吧？称职的律师就该这么做。醒的时候，钥匙揣在口袋里，外出过夜时，钥匙压在床垫下面。"

"一个月来他到什么地方出过差？"洛克问。

"上周到休斯敦见卡普斯不算，时间上太近。在这之前，四月一日，他去大开曼待过两天。"

"是有这么回事。"奥利说，认真听着。

"妙得很，奥利。我问过他，两个晚上都干了些什么，他说除了工作，什么也没干。有天晚上去一家酒吧坐了一会儿，仅此而已；还发誓说两夜他都是一个人睡的。"德法歇揿下了一台便携式录音机的放音键。"可他是在撒谎。这个电话是四月二号九点一刻从 A 单元主卧室打出去的。"磁带转动着：

"他在冲澡。"第一个女人的声音。

"你没事吧？"第二个女人的声音。

"没事，我挺好。他想做那事都没法做呢。"

"怎么这么久？"

"他没醒过来。"

"他疑心了吗？"

"没。他什么也记不得了。我想他的头正疼着呢。"

"你还得在那儿待多久？"

"他冲完澡，我就和他吻别。十分钟，也许一刻钟吧。"

"好吧，利索点。"

德法歇撅下了另一个键,继续踱着步。"我不清楚她们是什么人。我还没有同埃弗里摊牌,眼下还没有。但他让我担心。他老婆提出要离婚,而他又爱追逐女色。这对公司的安全影响很大。我想拉扎洛夫会亲自处置的。"

"听这个女人的口气,好像那天晚上他喝醉了。"洛克说。

"显然是的。"

"你认为钥匙是她配的?"奥利问。

德法歇耸耸肩,坐到了破旧的皮椅上,那自信的神气消失了。"有可能,不过我表示怀疑。我琢磨过好长时间了。假设那女人是他在酒吧搭上的,后来两人都喝醉了。那他们上床时可能就很晚了。深更半夜,她怎么能配好那么多钥匙呢?我不认为是这么回事儿。"

"她有个同伙?"洛克说。

"是的,可我还是不敢苟同。也许她们正设法偷他的钱包,就在这时出了什么事儿。他身上带了两千元现金。要是他喝醉了,谁能担保他没把这点告诉她们呢?也许她打算在最后一刻拿了钱就跑可她没这么做。我搞糊涂了。"

"没别的假设了?"奥利问。

"现在没有。我爱假设,可这样的假设也太离谱了。试想,怎么可能呢?这两个女人拿了他的钥匙,深更半夜去找人配,还不能让他发觉,然后第一个女人再溜回去躺在他床上,而这一切又与麦克迪尔和他在四楼上用复印机有牵连,这猜想真太离奇了。"

"我同意这个说法。"奥利说。

"会不会是贮藏室里的东西?"洛克问。

"我想过了,纳特。我想了一整夜。她要是对贮藏室的单据感兴趣,那就必定与麦克迪尔及其他人有牵连。我想这也不可能。就算她找到了贮藏室和那些单据,埃弗里就在楼上睡着,深更半夜的她又能做什么?"

"她可以看啊。"

"是啊,那只不过一百万张嘛。别忘啦,伙计,她想必一直都在和埃弗里喝酒,不然他不会起疑心吗?这么说,她一夜都在陪埃弗里喝酒、交欢,等到他睡着了,突然跑下楼去看银行单据?这说不通。"

"她可能是联邦调查局的特工。"奥利得意地说。

"不,她不可能。"

"为什么?"

"道理很简单,奥利。联邦调查局的人不会这么干。首先,这么做是违法的,再说单据也很可能找不到。而且,更能说明问题的是……"

"是什么?"

"假如她是特工,她就不会打电话。外行才会打那种电话。我想她只是个扒手。"

德法歇如实向拉扎洛夫报告了女贼的事,而拉扎洛夫虽然指出了一百个漏洞,但也想不出更好的说法。他命令把三楼、四楼、地下室以及大开曼两套公寓的锁统统换掉,立即搜查岛上所有的锁匠,查明什么人在四月一日深夜或四月二日凌晨配过钥匙。他还命令立即鉴定埃弗里文件上的指纹。德法歇得意地回答,他已经这么干了,州律师协会档案里有米奇的纹样。

他还下令对埃弗里·托勒停职六天。德法歇认为这会打草惊蛇。拉扎洛夫说,那就告诉托勒,让他说心绞痛到医院住院检查,再让医生命令他休假两个月,再锁上他办公室,把麦克迪尔派给维克多·米利根。

"你不是说有个妙计可以除掉麦克迪尔吗?"德法歇说。

拉扎洛夫狞笑着挖了挖鼻孔。"不错,我有个妙计,派他到开曼出趟差,中途飞机神秘地爆炸了。"

"牺牲两名驾驶员?"德法歇问。

"是的,那才不会看出有破绽。"

"千万别在开曼一带干那种事,那太巧合了。"

"好啊。可总得在水上吧。要少留痕迹。我们要用威力大的爆破装置,省得他们能找着遗骸。"

"飞机很贵啊。"

"是很贵,所以我先要请示一下乔伊。"

"一切听你的。用得着我们的话,吩咐一声就行了。"

"当然。现在就开始着手考虑。"

"华盛顿那人怎么说?"德法歇问。

"我在等他回话。今天上午我给纽约挂过电话,他们正在查,一周后大概就能知道结果。"

"这样就省事多了。"

"是的。假如答案是肯定的,我们就得在二十四小时之内除掉他。"

"我这就着手安排。"

星期六上午,办公室静悄悄的。几个合伙人和十二名普通律师身穿咔叽短裤、马球汗衫晃来晃去,打发着时光。此时,秘书们都不在。米奇看了一下邮件,回了几封信。两小时后,他离开了办公室。是去看雷的时候了。

沿着40号州际公路,他驱车东行了五个钟头。每到一个路边停车场和加油站,他都要停留一会儿,看看动静,没有发现一辆可疑的车,真的没有人跟踪。

他被安排到9号探监室,几分钟后,雷在厚实的铁栅门对面坐了下来。

"你上哪儿去了?"雷带着些许愠怒地说,"这个世上,你是唯一能来看我的人。你倒好,四个月,才来两趟。"

"我知道。眼下正是税收季节,我都忙瘫了。今后一定改正,再说,我也给你写过信了。"

"是啊,每周我总是能收到你几行字的信。什么'你好,雷。睡得好吗?吃得好吗?狱中过得如何?希腊语或者意大利语学得如何?我很好。艾比很好。狗病了。我得跑跑步去了。很快就来看你。爱你的,米奇'。"

"你的信也好不了多少。"

"我能说什么?看守们在贩毒品,一个朋友被人戳了三十多刀?算了,米奇。谁想听这些?"

"我一定改正。"

"妈妈好吗?"

"不知道。圣诞节后我就没回去过。"

"我不是叫你去看看她吗,米奇?"

米奇把一根手指放到嘴边,轻轻点着。雷向前凑过来,眼睛一眨不眨地盯着他。

米奇用西班牙语轻声说:"说西班牙语,讲慢点。"

雷微笑着问:"什么时候?"

"下周?"

"星期几?"

米奇想了一下。"星期二或者是星期三。"

"几点?"

米奇笑笑,耸了耸肩,朝四周望了望。

"艾比好吗?"雷问,又说起英语来。

"她回肯塔基两星期了，她母亲生病了，"米奇看着雷，轻声说，"相信我。"

看守走到雷身后，但并没有看着他们。他们彼此用眼神沟通。

"打算让我去哪儿？"雷匆匆用西班牙语问道。

"佩尔迪多滩希尔顿。上个月我和艾比去开曼岛度了一次假，真美呀。"

"我没有听说过那地方。在哪儿？"

"在加勒比海，古巴的下面。"

"我将叫什么名字？"雷用西班牙语问。

"李·斯蒂文斯。"

"有空给我带本西班牙书来看看。护照弄好了？"

米奇笑着点点头。看守走到雷身后停住了脚步。他们谈起了在肯塔基度过的往日时光。

薄暮时分，米奇把宝马车停到了纳什维尔市郊一个购物中心的停车场上。他把钥匙留在车上，锁好了车门，然后走进店内，进了男装部。一件黑色棉运动衫，引起了他的注意。他试了试，决定穿在身上出去。他太喜欢它了。在店员结账时，他翻阅着电话簿找到了一家出租车公司的号码。他打了电话，约好出租在十分钟后到。

天色已暗，南方春天有点阴冷。米奇坐在酒吧里，注视着购物中心入口处。他肯定没有人跟踪他，于是他便若无其事地走到出租车前。"布伦特伍德。"他对司机说，然后钻进了后座。

布伦特伍德二十分钟便到了。他找到了 E 楼 480 号。

"谁呀？"一个女人的声音从屋里紧张地问。他听到那声音心就融化了。

"巴里·斯邦克斯。"他说。

艾比拉开门,猛扑上来。他们疯狂地吻着,米奇抱起她,走进屋里,把她轻轻放到长沙发上,脱去了自己的衣服。

天完全黑下来了,购物中心买东西的人渐渐散去了。这时,一辆黑亮的雪佛莱轻型货车开到宝马车后面停了下来。一个小个儿男人跳下车,望望周围,将一把尖头螺丝刀戳进了宝马车门锁里。

今天,这家伙交上了好运,他发现钥匙还插在车上。小伙子暗暗发笑,随即发动车子,急驰而去。

这时,那个北欧大汉从躲在一旁的搬运车中跳下来,愣愣地看着。太晚了!车子开得太快了!车子被偷走了!就在他的眼皮底下被偷了!这下该如何交待?

他重又钻进了搬运车里,等着米奇回来。

他们亲热了一个小时,孤单之苦暂时得到了缓解。他们手拉手,亲吻着走进里间卧室。此时,米奇才注意到一旁成堆的文件。

他将在近日花几个小时审读这些文件,但不是在今晚。几分钟后,他就要离开艾比,回到购物中心。

艾比又把他带到了长沙发上。

32

浸礼会医院麦迪逊侧楼十楼空荡荡的门厅里,只有一位值班医生和一名男护士。探视时间九点已经过了,现在是十点半。他轻手轻脚走到门厅,跟值班医生打了个招呼,护士没理他。他敲敲门。

"进来。"一个粗壮有力的声音说。

他推开厚实的门,走到床边。

"你好,米奇,"埃弗里说,"没想到吧?"

"怎么啦?"

"早晨六点，我醒来时胃痉挛起来。我冲了个澡，感到肩膀这儿一阵剧痛，呼吸随着急促起来。我给大夫打了电话，他让我到医院里来看看。他认为是轻度心脏病发作，没什么要紧的。不过这几天他们要做一系列检查。"

"心脏病发作？"

"他是这么说的。"

"这不奇怪，埃弗里。这家公司，哪个律师能活过五十岁，就是奇迹。"

"是卡普斯害了我，米奇。这心脏病是他逼出来的。星期五他打电话告诉我说他在华盛顿另找了一家税法顾问公司，向我索要他的全部文件，他可是我最大的客户啊。去年一年我收了他四十万服务费，差不多是他所交税款的数目。付钱给律师他倒不在乎，可要让他纳税，他就感到极为愤怒。真是不可思议，米奇。"

"还不值得为他送掉一条命吧。"米奇边安慰他，边用眼睛寻找静脉滴注设备，但一个也没找到。

"我太太提出离婚了，你知道吗？"

"听说了，没什么奇怪的，是吧？"

"奇怪的是她去年没有提出。我曾提出给她一笔钱，私了算啦，希望她能接受，我不希望离婚。"

"兰伯特怎么说？"

"十八年来，我从没见他发过脾气，可这一次他真的生气了。他说我酗酒成性，追逐女色，丢了公司的脸，建议我去看精神病医生。"

埃弗里故意说得很慢，时不时还带点虚弱的沙沙声，听上去像是掐着嗓门似的。

"我想你是该找个精神病医生看看。也许应该找两个。"

"谢谢。我需要的是晒一个月太阳，大夫说过三四天我就可以出去；但两个月不能上班。那就是六十天哪，米奇！他说六十天内，我无论如何都不能上班，去转转都不行。"

"多有福气啊。我要是也能发场轻度心脏病就好了。"

"艾比好吗？"

"我想还好吧。我好久没见到她了。"

"真该去看看她，把她接回来，让她过快乐些。"

那位男护士走了进来，瞪了米奇一眼。"探视时间早过了，先生，你该走了。"

米奇跳起身。"是的，这就走。"他拍了一下埃弗里的脚，朝门外走去。"过两天再来看你。"

"谢谢你来看我。问艾比好。"

电梯里空无一人，米奇坐到十六楼，下了电梯，然后匆匆到十八楼，在远离电梯的走道尽头，只见里克·阿克林一面对着电话话筒在说话，一面朝米奇点点头，米奇向他走去。随着他手指的方向，米奇走进一间窄小的等候室。室内又黑又空，摆着两排折叠椅和一台发光的出售可乐机。塔兰斯就坐在边上，翻着一本旧杂志。

米奇坐到他身边，面对着走道。

"我想你得到了口信。"

"当然。太聪明了，麦克迪尔。今天下午，我正坐在办公桌前忙自己的事儿，着手搞一个案子，突然秘书进来告诉我有个女人打电话来，说是要谈谈一个叫马蒂·科津斯基的情况。我从椅子上跳起来，抓起电话，才知道是你的女雇员打来的，她说她有急事找我，她总是这么说。于是我就说，好吧，我们谈谈吧。她说，不行，一定要在外头。我依约到一家餐厅，一个招待走过来问我叫不叫科津斯基。我想，大概是我吧。我接了电话。正是你那女雇员打来的。她告诉我，你将在十一点左右来这儿看他。真是太聪明了。"

"挺顺利，不是吗？"

"是的，如果她在我办公室的电话里跟我说，会省掉很多麻烦。"

"我更喜欢照我的方式办，那更安全。再说，还能让你出办公室溜达溜达。"

"好吧，好吧。你现在开什么车子？"

"一辆租来的车。"

"那辆黑色小车呢？"

"里面'虫子'太多，尽是'臭虫'。星期六晚上，我把它停到纳什维尔一个购物中心边上，故意把钥匙留在里面，什么人把它'借'走了。我素爱唱歌，可嗓音糟透了。自从学会开车以后，我一直在车子里唱歌。可是有了这么多'臭虫'，我就不想唱了。我讨厌那辆车。"

塔兰斯忍不住笑了笑。"干得不错，麦克迪尔，相当不错。"

"真可惜，今天上午你没有看到奥利弗·兰伯特的脸色。我走进他的办公室，把报警报告放在他办公桌上。他结结巴巴对我说，他很难过，保险公司会承担损失的，他们将给我另配一辆。还说给我弄辆出租车应一下急。我告诉他我已经租了一辆，他不喜欢这辆，因为他晓得里面没有'臭虫'。他立即亲自给宝马车的代理商打电话，给我弄辆新的。他问我想要什颜色的，我说想要辆暗红色的。那儿根本就没有一个型号是暗红色的。那位代理商只好答应帮我预订。于是，十个月来，我第一次可以在车里自在地唱歌了。"

塔兰斯仍旧笑着，显然是感兴趣了。"真不知道销赃店的那帮家伙在拆车时发现里面竟有这么多的窃听器，该怎么做。"

"也许当做立体声装置卖给当铺。值多少钱？"

"我的人说那是一流货，值十五万。我也说不准，真是不可思议。"

两名护士大声说着话走了过去，阿克林装作在拨电话。

"托勒好吗?"塔兰斯问。

"好极了。但愿我的心脏病发作起来能像他这么轻松。他将在这儿住上几天,然后休假两个月。没什么大不了。"

"你进得了他的办公室吗?"

"我干吗要进?我把什么都复印好了。"

塔兰斯凑过去,等着下文。

"不,我进不了他的办公室。他们把三楼四楼上的锁全换了,地下室的也换了。"

"你怎么知道?"

"我雇的那姑娘,塔兰斯。上星期,她把那幢楼里的每一间办公室都跑遍了,包括地下室。她检查过每一扇门,摸过每一个抽屉斗,打量过每一个壁橱。她也看过邮件、文件,连废纸堆也翻了个透。其实,压根儿没有什么废纸。那幢楼里共有十台碎纸机,四台在地下室里。这些你知道吗?"

塔兰斯全神贯注听着,一动不动。"她怎么——"

"别问,塔兰斯。我不会告诉你的。"

"她在那儿工作,是个秘书什么的,她正从内部帮助你。"

"塔兰斯,你就别瞎猜啦。别浪费时间替她操心了。她替我干事,我们将一起把东西交给你。"

"地下室有什么?"

"十二个工作间,十二张桌子,一千只文件柜,都是电脑控制的文件柜。我想,那大概就是非法转移现金的操作中心。在每个小间的墙上,她看到了十二家开曼银行的名字和电话号码。那儿,没有多少情况可捞,想必他们很谨慎。边上有间小房间,锁得严严实实,里面尽是比冰箱还要大的电脑。"

"听起来像是那种场所!"

"是那种场所！不过死了这个心吧。要把东西从那儿弄出来而不惊动他们，绝不可能。我看，只有一个办法能把那些东西弄出来。"

"说吧。"

"搜索证。"

"死了这条心吧。没正当理由。"

"听着，塔兰斯。事情看来就得这么办，你说呢？我无法给你你想要的全部文件，但你需要的，我全都可以给你。我手里掌握了一万多份证据，我虽没有全部看过，但作为证物申请一张搜索证绝对不成问题。凭我现有的证据，你可以起诉公司半数的成员。"

塔兰斯走到过道里，朝四周望了望。里面空无一人。他伸伸腿，走到专售可乐汽水机前，斜靠在上面，从那扇小窗望着东方。"为什么只是半数成员？"

"起初，只能是一半，外加几个退休合伙人。在文件上有很多合伙人用莫罗尔托家族的钱创办了那些开曼空头公司。对他们起诉不成问题。一旦你获得了全部文件，就可以起诉每一个人了。"

"文件你是从哪儿弄到的？"

"我很走运。我有个预感，那些凭据应该藏在开曼岛上。幸运的是，我猜对了。我们在开曼复印了那些文件。"

"我们？"

"那姑娘，还有个朋友。"

"那些凭据现在在哪儿？"

"你又问起蠢话来了，塔兰斯，它们在我手里。你该知道的，就这么多了。"

"我要地下室里的文件。"

"听着，塔兰斯，你只有拿搜索证进去，才能把地下室里的文件搜出来。听清楚了吗？"

"谁在地下室里?"

"不知道。我在公司十个月了,还不曾见过他们一面。我不知道他们的车停在什么地方,也不知道他们如何进出。我想那些人在地下室里干肮脏的勾当。"

"那里有些什么样的设备?"

"两台复印机,四台碎纸机,还有高速打印机和电脑。全是一流的设备。"

塔兰斯走到窗前,显然是在沉思。"有道理,有道理。我一直在想凭着那帮秘书、职员和律师助理,这家公司怎么能严守莫罗尔托家族的秘密?"

"很简单。秘书、职员和律师助理对此一无所知。他们成天忙着替真正的客户办事。合伙人和资深律师则坐在他们宽大的办公室里,动脑筋赚钱,具体脏活全由地下室那一帮人包了。真是个了不起的机构!"

"他们有多少合法客户?"

"几百个。他们是出色的律师,当然有数目惊人的客户。这是个绝妙的掩护。"

"麦克迪尔,你是说,你已经拿到可以用来起诉和获得搜索证的文件了?"

"是这个意思。"

"就在本国?"

"是的,塔兰斯,那些文件就在本国。其实,离这儿很近。"

塔兰斯再也坐不住了,呼吸越来越急促。"你还能从沿河大街弄出什么来?"

"什么也不能。那太危险了。他们把锁都换了,这有点让我不安。我是说,他们为什么单单把三楼、四楼的锁给换了,而不换一楼二楼的？因为两星期前，我在四楼复印了一批东西。我并不认为那是个好主意，我越来越不安了。再不能从沿河大街弄资料了。"

"那位女士呢？"

"她也进不去了。"

塔兰斯咬着指甲，身子前后晃动，眼睛仍旧盯着窗外。"我想要那些资料，麦克迪尔，我想尽快拿到手。明天怎么样？"

"雷什么时候能出来？"

"今天是星期一，我想，大概明晚可以把他弄出来。说了你不相信，我被沃伊利斯教训了一通。这事他得亲自出马，卖面子张罗。你以为我在开玩笑？他把田纳西州两名议员全召了去，亲自和他们一起飞抵纳什维尔去见州长。唉，我被他狠狠教训了一通，全是为了你兄弟。"

"他会感激你的。"

"出来后，他怎么办？"

"那是我的事，你只要把他弄出来。"

"没法打包票。万一他伤着了，可怪不得我。"

米奇站起身，看了看表。"我该走了，我想外面一定有人在等我。"

"什么时候再见面？"

"她会和你联系，按她说的办吧。"

"米奇，别再玩那一套了。她可以在电话里跟我说。我保证！线路没问题，求求你，别再那样搞了。"

"你妈叫什么名字，塔兰斯？"

"多丽丝。"

"多丽丝？"

"是啊，多丽丝。"

"天下真小啊。我们不能用这名字。高中时你的舞伴是谁？"

"嗯，我想我还没有上过舞场。"

"不足为怪。那你的第一个情人是谁，有吗？"

"玛丽·艾丽·布伦纳。她感情热烈，是她先缠我的。"

"我想也是。我那雇员就叫玛丽·艾丽丝。下次是玛丽·艾丽丝给你打电话。严格照她说的做，行吗？"

"我等不及了。"

"帮我一个忙，塔兰斯。我想托勒是在装病。我总有个奇怪的感觉，他装病好像和我有关系。派你的人查查他是真病还是假病。"

"好的。正好我们也没有其他事可做。"

33

星期二上午，办公室到处在叽叽喳喳议论着埃弗里·托勒的病情。大伙关切地说，他恢复得很好，正在接受检查，不会留下后遗症；他是劳累过度，紧张过度致病的，休息一段时间就会好的。

尼娜拿来一摞信件，等着签名。"要是你不太忙的话，兰伯特先生想让你去一下。他刚打过电话。"

"好的。我十点还得见弗兰克·马尔霍兰。你知道吗？"

"我当然知道。我是秘书嘛，哪有不知道的理。在你办公室还是他办公室？"

米奇翻着约会记事本，装作查找的样子。马尔霍兰的办公室，在棉花交易大厦。

"艾比母亲怎么样了？"

"好多了。这个周末我打算去看看。"

尼娜捡起两叠文件。"兰伯特在等着你。"

奥利弗·兰伯特指指长沙发，接着倒了杯咖啡。他挺直着身躯端坐在高背沙发椅上,手里端着杯子,俨然一副英国贵族气派。"埃弗里真叫人担心啊。"他说。

"昨晚我去看过他了,"米奇说,"大夫强行命令他休假两个月。"

"是啊。我找你来正是为这个。今后两个月,我想让你和维克多·米利根一起干。他将主要处理埃弗里的文件,这对你也是轻车熟路。"

"太好啦。维克多跟我是好朋友。"

"很好。我想,你们会相处得很好的。上午设法抽个空去看看他。眼下,埃弗里还有些开曼的事务没干完。他常常去那儿,和某些银行家见面。实际上,他本来安排好明天去那里。今天早上,他告诉我,你熟悉那些客户和账目,所以我们想请你去一趟。"

利尔,赃款,公寓,储藏室,账目,一千种想法闪过米奇的脑际。这真是出乎意料啊!"去开曼?明天?"

"是的。事情很急。有三个客户急需各自的账目摘要和其他法律文件。我本想让米利根去,可他定好了明早去丹佛。埃弗里说你可以去一趟。"

"好的,我就去一趟吧。"

"很好。你搭利尔飞机去。星期五夜里坐商业航班回来。有什么问题吗?"

可不,问题多着呢。雷明天要离开监狱,塔兰斯催着要偷得的罪证。五十万美元等着接交。而且,他打算好了随时销声匿迹。

"没问题。"

米奇回到办公室,锁好了门。他踢掉鞋子,躺在地板上,闭上了眼睛。

电梯停在了七楼上,米奇直奔楼梯,冲上了九楼,塔米拉开门,他刚进去。她便关上了。他走到窗前。

"你刚才有没有注意?"他问。

"当然。你们停车场的那个卫兵站在人行道上,一直看着你走到这儿。"

"太妙了,连达奇也跟踪我。"

米奇转身打量着她。"你看来很疲倦。"

"疲倦?我都累死了。过去三周里,我身兼数职。管家、秘书、银行老板、婊子、信使、暗探,什么没干过?单开曼就飞过九次,偷回一吨重的文件。看那么多文件,眼睛都快瞎了。别人上床睡觉的时候,我还得穿上'清洁公司'的衣服,扮成女佣干六个钟头。我有那么多名字,我只好写在手上,生怕用混了。"

"我又给你弄来了一个。"

"这不足为奇,是什么?"

"玛丽·艾丽丝。从现在起,只要你跟塔兰斯通话,你就是艾丽丝了。"

"我还是写下来吧。我可不喜欢他。他在电话里十分粗鲁。"

"我给你带来了好消息。"

"快说出来听听。"

"你可以离开清洁公司了。"

"为什么?"

"我想,没什么指望了。"

"一星期前我就对你说了,要想从那儿弄出文件复印好,再偷偷送回去而不被逮着,连大魔术师都办不到。"

"你跟阿邦克斯谈过了?"米奇问。

"嗯。"

"他收到钱了?"

"是的。星期五汇过去的。"

"他准备好了吗。"

"说是准备好了。"

"很好。那个伪造商怎么样?"

"今天下午我就去见他。"

"他是什么人?"

"曾经是个囚犯。他和洛马克斯是老交情。埃迪说他是全国最出色的证件伪造家。"

"最好是这样。多少钱?"

"五千元,自然是现金。新的身份证、护照、驾驶执照和签证一齐弄好。"

"要多久能弄好?"

"不知道。你什么时候要?"

米奇坐在那张租来的办公桌沿上,深深吸了口气,使劲想了想,说:"尽快吧。我本来以为有一周时间,不过现在就难说了。还是尽快弄好吧。今晚能开车去趟纳什维尔吗?"

"可以啊。我很乐意去,有两天没去那儿了。"

"我要你在卧室里安一台带三脚架的索尼摄像机,并且买一箱录像带。我要你今后几天不要离开,一直待在电话机旁。"

"那护照怎么办?"

"那个人叫什么名字?"

"多克什么的。我有他的电话号码。"

"把号码给我。告诉他我过一两天给他打电话。你还有多少钱?"

"幸亏你问了。你一开始给的是五万,对吧?买机票、住旅馆、买行李包、租车,已经花掉了一万。而且我还得花钱,这会儿,你又要摄像机,还要请人弄假证件。干这种交易,钱就不够了。"

米奇朝门走去。"再来五万怎么样?"

"好。"

他朝她挤挤眼,随手关上门,心里想,这辈子也许再也见不到她了。

那单人牢房八英尺见方,角落里有个抽水马桶,里面摆了张双层床。上铺空着,有一年没睡人了。雷躺在下铺上,耳朵上塞着耳机。现在是星期二夜里十一点。

看守悄悄地走到雷的牢房门口。"麦克迪尔,"他隔着铁栅儿轻声叫他,"典狱长要见你。"

"我们去哪儿?"他焦急地问。

"穿上鞋子,跟我走。"

雷扫了一眼牢房,匆匆清点了一下财物:一台黑白电视、一只大录音机、满满两卡纸盒磁带,还有几十本书。

看守把一把笨重的钥匙插进门里,把门推开几英寸,同时灭掉电灯。"跟我走,别要那些破玩艺了。我不知道你是谁,先生,不过来帮助你的那些朋友都是头面人物。"

他们到了露天篮球架下。"跟紧点。"看守说。

雷把目光投向黑咕隆咚的监狱四周。远处,高墙黑压压一片,仿佛一座山峰耸立在那里。

看守朝围墙那边指了指。"大约五分钟后,他们会朝那儿竖起梯子。墙顶上的电网已经剪断了。你将会发现墙那边有粗绳子。"

"问几个问题,行吗?"

"快问吧。"

"这些探照灯怎么办?"

"会转过去的。你这儿将是一片漆黑。"

"那上边的枪呢？"

"别担心。它们不会对着你的。"

"见鬼！你肯定吗？"

"得啦，伙计，这种里应外合的差事我也见过几回了，不过这一回典狱长亲自策划了这次行动。他就在那上面。"看守指指最近的一个哨塔。

雷用袖口擦擦额头，深吸了一气。他嘴发干，腿肚子打起了哆嗦。

看守低声说："另一头有个兄弟接你。他叫巴德，务必照他说的做。"

探照灯又扫了一回，然后熄灭了。

"快跑，兄弟，"那看守说，"快跑。"

雷低头朝前冲着，梯子已经摆好了。他在梯子上使劲往上爬。上头有两英尺宽的缺口。他钻了过去。他抓住绳子往下滑，离地还有八英尺时，他松开手跳了下去。他蹲在地上，瞅瞅四周，四周依旧漆黑一团。

"快，跟我来。"

雷跟着他，一直跑到望不见围墙才停下脚步，见前面是一条土路，路边有小块空地。他们到空地上歇口气。"我叫巴德，挺有趣，是吧？"

"不可思议。我叫雷·麦克迪尔。"

巴德身穿牛仔裤和伪装服，没带枪。他递给雷一支烟。

"还有谁和你在一起？"雷问。

"没有谁，我只是帮典狱长的忙。每当有人越狱时，他们通常都找我。我的卡车就在路那边。我给你带了套衣服。典狱长给我的尺寸。希望你能喜欢。"

他们在蜿蜒的山道上行驶了两英里,接着上了沥青公路。

"我们这是上哪儿,巴德?"雷终于问道。

"这个嘛,典狱长说他实在不知道,也没人告诉他。一切随你的便。"

"你可以把我送多远?"

"都行,雷。你说个城市名吧。"

"我想跑远点,到诺克斯维尔怎么样?"

"行,不过,千万小心。到明天,你的照片就会挂遍十个州的警察局。"

巴德从口袋里掏出一叠钞票扔到座位上。"五百美元。典狱长亲手交给我的。你真是遇上得力的朋友啦。"

34

星期三上午,塔里·罗斯爬上了凤园饭店的四楼,他在楼梯口停下来,缓了口气,豆大的汗珠顺着眉毛直往下滴。他摘下墨镜,用外套袖子擦了擦脸。小腹下面一阵痉挛发作起来,他斜靠在楼梯扶手上。他用手使劲压住肚子,极力忍住呕吐。

痉挛过去了,他总算喘过气来了。他对自己说:"勇敢点,伙计,勇敢点,有二十万在走道那头等着呢。只要你有那个胆气,进去拿好了,你可以拿了就走。"

他的小腿打着哆嗦,但总算挨到了门口,右边第八间房门口。他屏住呼吸,敲了门。

门开了一条缝,一张脸出现在细细的门链后面,随即门打开了。他走了进去。

"上午好。"温尼·科索热情地说,"来杯咖啡?"

"我可不是来喝咖啡的。"他把公文包搁到床上,瞪着科索。

"你总是这么紧张,何不放轻松点?你不可能被发现的。"

"闭嘴,科索。钱呢?"

温尼朝一只包指指,脸上笑容顿失。"说吧。"

"好吧。你们的人,麦克迪尔,已经拿到一百万。另一百万也快到手了。他交出了一堆本迪尼文件,声称还有一万多份。"他腹股沟一阵剧痛发作了,他坐在床沿上,摘下了眼镜。

"说下去。"

"过去六个月里,麦克迪尔跟我们的人谈过好多次了。他还要出庭作证。然后作为受到保护的证人逃之夭夭,当然是和他老婆一起。"

"另一批文件在什么地方?"

"见鬼,我怎么知道?他可没说,不过,很快就要交出来了。给我钱,科索。"

温尼把皮包扔到床上。罗斯抓住装钱的皮包,走了出去。温尼笑笑,随即锁上了门,从口袋里摸出一张名片,拨通了卢·拉扎洛夫家里的电话。

塔里·罗斯快到电梯间时,从黑暗处伸出一只有力的大手,把他拖进了一个房间,狠狠扇了他一记耳光,另一只手重重搋在他肚上,接着又是一拳。他倒在地上,眼睛直冒金花,口吐鲜血。

他被扔进一把椅子里,灯一齐亮了起来。三名联邦调查局的同事死死瞪着他。沃伊利斯局长走上前来,看着他,难以置信地摇摇头。

"你这个叛徒,你这卑鄙的败类!我简直无法相信,罗斯!"

罗斯咬着嘴唇,啜泣起来。

"他是谁?"沃伊利斯问道。

哭声更响了。没有回答。

沃伊利斯朝罗斯左边太阳穴猛打一拳。罗斯痛得尖叫起来。"他是谁,罗斯?说!"

"温尼·科索。"

"我知道是温尼·科索!你对他说的是谁?"

罗斯脸上泪水和血混在一起。他颤抖着,还是没有回答。

沃伊利斯一个耳光接着一个耳光地扇着。"告诉我,科索想要什么。"

罗斯蹲下身子,头耷拉着。哭声渐渐小了。

"二十万美元。"数钱的特工说。

沃伊利斯蹲了下去,几乎是哀求地对罗斯说:"是麦克迪尔吗,罗斯?请你,请你告诉我,是不是麦克迪尔。告诉我,塔里,告诉我是不是麦克迪尔。"

塔里坐直身子,用手指揉了揉眼睛。他深深地吸了口气,清清嗓子,接着咬紧嘴唇,正视着沃伊利斯,点了点头。

德法歇没时间等电梯,他顺着楼梯跑到四楼,直奔拐角处,一头撞进洛克的办公室。半数合伙人都到了:洛克、兰伯特、米利根、麦克奈特……另一半也都通知过了。

令人窒息的死寂充满了屋子。德法歇坐在会议桌顶端,其余的人围桌而坐。

"好啦,伙计们,现在还没到往巴西跑的时候,不管怎么说,现在还没到那个时候。今天上午,我们查实:他的确已经向联邦调查局交待了很多;他们付给了他一百万现钞,并且答应再付一百万;他手里有某些据说是致命的文件。这消息直接来自联邦调查局内部。我在这儿说着的同时,拉扎洛夫正带着一支小队伍在飞往孟菲斯的途中。看来,还没给我们造成什么大的损失,到目前为止还没有。据我们的内线,联邦调查局一位高级官员说,麦克迪尔掌握着一万多份文件,他正准备交给联邦调查局,不过到目前为止,才交出了一小部分。所以我们认为，如果能制止事态的发展，我们就能平安无事。很明显，他们并没有拿到多少，要不然早带着搜捕证开到这里来了。"

德法歇面带慈善的笑容，看着一张张焦虑不安的脸。"我说，麦克迪尔现在在哪儿？"

米利根开了口。"在他的办公室里。我刚刚跟他谈过话，他没起半点疑心。"

"太妙了。按照计划，三小时后，他将动身去大开曼。是吧，兰伯特？"

"是的。大约在中午。"

"伙计们，飞机永远也到不了那里。飞机在朝开曼岛飞去的途中将永远消失。连尸体的影子都没法找到。那很惨，但非干不可。"

洛克问："那一万份文件呢？"

"你是在假设他有一万份文件，我倒是怀疑。也许他是在欺骗他们，然后再想办法偷到更多的文件。他要是有一万份文件，那联邦调查局怎么至今还没拿到？"

"拉扎洛夫来干什么？"房地产专家邓巴问。

"这个问题真蠢，"德法歇呵斥道，"首先，把麦克迪尔干掉，把损失减到最小程度。其次，对本公司进行整顿。"

洛克站起身，盯着兰伯特说："要确保麦克迪尔坐那架飞机，要万无一失。"

塔兰斯、阿克林和拉内默默地坐着，怔怔地听着桌上的扬声器电话。沃伊利斯正在华盛顿向他们如实解释已经发生的事情。一小时内，他将动身来孟菲斯；他几乎绝望了。

"得接他过来，塔兰斯，要快！科索还不清楚我们知道了塔里·罗斯的事，但他知道麦克迪尔有一批文件要交给我们。他们随时都可能把麦克迪尔弄走。你得去接他，现在就去！知道他在哪儿吗？"

"在他的办公室。"塔兰斯说。

"好的,很好。把他接过来。我两小时内就到。我要和他当面谈谈。再见。"

塔兰斯挂上了电话,立即拨了另一个号码。

本迪尼公司总机接了电话。

"请接米奇·麦克迪尔。"韦恩说。

"请稍候。"

米奇的秘书说:"麦克迪尔先生办公室。"

"我要对米切尔·麦克迪尔说话。"

"对不起,先生。他在会客。"

"听着,小姐。我是亨利·雨果法官,他本该在十五分钟前到达法庭,我们正在等他。事情很急。"

"可他日程表上今天上午没这个安排啊。"

"是你负责安排他的活动吗?"

"噢,是的,先生。"

"那就是你的过失啦。赶快让他接电话。"

尼娜跑到米奇办公室。"米奇,有个雨果律师打来电话,说你应该马上去法庭。你最好跟他说一下。"

米奇跳起身,抓起电话,脸刷地变得惨白。"是我。"他说。

"麦克迪尔先生,"塔兰斯说,"我是雨果法官。你迟到了,赶快来这儿。"

"是,法官。"他抓起上装和公文皮箱,朝尼娜皱皱眉头。

"对不起,"她说,"我没看到你的日程表。"

米奇冲出大门,直奔购物中心找到一部电话。他拨通了联邦调查局孟菲斯办事处。

"请韦恩·塔兰斯接电话,我是米奇·麦克迪尔,有急事。"

几秒钟后，电话里传来了塔兰斯的声音。"米奇，你在哪儿？"

"行啦，塔兰斯。出了什么事？"

"你在哪儿？"

"反正我出了那幢楼，雨果法官，眼下平安无事。出了什么事？"

"米奇，你得赶快来这里。"

"我才不干傻事，塔兰斯，除非你给我说清楚。"

"是这样，我们，呃，我们出了点小问题。出了点小漏洞，你应该——"

"漏洞，塔兰斯？你是说漏洞？跟我说清楚，塔兰斯，我要挂掉电话了。"

"别挂！听着，米奇。他们知道了。他们知道我们一直在接触；钱和文件的事，他们也知道了。"

接着是一段长时间的沉默。"小漏洞？塔兰斯，把漏洞的事告诉我，快点。"

"米奇，是我们的一个高级官员出卖了情报。今天上午我们在华盛顿一家饭店逮住了他。他把你出卖了，得了二十万元赃款。我们也很震惊，米奇。"

"噢，我很感动。塔兰斯，想必你想让我立即到你办公室去，从你那儿得到安慰吧。"

"沃伊利斯中午要到这儿，米奇，他想见见你。我们要把你带出城去。"

"你想让我投入你们的怀抱寻求保护！你真是个白痴，塔兰斯。沃伊利斯也是个白痴。你们全都是白痴，我真傻，竟然信任你们这帮人。你是不是在追踪电话，塔兰斯？"

"没有！"

"你撒谎！我挂电话了，塔兰斯。坐好别动，三十分钟后，我从另一个地方给你打电话。"

"不行！米奇，听我说，你要是不来，只有死路一条。"

"再见，塔兰斯。坐着等电话。"

突然，那个北欧人从一棵盆栽树后一步跨出，紧盯着他。"在这儿！"北欧人朝门厅那边的一名同伙嚷道。

"叫警察！"米奇边嚷边跑，那两个大汉奔过门厅。

他的背后有个服饰店，他走了进去，一个不足十九岁的小伙子站在柜台后面。店里没有一个顾客。一扇边门通向尤宁大街。

"那扇门锁了吗？"米奇平静地问。

"是的，先生。"

"想不想合法地挣一千美元现金？"米奇匆匆点出十张百元大钞，扔到柜台上。

"噢，当然。"

"没什么不合法，明白吗？我发誓，不会让你有麻烦的。把那扇门打开，约二十秒钟后，等两个男人跑到这儿，你就对他们说我从那扇门跑出去，跳上了一辆出租车。"

小伙计开心地笑了，他收起了钱。"好的，没问题。"

"试衣室在什么地方？"

"在那边，先生。"

"把门打开。"米奇说着溜进了试衣室。

这时，北欧人和他的同伙冲了进来。"上午好，"他说，"有没有看见一个男人往这边跑过来？中等个儿，深灰色西装，红领带。"

"看见了，先生。他刚刚跑过去，从那扇门出去，上了一辆出租车。"

"出租车！他妈的！"门推开又关上了。店堂里一片寂静。小伙子走近试衣室。"他们走了，先生。"

"很好。到门口去,注意看两分钟。要是看见他们了,就告诉我。"

两分钟后,他回来了。"他们走了。"

"太好啦。我要一件黄绿色的运动衣,一双白色鹿皮鞋,好吗?再好好看着门口。"

"好的,先生。"他边吹口哨边挑衣服和鞋子,然后从门底下塞了进去。

"多少钱?"米奇在试衣室里问道。

"噢,我看看,就给五百美元吧?"

"好的。请替我叫辆出租车,车一到门口,就告诉我。"

塔兰斯在办公桌周围徘徊。他查到电话是从购物中心打来的,可是拉内赶到时已为时太晚。四十分钟后,从内部通讯装置传来了秘书的声音:"塔兰斯先生,麦克迪尔的电话。"

塔兰斯拿起话筒。"你在哪儿?"

"在城里,不过不会久待。"

"听着,米奇,光靠你自己,你活不了两天。他们将派一批歹徒来捉你的,你必须让我们帮助你。"

"塔兰斯,我现在无法信任你们。我想不出这是为什么,只是有这么一种可怕的感觉。"

塔兰斯对着话筒直喘粗气,双方沉默了好一会儿。"那些文件如何?为了它们,我们付给你一百万了。"

"塔兰斯,你给一百万,我也给了文件,当然,这只是交易的一部分,还有一部分就是保证我的安全,对吧?"

"把其余的文件给我们,米奇。你说,它们藏在附近的什么地方,你想走就走吧,但要把文件留下来。"

"不成，塔兰斯。现在，我可以躲起来。如果你得不到文件，你就不能起诉。如果莫罗尔托不被起诉，也许他们会放了我。我给了他们一场惊吓，但没造成伤害。说不定哪一天他们还会请我回来呢。"

"你可真的不能那么想，他们肯定要追捕，直到找到你为止。如果我们拿不到那些文件，我们也会追你的。就是这么一回事，米奇。"

"那我还是把赌注押在莫罗尔托身上。如果你们先找到我，又会出现漏洞的，自然只是个小漏洞而已。"

"你简直疯了，米奇。要是你认为你拿了一百万还可以平安无事，你就大错特错了。就是你走到天涯海角，他们也会把你找到，千万别那么干，米奇。"

"再见，韦恩，雷问你好。"

电话挂断了，塔兰斯抓起话筒，朝墙上砸去。

米奇扫了一眼机场墙上的壁钟，又给塔米打了个电话。

"你好，塔米，真不忍吵醒你。"

"没事儿，这张鬼床弄得我简直没法睡。什么事？"

"惹了大麻烦了。拿支笔，仔细听着。我没时间了，我在逃亡。"

"你就只管说吧。"

"首先，给艾比打个电话，她在娘家。告诉她放下手里一切活儿，赶紧出城。叫她沿着54号州际公路一直开到西弗吉尼亚的亨廷顿机场，再从亨廷顿飞到莫比尔。到了莫比尔，租一辆车，沿10号州际公路往东开到格尔夫肖尔斯，再从182号公路东行到佩尔迪多滩，然后用拉切尔·詹姆士的名字住进佩尔迪多滩希尔顿饭店。要她就在那儿等着。听明白了吗？"

"是的。"

"第二，我需要你乘飞机飞往孟菲斯。我给多克打过电话，护照之类还没弄好。我骂了他，但骂也没用。他答应干个通宵，明早一定弄好。明早我不在，你去一下，把证件取来。"

"是的，先生。"

"第三，乘飞机回到纳什维尔那幢公寓里去，守在电话旁等着，无论如何不要离开。"

"明白了。"

"第四，给阿邦克斯打个电话。"

"好的。那你的旅行安排呢？"

"我会去纳什维尔，不过不知道什么时候能到。塔米，告诉艾比，她要是不跑，一小时之内就只有死路一条。叫她赶快跑。"

"好的，老板。"

米奇匆匆走到22号门，登上了十点零四分到辛辛那提的三角洲航班。手上拿着一本杂志，里面夹满单程机票，全是用信用卡买的。一张是去塔尔萨的美国航空公司233航班，十分钟后起飞，用米切尔·麦克迪尔的名字买的；一张是去芝加哥的西北航空公司861航班，十点一刻起飞，用米切尔·麦克迪尔的名字购买的；一张是去德拉斯的联合航空公司的562航班，十点半起飞，也是以米切尔·麦克迪尔的名字购买的；最后一张是去亚特兰大的三角洲航空公司的790航班，十一点十分起飞，购买者的名字还是米切尔·麦克迪尔。

到辛辛那提的机票是用现金购买的，用的名字是萨姆·福蒂尤恩。

拉扎洛夫走进四楼的办公室，看着一颗颗低垂的头。德法歇像个受罚的孩子似的看着他。合伙人们注视着鞋带，大气都不敢出一声。

"我们找不到他。"德法歇说。

拉扎洛夫可不是那种轻易叫嚷咒骂的人，他对自己临危而不乱的能力颇为自豪。"你是说他刚刚才离开这儿吗？"他冷冷地问。

没有回答，也无需回答。

"好啦，德法歇。现在这么办，把你所有的人都派到机场去，每一班客机都要检查一下。他的车呢？"

"在停车场。"

"好极了！他是徒步离开这里的，徒步走出了你们的小堡垒！去查查每个租车公司。现在，这里一共有多少合伙人？"

"出席的十六人。"

"两人一组，分头到迈阿密、新奥尔良、休斯敦、亚特兰大、芝加哥、洛杉矶、圣弗兰西斯科和纽约等城市的机场去，查遍这些机场的每一个角落，要住在这些机场，吃在这些机场，密切注意这些机场的国际航班。我们明天再派增援人马去。你们很熟悉他，那就设法把他找到。好啦，他妻子呢？"

"在肯塔基州的娘家。"

"去把她抓来，但不要伤害她，带回来就行。"

"要不要动手销毁文件？"德法歇问。

"等上二十四小时再说。先派个人到大开曼把那里的凭据毁掉。要抓紧时间，德法歇。"

办公室里一下子空无一人了。

沃伊利斯在塔兰斯办公室里踱来踱去，大声发号施令，十二名中尉军官不停地记录着。"封锁机场，检查所有航线，通知各大城市所有办事处。立即与海关联系。有没有他的照片？"

"无法找到，先生。"

"要找到一张，赶快找到一张。今天夜里，必须贴到各城市的联邦调查局办事处和海关的墙上。他竟敢跑了，这小子！"

35

星期三下午两点刚过，汽车离开了伯明翰。雷坐在最后一排，审视着每一个走进车厢找座位的人。他戴着墨镜，一顶棕色帽子扣在头上。

一个矮胖的肤色黝黑的太太在他身旁坐了下来。

他朝她笑笑，用西班牙语问："您是哪里人？"

"墨西哥人，"她自豪地说，"您会讲西班牙语？"

"是的。"

一路上，他们用西班牙语聊了两个小时，汽车不知不觉间到了蒙哥马利。

汽车后面有两位特工詹金斯和琼斯正驱车紧跟着。上司对他们说，这只是例行监视，要是跟丢了，也没什么大不了的，但尽量别跟丢了。

从亨廷顿飞往亚特兰大的班机还要过两小时才起飞，艾比坐在候机大厅内的一个角落里，身旁的椅子上放着一只随身携带的旅行挎包。

她不清楚米奇此刻是死是活。塔米说，他害怕了，不过倒很理智、清醒，也许他正飞往纳什维尔，而塔米本人则飞往孟菲斯。真是令人捉摸不透，但她深信，米奇清楚自己在干什么。到佩尔迪多滩去等？她从不曾听说过佩尔迪多滩这个地名，她肯定米奇也不曾去过那里。

两小时后，乘客登机了。艾比坐在通道旁的位子上。她系好安全带，松了口气，就在这时她看到一个迷人的金发女郎。她看看艾比，然后望着别处,走到后面的座位上去了。

对,是她!在开曼的酒吧里偷听她、米奇和阿邦克斯谈话的那个金发女郎!糟了!他们找到她了。如果她被发现了,那她丈夫呢?他怎么样了?

飞机起飞朝亚特兰大飞去,然后要在地面上逗留三十分钟,再飞向莫比尔。

米奇从辛辛那提到了纳什维尔。他是星期三下午六点到达的,银行早已关门了。他在电话簿上找到了一家联租货车公司的地址,招手要了一辆出租车。

他租了一辆小型货车。虽然他付的是现金,但不得不用驾驶执照和信用卡做了抵押。万一德法歇找到纳什维尔来……唉,由它去吧。他买了二十只纸箱子,开着车朝公寓驶去。

他坐在卧室里尚未打开的索尼摄像机包装箱上对一屋子文件惊叹不已。屋子四周整整齐齐地放着一堆一堆的文件,全都分了类。标签上标着公司名字、文件日期、经手人姓名和账目摘要。

连塔兰斯都能从中看出些头绪来,更不用说司法部长和大陪审团、小陪审团的法官了。他们在震惊、赞叹的同时,将把那帮家伙一一送进监狱。

詹金斯特工拨通了孟菲斯办事处的电话。他一天一夜没有合眼了,车内琼斯正在打鼾。

"詹金斯!你们在哪里?"韦恩·塔兰斯问道。

"我们在莫比尔汽车站。我们把他搞丢了。"

"你们怎么把他搞丢了?"

詹金斯贴着话筒说:"韦恩,我们接到的指示是跟踪他八个小时,弄清他的去向。例行跟踪，这是你说的。"

"你为什么不早些打电话来？"

"打过两次了，都占线。怎么啦，韦恩？"

"等一下。"

另一个声音说道："喂，詹金斯吗？"

"是的。"

"我是沃伊利斯局长，到底出了什么事？"

"局长，我们跟丢了。我们跟了二十个小时，到了莫比尔，他刚下车，就钻进人群中不见了。"

"多久了？"

"二十分钟。"

"听着。我们无论如何都得找到他。他的兄弟拿了我们的钱，一走了之了。你给莫比尔地方警察局打个电话，要他们协助侦查并且把雷·麦克迪尔的照片贴到大街小巷。他母亲就住在巴拿马城滩，你通知那一带的地方警察局密切注意。我马上派人来。"

十点整，米奇给佩尔迪多滩希尔顿打了第二次电话，询问拉切尔·詹姆士是否到了。还没到，对方回答说。那就找李·斯蒂文斯。稍后，电话接到另一个房间，有人拿起了电话。

"喂。"声音急促。

"李吗？"米奇问。

顿了一下。"嗯。"

"我是米奇，祝贺你。"

雷倒在床上，闭上眼睛。"怎么这么容易，米奇，你是怎么办到的？"

"等有时间再告诉你。现在有群人想要我和艾比的命。我们正在逃跑。"

"什么人，米奇？"

"一时讲不清，以后再说。记下这个号码：6158894380。"

"这不是孟菲斯的号码啊！"

"对，纳什维尔的号码。要是我不在，一个叫塔米的姑娘会接电话的。"

"塔米？"

"说来话长，就照我说的做吧。今晚，艾比将会以拉切尔·詹姆士的名字住进你这家饭店。"

"她要来这儿？"

"听着别问，雷。一群人正在追我们，不过我们快他们一步。"

"快谁一步？"

"黑手党，还有联邦调查局。"

"就这些人？"

"也许吧。听我说，艾比有可能被人跟踪，你得去找到她，盯着她，确保她背后没人。"

"要是有呢？"

"打电话给我，我们再商量。"

"没问题。"

"除了这个号码，千万不要打别的电话。我们不能谈了。照顾好艾比，她一到就打电话给我。"

"我会的，米奇，谢谢！"

一小时后，艾比驶出182号公路，把车子开进希尔顿饭店的停车场。她走到门口，回头扫了一眼身后的停车场，走进了饭店。

两分钟后，一辆黄色出租车停到了大门口。雷看到后座上一个女人向前倾着身子和司机说话。等一会儿,那女人从皮夹里掏出钱给了司机,然后下了车,等着车子开走。她是个金发女郎,体态匀称,戴副墨镜。雷觉得有点奇怪。雷边注视着她,边朝门厅慢慢走了过去。

金发女郎走到登记台前,对唯一的一名职员说:"请开个单间。"

职员拿出一张登记单,金发女郎填好姓名,然后问:"刚刚在我前面登记的那个女人叫什么名字?我想她是我的一个老朋友。"

职员翻翻登记卡。"拉切尔·詹姆士。"

"嗯,正是她。她从哪儿来?"

"表上填的是孟菲斯。"

"她的房号是多少?我想过去打个招呼。"

"我不能告诉你房间号码。"职员说。

金发女郎连忙从皮夹里掏出两张二十元现钞,递到柜台里面。"我只是想去打声招呼。"

职员接过钱。"622房间。"

"电话在哪儿?"

"拐角那边。"职员说。雷溜到拐角后面,发现有四台投币电话。他抓起中间的一台,自顾自说了起来。

金发女郎拿起最里面的一台,转身背对着雷。她声音很低,他只能断断续续听到一点儿。

"住进……622房间……莫比尔……要点帮助……我不能……一小时?……好的……快点……"

她挂上电话,雷对着手里没接通的电话大声说着活。

十分钟分后,响起了敲门声。金发女郎跳下床,抓起点45手枪插进裤里。她轻轻打开门,但没去掉保险门链。

门被用力撞开了,把她撞到墙上。雷一步冲上去,夺过她的枪,把她压倒在地,她的脸贴着地毯。雷用枪口对着她的耳朵,说:"你

315

要是出声,我就打死你!"

她不再挣扎,闭上眼睛,没有任何反应。

"你是什么人?"雷问道,把枪口塞进了她的耳朵里。她仍然没有反应。

他坐在她背上,拉开她的航空包,找出一双干净的袜子。"张开嘴。"他命令说。

她还是不动,枪口又塞到了她的耳朵里,她这才慢慢张开嘴。雷把袜子塞进她的嘴里,然后用睡衣蒙住她的眼睛,再用连袜裤捆住她的手和脚。

手提包里有六百美元现金和装着驾驶执照的小皮夹。执照上写着:卡伦·阿黛尔,芝加哥人,出生日期:一九六二年三月四日。雷拿走了小皮夹和枪。

凌晨一点,电话铃响了起来,米奇正好没睡。他一夜都在忙着看银行凭据。都是诱人的银行凭证啊,铁证如山。

"你好。"他警觉地回答。

"是我。"

"你在哪儿,雷?"

"就在州界线上。"

"艾比呢?"

"在车上,她没事。"

米奇松了口气。"我们不得不离开那家饭店,一个女人跟着艾比来了,就是你们在开曼酒吧见到的那个女人。搞不懂这到底是怎么一回事儿。"

"你收拾她了?"

"是的,她一时开不了口,眼下不会有事。"

"艾比没事吧？"

"是的。我们都累得要命。你有什么打算？"

"你们离巴拿马城滩还有三小时的路程。我知道你们累得要命，不过你们得赶快离开那儿。快去巴拿马城滩，到假日旅店开两个房间，住下后立即给我打电话。"

36

米奇随着一群赶着上班的雇员，拥进了东南银行的大门，然后沿着自动楼梯上了三楼，推开一扇厚重的玻璃门，走进一间圆形办公室。一个四十岁上下的女人从玻璃桌后打量着他，没有一点笑脸相迎的意思。

"找梅森·莱库克先生。"米奇说。

她指指椅子。"坐吧。"

莱库克先生从一个拐角后走了出来，神情和他的秘书一样的严肃。"能帮你做点什么吗？"

米奇站起身。"是的，我想电汇一点钱。"

"好的。你在东南银行有户头吗？"

"有。"

"你的姓名？"

"是密码户头。"

"很好，跟我来。"他的办公室里没有窗户，只有一排电脑终端机。米奇坐了下来。

"请问密码号？"

"2143135。"

莱库克在键盘上按了一通，看着屏幕说："可以用，你的社会福利号码的最后四位数字呢?"

"8585。"

"很好。你可以存取了。现在我能为你做点什么呢?"

"我要从大开曼一家银行汇一笔钱过来。"

莱库克皱皱眉头,从口袋掏出铅笔。"大开曼哪家银行?"

"蒙特利尔皇家银行。"

"什么样的户头?"

"密码户头。"

"想必你知道密码号?"

"499DFH2122。"

莱库克写下号码站起身。"请稍等。"说着,他离开了办公室。

十分钟后,莱库克带来了他的上司努克斯副总裁。

"先生,那是个严格保密的户头。你必须说出某些特定情况,否则我们无法电汇。"

米奇自信地点点头。

"最后三次存款的日期和数目,是什么,先生?"

他们目不转睛地注视着米奇,心想他一定答不上来。

"今年二月三日,六百五十万,去年十二月十四日,九百二十万;去年十月八日,一千一百万。"

莱库克和努尔斯勉强露出一副职业性的微笑,说:"很好,接下来该回答存取密码号。"

莱库克手握铅笔,准备妥当。

"先生,你的存取密码是多少?"努克斯问。

"72083。"

"拟汇数额?"

"立即把一千万美元汇入本银行,账号2143135。我等着。"

他们匆匆出了办公室。米奇翻开纳什维尔的《田纳西人报》,看到一则越狱的简短报道,没登照片,也没介绍多少详情。此刻,他们该平安到达了佛罗里达州巴拿马城滩的旅店了吧?

莱库克一人回来了,这回友善多了。"电汇完毕,钱到了这里。我还能为你做点什么呢?"

"我想把钱转汇出去,当然,还留一点。"

"转汇几笔。"

"三笔。"

"先说头一笔吧。"

"汇一百万到彭萨科拉的海岸国家银行,密码户头,只有一人方可存取,一个五十上下的女人。我会给她存取密码。"

"是现在户头吗?"

"不。我想让你随电汇新开一个。"

"很好。第二笔呢?"

"汇一百万到肯塔基德恩城的德恩县银行,存入一个名叫哈罗德·萨瑟兰或麦克辛·萨瑟兰的户头。那是家小银行,请肯塔基联合银行代转。"

"很好。第三笔呢?"

"七百万汇入苏黎世的德国银行,账号77203BL600。剩余数额留在本行。"

"这大约需要一小时。"莱库克边写边说。

"一小时后我打电话与你落实。"

"好的。"

"谢谢,莱库克先生。"

蒙特利尔皇家银行大开曼支行的顶楼上,电汇部的一名秘书把一张电脑打印单递给主管伦多夫·奥斯古德。她在这笔非同寻常的巨额

319

电汇记录上画了一个圈，因为这笔钱不但没有按照惯例汇回美国，而且汇到了一家他们从未打过交道的银行。奥斯古德看过电脑打印单，立即给孟菲斯打了电话。托勒先生在休假，对方的秘书回答说。纳森·洛克呢？他出差了。维克多·米利根呢？米利根先生也出去了。

奥斯古德把电脑打印单放进了待处理的一堆东西里，明天再说吧。

一个年轻女人在佩尔迪多滩希尔顿的房间里被人抢劫了，还挨了揍。她的男友在房间里找到她时她手脚都被捆起来了。她男友叫阿龙·里姆默，来自孟菲斯，是一个具有明显北欧特征的金发男人。

这一夜真正扣人心弦的事，是在莫比尔地区对在逃杀人犯雷·麦克迪尔的集体大追捕。有人看见他天黑后到了汽车站；他的照片刊在晨报的头版；十点前，有三名目击者证明他在海岸地区出现过。

这一带只有他一个已知的在逃凶犯，结论很快就得出来了：抢劫年轻女人的凶手无疑就是他。

夜班职员回忆说，受害者曾打听过一个叫拉切尔·詹姆士的女人。这女人是在受害者前五分钟登记的，也是用现金付的账。但她夜里不知什么时候没办退房手续便不见了，化名李·斯蒂文斯的雷·麦克迪尔也是没办退房手续跑的。停车场的一个职工也大致指认了麦克迪尔。他说，半夜到一点之间这人上了一辆白色车，还有个女人和他在一起。他们急匆匆开车上了182号公路，往东去了。

阿龙·里姆默从希尔顿六楼下榻的房间里打电话给当地巡警，说那辆车是一个叫艾比·麦克迪尔的女人在莫比尔租的。

从莫比尔到迈阿密的警察全面展开了大搜捕。警方向受害者的男友阿龙·里姆默保证，一有最新情况，随时向他报告。

里姆默先生在希尔顿饭店等着。他和托尼·维克勒同住一个房间，隔壁就是他的上司德法歇。另外，还有十四名同伙在七楼的房间严阵以待。

米奇把公寓里的本迪尼公司的文件装上车子。然后坐在沙发床上给塔米留了一张便条，交待了银行电汇的详情，要她一周后再通知他母亲提款，到时候，她就成百万富翁了。

米奇拨通了巴拿马城滩假日旅店1028房间的电话。

"喂。"是艾比的声音。

"嗨，宝贝，你好吗？"

"糟透了，米奇。雷的照片登到每一家报纸的头版上了。说他是个逃犯，电视新闻报道说他是昨晚一起强奸案的嫌疑犯。"

"什么！在什么地方？"

"佩尔迪多滩希尔顿。雷发觉那金发女郎跟踪我，便冲进她的房间里，把她捆了起来。拿了她的枪和钱。她却声称雷打了她，还侮辱了她。现在，佛罗里达的警察都在找我昨晚在莫比尔租的那辆车子。"

"车子在什么地方？"

"我们丢到一英里外的一个地方。我真害怕，米奇。"

"雷呢？"

"他正躺在海滩上，打算把脸晒黑点。报纸上登的是一张旧照，长头发，脸色苍白。现在他理了个平头，还想把皮肤晒黑点。"

"听着，艾比，等到天快黑的时候，离开房间，不要打招呼，一走了事。东边大约半英里的地方有家蓝潮汽车旅客。你和雷到登记台要两个紧挨着的房间，用现金付账，告诉他们你叫杰姬·纳格尔。听清了吗？"

"要是他们没有紧挨着的客房呢？"

"如果是这样,那么就到隔两家的海滨旅店去。十小时后,我到你那里。"

"要是他们找到了车子呢。"

"他们会找到的,到时他们将在巴拿马城滩撒下天罗地网。你千万要小心。天黑以后,你到店里买点染发剂,把头发剪短,染成金色。告诉雷不要离开房间,千万不可冒险。"

"他有枪,米奇。"

"告诉他,叫他不要用枪。今天晚上会有一千多警察在附近,枪一点用也没有。"

"我爱你,米奇。我太害怕了。"

"宝贝,我半夜之前到你那儿。"

拉马尔·奎因、沃利·赫德森和肯德尔·马汉坐在三楼会议室里,商量着下一步的行动。

他们分析着米奇的事件。如果德法歇逮住了他,他就只有死路一条。要是他落到了联邦调查局特工的手里,他们就拿到了证据,整个公司的人都涉及违法的事,当然,也包括他们三个。

最后他们决定还是等明天再做下一步的打算。如果米奇在什么地方中弹身亡,他们将继续留在孟菲斯;如果联邦调查局特工捉住了他,他们就只好逃命了。

逃吧,米奇,快逃吧!

蓝潮汽车旅店的房间又小又潮湿,地毯用了二十多年,旧得不成样子,床单被褥上尽是烟头烧的窟窿。不过,此时此刻,也不是讲究豪华气派的时候。

星期四,天黑之后,雷拿着一把剪刀站在艾比身旁,细心修剪着她的头发。

一小时后,她成了个金发女郎。这时,有人敲门。

艾比愣住了,隔着拉得严严实实的窗帘听了听,拍了一下雷。门又敲了一下,雷跳下床,抄起枪来。

"谁呀?"艾比在窗前大声问。

"萨姆·福蒂尤恩。"

雷打开门,米奇一步跨了进去。他拉住艾比的手,紧紧地抱住了雷。门又锁上了,灯也熄掉了,他们坐在黑暗中的床上,米奇紧紧搂着艾比。他们三个有那么多话想说,却欲言又止。

37

太阳刚升起,米奇就起身了。他静静地看着一头金发的妻子,不忍离开,却没有吵醒她。他蹑手蹑脚去浴室冲了澡,穿上毛线衣,到了海边,走了半英里,找到一家方便商店。他买了可乐、点心、炸薯片和墨镜、帽子,还有三张报纸。

他回来时,雷正在货车旁等他。他们回到屋里,摊开报纸一看,情况比他们想象的还要糟。莫比尔、彭萨科拉和蒙哥马利三地报纸的头版都登了报道,还配发雷和米奇的模拟照片,连雷的通缉照也再次登了出来。《彭萨科拉报》上还说,艾比的模拟照还在印制中。

他们俩吃着点心,一致认为模拟照不像他们本人。两人悄悄走到隔壁房间,叫醒艾比后,开始从纸箱里取出本迪尼文件,并装配好了摄像机。

九点,米奇给塔米打了个对方付费电话。塔米拿到了新制身份证和护照。米奇指示她把东西用快递寄到佛罗里达州巴拿马城滩98号公路16694号,鸥栖汽车旅店登记台萨姆·福蒂尤恩收。他让她寄完邮包，立即离开纳什维尔，开车到诺克斯维尔，四小时内要到达目的地，住进一家大型汽车旅店，然后打电话到鸥栖旅店39号房间找他。

中午，巴拿马城滩一带，所有通往海滩的公路全被封锁起来了。神奇风光带一线，每四英里就有警察拦车检查。特工们挨个到T恤衫店查问，散发模拟照，还把照片贴在馅饼屋、炸玉米卷店以及另外十二家快餐店的告示牌上，并一再叮嘱收款员和女招待要特别留心麦克迪尔一伙，因为这是两个非常危险的人物。

拉扎洛夫带着他的一帮人在鸥栖旅店西边两英里的佳西旅店驻扎下来，并且租了一间大会议室作为临时指挥部。他派了四路人马去抢劫T恤衫店，弄回了各式各样的旅游服、草帽和帽子，还租了两辆装有无线电话的福特护卫车。他们在风光带上巡逻。

两点左右，拉扎洛夫接到本迪尼大厦五楼打来的紧急电话，报告两件事。其一，一个在开曼刺探情况的保安人员找到了老锁匠，证实了四月一日午夜前后确实有人去配过两串共十一把钥匙。那锁匠说，去配钥匙的是个迷人的肤色浅黑的美国女郎，她用现钱付过费便匆匆地离开了；其二，大开曼有个银行老板打过电话，说星期四上午九点三十三分有一千万美元从蒙特利尔的皇家银行电汇到了纳什维尔的东南银行。

四点到四点半之间，警用无线频道不停地报告着追捕的进展情况。假日旅店一名登记员大致描述了艾比的情况，说星期四凌晨四点十七分用现金开了两个客房的那个女人可能就是艾比。顿时假日旅店里挤满了警察、联邦调查局的特工和莫罗尔托的手下人。

他们就在这一带！在巴拿马城滩的什么地方。

星期五下午四点五十八分，一名警长把车子慢慢开到一家廉价汽车旅店门口,一眼看见了那辆灰白色汽车。他记下车号,经打电话查实,正是那一辆货车。

五分钟后,这家汽车旅店便给包围起来。

在十二名特工陪同下,店主拿起钥匙,逐一打开客房,一共四十八间。

只有七间住了人。店主一边开门一边解释,眼下是淡季。

安迪·帕特里克是个二混子,头一次被判重罪是在十九岁的时候,后因伪照票证又坐了四个月班房。戴着一顶重罪犯人的帽子,他发觉老老实实谋生简直不可想象,于是在往后的二十年间,他干着偷鸡摸狗的勾当。二十七岁时在得克萨斯州被一个骄横的警长猛揍了一顿。他失去了一只眼睛,同时也失去了对法律的尊敬。

六个月前,他到巴拿马城滩落脚,谋了份正派的差事,在鸥栖旅店登记台值夜班,薪水每小时四美元。星期五晚上,九点左右,他正在看电视,突然,一个肥胖的警长大摇大摆地走进来。

"搜捕逃犯的。"警长说着,把模拟照和通缉照扔到肮脏的柜台上。"注意这几个家伙。我们认为,他们就在这一带。"

安迪打量着模拟照,那个叫米切尔·麦克迪尔的看上去挺面熟。他那小脑瓜即刻转开了。

他用那只独眼,看着不可一世的警长说:"没看见他们,不过我留心就是。"

"他们很危险。"

你才危险呢,安迪心想。

"把这些贴到墙上去。"警长命令说。

你是这儿的主人吗?安迪暗暗想道。"很抱歉,没有老板同意我不能贴。"

325

警长愣了愣，目光透过墨镜瞪着安迪。"听着，小子，我命令你。"

"对不起，先生，我不能把任何东西贴到墙上，除非老板让我这么做。"

"那你老板呢？"

"不知道，也许在哪个酒吧。"

警长绕到柜台后面，把照片贴在告示牌上，贴完后他怒视着安迪说："我两个小时后再来，你要是撕下，我就以妨碍公务罪逮捕你。"

安迪毫不退缩。"你吓不了人的，在堪萨斯我就领教过了。"

警长面红耳赤地说："你是个精明的小笨驴，嗯？"

"不错，先生。"

"你胆敢取下试试，我一定要弄个理由送你进监狱！"

"那地方我早待过，没什么大不了的。"

几英尺外，风光带上响起一阵警笛的呼啸，警长嘴里咕咕哝哝，晃出了店门。安迪连忙把照片扔进垃圾堆。他朝着风光带上的警车望了几分钟，然后穿过停车场，到了后楼，敲了敲39号房间的门。

他等了一下，没有反应，又敲了敲。

"谁呀？"一个女人问。

"经理。"安迪答道，他对这个头衔很是得意。门开了，跟米切尔·麦克迪尔模拟照相像的那个人探出头来。

"噢，先生，"米奇说，"出了什么事啦？"

他很紧张，安迪看得出。"警察刚来过，明白我的意思吗？"

"他们想干什么？"

你这笨驴！安迪心里骂着。"只是问了几个问题，出示了几张照片。我看过照片了，知道吗？"

"哦，是这样。"他说。

"照片挺不错呢。"安迪说。

麦克迪尔死死盯着安迪。

安迪说:"警察说,他们三个当中有一个是从监狱里逃出来的。明白我的意思吗?我在监狱待过,我想谁都该逃出那鬼地方。你知道那滋味吗?"

麦克迪尔笑笑,笑得很勉强。"你叫什么名字?"他问。

"安迪。"

"我们来做笔交易,安迪。我给你一千美元,到明天,你要是还能保守秘密,我再给你一千元,后天同样。"

真妙的一笔交易啊,安迪心想。不过,他既然一天付得起一千块,自然五千块也不在话下。这可是千载难逢的好机会啊。

"不成,"安迪坚决地说,"一天五千块。"

麦克迪尔毫不犹豫地答应了。

安迪接过钱,看了看四周。"我想,你大概不想让服务员知道吧?"安迪问。

"说得对,你想得很周到。"

"再给五千块。"安迪说。

麦克迪尔有点迟疑了。"好吧,我们再做笔交易。明天早上,有个给萨姆·福蒂尤恩的快递包裹。你把它拿给我,不让服务员看见。我就再给你五千块。"

"不成,我干夜班。"

"这样吧,安迪,你周末二十四小时上班,避开服务员把包裹给我送来,怎么样?能做到吗?"

"当然能。我的老板是个酒鬼,我周末全天上班,他正求之不得呢。"

"你要多少,安迪?"

不要白不要，安迪心想。"再来两万块。"

麦克迪尔笑笑。"行！"

安迪咧嘴笑着走开了。

"那是什么人？"雷问。

米奇透过百叶窗的缝隙望着窗外。

"我就知道得交上个好运才能躲过这个风头，我想我们已经交上这个好运了，刚刚交上的。"

38

神奇风光带，佳西旅店的会议厅里，包塑的会议桌尽头，莫罗尔托先生端坐着，身穿黑西服，系一条红领带。桌子四周，坐着他手下二十个出类拔萃的心腹。靠四壁站着的也是他最忠实的部下。这些杀手都是些彪形武夫，他们执行命令说一不二，从不心慈手软，但看上去却像小丑，身上的衬衫花里胡哨，短裤松松垮垮，头戴的草帽各式各样，古里古怪。要在平时，他准会嘲弄他们一番，但眼下事情紧急，刻不容缓，他无暇顾及。他正听着呢。

他右首是拉扎洛夫，左首是德法歇，两人隔着桌子在唇枪舌剑，小会议室里的每只耳朵都在听。

"他们在这里，我知道他们就在这一带。"德法歇激动地说，两个手掌有节奏地拍着桌子，他熟谙节奏。

拉扎洛夫说："我同意，他们是在这一带，两个人是坐小汽车来的，一个人是乘卡车来的。我们已经发现了两辆丢弃的车子，车子的指纹还很清楚。不错。他们就在附近。"

德法歇问："但他们为什么去巴拿马城滩呢？真不可思议！"

拉扎洛夫说："原因之一，是他以前来过这里，圣诞节来的，记得吗？他对这个地方很熟悉，能数出海滩边的所有廉价汽车旅馆，这是暂时藏身的好去处。主意不赖，是不赖，但他不走运。他这个在逃的人，带了太多的行李，还有他的妻子和被通缉的兄弟，可能还有满满一卡车的文件，真是书呆子。后来警方以为他兄弟强奸了一个姑娘，所以都来搜捕他们。他们真晦气。真的。"

"他母亲呢？"莫罗尔托先生问。

拉扎洛夫和德法歇朝这位大人物点点头，知道这个问题很关键。

拉扎洛夫回答说："她是个非常普通的女人，只会招待客人，对外界一无所知，我们一来这儿就注意她了。"

德法歇说："不错，他们没什么接触。"

莫罗尔托点点头，点了支烟。

拉扎洛夫接过话茬："假如他们真的在这一带，我们掌握了他们的行踪，那么联邦调查局和警察也会知道他们的行踪。我们在这儿只有六十人，而联邦调查局人员和警察有几百人。显然他们占上风。"

"你能肯定他们三人在一起吗？"莫罗尔托先生问。

德法歇说："绝对是的。我们知道那女人和罪犯是同一天到佩尔迪多的，后来又离开了。三小时后她来到了附近的假日旅店，用现金包了两个房间。她租了辆汽车，车上有罪犯的指纹。毫无疑问是她。我们知道米奇星期三在纳什维尔租了辆联租货车，星期四早上，他把我们的一千万美元电汇到纳什维尔的一家银行，接着溜之大吉。四个小时前我们找到了那辆联租货车，情况就是这样，先生，他们肯定在一起。"

拉扎洛夫说："如果他电汇了钱马上离开纳什维尔的话，天黑时就应该到这里了。我们发现那辆联租货车空空如也，这说明他们在附近哪个地方已卸了货。然后把货车藏起来了。可能是昨天夜里，也就是星期四后半夜的某个时候。噢，你们应该想到他们需要睡一会儿，我估计昨晚他们待在这里，打算今天继续潜逃。但他们今天早上醒来时，发现他们的照片已经上了报，警察忙得不可开交，封锁了交通要道，这样他们就被困住了。"

德法歇说："他们要想逃出去，只有借车、租车或偷车。但这一带没有一个地方有借车记录。她用自己的名字在莫比尔租了辆轿车，米奇用他的名字在纳什维尔租了联租货车，使用了真的身份证。不管怎么说，他们真他妈的干得漂亮。"

拉扎洛夫说："他们显然没有假身份证。假如他们在这一带租车逃跑，租车记录上会有他们的真名，然而却没有。"

莫罗尔托先生不耐烦地挥了下手。"行了，行了，既然你们这样聪明，那下一步怎么办？"

德法歇回答说："我已通知了孟菲斯。公司的每一个资深普通律师都已往这儿赶。他们了解麦克迪尔夫妇，所以想让他们去海滩、饭店和旅馆，也许他们能发现一点线索。"

德法歇说："我猜逃犯是在一家小旅馆里。他们可以用假名，用现钞，没人会猜疑。就是有，也难识他们的真面目。他们在假日旅馆住过，但没待多久。我敢打赌他们到了风光带。"

拉扎洛夫说："首先，我们要摆脱那些联邦调查局的人和警察。他们现在还不了解这一切，但他们马上就会出现在风光带的路上。然后，我们一大早就动手去那些小旅馆一家家地搜。这类破陋的旅馆大部分不足五十个房间。我算了一下，两个人半小时就能查完一处。这样虽然慢些，但我们不能只说不做。"

"你的意思是现在就动手搜旅馆？"莫罗尔托先生问。

德法歇说："砸开每一间房门办不到，但可以试试。"

莫罗尔托先生站起来，向四周扫视了一眼。"那么，海呢？"他问拉扎洛夫和德法歇。

他们莫名其妙地面面相觑。

"海！"莫罗尔托先生叫道，"海呢？"

所有的眼睛绝望地在桌子四周扫视了一圈，又很快地落在拉扎洛夫身上。"对不起，先生，我也被你搞糊涂了。"

莫罗尔托先生侧身问拉扎洛夫："海上怎么办？我们在海滩上，是吧？一边是陆地、公路、铁路和机场，另一边是海和船，假如现在道路被封锁，机场和铁路更不成问题。你认为他们会往哪儿逃？很显然，他们会设法找条船，趁黑划出去。想想看，不是这样吗，伙计们？"

房间里的每个人都连忙点头。德法歇先开了腔："我完全懂了。"

"妙极了，"莫罗尔托先生说，"那么，我们的船在哪里？"

拉扎洛夫从座位上跳了起来，转过身去向部下大声命令道："去码头，把今晚和明天所有的渔船都租下来，随他们要什么价，只管付钱，不回答任何问题。人都上船，开始搜，越快越好。不越过海岸一英里。"

星期五晚上，快十一点了，阿龙·里姆默站在通宵商店收费柜台边，付了一瓶啤酒和十二加仑汽油钱。他要零钱打电话。他出了门，到停车处旁，捏着几张纸币换来的硬币，给警察分局打电话。

"听着！"里姆默大声说，"我在得克萨科。五分钟前我看到了那几个通缉犯，我肯定是他们！"

"哪些罪犯？"

"麦克迪尔一伙，两男一女。一个多小时前，我离开巴拿马城滩，看过报上的照片。后来我在这里停车加油，看到了他们。"

里姆默报告了他的位置。不一会儿，一辆闪烁着蓝色警灯的巡逻车开了过来，紧接着第二辆、第三辆、第四辆。他们把里姆默带回分局。在分局长办公室的桌子上放着三张模拟照片。

"就是他们！"他喊了起来，"我刚才见过他们，还不到一分钟。他们在一辆绿色的福特牌汽车里，车上挂着田纳西州的牌照，车后拖着一辆长长的联租货车。"

"确切地点呢？"分局长问。

"我正在加油，在4号油泵，照规矩排队，他们把车缓缓地开进了停车处，行踪可疑，没到加油泵就停了车，那个女人下了车，走进加油站办公室。"他拿起艾比的照片，细加端详，"对，是她，毫无疑问，头发剪短了不少，黑色。她从加油站出来，什么东西也没买，看上去神情紧张，匆匆忙忙地回到卡车里。加好油，我进了加油站。等我开门出来时，他们的车开了，离我不超过两英尺。他们三个我都看得清清楚楚。"

"谁开的车？"上尉问。里姆默盯着雷的半身照片。"不是他，是另外一个。"他指了指米奇的照片。

"能看看你的驾驶执照吗？"一位警官说。

里姆默拿出了三份证件。他把一张伊利诺伊州的驾驶执照递给了那位警官，上面印着他的照片姓名：弗兰克·坦普尔。

"他们朝哪个方向去了？"分局长问。

"朝东。"

同一时刻，在大约四英里远的地方，托尼·维克勒挂上公用电话，兀自一笑，折回伯格金镇。

接电话的是分局长。"又接到一个电话。另一个地点，在伯格金镇东边，情况相同！三个人坐在一辆绿色的福特牌卡车里，后面有辆联租货车。那家伙不愿意留下姓名，只说在报纸上见过他们的照片。"

假日旅馆的会议厅里，一片忙碌的气氛。联邦调查局特工们进进出出，有准备咖啡的，有窃窃私语的，也有谈论最新情况的。局长沃伊利斯，坐在桌子前和三位下属研究一张街道图。

一名特工冲进门来，他眼里充满喜悦，神情激动地说："刚才接到从塔拉哈西打来的电话，十五分钟前他们找到了两张确凿无疑的身份证。他们三人在一辆挂田纳西牌照的绿色福特牌货车里。"

沃伊利斯扔下街道图，向他走过去。"什么地方？"除了无线电在响，屋子里顿时鸦雀无声。

"第一次在得克萨科快餐店，第二次在距伯格金镇四英里处，他们路经饭店窗口。两个目击者都很肯定。"

沃伊利斯转向司法长官。"长官，给塔拉哈西打个电话证实一下。那地方离这儿多远？"

"一个半小时。沿 10 号州际公路一直走。"

沃伊利斯把塔兰斯叫进一个小房间。

"如果所报地点准确无误的话，"沃伊利斯对塔兰斯平静地说，"那我们待在这儿是浪费时间。"

"是的，先生。听起来合乎情理，一个目击者的报告或许不值得相信，但两个人报告的情况相吻合，那就相当可信了。"

"他们是如何从这儿出逃的？"

"这与那个女人无关，局长。一个月来她一直在帮他，我不知道她是谁，也不知道他是在哪儿找到她的。但是她在外界盯着我们，为他提供一切。"

"你认为她和他们是一伙？"

"不能肯定。也许她是从犯，不直接参加行动，但是听他指挥。"

"他真有头脑，韦恩。他为此已盘算了几个月。"

"当然。"

"你不是提到过巴哈马？"

333

"是的,先生。我们付给他的一百万元钱汇进自由港的一家银行。后来他告诉我钱在那儿存了没多久。"

"你是说,他们也许会去那儿?"

"天晓得。显然他必须逃离这个国家。今天我和监狱长联系了。他告诉我雷·麦克迪尔能流利地讲五六种语言,他们去哪儿都成。"

"我想我们该动手了。"沃伊利斯说。

"我们把道路封锁起来,我们已经掌握了那辆车的特征,他们是跑不了的。一大早我们就能抓住他们。"

"把佛罗里达州中部的所有警察一小时后全派到公路上来,封锁所有道路,彻底搜查每一辆福特牌卡车。我们的人在这儿等,直到天亮,这样一来我们就可以收摊了。"

"行,先生。"塔兰斯疲倦地回答。

在塔拉哈西发现罪犯的消息立刻传遍了海滩地区,巴拿马城滩的气氛缓和下来。麦克迪尔已逃走了。眼下也许他们正沿着漆黑公路的一侧,绝望地开往命运之途。

海滩边的警察都可以回家了。星期六黎明前一如往常的宁静。风光带的两端仍被封锁,警察只草草地查看驾驶执照,镇北的道路畅通无阻,搜查已转向东边。

佛罗里达州的奥卡拉郊外,40号公路旁,托尼·维克勒磕磕碰碰地从11号公路7号加油站走了出来,往一部收费电话机里投入了一枚两角五分硬币。他接通了奥卡拉警察局,说有急事报告:他刚才看见了在巴拿马城滩通缉的三个罪犯。话务员告诉他所有巡逻人员都去了一场重大事故现场,要求他到警察局来,以便填写一份报告。托尼声称自己也有急事,但既然事关重大,他将马上赶到。

托尼赶到时，警察局局长正等着他。局长穿着 T 恤衫、牛仔裤，眼睛红肿，头发蓬乱。他领着托尼走进办公室，先感谢了他，然后做笔录。托尼说，当时他正在 11 号公路 7 号加油站前给车子加油，一辆拖有联租货车的绿色福特牌车停在它后面的工作间旁，一个女人走下车来，打了个电话。他进门付汽油费时，觉得这个女人很面熟，后来想起是在报上见过她。他又走到窗前，仔细地看了看那两个男人，证实了自己的想法没有错。她挂上电话，回到车上坐在两个男人中间，一起离开。绿色福特车上挂的是田纳西牌照。

　　局长谢过他。托尼回到车上，阿龙·里姆默正在后排的座位上睡大觉。

　　他们朝北，朝巴拿马城滩方向驶去。

39

　　星期六上午，安迪·帕特里克从东往西朝风光带上扫视了一眼，然后迅速穿过停车场来到 39 号房间。他轻轻地敲敲门。

　　停了一会儿，一个女人的声音问："谁呀？"

　　"经理。"他回答说。门开了，那个男人走出来，现在他的头发很短，呈金黄色。安迪凝视着他的头发。

　　"早上好，安迪。"他有礼貌地说，同时扫视了一眼停车场。

　　"早上好。我是在想，你们几个是否还在这里。"

　　麦克迪尔先生点了下头，又盯视了一下停车场。

　　"今天上午电视里报道，你们几个昨晚就快要穿过佛罗里达州了。"

　　"是的，我们也在看。他们在耍花招，不是吗，安迪？"

　　安迪踢踢人行道上的一块石头。"电视上说昨晚有三个形迹可疑的人出现在三个不同地点。我琢磨有点蹊跷。我整夜都在这里守着，没见你们离开过。天亮前，我曾偷偷地去公路那边的一家咖啡店。那儿一如往常，有警察。我就坐在他们的旁边，从他们那里得知这一带的搜索已经告一段落。他们说凌晨四点左右，联邦调查局搜完最后一个地点就离开了。其他警察也大多撤离：他们准备到中午再解除风光带的封锁。传说你有人接应，正设法去巴哈马。"

麦克迪尔先生一边注视着停车场，一边倾听。"他们还说了什么？"

"他们常提到一辆载赃物的联租货车，以及他们是怎样找到那辆货车的，车上怎么又空了；还有没人能猜得出你是怎么把赃物装入拖车的，又是怎样在他们的眼皮底下逃出城的。当然我什么也没说。"

麦克迪尔先生陷入了沉思，没吭气。他并不显得紧张。安迪注视着他的脸。

"你似乎不太高兴，"安迪说，"我是说，那些警察就要走了，搜捕解除了。那不是一件好事吗？"

"安迪，我能跟你说件事吗？"

"当然。"

"现在比以前更危险了。"

安迪掂量了许久，然后说："怎么会呢？"

"警察只是想抓住我，安迪，但有人想杀我。是职业杀手，安迪。他们还在附近。"

安迪眯起眼睛，瞅着麦克迪尔先生。职业杀手！就在附近？在风光带？安迪后退了一步。他想问他们究竟是什么人，为什么要追杀他，但他知道对方不会说出真情的。他看准了一个机会问道："你们为什么不逃呢？"

"逃？我们怎能逃脱？"

安迪踢了另一块石头，朝停在办公室后面的一辆一九七一年产的庞蒂亚克牌汽车点点头。"噢，你们可以用我的车。你们可以钻进行李箱，你们三人都进去，我来驾驶，送你们出城。停车检查时别出来，这样你们就可以乘飞机远走高飞。就这么办。"

"那要花多少钱？"

安迪端详着自己的脚，搔了搔耳朵。心想：这小子可能是毒品贩子，那些箱子里大概装的是可卡因和现钞。哥伦比亚政府可能也盯上了他。"你得花一些钱。这样吧，现在你们每天就付五千元。我还算是清清白白的旅馆服务员，虽然不算太本分。你很清楚这不是件小事。假如我开车送你们出去，那我就成了帮凶，会被指控蹲大牢的，所以你得花大钱。"

"多少，安迪？"

"十万。"

麦克迪尔先生既没退缩也没反应，木然地注视着大海。

安迪马上猜出他肯出这个价。

"让我考虑一下，安迪。现在你得眼观六路，耳听八方。警察撤了，杀手就会接踵而至。今天相当危险，安迪，我需要你帮助。如果你发现附近有可疑的人，马上通知我们，我们不会离开房间的，行吗？"

安迪回到服务台。他心想：呆子都会跳进行李箱，溜之大吉。准是因为这些箱子，那些赃物，他们才迟迟不溜。

麦克迪尔的早餐清淡无味，走油的酥饼加软饮料。雷极想喝冰啤酒，但为此跑一趟商店太冒险。他们吃得很快，边吃边看晨间新闻。沿岸电视台不时播放他们的照片，起初他们曾胆战心惊，但眼下已习以为常。

星期六，上午九点刚过，米奇关掉电视机，回到堆放箱子的地方。他捡起一叠文件，朝摄影的艾比点点头，示意她往下拍。

拉扎洛夫一直等到女服务员们上班才让手下沿风光带搜查。他们两人一组，挨家挨户地搜，这种小地方的旅店大都只有两三名女服务员，她们对每一个房间，每一位顾客了如指掌。事情不复杂，进展大都顺利。他们找来女服务员，给她一张一百美元的票子，请她看几张照片。如果她没见过照片上的人，就问她是否见过一辆联租货车，或形迹可疑的两男一女，如果服务员不能提供线索，就打听哪些房间已住人，然后敲门而入。

拉扎洛夫要他们从女服务员入手，从靠海滩的后门进去。别只问问服务台就走。他们都伪装成警察，如果挖到宝贝，马上干掉他们，再找电话报告。

德法歇在离公路不太远的风光带上布置了四辆车。拉马尔·奎因、肯德尔·马汉、沃利·赫德森以及杰克·奥尔德里奇都装扮成驾驶员，注视每一辆过路车。他们四人是半夜时分和公司的十名资深普通律师搭私人飞机抵达此地的。米奇·麦克迪尔以前的几位朋友和同事被派往商店和咖啡店。合伙人也从附近的几个机场调回，在九点以前去海滩检查游泳池和旅馆。纳森·洛克跟在莫罗尔托先生的后面，其他合伙人都化了装，戴上太阳镜，执行德法歇的命令。只有埃弗里·托勒不见了。从医院出来后，就一直没有他的消息。包括三十三名律师在内，有近一百人参加莫罗尔托组织的猎捕行动。

在蓝潮旅馆，一个门卫收了一百美元的钞票，看过照片后说，他在星期四傍晚见过一男一女登记后住了进来。他仔细看了艾比的照片，肯定那女的就是她。又拿了几张钞票后，他去柜台查了查登记簿，说女人登记用的名字是杰姬·纳格尔，她付了星期四到星期六的房租费。他又收了一些钱，带两个持枪者去客房。他敲了敲门，没人回答。他打开门，让他们进去查。这两个房间星期五晚上就没人住。两个持枪者有一个是拉扎洛夫。五分钟后，德法歇赶到，他在房间的周围寻找线索，但一无所获。搜索范围立刻缩小到蓝潮旅馆和联租货车的地点。

车子把搜索人员拉来。合伙人和律师们搜索海滩和饭馆，一个个持枪者挨家挨户展开了全面的搜查。

十点三十五分，安迪在快递包裹单上签了字，这是多丽丝寄给萨姆的包裹。它肯定值钱，但他已答应帮人家传递，不能扣下。所以他赶紧带着包裹向米奇的房间跑去。

多年偷偷摸摸的躲藏生活，使安迪下意识地养成了暗中靠墙角捷步行走的习惯。就在他转过停车场的拐角时，发现有两个人正在敲21号房间的门。碰巧那房里没人。他马上就对那两人产生了怀疑。他们的打扮很怪，白色短裤几乎过膝，一下子分不清哪是短裤，哪是大腿。一个人穿着黑短袜和平底鞋，另一个人穿着蹩脚的凉鞋。他们的头上都戴顶白色的巴拿马帽。

在风光带六个月的生活经验告诉安迪：这不是真正的游客。敲门的那个又敲了一次，这时安迪看到他短裤后面鼓鼓地插着一支长手枪。

他重新加快脚步，折回办公室，给住39号房间的萨姆打电话。

"我是萨姆。"

"萨姆，我是安迪，我在办公室。别出来，有两个形踪可疑的人正在停车场对面敲门。"

"他们是警察吗？"

"我想不是。"

"服务员在哪儿?"萨姆问。

"星期六她们十一点才会来。"

"好。我们把灯关掉,盯着他们。他们一离开再打电话给我。"

安迪从小房间的一扇黑窗子里注视着那两人一间间地敲门,偶尔有一两个房间开了门。四十二个房间中的十一个有人住。38、39两个房间没人答应……他们折回海滩,不见了。是职业杀手!

安迪看着在街对面一个小停车场内,有两个冒充游客的人同一个坐在白色大货车内的人说着什么。他们指指这边,指指那边,好像有不同的看法。

他打电话给萨姆。"听着,萨姆,那两个人走了,但他们的同伙随处可见。"

"有多少?"

"我看见街对面有两个。你们几个最好离开。"

"别紧张,安迪。只要我们待在这里不动,就不会被发现。"

"但久等不是办法,我的老板会发觉的。"

"我们马上就走,安迪。包裹呢?"

"在这边。"

"好。我想看一下。唉,安迪,有吃的吗?你能到街对面搞些吃的来吗?"

安迪是经理,不是跑堂的,但看在每天五千元的分上,他愿意提供服务。"当然,我马上就去。"

星期六下午一点半。

在奥兰多的拉马达旅馆的客房里,塔兰斯筋疲力尽,十分沮丧地躺在床上。他给孟菲斯打过电话,秘书说有个叫玛丽的来过电话。

他留下了房内的电话号码。

电话铃响了起来，塔兰斯慢吞吞地拿起话筒。"玛丽·艾丽丝？"他轻声问道。

"韦恩宝贝，你怎么猜出来的呢？"

"他在哪儿？"

"谁呀？"塔米格格地笑着。

"麦克迪尔，他在哪儿？"

"噢，韦恩，你们男人三分钟热度，然后就打野鸡。你这个人不再那么可爱了，宝贝，对不起，不告诉你。"

"刚才，我们接到过报告，有三个可疑的人出现。"

"最好检查一下，韦恩。几分钟前米奇告诉我，他从没去塔拉哈西，也没去过奥卡拉，从没驾驶过一辆绿色的福特牌小货车，更没开过一辆联租货车。你们的人咬得真紧，韦恩，不但上了钩，还吞下了线和铅坠。"

塔兰斯把整个话筒都贴在脸上了。

"奥兰多好玩吗？"她问，"有没有在城里的迪士尼乐园玩？"

"他到底在哪儿？"

"韦恩，韦恩，别急啊，宝贝。你会得到那些文件的。"

塔兰斯坐直了身子。"什么时候？"

"哎，我们也许贪心了点，那笔钱该我们的一分也不能少。我在一个付费电话亭里，韦恩，不必费心查找我在哪儿，怎么样？其实我们的要价不高。如果一切顺利，一天之内，你会得到文件的。"

"文件在哪儿？"

"我会给你们打电话的，宝贝。如果你还是这个号码，我会每隔四小时跟你通一次电话，直到米奇告诉我文件在哪儿。但是，韦恩，如果你不用这个电话的话，我就找不到你了，宝贝，所以你不要走开。"

"我会待在这里的。他还在国内吗?"

"我想不在了。我相信他已经在墨西哥了。他兄弟会讲西语,你知道吗?"

"我知道。"塔兰斯直挺挺地躺在床上咒骂。只要他弄到文件,他们就是到了墨西哥也会被收拾掉。

"待在你现在的地方,宝贝,睡个午觉,你一定累了。五六点钟的时候给你打电话。"

塔兰斯把电话放在床边小桌上,昏昏入睡了。

星期天下午,当巴拿马城滩的警察接到第四个旅馆老板的投诉电话时,就迅速赶往旅馆,老板说有几个持枪歹徒骚扰顾客。于是大批警察在风光带一线,在旅馆里搜索正在追杀麦克迪尔的杀手。整个沿岸地区陷入临战状态。

德法歇的人又热又累,被迫继续单独行动。他们稀稀拉拉地散布在海滩上,注视着来来往往的游客。

天近黄昏,由打手、暴徒、杀手和律师组成的队伍躲在暗处,虎视眈眈。如果麦克迪尔一出现,他们就会趁黑猛扑过去。

德法歇站在佳西旅馆房间外面,粗壮的前臂很不自在地搁在阳台的栏杆上。他凝视着下面空旷的海滩,太阳正慢慢地从地平线上消失。阿龙·里姆默穿过玻璃拉门,在德法歇身后停下。"我们找到了托勒。"里姆默说。

德法歇一动不动。"在哪里?"

"在孟菲斯,他女友家里。"

"就一个人?"

"对,他们把他干掉了,现场被破坏了,看起来像抢劫杀人。"

在 39 号房间，雷一遍遍翻着新护照、签证、驾驶证照以及出生证明。米奇和艾比护照上是近期照片，黑发又浓又密。而雷用的是米奇读哈佛大学时的旧照片，不同的是满头长发，胡子拉碴。证件上姓名分别是李·斯蒂文斯、拉切尔·詹姆士和萨姆·福蒂尤恩，三个人都住田纳西州的默夫里伯勒。多克干得不错。雷挨个看了看每个人的照片，笑了。

艾比把索尼摄像机装进盒子，折起三脚架靠在墙上。十四盒贴有标签的盒式录像带整齐地堆放在电视机上。

十六个小时之后录像完了。第一盘是，米奇对着镜头举起右手起誓，他所说的全属事实。然后他站在一大叠文件旁。根据塔米记下的笔记、摘要和图表陈诉银行记录。在十一家开曼银行里有二百五十个秘密户头。有些户头留有姓名，但大多数只有号码。借助电脑打印清单，他理出了每一账户的存取情况，如现金存储、电汇和提款的日期。在每一份文件下方可以清楚地看到用黑笔写的大写字母 MM，编号从 MM1、MM2，直到 MM1485，一共有九百万美元的秘密存款在开曼银行的户头里。

报告完银行记录之后，他又细诉这个集团的组织。二十年来，莫罗尔托一伙以其令人咋舌的财富和令人发指的贿赂手法营造了四百多个开曼公司。米奇在录像带中指出，他很清楚，他只掌握了这些记录中的一部分证据，而大部分证据藏在孟菲斯的地下室里。他还指出，为便利陪审团作出正确的判断，需要税务局调查员，花一年左右的时间才能彻底解开莫罗尔托集团之谜。

米奇花了六小时说明了莫罗尔托一伙及其律师所使用的各种手段。他们最常用的办法是让两三名律师冠冕堂皇地带着不义之财乘公司专机出境，因为美国海关注意的只是毒品，而对于出境的是什么则很少留意。一旦钱到达开曼岛，同机的一名律师就会花钱买通开曼海关和银行主管，钱就能合法地存入银行，有时用于贿赂的部分高达利润的 25%。

钱存入银行时，户主通常不用姓名，只用号码，这就很难搞清楚这些钱的来龙去脉。钱往往是存在许多指定的账号上，这些账号米奇称为"超级账号"。他一一指出这些账号和银行的名字，供陪审团查证。然后这笔钱从超级账号转汇到新设立的公司账号上。通常是在同一家银行内转。一旦某一合法的开曼公司拥有了这笔钱，来路就被隐匿起来。最简单最普通的方法是为公司在美国买不动产和其他资产。这些交易都是由本迪尼-兰伯特暨洛克公司精明的代理人操纵，所以钱都用电汇方式转移。

十六小时的录像存证足够塔兰斯和他的一帮人对本迪尼公司的几十名律师起诉。他可以把录像带交给一个联邦法官，让他发出搜查令。

米奇完成了录像，身心疲惫地坐在床上，艾比闭着眼坐在椅子里。

雷从百叶窗向外瞥了一眼。"我们需要来点冰啤酒。"他说。

"算了吧。"米奇厉声说。

雷转身盯着他。"别紧张，小老弟，天已黑了，商店就在海滩边，不远，我会当心的。"

"别去了，雷。没必要冒险。再过几小时我们就动身了，如果一切顺利，你下半辈子喝啤酒的时间有的是。"

雷不听。戴上一顶棒球帽，往口袋里塞了些钞票，拿起枪准备出门。

"雷，求你了，至少你别带枪。"米奇恳求他。

雷把枪掖在衬衫下，消失在门外。他快步走过沙地，来到自助商店后面，注意地朝周围张望了一下，确信没人盯梢，于是走到前门。啤酒就在门后。

在风光带附近的停车场，拉马尔·奎因头戴着大草帽和几个小孩在聊天。他看见雷走进商店，觉得很面熟。他移到前面的窗旁，往啤酒的方向望过去，那人戴着太阳镜，但鼻子和颊骨很熟悉。拉马尔悄悄走进小店，买了一袋土豆片。他在收费台边等着。他和那人打了个照面，那人虽不是米切尔·麦克迪尔，但像极了。

是雷，一定是他。脸晒得黑黑的，头发短得难看，眼睛被眼镜遮住了。但身高体重都一样，连走路的样子也一模一样。

"嗨，你好。"拉马尔问候那人。

"嗨，你好。"声音也很像。

拉马尔付了钱，回到停车场。他把袋子轻轻扔进电话间旁的垃圾箱里，快步走到隔壁的礼品商店，继续追踪雷。

40

黑暗笼罩着风光带，凉风徐来。月亮尚未升起。黑云布满天空，海面一片漆黑。

黑夜把垂钓者吸引到神奇风光带的码头，他们三五成群地聚在海边，默默地把钓鱼线放入二十英尺深的海水里。他们一动不动地倚在栏杆上，偶尔吐口唾沫，和朋友交谈一两句。与其说那些偶尔冒险咬钩的鱼儿让他们怦然心动，毋宁说柔风、宁谧和平静的海水令他们神往。他们是从北方来度假的，每年都在同一个星期来到同一家旅馆，每晚趁黑来到码头垂钓，欣赏夜色中的大海。他们身旁放着盛满鱼饵的水桶和装满啤酒的冷却桶。

夜色之中，常常会有一个闲逛者或一对情侣闯上码头，走向百码之外的尽头。他们会对着黑乎乎的、悠然起伏的海水凝望几分钟，然后转过身来，欣赏风光带上那成千上万闪烁着的灯火。他们会注视垂钓者的一举一动，而垂钓者压根儿不会注意他们。

　　垂钓者也没注意到阿龙·里姆默悄悄地从他们身后走过，他在码头尽头点燃一支香烟，注视着海滩，以及岸上成千的旅馆和住宅。

　　十一点半，艾比离开39号房间，朝东往海滩上走去。她身穿短裤，头戴一顶白草帽，翻起风衣衣领。她缓慢地走着，两手深深地插在口袋里。五分钟后，米奇也离开了房间，跟在她后面，边走边望着海面。有两个慢跑的人在不远的海滩边经过，溅起一阵水声，微风中传来他们的低语。米奇摸着口袋。四只口袋里装满了六万元现钞。他看着大海和前面的艾比。当他离海滩还有两百码时，雷离开了39号房间，他锁上门，带上钥匙，腰间缠了一条四十英尺长的黑色尼龙绳，里面别着一支枪，外面套一件肥大的风衣。安迪要了两千元，提供了衣服和别的用品。

　　雷来到海滩上。他注视着米奇，但几乎看不到艾比。海滩上空无一人。

　　这是星期六，午夜时分，大多数垂钓者已离开码头。艾比在客房旁的小树丛里观察再三，然后悄悄溜了过去，来到码头边。她靠在水泥栏杆上，望着漆黑的海湾。只见红色浮标灯一闪一闪，蓝色和白色引航灯组成斑斓的光束射向东方。几英尺外的海面上，一艘船上一束黄色灯光一闪一闪。码头边，艾比独自站着。

　　码头入口附近的海滩上，米奇坐在伞下的一把椅子里，他看不见她，但大海却一览无余。五十英尺外，雷坐在一个砖凳上，脚在沙子里晃来晃去，黑暗笼罩着他。他们等了很久，不时地看看表。

　　午夜时分，艾比紧张地拉开风衣上的拉链，解下一个笨重的手电筒。她看了一眼脚下的海水，紧紧地抓着手电筒。她把手电筒抵在肚子上，用风衣挡着，按了三下开关：开、关、开、关、开、关。绿色的灯光闪了三下。她紧握着手电筒，盯着海面。

没有回答。她焦急地等着，两分钟后又按一次，闪三下。没有回答。她深深地吸了一口气，自言自语道："冷静，艾比，要冷静。他一定在那边。"她又亮了一下，等着。还是没有回答。

米奇坐在椅子里，焦急地扫视海面，从眼角他看到有个身影从西边向他走来，几乎是跑来。那身影跳上码头台阶，是那个北欧人。米奇急忙跟在他后面。

阿龙·里姆默在垂钓者的身后踱步，注视着码头尽头戴白草帽的女人。她弯腰握着什么东西。那东西又亮了，闪了三下。他悄悄地向她走去。

"艾比。"

她猛地转过身来，想叫。里姆默冲向她，把她推向栏杆。米奇从黑暗中冲出来，先用头向里姆默两腿撞去，三个人一起重重地倒在光溜溜的水泥地上。米奇去摸里姆默背后的枪，他拼命地伸直前臂，但没有成功。里姆默头晕目眩，朝米奇的左眼狠狠地打去。艾比挣扎着爬到一边。里姆默迅速站起身来找枪，但怎么也找不到。此刻，雷用足力气，把里姆默撞向栏杆，又朝他眼睛和鼻子猛击四下，每一击都打出了血。这是他在监狱里学到的绝招。里姆默瘫倒在地。雷用劲在他头上猛踢四脚。里姆默只剩倒在地上呻吟的力气。

雷下了他的枪，递给米奇。米奇站在一旁，眨巴着眼睛。艾比望了望码头，还好，没有人。

"开始发信号。"雷边说边从腰际解下绳子。艾比面朝大海，护着手电筒，找到开关，拼命地发出信号。

"你想干什么？"米奇盯着雷和那绳子悄声问。

"我们只有两个选择：要么打死他，要么淹死他。"

"噢，天哪！"艾比闪着手电筒叫道。

347

"别开枪。"米奇轻轻地说。

"谢谢提醒。"雷说。他抓住一小段绳子,把它紧紧地结在里姆默的脖子上,拖着他,米奇转身站在艾比面前。她不敢看。"对不起,我们别无选择。"雷几乎喃喃自语。

昏迷的里姆默没有反抗,也没有动弹,几分钟后,雷大声地呼了口气,说:"他死了。"他把绳子的另一头结在一根柱子上,把尸首滑下栏杆,慢慢地放入海中。

"我先下去。"说着,雷钻过栏杆,顺着绳子向下滑去,码头下面,八英尺处,有两根沉下的粗水泥柱,一根钢梁横在上面,是个不错的隐蔽之所。第二个下去的是艾比。她抓住绳子向下滑,雷抓住她双腿把她拉上钢梁。只剩一只好眼的米奇失去平衡,差点跌入海里。但他们还是成功了,他们坐在钢梁上,离又冷又黑的水面有十英尺,雷割断了绳子,使尸体沉入海底,一两天后它才能浮出水面。

他们就像坐在大树枝上的三只猫头鹰,看着浮标灯和航灯,等待救星的到来。一片寂静,只有柔和的浪声和手电筒的开关声。

码头上传来说话声。紧张、急促、惊慌,是在搜索什么人。不久声音远去了。

"唉,兄弟,我们现在怎么办?"雷悄悄地问道。

"用第二套方案。"米奇说。

"什么方案?"

"游过去。"

"荒唐。"艾比说。

一个小时过去了,钢梁虽稳,但很不舒服。

"你们注意那边的两条船了吗?"雷低声问。

船很小,离岸约一英里。一小时里它一直在海滩不远处缓缓地来回巡行,令人生疑。"我想是渔船。"米奇说。

"谁会在凌晨一点钟捕鱼呢?"雷问。

三人陷入沉思,无法回答。

艾比第一个看见了什么。"那儿。"她指着五十码远的海面说。那东西黑乎乎的浮在海面上,正缓慢地漂过来。他们紧张地看着。不多久,他们听到了响声,就像是缝纫机的声音。

"信号别停。"米奇说。那东西越来越近。

是一条小船,上面有一个人。

"阿邦克斯!"米奇压低嗓门喊道。嗡嗡声停止了。

"阿邦克斯!"他又喊道。

"你到底在哪里?"传来了问话。

"在这边,码头下面。快点!"

嗡嗡声又响了起来,阿邦克斯把一只八英尺长的橡皮艇泊在码头下面。他们从钢梁上荡到艇上。他们默默地相互拥抱,然后拥抱阿邦克斯。他开足马力把小艇驰向广阔的海面。

"你的船呢?"米奇问。

"一英里外的地方。"阿邦克斯答道。

"你的绿灯怎么不亮?"

阿邦克斯马上指指旁边的信号灯。"电池用光了。"

这是一条四十英尺长的双桅纵帆船,阿邦克斯在牙买加只花了二十万就买到了手。一个朋友等在梯子旁,帮他们上了船。他叫乔治,说话乡音很重,阿邦克斯说他可以信赖。

"船上有威士忌,在箱子里。"阿邦克斯说。雷找来威士忌,艾比找来毯子,铺在一张小床上。米奇站在甲板上,欣赏着新船。当阿邦克斯和乔治把小艇拖上船时,米奇说:"我们离开这里吧。能动身吗?"

"随你的便。"乔治响亮地说。

349

米奇盯着海滩边的灯光,道一声再见,便走下甲板,倒了一杯苏格兰威士忌。

韦恩·塔兰斯和衣睡在床上,自从六小时前他接到电话以来,一直没动。身旁的电话又响了。响了四下,他摸起话筒。

"喂。"他懒洋洋地说。

"韦恩宝贝,我把你吵醒了吗?"

"当然啰。"

"你可以拿文件了,到巴拿马城滩的98号公路,鸥栖旅馆39号房间。旅馆接待员名叫安迪,他会带你去,小心守住它们。我们的朋友把它仔仔细细、清清楚楚地标了号。他拍了十六个小时的录像,所以手脚得放轻点。"

"我有一个问题。"塔兰斯说。

"行,小伙子,什么问题都可以问。"

"他在哪里找到你的?没有你的话这是不可能的。"

"你这个家伙,谢谢了,韦恩。他在孟菲斯找到我的。我们成了朋友,他给了我很多钱。"

"多少?"

"问这个干什么,韦恩?我再也不用工作了。快去吧,宝贝,真逗。"

"他在哪儿?"

"就像我说的,他已上了一架飞往南美的班机。韦恩,宝贝,我爱你,你不可能抓到他了。再见吧。"她挂了电话。

41

星期天拂晓。清朗的天空下,那条四十英尺长的双桅帆船开足马力向南驰去。艾比睡得很沉，雷昏沉沉地躺在床上。阿邦克斯在舱底下找了个地方打盹。

米奇坐在甲板上，喝着冷咖啡，听乔治讲航海要领。

船朝古巴方向航行了几天，然后转向牙买加方向。又航行了四天，星期三傍晚，大开曼已经在望。他们开着船绕了一圈，在距岸一英里处抛锚停泊。天黑后，阿邦克斯告辞了。麦克迪尔简单地谢了他一番，他坐上橡皮艇离去。他将在离博登镇三英里处的另一个隐蔽处登陆，然后叫他的一个潜水船长来接他。他要弄清楚周围是否有可疑的人。阿邦克斯希望一切能顺利。

乔治在小开曼的住处由一间不大的白木屋及两间小披屋组成，它在离海边不远的一个小海湾里。一名叫费伊的妇女住在一间最小的屋里，她负责整理房子。

麦克迪尔住在那间主屋里，试图理出一点头绪来。雷常常在海滨漫游，他心情欢畅，但无以表露。每天他都要花几个小时和乔治一起扬帆出海，回来时常常烂醉如泥。

开始几天，艾比独自待在楼上看着海湾。她写了不少信，并开始写日记。

费伊每星期两次开车进城购买食品和邮寄信件。一天她从阿邦克斯那里带回来一件邮包，这是多丽丝从迈阿密寄给阿邦克斯的。米奇拆开一看，里面是三张报纸，两张亚特兰大的，一张迈阿密的。

标题是孟菲斯本迪尼法律顾问公司遭到公诉。公司四十一名人员及三十一名芝加哥莫罗尔托犯罪集团成员受到指控。美国司法局承认，将指控更多的犯罪分子。这只是冰山的一角，沃伊利斯局长同意记者引用他的这句话。这对美国互相串通的犯罪活动是一个有力的打击。他还说，这对那些企图发横财的律师和商人，也是一个有力的警告。

米奇揣上报纸，去海滩散步。在一片棕榈树下，他找到一块阴凉地方坐了下来。亚特兰大的那张报纸列出了所有被指控的本迪尼公司的律师名单。他慢慢地读着，看着这些姓名并不使人高兴。纳森·洛克、沃利·赫德曼、肯德尔·马汉、杰克·奥尔德里奇、拉马尔·奎因，他熟悉他们的面孔，认识他们的妻子儿女。米奇凝视着海洋，想着拉马尔和凯·奎因。他爱他们，又恨他们引诱他进入本迪尼公司。他们并非没有犯罪，但他们是他的朋友。也许拉马尔只要坐上一两年牢，就会被假释。凯和那两个小家伙也许能挺下来。

"我爱你，米奇。"艾比站到了他身后。她拿着一只塑料水罐和两只杯子。

他朝她笑了笑，指指身边的沙地。"罐子里是什么？"

"甜酒，费伊为我们调制的。"

"度数高吗？"

她在他身边的沙地上坐下来。"我告诉费伊我们想喝，她也同意。"

他紧紧地搂住她，呷了一口甜酒，凝视波光粼粼的海面上的一条小渔船。

"你害怕吗，米奇？"

"相当害怕。"

"我也是。太可怕了。"

"但是我们成功了，艾比。我们还活着，我们平安地活下来了，我们在一起。"

"但明天呢？后天呢？"

"我不知道，艾比。事情可能会更糟，你知道。我可能会被指控，或许会死掉。"

"你认为我的父母安全吗？"

"我想是的。莫罗尔托伤害你父母又能得到什么呢？他们很安全，艾比。"

她斟了两杯酒，在他的面颊上亲了一下："我一切听你的，米奇。只要我们在一起，我就能应付一切。"

"艾比，"米奇凝望着海水慢慢地说，"我有一件憾事要告诉你。"

"你说吧。"

"说真的，我不想再当律师了。"

"噢，真的。"

"唉，其实我想当个水手。"

"是吗？你尝过在海滩上做爱的滋味吗？"

米奇犹豫了一下。"噢，没有。"

"干杯吧，水手。让我们大醉一场，好生个宝宝。"